SABINE WEISS

Zornige Flut

Weitere Titel der Autorin:

Historische Romane
Hansetochter
Das Geheimnis von Stralsund
Die Feinde der Hansetochter
Die Tochter des Fechtmeisters
Die Arznei der Könige
Die Perlenfischerin
Der Chirurg und die Spielfrau
Krone der Welt
Gold und Ehre
Blüte der Zeit

Aus der Reihe um Liv Lammers
Schwarze Brandung
Brennende Gischt
Finsteres Kliff
Blutige Düne
Tödliche See
Düsteres Watt

Viele Titel auch als Hörbuch erhältlich

Über die Autorin:

Sabine Weiß arbeitete nach ihrem Germanistik- und Geschichtsstudium als Journalistin. Seit 2007 veröffentlicht sie erfolgreich Historische Romane, seit 2017 auch Kriminalromane um die junge Kommissarin Liv Lammers. Wenn sie nicht gerade mit ihrem Camper auf den Spuren ihrer Figuren reist und recherchiert, lebt Sabine Weiß mit ihrem Mann und ihrem Sohn in der Nähe von Hamburg.

SABINE
WEISS

ZORNIGE FLUT

Sylt-Krimi

lübbe

Dieser Titel ist auch als Hörbuch und E-Book erschienen.

Originalausgabe

Lektorat: Dr. Stefanie Heinen
Einband-/Umschlagmotive: © Achim Thomae / gettyimages;
© Bildagentur Zoonar GmbH/shutterstock
Umschlaggestaltung: Manuela Städele-Monverde
Satz: GGP Media GmbH, Pößneck
Gesetzt aus der Stempel Garamond
Druck und Verarbeitung: GGP Media GmbH, Pößneck
Printed in Germany
ISBN 978-3-404-18962-5

4 2 1 3 5

Sie finden uns im Internet unter luebbe.de
Bitte beachten Sie auch: lesejury.de

Prolog

Flensburg, 6. Oktober, 0:25 Uhr

Die Bettdecke klebte an ihrer Haut. Sanna strampelte sich frei, reckte die Arme über den Kopf, sodass ihr nass geschwitzter Körper abkühlen konnte. Es war einfach viel zu warm für Oktober! In ihren Schläfen stach es wie mit Nadeln. Woher kam dieser Kopfschmerz? Hatte sie schief gelegen oder zu lange auf ihr Handy gestarrt, wie ihre Mutter es ihr immer wieder vorwarf? Aber die wusste ja nicht, welche wichtigen Aufgaben sie bis in die Nacht hinein wach hielten. Gerade jetzt, in den Ferien.

Im Haus war es still. Und doch war etwas anders. Sannas Hand wanderte über die Bettkante, erreichte den Teppich. Zorro war nicht da. Ihr Hund musste unbemerkt hinausgetrottet sein. Sie verkroch sich unter der Decke. Obgleich der schreckliche Vorfall jetzt ein Jahr her war, hatte sie es noch immer gern, wenn ihr Hund vor ihrem Bett schlief. Nicht, dass die Angst sie in dem alten Kapitänshaus, in dem sie mit ihrer Mutter und ihrer Großmutter lebte, je gepackt hätte. Drei Generationen Lammers unter einem Dach, drei starke Frauen – einen schützenderen Hafen konnte es nicht geben. Auch sie selbst war stark, das wusste Sanna. Und doch gab es einen Riss in ihrem Nervenkostüm, den sie nicht geflickt bekam.

Das Stechen nahm zu. Sie massierte sich die Schläfen, fühlte sich zu schlapp, um eine Kopfschmerztablette zu holen. Gesundschlafen würde sie sich, wie sie es als Kind schon getan hatte.

Gerade wollte Sanna sich wieder die Bettdecke über ihren Kopf ziehen und einkuscheln, als ihr siedend heiß klar wurde, was nicht stimmte. Adrenalin flutete ihren Körper. Dieser Geruch! Rauch! Irgendwo brannte es!

Sie sprang aus dem Bett, packte ihr Smartphone.

»Mam!« Ihr Schrei klang dünn. Schon riss Sanna die Tür auf, wollte zu Livs Zimmer stürzen. Das orangerote Flackern auf der schmalen Treppe bremste sie. Im Erdgeschoss brannte es! Und das Feuer war schon groß!

Panik erfasste sie. Wo war Zorro? Wieder schrie sie. Wenigstens war ihre Großmutter nicht im Haus.

Livs Schlafzimmertür flog auf. Die Haare ihrer Mutter waren wirr, unter dem weiten Ramones-Shirt staksten lang und nackt die Beine heraus. Sanna sah, wie in ihr sofort die Polizistin übernahm. Nicht umsonst arbeitete Liv für das K1, die Mordkommission der Polizeidirektion Flensburg. »Du rufst die Feuerwehr! Ich schnappe mir den Feuerlöscher an der Kellertreppe!«

»Die Flammen sind schon ganz nah!«

»Ich passe auf mich auf.« Liv sah ihr fest in die Augen, berührte zart ihre Wange, sprang im nächsten Augenblick die Stufen hinunter.

»Zorro muss unten sein!«, rief Sanna ihr nach.

Auf ihrem Display tauchte das Verbindungssymbol auf. Als Sanna sich zu Wort meldete, war ihre Mutter bereits aus ihrem Blickfeld verschwunden.

* * *

Am Fuß der Treppe schlug Liv Hitze entgegen. Die Küche brannte lichterloh. Hatten Sanna oder sie den Herd oder eine Kerze angelassen? Auszuschließen war es nicht, obgleich sie sicher war, vor dem Zubettgehen alles noch einmal kontrolliert zu haben. Von oben hörte sie ihre Tochter telefonieren. Gut, dass Sanna den Brand bemerkt hatte. Nicht auszudenken, was geschehen wäre, wenn sie weitergeschlafen hätten! Oft genug hatte Liv die Leichen derjenigen gesehen, die an einer Kohlenmonoxidvergiftung gestorben oder gar verbrannt waren.

Sie riss den Feuerlöscher aus der Verankerung, entfernte die Sicherung, hämmerte auf den Schlagknopf. Die Flammen hatten bereits die Teppiche erfasst, züngelten die Wände hoch, fraßen Sannas Kinderzeichnungen, jugendliche Kunstwerke und ihre eigenen Konzertplakate. Schaum spritzte aus dem Feuerlöscher, viel zu wenig, um das Feuer zu ersticken. Gegen die Flammen war der kleine Hausfeuerlöscher machtlos.

Panische Rufe von oben. *Sanna!* Sie mussten raus hier, so schnell wie möglich. Livs Blick scannte das Erdgeschoss. Der Weg zur Haustür war durch den Brand versperrt, und auch zur Terrasse hin loderte Feuer, was Liv ihre Theorie von der vergessenen Herdflamme in Zweifel ziehen ließ. *Keine Zeit, darüber nachzudenken.* Wenn sie sich beeilten, würden sie es noch in den Garten schaffen.

Sie sprang die Treppe hoch. Ihr Puls hämmerte in ihren Adern, *Painkiller* von Judas Priest röhrte in ihren Ohren, hundertdrei Beats per Minute. *Verdammt – das Schlagzeug!* Würde es im Keller ein Raub der Flammen werden? Aber was zählte jetzt Besitz – sie mussten ihr Leben retten!

Der Rauch wurde dichter. Livs Hals kratzte, sie hustete. »Wir brauchen nasse Decken! Ich hole nur schnell die Dokumententasche!«

Sanna starrte sie panisch an. »Zorro! Wo ist Zorro?«

Den Mischling hatte Liv nicht gesehen. Warum hatte der Hund den Brand nicht bemerkt, nicht angeschlagen? Und warum hatten die Rauchmelder versagt? »Den finden wir schon! Mach jetzt!«

Liv zerrte die feuerfeste Tasche aus dem Schrank, brachte Klamottenstapel ins Wanken, die auf sie niederprasselten, stieß sich den Fuß am Bettpfosten, fluchte. Im Flur warf Sanna ihr eine tropfnasse Decke zu; sie selbst trug eine als Umhang.

Die Treppe hinunter. Hitze auf ihrer Haut. Es war so heiß, dass ihre Haare sich bald kräuseln mussten. Gestank von schmurgelndem Plastik. Kopfschmerz pochte in ihren Schädel. Der Weg zur Terrasse war von Flammen versperrt, bis zur Zimmerdecke reckten sie sich. Das Bücherregal loderte hell, krachte gegen den Sessel, in dem Elise so gern strickte. Er fing sofort Feuer. Gut, dass ihre Großmutter nicht zu Hause war! Eigentlich wären auch Sanna und sie unterwegs gewesen – wären ihre Freunde nicht krank geworden. Der Gedanke ließ sie erstarren. Glas knackte, splitterte. »Wir müssen wieder hoch, aus dem Dachfenster! Nun mach schon!«

»Da!« Sanna stürzte auf das Sofa zu, das ebenfalls in Flammen stand.

Liv packte den Arm ihrer Tochter, riss sie zurück. »Bist du verrückt?«

»Zorro!« Ein Hustenanfall schüttelte Sanna.

Jetzt sah auch Liv es. Zorro lag unter dem Couchtisch, um seine Schnauze reflektierte eine Pfütze das flackernde Licht.

»Er atmet! Ich sehe es!«, rief Sanna panisch.

»Ab nach oben! Raus aufs Dach! Ich hole ihn!«

»Versprich es!«

Liv nickte. Ihre Tochter rannte hoch, blickte sich noch einmal um. »Raus mit dir!«, schrie Liv. Von draußen meinte sie das Heulen der Sirenen zu hören. Aber die Straßen im steil am Fördeufer gelegenen Kapitänsviertel waren eng, und wenn nur ein einziges Auto den Weg versperrte …

Zorro zu holen war Wahnsinn. Bei einem Brand sollte man die Wohnung so schnell wie möglich verlassen. Das wusste jeder. Gleichzeitig blitzte in ihr auf, wie sie den halb verhungerten Mischling im Urlaub adoptiert hatten, wie glücklich Sanna und Elise mit ihm spielten oder trainierten, wie er seinen Kopf vertrauensvoll auf ihre Knie legte. Nein, er war ein Familienmitglied. Sie konnte ihn nicht zurücklassen.

Entschlossen zog Liv die nasse Decke enger um sich und warf sich den Flammen entgegen.

1

Sylt, Archsum, 12. Oktober, 23:05 Uhr

Ein Knurren durchschnitt die Nacht. Er zuckte zusammen, krümmte sich. Neben ihm jaulte es. Stöhnend stemmte er sich hoch. Mit einem erschrockenen Kläffen wachte auch Pinky auf. Sein Hund hatte geträumt, wieder einmal.

»Sch!«, zischte KP, wie Karlpeter Botersen-Evers sich selbst nannte. »Du weißt doch, was der Fastengockel über ungezogene Hunde gesagt hat!«

Der Terrier zuckte mit den Ohren, legte den Kopf dann schief – ein Anblick, der ihn, den gefürchteten Chef der Kriminaltechnik der Polizeidirektion Flensburg, sonst immer zum Schmelzen brachte. Heute aber war seine Laune auf dem Tiefpunkt. Dabei hatte er gedacht, es könnte nicht noch schlimmer werden. Doch es kam schlimmer. Jeden Tag aufs Neue. Wenn er morgens Dr. Daniel Xanthen, den Leiter der Fastenklinik mit dem perlweißen Lächeln, den gezupften Augenbrauen und der durchtrainierten Figur, traf, würde er jedes Mal am liebsten verduften. Wie mitleidig der Doktor ihn ansah, wenn er vor ihm herumstolzierte! Ganz nach dem Motto: Bei Ihnen ist ohnehin Hopfen und Malz verloren.

Mühsam kam KP auf die Füße. Seine Knie waren weich wie Pudding, ihm war schwummrig, und er fröstelte. Er presste die Hand in seine Magenkuhle. Was für eine Schnapsidee, in einer Fastenklinik einzuchecken – und das ausgerechnet auf einer Insel, auf der man noch im kleinsten Kaff ausgezeichnet speisen konnte! *Sterneköche, deftige Hausmannskost, köstliche Kuchen.* Bei dem Gedanken an die Sylter Gastronomie lief ihm das Wasser im Mund zusammen. Immerhin hatte er eine Klinik gefunden, in der man Hunde duldete. Eine Trennung hätte Pinky nicht verkraftet, und wenn er ehrlich war, hing er genauso an ihr, und das nicht erst, seit seine Frau auf ihre Freiheit und ihre Form von Selbstverwirklichung bestand, die ihn oft genug ausschloss.

KP wankte zum Schrank, öffnete jede Schublade und jedes Fach, dann zerrte er seine Reisetasche unter dem Bett hervor und wühlte auch in dieser. Nichts! Nicht einmal ein Schokoriegel, eine verloren gegangene Nuss oder ein winziger Pfefferminzdrops. Er hielt das einfach nicht mehr aus! Immer nur Wasser, Säfte und dünne Brühen. Und dafür investierte er wertvolle Urlaubstage! Das Wellness- und Sportprogramm war ohnehin unerträglich. *Fastenwandern* nannten sie das – Fasten*schwafeln* wohl eher. Stundenlang musste er bei eisigem Wind die Lebensbeichten der anderen ertragen. Angeblich beschleunigten das Wandern und das maritime Aerosol den Entgiftungsprozess.

Doch er hatte keine Wahl. Er musste die Fastenkur durchstehen. Sein Hausarzt hatte ihm den Ernst der Lage unmissverständlich klargemacht. Außerdem fand Claudia ihn zu dick. So ging es nicht weiter. Er musste abspecken, und das schaffte er nicht, wenn ihn wieder einmal ein Fall in die Überstunden und zum Süßigkeitenregal des Supermarkts trieb.

KP stürzte ein Glas Wasser hinunter. *Ekelhafte Plörre.* Jetzt eine kühle Berliner Weiße oder wenigstens ein Eistee …

Pinky beobachtete ihn aufmerksam. »Immerhin musst du nicht hungern«, murmelte KP. Beinahe sehnsüchtig dachte er an die gut gefüllten Fressnäpfe der Vierbeiner, schüttelte gleich darauf entsetzt den Kopf – so weit war es schon gekommen!

Er warf sich auf das Bett, das unter seinem Gewicht ächzte, und kniff die Augen zu. Mühsam versuchte er es mit einer Atemtechnik, die ihnen die Yogalehrerin beigebracht hatte. War jetzt Dampfatmung, Seufzeratmung oder Walzeratmung angesagt?

Das flaue Gefühl in seinem Bauch verstärkte sich. Wieder störte Magengrummeln die Stille. Kein Auge würde er zumachen, nicht so. Er hatte noch nie hungrig einschlafen können. Irgendwo in dieser bescheuerten Klinik musste es doch etwas geben, was ihn ein wenig sättigen und endlich schlafen lassen würde.

KP wandte sich seinem Jack Russell zu. »Ich bin gleich wieder da. Du musst hierbleiben, sei schön still.« Pinkys Augen glänzten im Zwielicht wie Murmeln. Leise fiepte sie. KPs Entschlossenheit geriet ins Wanken. »Nein, das geht nicht! Hunde, die sich nicht benehmen, werden nach Hause geschickt!« Herrchen ebenso, setzte er in Gedanken hinzu, da war der Fastengockel entschieden gewesen. Pinky tapste zur Tür. »Na gut, aber keinen Mucks, verstehst du!«

Leise die Tür geöffnet, auf den Flur gespäht, der nur von einem Nachtlicht erhellt wurde. Die anderen Gäste schienen zu schlafen, genau wie der Fastengockel. Das hoffte er zumindest. Nicht auszudenken, wenn ihn jemand ertappte. Auf Zehenspitzen lief er den Gang hinunter. Auf einmal kam KP sich sehr albern vor. Gut, dass keiner seiner Kollegen von dieser Reise wusste!

Auch jetzt, in der Nacht, war nicht zu übersehen, dass die Fastenklinik hypermodern war, sehr stylisch, und nur aus Fenstern zu bestehen schien. Sogar die Sauna war mit bodentiefen Glasflächen ausgestattet, damit man über die Wiesen bis zum Deich blicken konnte. Allerdings fühlte KP sich dadurch auch immer beobachtet. Anders als die meisten seiner Leidensgenossen hatte er es auch noch nicht über sich gebracht, nach dem Saunagang nackt im Garten abzukühlen.

KP hielt inne, lauschte. An den Wänden hingen abstrakte Gemälde mit geisterhaften Gestalten. Immer waren nur einzelne Teile von Gesicht oder Körper zu erkennen, was ihm missfiel. Als Kriminaltechniker liebte er Klarheit und Ordnung, wenn er sich privat auch manchmal gehen ließ. Vorsichtig schlich er weiter. Im Speisesaal – schon die Bezeichnung war ein Hohn! – waren alle Schränke leer. Die Küche war abgesperrt. Natürlich könnte er seine Dietrich-Sammlung aus seinem Koffer holen und das Türschloss knacken, aber ein bisschen übertrieben kam ihm das schon vor.

Verstohlen sah er sich um. Wo waren die Vorratsräume? So etwas musste es doch für das Personal, das Fastenbrechen und selbst zur Zubereitung der dünnen Suppen geben! Im Aufenthaltsraum herrschte beinahe buddhistische Kargheit. Der einzige Blickfang war das große Aquarium im Raumteiler. Er blieb stehen. Der Anblick der eleganten Segelflosser, der geselligen Neonsalmler und der fleißigen Algenfresser beruhigten ihn. Begleitet vom leisen Summen des Aquariums untersuchte er den Raum genauso sorgfältig wie sonst einen Tatort. Nichts.

KPs Oberschenkelmuskeln zitterten. Vielleicht hätte er sich für FdH entscheiden sollen oder die Weight Watchers – radikales Fasten wie hier war einfach nichts für ihn. Sein Blick blieb an den Schranktüren des Raumteilers hängen, die er bislang übersehen hatte. Er beugte sich hinunter, öffnete sie – plötzlich wurde ihm schwarz vor Augen. Taumelnd sank KP gegen den Schrank, der unter seiner Berührung erbebte, suchte Halt. Er ließ sich auf das Laminat sinken, bis sein Kreislauf sich beruhigt hatte. Im Sitzen durchwühlte er die Schrankfächer. Endlich, eine Dose! Er zuckte zurück – nur muffiges Fischfutter. Er stemmte sich hoch, schloss die Schranktüren wieder. Die Vorratskammer musste sich auf der anderen Seite des Aufenthaltsraums befinden.

Ein Geräusch ließ ihn aufmerken. Auch Pinky war erstarrt, hatte eine Pfote vom Boden gehoben und musterte ihn aufmerksam. Sie war eben ein Jagdhund. KP legte den Finger auf die Lippen. Wie peinlich wäre es, wenn ihn jemand hier entdecken würde! Was plätscherte da? Abgelenkt lauschte er. Pinky knurrte, tänzelte. Irritiert bemerkte KP, dass sich ihre Pfotenabdrücke auf dem Boden abzeichneten. Da musste etwas nass sein. Er sah genauer hin. Das Aquarium verlor Wasser! Vermutlich hatten die Dichtungen gelitten, als er dagegengewankt war. Das konnte doch nicht wahr sein!

KP ruckelte an dem Becken, in der Hoffnung, es so wieder richten zu können. Das Plätschern wurde lauter, Wasser tropfte auf seine Füße. Er fluchte. So viel zu seiner geheimen Suche! Das Becken ließ sich so schnell nicht kitten, das war klar. Er musste die Fische retten. Hatte er nicht irgendwo Eimer gesehen? Licht an! Jetzt war es egal, wenn er Lärm machte. Handtücher auf die Wasserlache. Kescher, er brauchte einen Kescher! Pinky kläffte.

»Was ist denn hier los?« Die Schlafbrille auf die Stirn geschoben, in Seidenhosen und oberkörperfrei – *Dieses Sixpack! Angeber!* – stürzte der Leiter der Fastenklinik herein. Ausnahmsweise war das penetrante Lächeln aus seinem Gesicht gewischt. »Was soll der Lärm? Was treiben Sie …«

KP drückte ihm eine Vase in die Hand. »Fassen Sie lieber mit an, statt dumme Fragen zu stellen!«

»Was erlauben Sie …«

In diesem Augenblick sprang knackend die Frontscheibe. Gleich darauf zerbarst das Aquarium, und Hunderte Liter Wasser ergossen sich in den Aufenthaltsraum. Algen spülten aus dem Raumteiler, Steine und sonstige Dekoration polterten herunter, Fische zappelten auf dem Boden. Pinky kläffte, Xanthen schrie auf, andere Gäste kamen schlaftrunken hereingestolpert. Hektisch versuchten sie, die zuckenden Fische zu retten, schöpften sie mit den Händen in Kannen, Gläser und Schalen. KP schwitzte, keuchte, der Stress machte seine Brust eng. Sein Arzt hatte recht, er war fett und außer Form. Schließlich hielt er um Atem ringend inne, stützte die Handflächen auf die Knie. Er musste abreisen, und zwar so bald wie möglich!

»Herr Botersen-Evers – Sie sind mir eine Erklärung schuldig! Und bringen Sie gefälligst Ihren Hund zur Ruhe!« Dr. Xanthens Augen funkelten zornig. Er schien gar nicht zu bemerken, wie etliche der weiblichen Gäste ihn anstarrten. Inzwischen schimmerte seine muskulöse Brust wie eingeölt, die dünne Schlafanzughose klebte ihm nass am Körper. Ein Appetithappen für hungernde Fastengäste.

»Pinky!«, schrie KP. Doch sein Hund gehorchte nicht. Er winselte, knurrte, scharrte auf der anderen Seite des zerstörten Raumteilers. Hatten sie einen Fisch übersehen? KP eilte zu ihr. Der kleine Hund tänzelte um etwas Ballförmiges, das vor ihm auf dem Boden lag, stupste es immer wieder mit der Schnauze an, sodass es wackelte. War das etwa … KP stockte der Atem. Das durfte doch nicht wahr sein! Wie war das möglich?

Er hob Pinky auf den Arm, beugte sich über den Fund. Tatsächlich. Schlagartig war er nüchtern und hellwach. So schnell würde er diesen Ort wohl doch nicht verlassen können. Und die Hoffnung auf Geheimhaltung war dahin.

In diesem Augenblick durchschnitt ein Schrei die Stille.

2

Kiel, 13. Oktober, 7:25 Uhr

Als Liv die Schiebetür ihres Bullis öffnete, schlug ihr muffige Luft entgegen. Der Herbst war so warm und trocken wie noch nie. Als sie hineinstieg, ließ sie daher die Seite auf. Im Wagen war es ohnehin so eng, dass sie sich kaum bewegen konnte. Angesichts der Umzugskartons und Wäschekörbe sank ihr Mut. So wenig war ihnen nach dem Wohnungsbrand geblieben! Einen Teil ihrer Habseligkeiten hatten sie eingelagert, die verbliebene Kleidung fuhr sie in ihrem Bulli spazieren, der sich zu einer Art mobilem Kleiderschrank gemausert hatte.

Liv öffnete die erste Kiste. Rauchgeruch drang ihr in die Nase, als sie das Seidenkleid beiseiteschob. Absurderweise war ausgerechnet der Teil ihrer Garderobe verschont worden, den sie bereits zum Einmotten aussortiert hatte, also die Sommersachen. Letztlich spielten ihr der goldene Herbst – oder die Klimaerwärmung – in die Hände.

Während Liv ihre Sportkleidung herauskramte, stiegen die Bilder des Brandes und seiner Folgen wieder in ihr auf. Im letzten Moment waren Sanna und sie, den leblosen Hund auf den Schultern, über die Gaube auf das Dach und ins Freie geklettert. Gleichzeitig waren Feuerwehr und Ambulanz eingetroffen. Sie hatten Glück gehabt und nur kleine Brand- und Schürfwunden davongetragen. Das Löschen der letzten Glutnester hatte bis in die Morgenstunden gedauert, dann war die Kriminaltechnik angerückt. Da es mehrere Brandherde gab, war schnell der Verdacht aufgekommen, dass es sich um Brandstiftung gehandelt haben könnte; ein Gedanke, der Liv gleichermaßen wütend machte und beunruhigte. Wer wäre so gewissenlos, Menschenleben in Kauf zu nehmen? Und warum? Hatte einer der Verbrecher, die sie hinter Gitter gebracht hatte, dafür Rache genommen? Wer sonst käme infrage? Für Brandstiftung sprach auch, dass Zorro erbrochen hatte, das hatte sie bei seiner Rettung bemerkt – vielleicht war er vergiftet worden. Allerdings hatte er möglicherweise auch beim Spaziergang etwas Verdorbenes gefressen.

Sebastian, Livs Freund, hatte angeboten, dass sie bei ihm einziehen konnten, aber das tägliche Pendeln von Kiel nach Flensburg erschien ihr zu kompliziert, vor allem da Sanna hier ihre Schule, Sportverein und Freunde hatte. Mit dem Auto fuhr sie zwar nur etwa eine Stunde, mit der Bahn jedoch knapp zwei. Außerdem wäre Sebastians Wohnung mit drei zusätzlichen Personen beengt – und sie wollten natürlich auch mit Elise zusammenbleiben. Deshalb waren sie zunächst in eine Pension gezogen, in der sie es aber auf Dauer nicht ausgehalten hatten. Zu eng, zu trist war diese Unterkunft. Also hatten sie das Angebot von Freunden angenommen, bei ihnen unterzuschlüpfen. So viele hatten ihnen beigestanden! Selbst ihre Schwester Annika hatte eine Nachricht auf ihrem Handy hinterlassen und Hilfe angeboten. Liv war erstaunt über dieses Angebot gewesen, denn ihr Verhältnis war zerrüttet, nicht erst seit dem Tod ihres Vaters vor knapp zwei Monaten.

Seit dem Brand pendelte sie deshalb zwischen Flensburg und Kiel. Das Pensionszimmer hatten sie dennoch vorerst behalten. Glücklicherweise war es nicht teuer, denn sie mussten die Miete für das Haus – wenn auch gemindert – weiterzahlen. Stellte sich später heraus, dass der Vermieter Mitschuld an dem Feuer trug, weil es beispielsweise einen Kabelbrand gegeben hatte, würden sie eventuell Schadenersatzansprüche stellen können. Für den Hausrat sprangen wahrscheinlich die Versicherungen ein. Welche zahlen musste, entschied sich aber erst, wenn auch die Brandursache geklärt war.

Liv unterdrückte einen Seufzer. Zu gern wäre sie sofort ins Kapitänsviertel zurückgekehrt. Im Moment aber mied sie es; zu weh tat es, die Zerstörung ihres Zuhauses zu sehen. Wenigstens hatte sie ihre Großmutter Elise davon abhalten können, ihre Lesereise abzubrechen; der Schock würde sie noch früh genug treffen. Hoffentlich hatten das K6, die Kriminaltechnik der Polizeidirektion, und die Versicherungen die Prüfung des Brandes bald abgeschlossen.

Liv stopfte Sportsachen und Turnschuhe in ihre Reisetasche. Sie sollte es positiv sehen: Immerhin regnete oder fror es nicht. Neue Kleidung war erst einmal nicht drin. Der Tierarzt für Zorro hatte Unsummen gekostet, und sie würden einiges auslegen müssen, um zumindest einen Teil ihres Hausstands neu zu kaufen.

Mit Schwung warf sie die Schiebetür zu und ging zur Bäckerei, um noch schnell ein paar Brötchen zu kaufen. Kaum hatte sie den Laden verlassen, klingelte ihr Handy. *Ein Kollege vom K6, endlich!*

Sie wischte die Schrift vom Display. »Moin, Liv hier. Gibt es endlich etwas Neues wegen der Brandursachenermittlung?«, fragte sie geradeheraus.

Was Karlpeter Botersen-Evers ihr zu sagen hatte, änderte ihre Pläne für den Tag. Statt zum Sport ging Liv zurück zum Bulli. Hoffentlich fand sie wenigstens ein paar wetterfeste und warme Kleidungsstücke. Auf Sylt würde sie sie brauchen.

Zurück in Sebastians Altbauwohnung hörte Liv das Plätschern der Dusche und seinen Gesang. Ein Lächeln erhellte ihre Züge.

Aus Angst vor Verletzung war es ihr anfangs schwergefallen, ihre Gefühle für Sebastian zuzulassen. Doch die Schmetterlinge in ihrem Bauch hatten sich nicht aufhalten lassen – und ihm ging es genauso. Heikel waren in Livs Augen allein seine enge Beziehung zu seiner Ex-Frau Larissa und die Ablehnung, die sein Sohn Noah ihr entgegenbrachte. Sie hatte sich noch verstärkt, seit Liv öfter bei Sebastian übernachtete.

Liv legte die Brötchentüte auf das Sideboard und schlüpfte in das handtuchschmale Bad, durch das der Duschnebel waberte. Sie musste Sebastian unbedingt erzählen, was sie erfahren hatte! Die letzten Takte von *How High The Moon* verklangen. Liv überlegte kurz, diesen Jazz-Standard, den Ella Fitzgerald so großartig gesungen hatte, demnächst ebenfalls zu spielen, als ihr einfiel, dass ihr Schlagzeug noch immer in dem durch Feuer und Löschwasser zerstörten Haus stand. Ob die Drums überhaupt noch intakt waren?

Sebastian öffnete den Duschvorhang einen Spalt. Sein nasser Lockenkopf tauchte auf, er lächelte sie an, streckte die Hand nach ihr aus. »Da bist du ja! Ich habe dich beim Aufstehen vermisst.«

In ihrer Jacke fühlte Liv sich wie in einer Sauna. Dennoch ließ sie sich heranziehen, bis Duschwasser auf sie spritzte. »Willst du nicht hereinkommen?«, murmelte Sebastian zwischen zwei Küssen.

»Das ist eine ausgezeichnete Idee.« Schon schälte sie sich aus ihrer Kleidung. *Nur fünf Minuten.* Wer wusste schon, wann sie wieder Zeit füreinander haben würden.

Wenig später ließ ein Geräusch sie innehalten. »Papa – bist du hier?«

Noah! Liv spürte, wie ihr die Hitze ins Gesicht schoss. Sie hielt sich mit der rechten Hand an Sebastian fest und versuchte mit der linken, sich an den Kacheln abzustützen.

Vielleicht hätten sie doch einfach ins Bett zurückgehen sollen …

Leises Tapsen.

Sebastian riss die Augen auf. »Ich bin gleich fertig!«, rief er schnell. Nicht, dass sein Sohn hereinkam und den Duschvorhang öffnete! Ein nervöses Lachen stieg in Liv auf, das sie mühsam unterdrückte. »Magst du schon den Frühstückstisch decken? Ich komme gleich zu dir!«

Stille.

»Da waren komische Geräusche«, rief Noah misstrauisch.

»Ich habe beim Duschen gesungen«, improvisierte Sebastian. Liv musste sich auf die Lippen beißen. Sie sah, dass sich Sebastian ebenfalls das Lachen verkniff. »Wir frühstücken gleich, geh schon in die Küche, okay?«

Als sie wenig später die Küche betrat, hatte Noah bereits den Tisch gedeckt. Wie jeden Morgen standen ein Stuhl und ein Gedeck zu wenig bereit. Mit der Trennung seiner Eltern war Noah einigermaßen zurechtgekommen, aber dass sein Vater jetzt eine Freundin hatte, gefiel ihm gar nicht. Liv musste ihm zugestehen, dass es sich für ihn seltsam anfühlen musste, dass sie an den Wochenenden so oft bei Sebastian in Kiel war. Auch für sie war der Umgang mit dem Sechsjährigen ungewohnt. Sie selbst war schon als Teenager schwanger geworden; Sannas Grundschulzeit war also lange her, und da Liv damals vollauf mit ihrer eigenen Ausbildung beschäftigt gewesen war, hatte sie an diese Zeit nur flüchtige Erinnerungen. Elise hatte ihr damals viel abgenommen, hatte ihr in jeder Hinsicht beigestanden.

»Guten Morgen, Noah. Hast du gut geschlafen?«, fragte Liv und legte die Brötchentüte auf den Tisch.

Noah ignorierte sie und setzte sein Kuscheltier auf den Tisch. Sogar der Plüschelefant bekam einen kleinen Plastikteller – nur sie nicht.

Scheinbar überrascht sah Liv sich um. »Schade, ich dachte, Noah wäre hier. Ich habe ihm und seinem Kuscheltier doch extra Milchhörnchen mitgebracht.« Die Augen des Jungen wurden groß. Liv öffnete die Brötchentüte. »Wie gut die duften! Na, dann muss ich sie wohl selbst essen.« Entsetzt riss Noah den Mund auf, hielt ihr seinen Teller hin. Liv nahm den kleinen Teller, der mit einer bunten Tierkolonne geschmückt war. »Ist der für mich? Das ist aber nett.« Sie stellte ihn an anderer Stelle auf den Tisch. »Jetzt brauche ich nur noch einen Stuhl.« Sie holte für Noah einen neuen Teller aus dem Schrank, legte ein Milchhörnchen drauf und drapierte das andere für den Elefanten auf den Plastikteller.

Sebastian trat ein, nach Rasierwasser und Zahnpasta duftend, und küsste erst Noah und dann sie. Nach den vielen schlechten und seltsamen Erfahrungen, die Liv mit Männern gemacht hatte, kam ihr ihr neues Glück noch immer unwirklich vor. »Ich bin gleich bei euch«, sagte er und wandte sich an Liv: »Hast du im Bulli deine Sportsachen gefunden?«

»Schon, aber ich fürchte, ich kann euch heute nicht in die Kletterhalle begleiten.« Liv bemerkte, wie Erleichterung über Noahs Gesicht huschte, während Sebastian sichtlich enttäuscht war. »Das K6 hat angerufen. Danach habe ich mit Hennes telefoniert. Wir treffen uns heute Mittag in Niebüll am Autozug.«

»Was gibt's?«

Livs Blick flackerte zu Noah. Der Junge spielte mit seinem Kuscheltier, murmelte: »Das müssen wir Mama erzählen«, und marschierte hinaus. Liv hörte die Tür zuschlagen. Vermutlich ging er in den anderen Stock hoch, wo seine Mutter wohnte. Für Noah war die Trennung der Eltern auch deshalb halbwegs zu verschmerzen, weil beide im gleichen Wohnhaus lebten.

»Botersen-Evers hat in einem Aquarium in Archsum einen menschlichen Schädel gefunden.«

»Offenbar handelt es sich bei diesem nicht um ein Überbleibsel aus einer Anatomie, sonst wärest du nicht angerufen worden.«

Liv nickte. Schädel wurden in der Tat häufiger gefunden. Meist stellte sich heraus, dass sie einmal als medizinische Lehrobjekte gedient hatten und irgendwann abhandengekommen waren. »Im Hinterkopf befindet sich offenbar ein Loch, oberhalb der Hutkrempe gibt es Terrassenbrüche.« Beides waren klare Hinweise auf Gewalteinwirkung, denn die imaginäre Hutkrempen-Linie markierte die Grenze, oberhalb derer Verletzungen höchstwahrscheinlich nicht durch Stürze entstanden waren, sondern dem Opfer von fremder Hand zugefügt wurden.

Sebastian nickte nun ebenfalls, und Liv sah, wie es in ihm arbeitete. Ebenso wenig, wie sie ihr kriminalistisches Gehirn ausschalten konnte, war er in der Lage, seine rechtsmedizinische Kompetenz ruhen zu lassen. Doch als sie gerade begannen, sich über den Fund auszutauschen, kam Noah zurück.

»Mama muss dringend mit dir sprechen. Komm mit, Papa!«, sagte er und umfasste Sebastians Finger. Liv blieb allein zurück. Als Sebastian ihr nach einer halben Stunde eine Kurznachricht schickte, dass es noch etwas dauern würde, machte sie sich auf den Weg.

* * *

Er ließ sich in seinem Sitz tief hinter das Armaturenbrett gleiten, damit sie ihn nicht sah. Nun verließ sie das Grundstück, steuerte auf den schrottreifen Camper zu. Zu ärgerlich, dass sein Plan nicht aufgegangen war!

So einen Patzer wie diesen durfte er sich kein zweites Mal erlauben. In seinem Job herrschte harte Konkurrenz. Mit großem Abstand fuhr er ihrem VW-Bus hinterher. Als er daran dachte, wie sein Auftraggeber ihn wegen des vermasselten Anschlags zur Schnecke gemacht hatte, pulste die Ader auf seiner Stirn. Er zwang sich zur Ruhe. Die Nachricht in seiner Mailbox war voller Vorwürfe und Beschimpfungen gewesen. Angesichts des nörgelnd-verquasten Tons hatte er erstmals überlegt, ob es sich in Wahrheit um eine Auftraggeberin handelte, die einen Stimmenverzerrer benutzte. Nun … solange er seine Vermutung nicht verifizieren konnte, blieb er bei dem Wahrscheinlichsten – und das war nun mal ein Mann.

Immer wieder hatte sein Auftraggeber davon geschwafelt, wie viel Nerven ihn diese Verzögerung kostete, wie viele Micromorts. *Aufschneider!* Er hasste Menschen, die mit Fremdwörtern um sich warfen. Dennoch hatte er den Begriff nachgeschlagen: Micromort bezeichnete die Maßeinheit der Wahrscheinlichkeit von eins zu einer Million, dass ein bestimmtes Handeln zum Tod führte, das Lebensrisiko also. Sein Fehlschlag schien also den Auftraggeber dem Tod näher zu bringen, zumindest bildete dieser sich das ein. Nun, sollte er. Allerdings durfte sein Auftraggeber nicht verrecken, ohne ihm zuvor sein Honorar gezahlt zu haben. Und das war fürstlich. Eine Kommissarin zu töten war schließlich besonders heikel und erforderte exakte Planung. Deshalb waren seine Konkurrenten vermutlich vor diesem Job zurückgeschreckt.

Erneut fragte er sich, was diese Lammers verbrochen haben mochte, das einen Mord rechtfertigte. Aber letztlich konnte es ihm egal sein.

Noch immer hatte das Pulsen nicht nachgelassen. An einer Ampel massierte er die Stirn, als könnte er es wegwischen. Nachweisen lassen würde sich die Brandstiftung nicht, darauf hatte er geachtet. Trotzdem würde er die Kommissarin auch weiterhin im Blick behalten, um Zeit und Ort zu bestimmen, an dem er unauffällig seinen Auftrag erfüllen und sie ins Jenseits befördern konnte.

* * *

Während Liv vor dem Parkplatz am Bahnhof auf Hennes wartete, holte sie ihr Handy heraus, um ihrer Tochter zu schreiben, die bei einer Freundin übernachtete. Sie zog den Wollpulli aus, den sie sich von Sebastian geliehen hatte, und überflog die Kurznachricht, die er ihr geschickt hatte. Er entschuldigte sich dafür, dass er so lange bei Larissa gewesen war, und erklärte, sie habe seine Hilfe gebraucht. Liv unterdrückte ein Seufzen. In Momenten wie diesen kam sie sich wie ein Eindringling vor, was albern war, da die Ehe der beiden schon in die Brüche gegangen war, ehe Sebastian und sie ein Paar geworden waren. Gut, dass Sanna entspannter auf Sebastian reagierte!

Wie geht es euch? Gut geschlafen?, tippte sie in ihr Smartphone.

Zu ihrem Erstaunen rief Sanna Sekunden später an. »Zorro ist immer noch schwach. Musste ihn beim Gassigehen das letzte Stück tragen. Am liebsten würde ich ihn gar nicht allein lassen. Heute geht es ja noch, aber morgen muss ich arbeiten.«

Der Anblick des Hundes stand Liv noch lebendig vor Augen. Nachdem sie ihn über das Dach ins Freie gewuchtet hatten, hatte er nur ins Leere gestarrt, die Atmung war flach gewesen, sein Puls hatte gerast. Der Tierarzt hatte Zorro mit Sauerstoff versorgt, aber noch immer war unklar, ob die Lunge dauerhaft gelitten hatte. »Morgen kann ich mich vielleicht um Zorro kümmern«, sagte sie. »Zur Not kann ich ihn mit ins Kommissariat nehmen.«

»Damit deine Kollegen ihn wieder mit Keksen mästen?« Sanna lachte, und Liv vermisste sie auf einmal schrecklich, genau wie Elise, ihre Großmutter. »Vermutlich passt Chiaras Mutter auf Zorro auf. Die ist ohnehin im Homeoffice. Oder Maja erlaubt mir doch noch, Zorro mit ins Café zu nehmen.« Livs Freundin Maja war eine entspannte Arbeitgeberin, aber ein Hund, der den ganzen Tag hinter dem Tresen herumlungerte, könnte ihre Geduld dennoch strapazieren.

»Hast du eigentlich schon was von der Versicherung gehört?«, fragte Sanna und riss Liv damit aus ihren Gedanken. »Es nervt langsam, immer dieselben Klamotten anzuziehen. Überhaupt will ich in mein Zimmer zurück.«

»Ich auch«, gestand Liv. »Aber von der Versicherung kam noch nichts. Ich hake nach. Ehe wir ins Haus zurückkönnen, muss der Vermieter eh erst mal sanieren.«

»Ätzend. Immerhin bin ich nächstes Wochenende bei Kimi auf Sylt.«

»Okay. Dann kümmere ich mich um Zorro, versprochen.« Der Dienstwagen ihrer Kollegen bog um die Ecke. Liv winkte. »Ich muss Schluss machen. Hennes fährt gerade vor.«

»Grüß ihn von mir! Wenn wir nächste Woche bei ihm übernachten, mach ich ihn im Scrabble fertig.«

»Das sage ich ihm. Viel Spaß beim Jobben, und grüß Maja schön! Hab dich lieb, Lütte!« Bevor Liv noch mehr sagen konnte, hatte ihre Tochter schon aufgelegt.

Der Wagen kam neben ihr zum Stehen. Durch das offene Fenster schallte ein Song von Pink Floyds Album *The Dark Side of the Moon*. Es roch penetrant nach Pfefferminz, und kurz fürchtete Liv, ihr Freund und Kollege könnte heimlich geraucht haben. Dabei nahm er den Warnschuss aus dem Sommer eigentlich ernst; seit seinem Krankenhausaufenthalt verwendete Hennes nicht einmal mehr Nikotinkaugummis. Liv stieg ein und bestellte sogleich Sannas Grüße.

Hennes lachte und gab Gas, seine langen grauen Haare flatterten im Fahrtwind. Er trug einen hochgeschlossenen Rollkragenpulli und einen dicken Schal, wodurch sein Kopf wie eine Kirsche auf einem Törtchen wirkte. »Sanna wird sich umgucken! Ich habe geübt. Ich kenne Fremdwörter, die habt ihr noch nicht einmal gehört! Bald kann mir ohnehin keiner mehr was. Weder beim Scrabble noch sonst wo.«

Liv sah Hennes von der Seite an. Ihr Kollege klang grimmig. Ende des Jahres sollte er pensioniert werden, was Liv bedauerte, für ihn aber ein echtes Problem zu sein schien. Tatsächlich konnte auch sie sich Hennes nicht als Pensionär vorstellen, so sehr lebte er für seinen Beruf.

Auf dem Autozug schälte Hennes sich aus den Wollklamotten und schenkte ihnen aus einer Thermoskanne Tee ein. Währenddessen nahm Liv die Landschaft zu beiden Seiten der Gleise in sich auf. Auch hier schien es lange nicht geregnet zu haben, denn zwischen den Feldern wirbelte eine Bö Staub auf. Unter herbstbunten Ästen drängten sich Pferde dicht aneinander. Hennes und sie glichen ab, was sie bisher über den Fall wussten.

»Fastenklinik, wie?« Hennes kicherte. »Ich hoffe, Botersen-Evers hat die Kur abgebrochen, sonst ist er bestimmt knatterig.«

»Wie hat er den Schädel überhaupt im Aquarium gefunden?«

Hennes hob die Schultern. »Frag mich was Leichteres.« Er wurde ernst. »Und bei dir? Neue Erkenntnisse zur Brandursache?«

Liv schüttelte den Kopf. »Die Kollegen vom K6 sind sicher im Stress, weil ihr Chef nicht da ist. Schon verdächtig, wenn ein Feuer an zwei Stellen gleichzeitig ausbricht.« Sie sah auf die Nordsee hinaus, die sich nun beidseitig des Hindenburgdamms abzeichnete. Ihre Brust wurde weit, als sie die unzähligen Zugvögel sah, die an der reichen Tafel des Wattenmeers rasteten.

»Was Neues zum Testament deines Vaters?«

»Ist noch nicht eröffnet. Offenbar hatte Ocke einen Bruder, von dem niemand wusste und der bislang noch nicht aufgespürt werden konnte.« Sie sah ihn an. »Du glaubst doch nicht etwa, dass der Brand und Ockes Testament zusammenhängen?«

Hennes hob die Schultern. »Wenn's um so viel Geld geht …«

Alter Groll wallte in ihr auf. »Mein Vater hat mich schon vor vielen Jahren enterbt.« Sie wollte das Geld ohnehin nicht. Schon als Jugendliche hatte sie gegen die Bauprojekte und Immobilienspekulationen ihres Vaters protestiert. Als sie mit Sanna schwanger geworden war, hatten sie sich weiter entzweit, und in den letzten Jahren hatte sich ihr Verhältnis nicht gebessert. Eher im Gegenteil.

»Und doch wollte er vor seinem Tod noch mit dir über sein Testament sprechen.«

Liv ging über Hennes' Bemerkung hinweg. Der Tod ihres Vaters erfüllte sie mit widersprüchlichen Gefühlen, von denen Erleichterung das stärkste und zugleich erschreckendste war. Eine Erleichterung, die sich noch verstärkt hatte, als ihre Schwester sie nicht zur Beerdigung eingeladen hatte. Liv hatte Ockes Leichnam gesehen, wusste auch so, dass sie ihn nicht mehr zu fürchten, nicht mehr zu hassen brauchte.

Sie beobachtete einen Vogelschwarm, der zwischen den ins Watt ragenden Lahnungen zur Landung ansetzte. Waren das Stare? Liv sah beeindruckt zu, wie sie erneut aufstoben und Muster in den Himmel malten. Deutlich zeichnete sich die Sylter Küstenlinie gegen das Azur des Himmels ab. Ein schmaler Streifen Sandweiß und Dünengrün mit ein paar Farbtupfern und Kirchtürmen – ein zerbrechliches Bollwerk gegen die Urgewalt des Meeres. »Sebastian meinte, der Bereitschaftsdienst des Rechtsmedizinischen Instituts könnte noch heute möglicherweise Geschlecht, ungefähres Alter und Liegezeit bestimmen. Er will sich den Schädel dann morgen vornehmen. Hoffentlich gibt es Besonderheiten.«

Hennes nickte zustimmend. Der Zustand der Zähne oder Hinweise auf Operationen halfen in der Regel bei der Feststellung der Identität eines Opfers.

Je länger Liv über den Fund nachdachte, umso mehr regte sie sich auf. »Wenn ein Spaziergänger in einem Wald einen Schädel findet und die Polizei bei ihren Ermittlungen den Rest des Skeletts entdeckt, ist das eines. Aber ein Schädel in einem Aquarium? Wer ist so kaltblütig, dass er jemanden erschlägt, den Kopf abtrennt und ihn in einer Klinik vor den Augen der Öffentlichkeit deponiert?«, sprach sie aus, was ihr durch den Kopf ging.

Hennes drehte seinen Teebecher in den Händen. »Gute Frage. Du hast aber noch einen Schritt vergessen: die Mazeration. Der Schädel muss abgekocht oder anderweitig behandelt worden sein. Hätte man ihn direkt nach der Enthauptung ins Aquarium gesteckt, wäre er von der Fäulnis aufgeschwemmt worden, das Wasser wäre in kürzester Zeit verdorben und die Fische eingegangen.«

Eine Gänsehaut kroch Livs Rücken hoch. Nicht nur das mutmaßliche Tötungsdelikt ließ sie erschauern. Allein die Vorstellung, jemanden zu töten und ihm dann eine Säge an den Hals zu setzen, um sich mit ihr durch Schichten von Haut, Fett, Muskeln und Sehnen zu schneiden, war entsetzlich. Jemanden zu zerstückeln war eine harte, ekelerregende Arbeit. Und doch kam so etwas regelmäßig vor.

Sie versuchte, die Tat nüchtern zu betrachten, und ging im Geiste die Informationen aus dem Lehrbuch durch, das sie während ihrer Ausbildung hatte lesen müssen. Man unterschied zwischen natürlicher Leichenzerstückelung, also Leichenzerfall, zufälliger Leichenzerstückelung beispielsweise bei Unfällen, nicht kriminellen Leichenzerstückelungen und krimineller Leichenzerstückelung. Bei Letzterer grenzte man defensive und offensive Leichenzerstückelungen voneinander ab – hatte also der Täter das Opfer zerstückelt, um es loszuwerden, oder war eine sadistische, gestörte Persönlichkeit am Werk gewesen?

War ihr aktuelles Opfer bei der Enthauptung bereits tot gewesen? So makaber es war, so hoffte Liv es doch. Würde Sebastian herausfinden, ob die Schläge, die die Schädelverletzungen verursacht hatten, sofort zum Tod geführt hatten?

Irgendwo lief jemand frei herum, der zu derartiger Kaltblütigkeit und Grausamkeit fähig war. Es wurde höchste Zeit, ihn zu fassen.

3

Sylt, 12:59 Uhr

Sylt begrüßte sie mit einer warmen, würzig duftenden Brise, in der sich Meersalz und Wildkräuter mischten. Langsam glitten sie vom Autozug und durch Westerland. Hinter der Einkaufsmeile von Tinnum lichtete sich die Bebauung, wenig später brachte die Sonne die violette Besenheide und den Herbstglanz der Hundsrosen zum Leuchten.

Liv öffnete das Fenster und sog tief die Seeluft ein. Sofort durchflutete sie neue Energie. Sylt war eine Welt für sich, immer ein wenig fremd und mit eigenen Regeln, und zugleich ihre Heimat. Hennes blendete auf, als ein Lamborghini sie überholte und so dicht vor ihnen einscherte, dass er kurz auf die Bremse musste. »Fettes Auto, aber für den Führerschein hat's nicht gereicht!«, schimpfte er.

Liv lachte. »Gib es zu: Wenn du erst Rentner bist, wirst du unsere Einsätze auf Sylt vermissen!«

»Auf keinen Fall! Diese neunundneunzig Quadratkilometer Schnöseltum können mir gestohlen bleiben.«

»Sylt hat so viele schöne Seiten. Und auch nette Leute.«

Hennes grinste breit. »Ich wusste doch, dass du dich die ganze Zeit verstellst und tief im Inneren zur Sylter Snobiety gehörst.«

Sie überquerten den Keitumer Kreisel und den Bahnübergang und fuhren eine Weile zwischen Feldern hindurch. »Archsum – schöne Aussichten für Ihren Urlaub«, verkündete das reetgedeckte Ortsschild. »Wie der beschauliche Luftkurort aus dem Reiseführer sieht das hier nicht aus«, murmelte Hennes.

»Stimmt. Auch davon, dass die Seefahrt früher Haupterwerb der Bewohner gewesen ist, spürt man nichts mehr. Selbst die Landwirtschaft schwächelt erheblich«, meinte Liv, die im Nachbarort Morsum aufgewachsen war. »Hier jetzt rechts.«

Sie bogen in eine der kleinen, von schmucken Häusern flankierten Straßen ein. Es ging Richtung Nössedeich, wo sich Wiesen und Priele bis zum Watt erstreckten und sich Schafe und Radfahrer gegen den Wind stemmten. In einiger Entfernung erhob sich der wild bewachsene Hügel der früheren Archsumburg, einer etwa zweitausend Jahre alten Ringwall-Anlage, die bei Archäologen immer noch Begeisterungsstürme hervorrief. Am Ende einer schmalen Sackgasse parkten sie.

Die Einfahrt zur Fastenklinik war von einem hohen Sichtschutz, Kiesbeeten und einer Buddha-Statue flankiert, die allerdings nicht den gemütlichen Religionsstifter zeigte, sondern einen abgemagerten, dessen Rippen deutlich hervortraten. Wesentlich freundlicher wirkte das Grundstück gegenüber: ein Reetdachhaus hinter einem niedrigen Steinwall mit einem abwechslungsreich bepflanzten Garten, in dem noch erstaunlich viel blühte, darunter etliche Rosen. Eine ältere Dame beobachtete sie, eine Gartenschere in den Händen. Liv grüßte sie freundlich; aufmerksame Nachbarn konnten bei einer polizeilichen Ermittlung nützlich sein.

Das K6 war bereits eingetroffen, hatte abgesperrt und einen Spurenpfad eingerichtet; Karlpeter Botersen-Evers musste seinen Kollegen Dampf gemacht haben. Sobald er sie sah, kam er ihnen entgegen, einen Terrier auf der Armbeuge. »Du siehst ja schon richtiggehend eingefallen aus«, begrüßte Hennes ihn. »Beinahe wie dieser Buddha.«

»Deine Stichelei kannst du dir sparen«, murrte Botersen-Evers und wandte sich demonstrativ Liv zu.

Auch auf sie wirkte der Leiter der Kriminaltechnik verändert. Seine Wangen schienen schlaff herunterzuhängen, das Hemd spannte nicht so stark wie üblich um den Bauch, und der Hosenbund wurde durch einen Gürtel gerafft. Liv hielt dem Terrier die Finger hin, damit er sie beschnuppern konnte, und redete leise mit ihm.

»Ich wusste gar nicht, dass du einen Hund hast«, sagte sie dann zu ihrem Kollegen.

»Das ist Pinky.« Botersen-Evers ließ zu, dass sie den Terrier streichelte, ging dann aber auf dem Spurenpfad voraus. »Hab von dem Brand bei dir gehört. Großer Mist. Wie geht es deiner Familie und deinem vierbeinigen Freund?«

Während Liv berichtete, betraten sie die weitläufigen, lichten Räume. Sie sah sich um. Sparsame Möblierung, einzelne Orchideen in schlichten Töpfen. An den Wänden hingen großformatige Leinwände und Schwarz-Weiß-Fotografien. Auf manchen erkannte Liv nur Umrisse, manchmal schattenhafte Ausschnitte von Gesichtern oder Körpern, aber immer ging es um den Menschen.

»Jetzt sag aber mal, wie du den Schädel in dem Aquarium gefunden hast. Bist du getaucht, oder was? Wolltest dir einen Fisch für eine geheime Mahlzeit fangen?« Hennes kicherte.

»Haha.« Botersen-Evers verzog keine Miene, sondern führte sie weiter, vorbei an einem Raum, aus dem aufgeregte Stimmen drangen. Durch den Türspalt sahen sie eine Menschentraube. »Ich habe erst mal alle in den Speisesaal geschickt, damit sie nicht noch mehr auf den Spuren herumtrampeln.«

Ein gut aussehender, hochgewachsener Mann mit langen Haaren löste sich aus der Menge und schoss auf sie zu. Sein schlichter Leinenanzug im Mao-Stil und der wiegende Gang ließen einen durchtrainierten Körper erahnen, seine markanten Brauen waren zusammengezogen. »Ich verlange, dass Sie mich sofort über das weitere Vorgehen in Kenntnis setzen. Meine Gäste sind verunsichert – und das in einer Situation, die eigentlich ihr Wohlbefinden fördern soll. Einige wollen sogar abreisen! Diese Unruhe muss so schnell wie möglich beendet werden!«

Botersen-Evers hob beschwichtigend die Hände. »Ich sagte Ihnen doch bereits, dass meine Kollegen vom K1 übernehmen werden, sobald die Spurensicherung abgeschlossen ist. Natürlich werden Frau Lammers und Herr Erdt mit der nötigen Diskretion und Schnelligkeit vorgehen.«

Statt besänftigt zu sein, griff der Mann Botersen-Evers weiter an. Erst jetzt fiel Liv auf, dass er weder Schuhe noch Socken trug. »Auch Sie sollten sich auf die Reinigung von Geist und Körper besinnen! Wenn Sie meditiert hätten, um Ihre Schwäche zu bekämpfen, wären Sie auch nicht hier durch die Gänge getigert und hätten das Aquarium nicht …«

Liv ging der Tonfall gegen den Strich, aber Hennes kam ihr zuvor. »Ihnen ist wohl nicht klar, dass wir es vermutlich mit einem Kapitalverbrechen zu tun haben? Sollte es nötig werden, machen wir diese Klinik dicht.«

»Sie sind der Leiter dieser Fastenklinik, nehme ich an?«, sagte Liv verbindlicher.

Ihr Gegenüber musterte sie wohlgefällig. Er nahm ihre Hand und hielt sie, zu lange, wie Liv fand. »Dr. Daniel Xanthen, sehr erfreut.«

Unauffällig wischte sich Liv die Hand an der Hose ab. »Wir werden uns ein Bild von der Lage machen und würden dann ausführlich mit Ihnen, Ihrem Personal und Ihren Gästen sprechen.«

»Meinen Gästen? Was haben die damit zu tun?«

»Das werden wir herausfinden. Und jetzt gehen Sie bitte in den Raum zurück, der Ihnen zugewiesen wurde.«

Liv und ihre Kollegen wandten sich ab und betraten einen Saal, der mit Sofas und Sitzgruppen bestückt war. Um den Raumteiler in der Mitte herrschte Chaos. Oda, eine Kriminaltechnikerin, grüßte sie und stellte dann eine weitere Spurenmarke auf. Der Hund in Botersen-Evers' Arm japste aufgeregt. Der Kriminaltechniker griff ihn noch ein wenig fester, während er mit der anderen Hand einen Zettel aus der Brusttasche zog. »Ich habe eine Liste der Leute angelegt, die hier arbeiten. Außerdem sind sechzehn Gäste anwesend.«

»Erstaunlich viele. Ich dachte immer, man fastet nur im Frühjahr«, meinte Hennes.

»Es ist nie zu spät, den Körper zu reinigen und abzuspecken. Vor allem, wenn die Weihnachtszeit naht, in der man ohnehin über die Stränge schlägt.« Botersen-Evers schluckte mühsam. »Daneben haben Lieferanten, Reinigungspersonal, Hausmeister, Gärtner und so weiter Zugang zu diesem Haus. Es gibt keine Einlasskontrolle, nur einen Zahlencode für die Tür, den jeder Gast bei der Ankunft bekommt.«

Liv sah sich um. Der Schädel lag auf einem Tisch. Aus gebührendem Abstand nahm sie ihn in Augenschein. Hellbeiger Knochen, dunkle Höhlen von Augen und Nase, die einen grünlichen Schimmer hatten, als seien sie von Algen bewachsen. Zu ihrer Enttäuschung keine Zähne. Im oberen Hinterkopf zwei Lücken und Brüche, eine wirkte eckig wie von einem kantigen Werkzeug.

»Der hat im Aquarium gelegen? Kaum vorstellbar, dass ihn niemand vorher entdeckt hat.«

»Der Schädel war vermutlich zwischen Steinen und Sand verborgen, vielleicht sogar begraben. Aufschluss darüber werden uns hoffentlich Fotos geben. Aquarienbauer dokumentieren ihre Werke, davon ist auszugehen. Auch bei Veranstaltungen oder von Gästen dürfte hier fotografiert worden sein. Aufgefallen ist mir der Schädel vorher jedenfalls nicht. Als das Aquarium kaputtging, wurde er auf den Boden geschwemmt, weshalb Pinky anschlug.«

»Kluger Hund. Apropos: Sind die Suchhunde schon angefordert?«, fragte Liv.

Botersen-Evers und Hennes nickten simultan. Sie hatten die Tiere in der Hoffnung angefragt, mit ihrer Hilfe im Haus oder auf dem Grundstück den Rest des Skeletts ausfindig zu machen, was die Ermittlungen erheblich erleichtern würde.

»Wurde sonst noch etwas gefunden, was Hinweise auf die Identität der oder des Toten geben könnte?«, wollte Hennes wissen.

»Nein. Ich schätze aber, dass es sich um den Schädel einer Frau handelt. Der Knochen ist grazil, das Profil schwach ausgeprägt, der Wulst über den Augenbrauen fehlt, und auch die Warzenfortsätze hinter den Ohren sind klein.« Botersen-Evers sah auf. »Vielleicht stammt er auch von einem zierlichen Mann. Kann ich ihn schon nach Kiel schicken?«

Liv und Hennes nickten. Je schneller der Schädel untersucht wurde, desto eher bekamen sie Hinweise auf das Opfer.

Der Magen des Kriminaltechnikers knurrte geräuschvoll. Er stieß die Luft aus. »Wenigstens habe ich bei der ganzen Aufregung ein paar Stunden lang nicht mehr ans Essen gedacht.«

Als Liv und Hennes in den Speisesaal traten, versuchte der Leiter der Fastenklinik gerade, eine junge Frau zu beruhigen, die ihre Wallehaare mit einem Seidentuch zurückgebunden hatte und große Kreolen trug. Sie war in schneeweiße, an den Seiten geraffte Leggins und ein weites weißes Shirt gehüllt, das ihren Bauchnabel freigab, und hing förmlich an Xanthens Lippen.

Liv trat neben ihn. »Herr Xanthen, wenn Sie jetzt kurz Zeit hätten?«

»Natürlich. Darf ich Sie in mein Büro bitten?« Xanthen berührte Liv am Ellbogen. »Ich wünschte, ich hätte mehr Ruhe, mich Ihnen zu widmen, aber die emotionale Verfassung einiger meiner Patienten beunruhigt mich.«

»Was für ein Arzt sind Sie eigentlich?«, wollte Hennes wissen.

Xanthen würdigte ihn kaum eines Blickes, als er antwortete. »Allgemeinmediziner. Nachdem ich mich jahrelang im Hamsterrad der Zweiklassenmedizin abgerackert hatte, habe ich mich entschlossen, mit der Behandlung früher und ganzheitlicher anzusetzen. Meine Leidenschaft gilt der Vorbeugung, der Gestaltung des Lebens nach ganzheitlichen Prinzipien.«

Mit großen Schritten führte Xanthen die Kommissare in sein Büro. Die weite Fensterfront des Zimmers öffnete sich zu einem Garten, in dem sich friesischer Wohnstil und fernöstliche Elemente wie Statuen und geharkte Kiesbeete vermischten. Aus dem Nebenzimmer drangen aufgeregte Stimmen, ab und an sogar Schluchzen.

Daniel Xanthen schob Liv gentlemenlike den Stuhl zurecht und setzte sich dann an den Schreibtisch, eine polierte Baumscheibe, auf der lediglich ein Tablet lag. »Wird es lange dauern? Ich würde in diesem Fall Doro bitten, mit meinen Patienten einen Strandspaziergang zu unternehmen, damit sich ihre Körper und Seelen beruhigen können.«

Ehe Hennes etwas einwenden konnte, lächelte Liv den Arzt an. »Je kooperativer Sie mit uns zusammenarbeiten, umso schneller werden wir fertig sein«, sagte sie. »Doro ist die junge Frau, mit der Sie gerade gesprochen haben?«

»Ja. Sie ist zertifizierte Yoga- und Fitnesslehrerin. Eine wichtige Stütze meiner Klinik.« Vor seinem Gesicht legte Xanthen die Finger zu einem Dreieck zusammen. Die Ränder seiner Augenbrauen verrieten, dass sie gezupft wurden. Er war ein attraktiver Mann, aber zu eitel für Livs Geschmack. Geziert warf er die Hände in die Luft. »Ich begreife nicht, wie dieser Knochen in das Aquarium gekommen sein soll! Der Aquarienbauer muss sich einen schlechten Scherz erlaubt haben. Oder jemand will mich schädigen, will meine Gäste vertreiben, meinen guten Ruf zerstören!«

»Wer könnte Ihrer Meinung nach dafür verantwortlich sein?«, hakte Hennes nach.

Daniel Xanthen verschränkte die Arme vor der Brust. »Konkurrenten. Betreiber anderer Fastenzentren.«

»Ist das ein vager Verdacht, oder haben Sie Anlass zu dieser Vermutung?«

Xanthen lehnte sich in seinem Stuhl zurück. »Als ich vor fünfzehn Jahren auf der Insel meine erste Klinik eröffnet habe, war Fasten noch ein Geheimtipp, doch inzwischen drängen immer mehr Anbieter auf den Markt. Heute werden hier das Fasten nach Buchinger, Basenfasten und Vitalfasten angeboten. Ganz abgesehen von Wellnessangeboten für Superreiche. Sylt ist perfekt dafür, weil das maritime Reizklima die Entgiftung beschleunigt und die Natur die Seele heilt.«

Liv beugte sich vor. »Erzählen Sie uns mehr über Ihr Geschäft.«

Der Arzt zog einige Broschüren aus dem schwarzen Lackschränkchen, das hinter ihm stand, und reichte sie über den Tisch. Flüchtig blätterte Liv sie durch. Sie zeigten ein Best-of Sylts: knalliger Himmel, tiefblaues Meer, weiße Dünen, Fußabdrücke im feinen Sand, Sonnenuntergänge. Dazu Fotos von Wellness- und Beautybehandlungen, Sport und Meditation, frischen Säften und winzigen, aber gesund wirkenden Mahlzeiten.

»Beim Fasten geht es nicht nur darum, Pfunde zu verlieren«, erklärte Xanthen. »Es geht auch darum, den Körper zu entgiften und innere Ruhe zu finden, Achtsamkeit zu lernen. In meiner Klinik werden Körper, Geist und Seele meiner Gäste umsorgt. Dazu steht mir ein Team von Mitarbeitern zur Verfügung.«

»Die bei Ihnen angestellt sind?«

»Die ich projektbezogen beschäftige.«

»Sie haben aber dennoch freien Zugang zu Ihrer Fastenklinik, oder? Es gibt kein Einlass- oder Kontrollsystem?«, fragte Liv nach.

»Natürlich wird über die Einsätze Buch geführt.«

»Inwiefern?«

Der Arzt wurde sichtlich ungeduldig. »In Form zertifizierter Computerprogramme. Sind Sie nun auch noch vom Finanzamt?«

»Und Sie wollen die ganze Zeit nichts von dem Schädel im Aquarium bemerkt haben? So klein ist er ja nicht«, forschte Hennes nach.

»Ich habe nichts von dem Schädel gewusst, bis Ihr Kollege das Aquarium zerstörte.«

»Also muss jemand anders den Schädel dort deponiert haben«, unterbrach Hennes. »Beispielsweise der Aquarienbauer, einer ihrer Mitarbeiter oder Gäste. Wer hatte Zugang zum Aquarium?«

»Quasi jeder. Abends schließen wir das Haus ab. Aber die Gäste haben den Zugangscode und Schlüssel.«

»Wie oft wird der Zahlencode für die Tür geändert?«

»Regelmäßig.«

»Wann zuletzt?«

Xanthen überlegte angestrengt. »Äh, vermutlich … Könnte schon einige Zeit her sein. Ein Jahr oder so. Ich vertraue meinen Gästen.«

Liv unterdrückte einen Fluch. »Wir benötigen von Ihnen eine detaillierte Liste, wer in diesem Haus ein und aus gegangen ist.«

»Über welchen Zeitraum reden wir?«

Die Kommissare tauschten Blicke. »So weit zurück wie nötig. Wann wurde das Aquarium eingerichtet? Wann zuletzt komplett gereinigt?«

Der Arzt holte einen Ordner aus dem Schränkchen und blätterte darin. »Eingerichtet wurde es bei unserem Einzug, also 2017. Hier ist der Kaufbeleg. Gereinigt wurde es noch nie, soweit ich weiß. Es gab jedoch einmal Probleme mit dem Filter oder der Wasserpumpe.«

»Haben Sie Fotos von der Eröffnung? Wir benötigen dringend Bildmaterial, auf denen das Aquarium zu sehen sein könnte. Auch von Veranstaltungen.«

»Und zwar zeitnah. Sollte das Heraussuchen für Sie ein Problem darstellen, können wir jemanden dafür abordnen.« In Hennes' Ton klang durch, dass er mit Widerstand rechnete. Doch Xanthen zog sein Tablet zu sich. Nach wenigen Klicks hatte er mehrere Ordner aufgerufen.

»Ich benötige Ihre Mailadresse für den Versand.« Er sah auf. »War es das? Dann würde ich mich jetzt an die Listen machen, erst einmal von diesem Jahr. Meine Patienten warten.«

Hennes und Liv entschieden, sich als Nächstes bei den Gästen und dem Personal umzuhören, ob sie etwas Verdächtiges bemerkt hätten, doch niemandem war etwas aufgefallen, also ließen sie sie gehen. Zuletzt sprachen sie Doro Weber an, die Yoga- und Fitnesslehrerin, die mit den Gästen in ein intensives Gespräch vertieft war.

»Können wir nicht später reden? Unsere Gäste brauchen mich jetzt besonders«, versuchte sie auszuweichen.

»Wir haben nur einige kurze Fragen«, sagte Hennes. »Wir hörten, dass Sie geschrien haben, als der Schädel gefunden wurde.«

Doro rückte sich das Haarband zurecht, um ihre außer Kontrolle geratene Mähne zu bändigen. Ihr Blick flackerte zu einigen Gästen, die lautstark ihre Abreise ankündigten. »Das betrachte ich als eine natürliche Reaktion, die auch einem erfahrenen Yogi wie mir unterlaufen kann. Wir alle sind die Zeichen des Todes nicht mehr gewohnt. Abgesehen von Ihnen vielleicht.«

»Sie haben sich also erschreckt.«

»Auch, ja. Genau genommen betrachten wir Yogis den Tod als einen Übergang von einer Welt in eine andere. Der Tod ist ein Anfang, nicht das Ende. Vielleicht naht die Wiedergeburt.« Sie senkte beim Weitersprechen die Stimme. »Gleichzeitig ist der plötzliche Tod belastend, da der Geist umherwandelt. Er weiß noch nicht, dass er tot ist, und versucht, mit Menschen in Kontakt zu treten – aber niemand kann ihn sehen oder hören. Ich denke, wir werden die Klinik mit einer Räucherzeremonie reinigen müssen.«

Hennes starrte sie ungläubig an. »Das klingt, als würden Sie vor allem die spirituellen Sinne trainieren und nicht die Kondition.«

»Gesundheit fängt im Geiste an. Und beim Fasten ist das Gehirn ein wichtiges Organ.«

Da weder Liv noch Hennes den Eindruck hatten, im Moment mehr aus Doro Weber herauszubekommen, beendeten sie das Gespräch und zogen sich zurück. Der Schädel sah nicht so aus, als sei er erst gestern im Bassin versenkt worden. Den Zeitpunkt der Tat und die Verdächtigen einzugrenzen dürfte daher eine Herausforderung werden. Zudem musste die Kriminaltechnik freie Bahn haben.

Während Hennes einen Termin mit dem Aquarienbauer vereinbarte, nahm Liv die Fotos in Augenschein, die der Arzt ihnen zugeschickt hatte. Auf den Bildern des ältesten Ordners ließ sich der Bau der Fastenklinik nachvollziehen – vom Abriss des alten Friesenhauses, das an dieser Stelle gestanden hatte, über die Bauarbeiten, das Richtfest und die Einweihung.

»Alles vom Feinsten hier«, sagte Hennes, als er zurückkam. »Schon erstaunlich, was man verdienen kann, indem man andere hungern lässt.«

»Hast du den Aquarienbauer erreicht?«

»Ja, der ist in seiner Zoohandlung in Tinnum. Wim Immsen, eigentlich Tierpfleger mit dem Fachbereich Aquarium.« Hennes zog sich einen Stuhl heran und wies auf eines der Fotos. »Da ist es ja.«

Sie betrachteten die Fotos des Aquariums, vergrößerten Details. Nichts darin erinnerte entfernt an einen Schädel – aber es war auch nicht auszuschließen, dass sich zwischen den Steinen und Pflanzen einer befand. Stattdessen war auf beinahe jedem Foto Xanthen zu sehen: strahlend und jovial in die Kamera lächelnd, im Gespräch mit Gästen und häufig innig mit einer sehr attraktiven Dame von Mitte vierzig, die die Ausstrahlung einer alterslos sexy wirkenden Heidi Klum hatte.

Liv öffnete den nächsten Ordner. Jetzt zeigten die Bilder den Aufenthaltsraum als Ort des Beisammenseins und von Veranstaltungen, das Aquarium war eher schmückendes Beiwerk. Nach wie vor tauchte neben dem Klinikleiter immer wieder die alterslose Frau auf, deren Gesichtszüge Liv irgendwie bekannt vorkamen. Feste im Rhythmus der Jahreszeiten, aber auch gemeinsame Meditationen, Tanzveranstaltungen und Zeichenkurse.

Ordner um Ordner durchforsteten sie, entdeckten aber keinen Hinweis auf den Schädel. Auffällig waren hingegen die nun wechselnden Gefährtinnen des Fastenklinik-Leiters; nicht wenige Patientinnen himmelten ihn offen an, was Xanthen zu genießen schien. Die Dame tauchte auf keinem der Bilder mehr auf, dafür gesellte sich im letzten Ordner regelmäßig die Yogalehrerin an Xanthens Seite.

Aufgeregtes Kläffen kündigte das Eintreffen der Diensthundestaffel an. »Einer unserer K1-Kollegen sollte sich die Fotos noch einmal in Ruhe vornehmen«, sagte Hennes.

Liv nickte. »Am besten macht das Aziz.« Mit einem Klick leitete sie dem Kommissar die Dateien weiter. Aziz hatte ein Händchen für Computerforensik. Außerdem hatte er gerade Zeit, weil er mit einem Cold Case beschäftigt war, der warten konnte.

Vor der Klinik trafen sie auf den Führer der Hundestaffel und setzten ihn ins Bild: »Schädelfund in einem Aquarium. Vom Rest der Leiche bisher keine Spur. Wäre gut, wenn ihr etwas fändet.«

»Ich habe die Leichen- und Blutspürhunde mitgebracht«, berichtete der Hundeführer, während seine Kollegen die Schäferhunde, die Gebirgsschweißhündin und zwei Weimaraner vorbereiteten. Dass Personen-, Brandmittel-, Sprengstoff- und Rauschgiftspürhunde ausgebildet wurden, war allgemein üblich. Bei der Polizeidirektion für Aus- und Fortbildung in der Bereitschaftspolizei Eutin wurden daneben jedoch auch Hunde zum Erkennen von Blutspuren und Leichen trainiert. Sie reagierten auf den Stoff Cadaverin, der bei der Verwesung von Leichen entstand. Die Hunde tänzelten bereits erregt.

Der Hundeführer hielt seinen Hund fest am Geschirr. »Wenn auf diesem Grundstück irgendwo ein Leichnam oder Knochen versteckt oder vergraben wurden, werden unsere Hunde sie finden.«

Liv fiel eine Bewegung am Klinikfenster auf. Xanthen! Er

wirkte entsetzt, vielleicht sogar wütend. Als habe er bemerkt, dass er beobachtet wurde, wich er zurück.

* * *

Hektisch nestelte Daniel Xanthen an seinem Versteck. Gut, dass sein Appartement direkt hinter dem Sprechzimmer lag. Er musste das Zeug loswerden, sofort. Als Arzt war man schnell seine Approbation los. Und anscheinend schreckten die Bullen nicht davor zurück, die Klinik zu durchsuchen.

Eine Hand streichelte seinen Rücken. Daniel fuhr herum. »Doro! Ich habe dich gar nicht gehört!«

Ihr Blick fiel auf das Döschen mit dem Schraubdeckel, das er in der Hand hielt. Am liebsten hätte er es hinter seinem Rücken verschwinden lassen. Stattdessen drapierte er es demonstrativ auf dem Schreibtisch. Sie durfte nicht misstrauisch werden.

Doro ging ihm nach, ergriff seine Handgelenke, kam ganz nah. Ihre Augen waren weit. »Ist alles in Ordnung? Ich spüre doch, dass dir diese Situation zusetzt. Wir müssen unsere Energie fokussieren, damit wir den negativen Einflüssen standhalten.« Sie schmiegte sich an ihn, strich über seine ausdefinierte Bauchmuskulatur.

Erregung ergriff ihn. Sex wäre jetzt genau richtig, um die Anspannung abzubauen, aber er musste sich beherrschen. Längst hätte er Doro flachlegen können, wenn er es gewollt hätte. Sie war scharf auf ihn. Doch er hatte auch so schon genug Ärger. Daniel schob sie von sich. »Ich weiß dein Angebot zu schätzen, Doro. Aber ich muss in erster Linie an meine Patienten denken. Kümmere dich bitte um sie, bis ich hier wieder frei bin. Du weißt ja, wie wichtig es ist, dass alle zufrieden sind.«

Enttäuschung in ihren Augen, gleich darauf ein misstrauisches Flackern zu dem Döschen.

Er lächelte. »Wir werden uns später gemeinsam überlegen, wie wir für einen spirituellen Ausgleich sorgen.«

* * *

Das Geschäft für Aquaristik und Heimtierbedarf befand sich südlich der Bahntrasse in Richtung Tinnumburg. Schon von außen waren die blaugrün leuchtenden Aquarien zu sehen. Statt eines Läutens erklang beim Eintreten Meeresrauschen vom Band. Ein mittelgroßer, leicht rundlicher Mann mit weichen Wangen fischte mit einem Kescher etwas aus dem größten Aquarium, das eine Wand des Geschäfts beinahe völlig verdeckte. Er wandte sich zu ihnen um, kleckerte mit dem Kescher auf Pullover und Hose, legte ihn ab.

»Wollen Sie den Fisch nicht in Sicherheit bringen?«, fragte Hennes.

»Der ist leider tot. Altersschwäche, das kommt auch bei Zierfischen vor. Ich werde ihn später entsorgen.« Der Mann wischte sich die Hände an einem Handtuch ab und versuchte, die Wasserflecke aufzutupfen. »Wim Immsen. Sie sind die Kommissare?«

Sie stellten sich vor. Hennes stützte sich mit einer Hand auf den Verkaufstresen. »Wie ich bereits am Telefon sagte, geht es um das Aquarium, das Sie für die Fastenklinik in Archsum eingerichtet haben.«

»Ich habe die Unterlagen schon herausgesucht.« Immsen ging zum Tresen. »Das war ein schöner Auftrag.« Begeistert begann er, die Fische aufzuzählen, mit denen er das Aquarium bestückt hatte.

»Uns geht es vor allem um die Dekoration, also die Steine,

Korallen und Muscheln – oder was auch immer darin war«, unterbrach Hennes ihn.

Wim Immsens Finger flog über die Liste und verwischte dabei die Tinte. Der Zoohändler rieb mit einem Taschentuch darüber, machte es aber nur noch schlimmer. Er wirkte nervös. »Das Aquascaping von Aquarien ist ein Thema für sich. Ich habe für die Hardscapes auf den Kontrast von Shodo Stones und Galapagos Rocks gesetzt.«

»Die werden aber nicht wirklich von den Galapagosinseln hierhergekarrt, um die Buden von Fischverrückten zu verzieren?«, fragte Hennes konsterniert.

Immsen zuckte mit den Schultern. »Nein, es handelt sich nur um dunkle, poröse Steine, die denen von den Galapagosinseln ähneln. Die Shodo-Steine sind samtiger, handpoliert. Warten Sie, ich habe die Größen aufgeschrieben und verschiedene Exemplare vorrätig.« Eifrig holte er beigebraune Steine in verschiedenen Größen hervor. Sie waren mit Mustern und Adern durchzogen, die beinahe etwas Kalligrafisches hatten. Als er einen, der etwa fünfundzwanzig, dreißig Zentimeter lang war, auf den Tresen hob, griff Liv zu. Sie wog den Stein in den Händen.

»Sein oder nicht sein«, murmelte Hennes, als stünde sie als Hamlet auf der Bühne.

Liv musste trotz der ernsten Situation grinsen. »Diesen Stein könnte man halb eingegraben leicht mit einem Schädel verwechseln. Oder ihn gegen einen Schädel austauschen, ohne dass es jemand merkt«, sagte sie.

»Einen Schädel?« Der Aquarienbauer wurde bleich.

»Wie oft haben Sie nach der Einrichtung das Aquarium noch kontrolliert, gewartet oder gereinigt?«

»Gar nicht. Das ist auch kein Problem, denn moderne Aquarien müssen nicht mehr jährlich gereinigt werden, wie es früher der Fall war. Das wäre auch zu viel Stress für die Fische. Ich habe lediglich die Wasserpumpe repariert. Das war letztes Jahr im September. Davon abgesehen hat Herr Dr. Xanthen sich selbst um alles gekümmert.« Er überlegte. »Für die Glasreinigung von außen ist vermutlich der Putzdienst zuständig. Nicht nur Kinder drücken sich an Aquarien die Nasen platt, auch Erwachsene können das nicht lassen.«

Ein Reinigungsdienst und ein Hausmeisterservice standen tatsächlich auf Xanthens Listen. »Haben Sie Fotos von dem fertigen Aquarium gemacht?«, fragte Hennes.

»Natürlich, auch für die Kundenakquise. Auf Sylt gibt es einige Aquarienliebhaber. Sie haben sicher schon von dem Aquarium gehört, das so groß sein soll, dass der Besitzer einen Taucher kommen lassen muss, um es zu reinigen? Nur wenige haben es je gesehen. Es ist in den Tiefen eines Eisberghauses verborgen.« Als Hennes ihn ratlos ansah, setzte er hinzu: »Na, diese Häuser, die von außen ganz normal – also sylt-normal – aussehen, aber drei Stockwerke tief in die Erde gebaut werden.«

Er zwinkerte verlegen und legte die Abzüge in einen Umschlag. »Sie möchten sie bestimmt ausleihen. Aber bitte bringen Sie sie zurück. So ein schönes Aquarium – ist es wirklich kaputt? Was für ein Jammer! Allerdings …« Sein Gesicht hellte sich auf. »Wissen Sie, ob Herr Xanthen zu sprechen ist? Vielleicht kann ich ihm in dieser Situation mit Rat und Tat zur Seite stehen.«

Oder ihm ein neues Aquarium verkaufen, dachte Liv.

Als sie zum Parkplatz gingen, war es noch immer so warm, dass die Fahrradfahrer im T-Shirt unterwegs waren. »Auf keinem der Fotos sieht es so aus, als läge ein Schädel zwischen den Steinen«, konstatierte Liv. »Andererseits: Wenn du einen Schädel in einem Aquarium verstecken wolltest, würdest du es auch möglichst unauffällig tun.«

»Bliebe der Grund, aus dem Wim Immsen so etwas machen sollte. Und dazu fällt mir beim besten Willen nichts ein.«

»Genauso absurd wäre es bei Xanthen.«

Hennes hatte die Hand schon am Zündschlüssel, hielt aber inne. »Und nun?«

In diesem Moment klingelte Livs Handy. Die Nachricht versetzte sie beide in Hochspannung.

Die Spürhunde hatten angeschlagen.

4

Archsum, 16:12 Uhr

Als Liv und Hennes die Klinik erreichten, diskutierte Dr. Xanthen im Foyer mit einigen Gästen, die sichtlich erregt mit ihrem Reisegepäck hantierten. Auch die Yogalehrerin versuchte offenbar, beruhigend auf die Patienten einzuwirken. Als er Hennes und Liv bemerkte, warf Xanthen ihnen einen genervten Blick zu. Sie aber ließen ihn an sich abprallen und gingen direkt in den Garten, wo die Hundeführer mit ihren Diensthunden tätig gewesen waren. Botersen-Evers und die Kriminaltechnikerin Oda waren in Schutzanzügen in einer abgelegeneren Ecke beschäftigt, in der verblühte Hortensien mit buschigem Schilfgras und Besenheide konkurrierten. Der Leichenspürhund saß aufmerksam neben seinem Hundeführer und fixierte die Stelle, an der die Kriminaltechniker zu graben begonnen hatten.

»Vor etwa einer halben Stunde hat mein Hund durch Scharren und Bellen einen Fund angezeigt«, berichtete der Hundeführer.

»Und noch immer lässt er die Stelle nicht aus den Augen«, sagte Liv anerkennend.

»Toll, oder? Das Aufspüren ist für die Tiere Schwerstarbeit, weil sie die ganze Zeit hochkonzentriert sein müssen. Üblicherweise brauchen sie nach einer Viertelstunde eine Pause.«

Lauter werdende Stimmen lenkten sie ab. Auf der Terrasse der Fastenklinik hatten sich einige Gäste versammelt und beobachteten sie tuschelnd.

»Hier haben wir etwas«, machte Botersen-Evers in diesem Moment Meldung.

Gespannt sahen Liv und Hennes zu, wie er aus dem Erdreich ein durchweichtes, in zerknittertes, fleckiges Packpapier gewickeltes Bündel barg. Für einen Leichnam ist das Bündel zu klein, aber vielleicht haben wir weitere Körperteile gefunden, dachte Liv schaudernd.

»Was machen Sie denn da? Hören Sie auf!« Ein aufgebrachter Ruf ließ sie herumfahren. Xanthen schoss auf sie zu.

»Bleiben Sie zurück!«, rief Hennes. Doch der Arzt drängte weiter vor, sodass Hennes ihn festhalten musste.

Xanthen protestierte erneut. »Lassen Sie mich durch! Ich kann Ihnen erklären …«

Just in diesem Moment hatte Botersen-Evers das Bündel geöffnet. Gestank breitete sich aus. Der Diensthund bellte erregt. Als Belohnung für den Fund holte der Hundeführer das Lieblingsspielzeug des Tieres aus der Tasche und entfernte sich ein paar Schritte, um mit ihm zu spielen.

Liv trat näher. Doch statt menschlicher Körperteile kam struppiges Fell zum Vorschein.

»Sie haben die Totenruhe meiner Katze gestört«, stieß Xanthen hervor und setzte voller Erbitterung hinzu: »Es ist völlig legal, dass ich sie hier begraben habe, schließlich ist es kein Wasserschutzgebiet. Ich wollte sie auch nach ihrem Tod weiterhin um mich haben. Ich werde mich über Ihre Pietätlosigkeit beschweren!«

Auf dem Weg zu ihrem Dienstwagen fing die Nachbarin Liv und Hennes ab. In Fleecepulli und kurzen Gummistiefeln hatte sie den ganzen Tag über im Garten gearbeitet. Ihre behandschuhten Hände waren schwarz von Blumenerde. Graue Haare wehten in einer Bö. Ihre Augen flackerten von Hennes zu Liv.

»Sie haben ihre Leiche gefunden, nicht wahr? Ich wusste doch, dass etwas vorgefallen sein muss!«, platzte sie heraus.

Liv musterte sie. Jeder Polizeieinsatz rief Wichtigtuer und Spinner auf den Plan. Gehörte die Nachbarin zu dieser Kategorie? »Wen meinen Sie?«, tastete sie sich vorsichtig vor.

»Na, die Geliebte meines windigen Nachbarn, die schöne Blonde. Frau Sterl. So eine nette Dame! Interessierte sich sehr für meine Edel-, Zwerg- und Kletterrosen. Kein Wunder, wenn man den Garten des Grauens dort drüben vor Augen hat. Schottergärten wie dieser sind ein Naturfrevel – aber niemand tut etwas dagegen!«

»Warum glauben Sie, dass der Polizeieinsatz mit Frau Sterl zu tun hat?«

»Von einem Tag auf den anderen war sie verschwunden. Weg! Dabei hatten wir so oft miteinander geplaudert. Das hat meinem Nachbarn ja gar nicht gefallen. Richtiggehend eifersüchtig war er.« Sie neigte sich zu Liv. »Ich hatte sie schon so weit, dass sie den Garten gegenüber umgestalten wollte. Die Kiesbeete sollten weg – von wegen japanische Gartenkultur, das ist pure Faulheit! Einige meiner prächtigsten Rosensorten wollte sie sich besorgen.«

»Wann haben Sie Frau Sterl denn zum letzten Mal gesehen?«, hakte Hennes nach.

»Im Frühjahr, schätze ich. Ich war noch dabei, die Rosen zu schneiden.«

»Das war dann …?«

»Etwa Mitte April.«

»Die Dame wohnte also nicht in der Fastenklinik?«

»Nein. Sie wohnte in der Galerie ihres Freundes Ace Marroni – Ex-Freundes, muss man ja wohl besser sagen – und später bei einer Freundin am Ortsrand von Kampen. Soweit ich weiß«, setzte sie schnell hinzu.

Liv nickte. Die Dame schien sich wirklich gut auszukennen. »Frau Sterls Ex-Freund ist Künstler?«

»Kennen Sie den nicht? Marroni ist doch allgemein bekannt! Er stellt in seinem Atelier eigene Arbeiten aus, verkauft aber auch die anderer Künstler. Oft sind weltbekannte Namen darunter.«

»Hat Frau Sterl sich wegen ihres neuen Freundes, also wegen Dr. Xanthen, getrennt?«, fragte Hennes geradeheraus.

Das Gesicht der Frau verschloss sich. »Das weiß ich nicht. Ich bin keine Klatschtante.«

»Das wollte mein Kollege auch nicht unterstellen«, sagte Liv schnell. »Wir sind auf die Mithilfe der Bevölkerung angewiesen. Aufmerksame Nachbarn wie Sie leisten oft unschätzbare Hilfe.« Sie sah sich um. »Es wundert mich nicht, dass sich Frau Sterl für Ihren Garten interessiert hat. Wirklich erstaunlich, wie herrlich hier noch alles blüht.«

»Mit Rosen muss man sich auskennen. Und man darf harte Arbeit nicht scheuen.«

»Wirklich beachtlich«, lobte Liv noch einmal. »Eine Frage noch: Wie haben Sie bemerkt, dass Herr Xanthen eifersüchtig war?«

»Sie haben ein paarmal auf dem Parkplatz gestritten. Das war nicht zu überhören«, sagte die Nachbarin in einem rechtfertigenden Tonfall. »Er hat sie vergöttert, das muss Ihnen doch aufgefallen sein. Überall auf den Bildern in seiner Klinik taucht die Sterl auf.«

Daniel Xanthens Gesichtszüge entgleisten, als Liv und Hennes erneut die Fastenklinik betraten. »Was ist denn noch?«, fragte er.

Liv lächelte verbindlich. »Uns ist noch etwas zu den Fotos eingefallen, auf denen das Aquarium ist. Sie zeigen häufig eine

Dame, die einen Fotoapparat in der Hand hielt, und deshalb haben wir uns gefragt, ob Frau Sterl vielleicht auch das Aquarium fotografiert haben könnte.«

Die Nachbarin hatte bestätigt, dass es sich bei der alterslosen Dame auf den Fotos um Felicitas Sterl handelte. Daraufhin hatten Liv und Hennes sich entschlossen, erneut mit Xanthen zu sprechen. Die großformatigen Bilder überall im Gebäude betrachtete Liv nun mit anderen Augen. Am Mittag war ihr nicht aufgefallen, dass es sich immer um dieselbe Frau handelte, aber jetzt, wo sie es wusste, war es eindeutig.

»Das glaube ich kaum«, sagte Xanthen kühl.

»Uns wurde zugetragen, dass es sich bei der Dame um Ihre Geliebte gehandelt haben soll.«

»Haben Sie mit meiner Nachbarin gesprochen? Das ist eine alte Klatschtante!«, brach es aus Xanthen heraus.

»Tst, das ist aber nicht sehr freundlich«, meinte Hennes kopfschüttelnd. »Es ist doch nichts dagegen zu sagen, wenn man sich für seine Mitmenschen interessiert.«

»Frau Schneider *interessiert* sich nicht – sie schnüffelt herum! Und Felicitas hat sich von ihr ausquetschen lassen, die war einfach zu vertrauensselig. Unsere Gäste waren Frau Schneider von Anfang an ein Dorn im Auge, aber dagegen kann sie nichts machen. Also sucht sie andere Gründe, um mich anzuschwärzen!«

»Felicitas ist also Ihre Geliebte –«

»Gewesen.«

»Haben Sie noch Kontakt?«

Daniel Xanthen schüttelte den Kopf. »Felicitas ist meines Wissens auf Reisen. Sie hat gern und oft fotografiert, kann sein, dass sie auch das Aquarium dokumentiert hat.« Er machte eine resignierende Handbewegung. »Also bitte, rufen Sie Felicitas an. Ich gebe Ihnen ihre Telefonnummer.«

Felicitas Sterl erreichten sie nicht, das Handy schien ausgeschaltet zu sein. Dafür konnten sie mit einer Frau sprechen, die für die Gebäudereinigung verantwortlich war. »Ich habe mit Herrn Xanthen einen Putzplan vereinbart. Täglich sind die Zimmer, die Küche und der Sanitärbereich dran. Alle zwei Tage werden Eingangsbereich und Flure gereinigt. Und einmal die Woche sowie nach Bedarf der Aufenthaltsraum«, berichtete sie am Telefon.

»Das machen Sie alles allein?«

»Das schaffe ich gar nicht. Ich habe Mitarbeiterinnen und Mitarbeiter, Minijobber, die selbstverständlich Mindestlohn bekommen. Aber ich komme selbst gern dorthin. Dr. Xanthen lässt es sich oft nicht nehmen, mit mir einen Tee zu trinken. In gewisser Weise treiben uns ähnliche Gedanken an. Er reinigt mit der Fastenkur den Körper, ich das Haus. Ein interessanter Mann.«

»Wie sieht es mit dem Aquarium aus?«

Ihr Tonfall wurde kühl. »Dafür ist der Hausmeisterservice zuständig. Glas, Zufahrt, Wege, Winterdienst. Objektbetreuung nennt man das«, sagte sie verächtlich. »Als ob es etwas Besseres als Putzen wäre!«

»Ist Ihnen oder Ihren Mitarbeitern etwas an dem Aquarium aufgefallen?«

Sie überlegte, verneinte dann aber. »Ich bin kein Fan davon, Tropenfische aus ihrer Heimat zu stehlen und hierherzufliegen, deshalb halte ich mich damit nicht auf. Aber ich höre mich gern bei meinen Mitarbeitern um.«

Der Hausmeister teilte ihnen am Telefon mit, dass er in Kampen bei einem der von ihm betreuten Objekte sei. Kurz überlegten Liv und Hennes, das Gespräch mit ihm aufzuschieben oder an die Sylter Kommissare zu delegieren.

»Lass uns selbst hinfahren. Vielleicht haben wir nach dem Gespräch noch Zeit für einen Kaffee und ein Stück Kuchen in der Kupferkanne. Könnte was Süßes gebrauchen«, meinte Hennes.

Liv nickte. »Das haut bestimmt hin. Außerdem: Je schneller wir den Zeitraum, in dem der Schädel ins Aquarium gelangt ist, eingrenzen können, desto besser.«

Bei der Fahrt sah sie auf die Landschaft hinaus und sortierte ihre Gedanken. Liv liebte an Sylt die allgegenwärtige Nähe des Meeres, liebte die überraschenden Ausblicke über die Heidelandschaft auf die Weite der See. Auch wenn sie über die irrwitzig teuren Boutiquen und die astronomischen Immobilienpreise in Kampen nur den Kopf schütteln konnte, berührte sie die Ausstrahlung des Reetdach-Dorfs. Kampens Lage war einfach wunderschön.

Im Vorgarten eines gewaltigen Reetdachhauses auf der Wattseite fanden sie ihn. Reint Plögg war kräftig und kompakt, mit niedriger Stirn und Händen wie Schaufeln. Er kratzte Laub aus der Regenrinne, während sie ihn befragten. »Ich muss noch etliche Villen in Ordnung bringen und winterfest machen«, entschuldigte er sich.

»Kommen denn die Besitzer in diesem Jahr nicht mehr?«, fragte Liv.

»Höchstens zu Weihnachten, aber da sind die meisten in ihren südlichen Domizilen. Wer sich hier ein Haus leisten kann, hat meist mehrere Wohnsitze, sodass die Sylter Villa oft nur einige Wochen im Jahr bewohnt ist.«

»Dabei muss man zehn bis zwanzig Millionen Euro für ein derartiges Anwesen berappen. Was für eine Verschwendung, sein Haus so lange Zeit leer stehen zu lassen! Und das, wo viele Sylter nicht mal eine bezahlbare kleine Wohnung auf der Insel finden!«, sagte Liv. Sie musste an Momke denken, der auf der

Insel geboren war, mit seiner Familie aber aufs Festland hatte ziehen müssen. Die tägliche Pendelei nervte ihn furchtbar, denn die Züge waren voll und chronisch unpünktlich. Gleichzeitig verwandelten sich ganze Ortsteile außerhalb der Saison in Geisterstädte, und den Sylter Vereinen und der Feuerwehr fehlte wegen der vielen Zweitwohnungsbesitzer der Nachwuchs. Bedeutete »Besitz verpflichtet« nicht auch, dass man ihn nutzte und sich in die Gemeinschaft einbrachte?

Livs Bemerkung schien dem Hausmeister nicht zu gefallen. Er schürzte die schmalen Lippen und beäugte sie skeptisch. »Was genau wollten Sie noch von mir?«

»Es geht um die Fastenklinik in Archsum und das dortige Aquarium –«

»Ich habe schon gehört, dass es kaputtgegangen ist. Werde heute Nachmittag die Begutachtung und Beseitigung der Schäden dazwischenschieben.«

Wieder stellten Hennes und Liv ihre Fragen, doch auch Plögg war nichts aufgefallen. Liv spürte, wie ihre Ungeduld wuchs. Es konnte doch nicht sein, dass eine Frau ermordet und zerstückelt wurde, ohne dass jemand etwas davon mitbekam! Sie konnten nur hoffen, dass die Analyse der Fotos und der anderen Spuren ergiebiger waren.

5

Westerland, 18:30 Uhr

Am Abend rekapitulierten sie in den Räumen der Kriminalpolizei Sylt ihre Ergebnisse. Liv und Hennes hatten zuvor mit ihren Kollegen telefoniert und Zwischenergebnisse eingeholt. Zudem war Hilke Hasselbrecht, die Leiterin der Mordkommission, aus Flensburg zugeschaltet. Mit ihrer Föhnfrisur und der biederen Bluse wirkte sie auf dem Bildschirm wie ein Fernsehstar aus den Achtzigern, ein Eindruck, der trog, denn sie war eine ausgezeichnete Polizistin und Schützin.

»Das Rechtsmedizinische Institut Kiel hat sich gemeldet. Der Schädel stammt von einer Frau, adult. Ein odontologischer Vergleich ist wegen der Schäden so gut wie unmöglich – alle Zähne sind ja herausgebrochen. Die Verletzungen wurden mit einem halbscharfen Gegenstand zugefügt. Es ist unklar, ob sie sofort zum Tod führten«, fasste Hasselbrecht den vorläufigen Bericht zusammen; ihre Stimme klang durch den Lautsprecher leicht schnarrend.

Momke übernahm. Der Sylter Kommissar trug heute ein pinkfarbenes Leinenhemd, in dessen Kragen die obligatorische Sonnenbrille hing. »In der Datenbank sind für Schleswig-Holstein etwa siebentausendfünfhundert Vermisste aufgeführt, darunter etwa achthundert weibliche Erwachsene. Diejenige zu finden, zu der der Schädel gehört, dürfte schwierig werden«, berichtete er. »Wir haben zu wenig Anhaltspunkte«, setzte er hinzu, was alle dachten.

»Möglicherweise helfen uns die genauen rechtsmedizinischen Untersuchungen weiter, oder es lässt sich DNA extrahieren. Sobald wir mehr Informationen haben, können wir das Inpol füttern«, sagte Hasselbrecht.

Liv nickte unmerklich. Gab man die Daten einer vermissten Person in das Polizeiliche Informationssystem des Bundeskriminalamts ein, erfolgte automatisch eine Aufnahme in die Datei »Vermi/Utot«, in der sämtliche in Deutschland gemeldete aktuelle Vermisstenfälle, Fälle unbekannter Toter, Fälle nicht identifizierter hilfloser Personen sowie die dem BKA gemeldeten ausländischen Fälle enthalten waren. Fünfundneunzig Prozent aller Vermisstenschicksale ließen sich schnell aufklären. Die Hälfte der Vermissten kehrte freiwillig in ihr Umfeld zurück. Nur weniger als fünf Prozent wurden tot aufgefunden, davon waren die meisten durch eigene Hand gestorben.

»Sebastian hat heute Morgen die Möglichkeit einer Gesichtsrekonstruktion ins Spiel gebracht. Wenn wir wüssten, wie die Frau ausgesehen hat, könnten wir ihre Identität schneller klären und herausfinden, wer für ihren Tod verantwortlich ist«, sagte Liv.

»Einverstanden. Ich rede mit dem Staatsanwalt, und sobald wir seine Zustimmung haben, geben wir sofort eine Gesichtsweichteilrekonstruktion in Auftrag. Darum kümmert sich das BKA«, meinte Hilke Hasselbrecht. »Ich nehme an, die Kollegen dort geben die Anfrage an das LKA Sachsen-Anhalt weiter. Das hat eine Sachverständige für visuelle Personenidentifizierung.«

»Was ist mit dieser Dame, die die Nachbarin erwähnt hat? Die angeblich verschwunden sein soll?«, fragte Momke.

»Wir haben Felicitas Sterl tatsächlich noch nicht erreicht.«

»Also könnte sie die Tote sein.«

»Ausschließen können wir es zumindest nicht. Wir müssen also versuchen, den Verbleib von Frau Sterl zu klären«, entschied Hasselbrecht. »Am besten wäre es, wenn Sie die Befragungen und Untersuchungen auf Sylt abschließen und erst morgen nach Flensburg zurückkehren.«

Liv und Hennes tauschten Blicke. »Kein Problem«, sagte sie. Als sie die Besprechung aufhoben, gesellte sich Liv zu ihrem Freund und Kollegen Momke. Die beiden redeten sofort so vertraut miteinander, als hätten sie ihr Gespräch nur kurz unterbrochen.

»Fälle mit so wenigen Anhaltspunkten sind immer frustrierend, finde ich. Habt ihr den Eindruck, dass der Leiter der Fastenklinik etwas damit zu tun hat?«, forschte Momke schließlich nach.

Liv zuckte mit den Schultern. »Das lässt sich noch nicht sagen. Allerdings frage ich mich, warum er den Schädel im eigenen Haus verstecken sollte.«

»Um ihn um sich zu haben wie seine tote Katze. Mich gruselt's, wenn ich nur daran denke. Stell dir vor, du verbringst deine Freizeit neben einem Totenschädel!«

»Da bist du nicht der Einzige, dem es so geht. Etliche Klinikgäste sind schon abgereist.«

»Botersen-Evers auch?«

»Der hat nichts gesagt. Ich denke mal, er bleibt.«

»Bei seinem üblichen Naschkram- und Eistee-Konsum ist das sicher eine gute Entscheidung.« Die ersten Kollegen verabschiedeten sich in den Feierabend. Momke strubbelte sich verlegen durch die strohblonden Haare. »Ich würde gern mit dir essen gehen, aber du weißt ja, wie voll die Züge aufs Festland immer sind«, sagte er und legte Liv die Hand auf die Schulter. »Du musst uns unbedingt mal in Niebüll besuchen. Ing versucht schon zu robben und kann halbwegs aufrecht sitzen –

zumindest kurz. Das ist so süß!«, schwärmte er von seiner kleinen Tochter.

»Das kann ich mir vorstellen.« Liv lächelte. »Wir müssen sehen, wann wir einen Termin finden. Grüß Ioanna von mir.«

Er warf sich eine quietschgrüne Windjacke über. »Das mache ich. Ziehst du mit Hennes für die Nacht ins Gästehaus der Polizei?«

Liv nickte. »Das ist am einfachsten, es ist schon spät.«

Halb im Gehen drehte Momke sich noch einmal um. »Und wie steht es bei dir und Sebastian?«

»Alles gut. Ich bin oft bei ihm, seit es bei uns zu Hause gebrannt hat. Sanna und ich haben es in der Pension nicht ausgehalten und schlüpfen sonst meist bei Freunden in Flensburg unter.«

Momkes Augen wurden groß; von dem Feuer hatte er offenbar nichts gewusst. Kurz fasste sie zusammen, was geschehen war. Er hörte gebannt zu, blickte dann aber erschrocken auf die Uhr. »Mein Zug – ich muss los!«

* * *

KPs Hand wanderte in die Jackentasche. Leise knisterte der Beutel Weingummis, den er in einem Anfall von Schwäche aus Odas Koffer gemopst hatte. Als er den Naschkram in der Tasche seiner Kollegin gesehen hatte, hatte sein Bauch schneller gehandelt als sein Hirn. Oda würde den Verlust verschmerzen; vermutlich würde sie sich sogar über ihn amüsieren. Während seiner Abendrunde mit Pinky hatte er mehrfach überlegt, die Süßigkeiten wegzuwerfen, hatte es aber nicht über sich gebracht.

In der Fastenklinik war es ungewohnt ruhig. Nur mit Mühe hatten Dr. Xanthen und Doro etliche der Gäste vom Abreisen abhalten können. Wenn sie unter sich waren, brodelte die Gerüchteküche. Jeder wollte etwas anderes gehört haben. Einige klagten darüber, die negative Energie schlage ihnen auf den Magen, ein anderer behauptete, einen Geist gesehen zu haben – vermutlich eine hungerbedingte Halluzination. KP hatte versucht, sich aus den Spekulationen der anderen Fastengäste herauszuhalten. Gedankenverloren zupfte er an der Weingummitüte. Wie gut er sich an den Geschmack erinnerte …

»Schau mich nicht so an«, sagte er leise zu Pinky. Obgleich er heute das Kursprogramm seiner Leidensgenossen verpasst hatte, war er eisern gewesen. Er wollte seine so hart erkämpften Erfolge nicht zunichtemachen. Nicht, nachdem er ein Telefonat mit seiner Frau geführt hatte, das ihn hoffnungsvoll gestimmt hatte. Der alte KP hätte das Fasten abgebrochen, um die Ermittlungen zu unterstützen. Der neue KP tat das nicht. Er hatte bewiesen, dass er sich ändern konnte. Das musste Claudia doch anerkennen.

Die Süßigkeiten in seiner Tasche schienen zu brennen, als er das Sprechzimmer des Arztes passierte. Gedämpfte Stimmen waren zu hören, und KP beschleunigte seinen Schritt. Nicht, dass er aufflog!

Im gleichen Augenblick wurde die Tür aufgeschoben, und Miranda, eine Leidensgenossin, trat mit gerötetem Gesicht heraus. Als sie ihn sah, erstarrte sie. »Herr Botersen-Evers – was machen Sie denn hier?«

Hitze schoss KP ins Gesicht. Unauffällig nahm er die Hand aus der Tasche. »Ich wollte nur zu meinem Zi–«

Die Tür ging weiter auf, und Dr. Xanthens Gestalt wurde von dem weichen Licht, das aus dem Sprechzimmer fiel, vorteilhaft eingefasst. »Ich hoffe, Ihre Beschwerden sind nun behoben. Ansonsten melden Sie sich bitte umgehend, Miranda«, sagte er. Dann fing sein stechender Blick KPs. »Mit

Ihnen wollte ich ohnehin noch sprechen. Kommen Sie doch herein.«

Xanthen wartete KPs Antwort nicht ab. Dieser nahm Pinky auf den Arm und unterdrückte einen Seufzer. Das hatte ihm gerade noch gefehlt! Die Weingummitüte knisterte bei jedem Schritt. Seine Wangen glühten. Der Arzt musterte ihn. Ertappt!, dachte KP und wartete auf die unvermeidliche Standpauke. Doch Xanthen holte einen Ordner aus dem Schrank und warf ihn auf die polierte Baumscheibe. Er riss das zerknitterte Papier von der Behandlungsliege und stopfte es in den glänzenden Mülleimer. Dann setzte er sich und sah KP ruhig an.

Unter dem Blick des Arztes wurde KP so nervös, dass es schließlich aus ihm herausbrach: »Ich wollte mich für das Aquarium entschuldigen und Ihnen sagen, dass ich mich eigentlich gut bei Ihnen aufgehoben fühle. Bis auf den Hunger, meine ich.« Er räusperte sich und ärgerte sich darüber, wie unsicher er klang.

Xanthen massierte sich die Nasenwurzel. KP bemerkte, dass die Augen des Arztes gerötet waren, auch sonst sah er fertig aus, was ihm ein seltsames Behagen verschaffte.

»Sie können stolz auf sich sein: Wenn man in einer derartigen Situation beim Fasten bleiben kann, ohne Kräfte einzubüßen, hat man das Wichtigste geschafft.« Xanthen rieb sich über das Gesicht, geleitete ihn dann zur Tür. »Wir sehen uns morgen zur Gruppenstunde.«

Erleichterung durchströmte KP. Das Lob tat gut. Doch dann machte sich die verdammte Naschkram-Tüte erneut bemerkbar, und KP erstarrte für einen Moment.

Der Arzt schien es nicht wahrzunehmen. »Haben Ihre Kollegen schon eine Spur?«

»Das weiß ich nicht. Ich habe lediglich geholfen, die Kollegen von der Kriminaltechnik einzuweisen.«

Die Antwort stellte Xanthen offensichtlich nicht zufrieden. »Es wäre freundlich, wenn Sie mich auf dem Laufenden halten würden«, sagte er knapp, holte dann aber Luft. »Ich will offen zu Ihnen sein: Dass der Schädel in meiner Klinik gefunden wurde, ist ausgesprochen unangenehm für mich. Schon jetzt wird mit Dreck auf mich geworfen. Meine Art, den Menschen zu helfen, erweckt Neid. Manche sind argwöhnisch, weil ich alle Sinne nutze, um für ein Gleichgewicht zu sorgen. Ich weiß, was geredet wird«, sagte er und öffnete die Tür.

Als KP sich bereits abgewandt hatte und die Tür beinahe zwischen ihnen zugefallen war, setzte er hinzu: »Ach, Herr Botersen-Evers. Die Süßigkeiten in Ihrer Tasche lasse ich Ihnen, um Ihre Standfestigkeit zu prüfen. Es sei denn, Sie fürchten, der Versuchung nicht gewachsen zu sein. Dann nehme ich diese Last auf mich.«

* * *

Endlich verließen die Lammers und ihr ältlicher Kollege mit den zotteligen Haaren und dem abgewetzten Jeansanzug das Polizeirevier. Er hängte sich unauffällig an sie und sah, wie sie durch die Fußgängerzone in ein Restaurant gingen. Jeder wusste, dass man in seinem Job Geduld brauchte, aber er hatte schon jetzt die Nase gestrichen voll. Würden die beiden Kommissare auch den Rest des Abends aneinanderkleben? Dann würde er seinen Auftrag auch heute nicht erfüllen können. Er ballte die Hand zur Faust. Irgendwann mussten sie doch Feierabend machen, mussten ihr Hotel aufsuchen! Wenn er wüsste, wo sie übernachten wollten, könnte er zwischendurch wenigstens schon einmal die Lokalität abchecken.

Unter dem Vordach eines Drachenladens zündete er sich eine Zigarette an. Vorbereitung und Warten verschlangen die meiste Zeit, die eigentliche Tat nahm oft nur wenige Sekunden in Anspruch. Das war nichts Neues. Und doch fiel ihm das Warten heute besonders schwer. Was für eine Zeitverschwendung! Viel lieber wäre er jetzt bei seiner Familie. Die Drachen im Schaufenster würden seinem Sohn sicher gefallen.

Durch das Restaurantfenster beobachtete er, wie die Kommissare bestellten. An einem Imbiss in der Nähe holte er sich ein Fischbrötchen und aß es im Stehen. Sein Auftraggeber war glasklar gewesen: Er durfte die Lammers nicht aus den Augen lassen, musste zuschlagen, so schnell er konnte. Aber so viele Möglichkeiten, den Anschlag wie einen Unfall aussehen zu lassen, gab es nicht. Vor allem nicht, solange die Kommissarin in Gesellschaft war.

Er sah auf die Uhr. Der letzte Autozug war schon weg, die Fähre fuhr auch nicht mehr. Sollte es ihm gelingen, seinen Auftrag in den nächsten zwei oder drei Stunden auszuführen, konnte er den gestohlenen Wagen hierlassen und den Zug nehmen. Aber ab etwa ein Uhr wäre er auf dieser Insel gefangen. Er nahm ein benachbartes Baugerüst in Augenschein. Wenn er die Lammers darunterlocken und die Metallträger lockern könnte …

Als die beiden endlich aus dem Restaurant herauskamen, war er völlig durchgefroren. Unauffällig folgte er ihnen zu einem Gebäude in der Nähe der Wache, anscheinend das Gästehaus der Polizei. Verärgert konsultierte er sein Handy. Nun würde er sich doch noch ein Zimmer suchen müssen.

6

Westerland, 14. Oktober, 7:45 Uhr

In Pastellfarben von Tintenblau bis Hellorange kündigte sich der Sonnenaufgang an. Liv trabte über den Weststrand. Wenn sich die Gelegenheit schon einmal bot, wollte sie auch am Strand joggen. Außer beim Schlagzeugspielen konnte sie bei keiner anderen Tätigkeit so gut ihre Gedanken schweifen lassen und sich gleichzeitig auf die kommenden Aufgaben fokussieren. Bei jedem Schritt genoss sie die Melodie von Brandung und Wind.

Auf den Wellen schaukelten die Möwen. Ein Austernfischer tippelte vor ihr her, stieg schließlich aber doch schimpfend in die Luft auf. Schade nur, dass sie von dem prächtigen Wetter, das der wolkenlose Himmel ankündigte, heute nicht viel haben würde. Nach dem Essen mit Hennes hatte sie gestern Abend noch mit Elise, Sanna und Sebastian telefoniert. Obgleich er ihr noch immer nicht verraten hatte, was bei seiner Ex so wichtig gewesen war, hatte sie gespürt, dass Sebastian es bedauerte, sie nicht verabschiedet zu haben. Er hatte mit Noah einen schönen Tag verbracht und sich anschließend mit seinem Chef und den Kollegen des Bereitschaftsdienstes über eine mögliche Gesichtsweichteilrekonstruktion ausgetauscht. Immerhin hatte er selbst im letzten Jahr eine Fortbildung zu diesem Thema besucht.

Liv setzte über einen Priel. Hoffentlich konnte er ihnen bei den Ermittlungen weiterhelfen.

Auch ihrer Jugendfreundin Katharina hatte sie eine Nachricht geschickt. Sie lebte nach wie vor auf der Insel, und immer wenn Liv auf Sylt war, versuchte sie, ihre Freundin zu treffen. Bis jetzt war keine Antwort gekommen.

An der nächsten Buhne machte Liv kehrt. Sie hätte endlos weiterlaufen können, doch es wurde Zeit, dass sie zurückkam. Wenig später durchquerte sie die Fußgängerzone und nahm Kurs auf das Polizeirevier, dessen Fassade gerade durch ein Baugerüst entstellt wurde. Die wenigen Leute auf den Straßen Westerlands holten in Sonntagslaune und Flipflops Brötchen, Wartende am Bahnhof hielten Kaffeebecher oder Zeitungen in den Händen. Gewohnheitsmäßig prägte Liv sich die Autos und die Menschen ein, die sich in der Nähe der Polizeistation aufhielten. Ein Mann in einem anthrazitfarbenen Kleinwagen starrte sie an, als habe er noch nie einen Jogger gesehen. Um das Gästehaus war hingegen alles ruhig. Nach einer schnellen Dusche traf sie sich mit Hennes in der kleinen Gemeinschaftsküche.

»Diese Felicitas Sterl habe ich noch immer nicht an die Strippe gekriegt«, sagte er, während er ein wenig Milch in sein Müsli gab. »Ihr Handy ist ausgeschaltet, eine andere Nummer haben wir nicht. Ob die Nachbarin recht hat und sie wirklich verschwunden ist?«

»Nur, weil wir sie seit ein paar Stunden nicht erreichen, muss das noch nichts bedeuten.«

Auf ihrem Handy öffnete Liv eine Suchmaschine. Zu Felicitas Sterl gab es viele Treffer. Etliche Beiträge betrafen die Galerie, die sie mit ihrem Ex-Freund führte, andere stellten sie vor oder die Künstler, die sie vertrat. Sterl war auf Facebook, Instagram und Pinterest sowie in zahlreichen Kunstforen aktiv. Aktiv gewesen, denn der letzte Eintrag stammte vom 20. April. Das Bild einer Skulptur, die wie eine Mischung aus

Baum und Wolkenkratzer wirkte, dazu der Text »Endlich Frühling!«.

»Wir sollten ihren Ex-Freund aufsuchen, diesen Künstler«, schlug Liv vor. »Möglicherweise weiß er mehr über ihren Verbleib. Außerdem hat er seine Bilder vielleicht persönlich in der Fastenklinik aufgehängt, dabei fotografiert oder Beobachtungen gemacht …«

»Solange wir noch nicht wissen, wer die Tote ist, ist das nichts als Stochern im Nebel«, wandte Hennes ein.

Liv stellte ihre Müslischale und den Kaffeebecher in den Geschirrspüler. Der Schädel war das eine, dass sie Felicitas Sterl nicht erreichten, das andere. »Trotzdem sollten wir mit ihm sprechen, sicherheitshalber.«

Mit dem Dienstwagen fuhren sie nach Kampen und bogen in die Kurhausstraße ein. Wind zerzauste die Heide- und Dünenlandschaft mit den Hügelgräbern, über der die Herbstsonne spielte. In der Ferne fingen das Kampener Quermarkenfeuer und das Glitzern des Meeres an West- und Ostküste ihren Blick. Wie schmal Sylt war! Suchend sah Liv sich um, dann endlich entdeckte sie kurz vor dem Roten Kliff, zwischen den großen Appartementblocks und Hotels, einen Hinweis auf die Galerie, die im Souterrain eines Hauses untergebracht war. »Da ist es.«

Die Galerie wirkte loftartig und urban, als hätte ihr Erbauer eine Garage mit Stahl und Dielen herausgeputzt. Dank der Deckenstrahler schienen die Räume hell. Die ausgestellten Gemälde jedoch waren düsterer als jene in der Fastenklinik, auch gab es Skulpturen, die auf Liv beinahe morbide wirkten. Einzelne Körper- oder Gesichtsteile, die sie erst auf den zweiten Blick erkannte, ragten hervor; alles wirkte, als würde ein Mensch von einer Materie verschluckt. Eine weitere Skulptur zeigte einen Mann mit aufgerissenem Mund, über dessen Kopf eine Art Plastikfolie gespannt war; sie erinnerte Liv an eine gruselige Mischung aus Edvard Munchs *Der Schrei* und Gottfried Helnweins Selbstporträt für das Scorpions-Cover *Blackout*. Es gab Figuren, die auf der einen Seite makellos schienen, auf der anderen aber das Innere zeigten wie bei einem anatomischen Modell. Auch Frauen waren dargestellt; in einigen glaubte Liv Felicitas Sterl zu erkennen.

Sie winkte Hennes, ihr zu folgen. Im hinteren Bereich präsentierte Ace Marroni offenbar Werke anderer Künstler, den Schildern zufolge teilweise von Weltruf. Die Preise waren entsprechend hoch.

Hinter dem nächsten Durchgang öffnete sich der Raum zu einem Atelier mit übervollen Regalen und Tischen. Was für ein Kontrast zur Ordnung der Galerie! Lehmhände, Stahlmasken, Kunstbücher, Steine, Muscheln, Strandholz und Werkzeug lagen durcheinander. Zwischen Holz und Metallteilen klemmte ein zersplittertes Smartphone, das mit einer Flüssigkeit übergossen war. Eine Fensterfront öffnete sich zur Heidelandschaft und ließ die Sonne hereinfluten.

Ein Mann mit stahlgrauem Bürstenschnitt, Tätowierungen bis zum Hals und unzähligen Piercings fertigte gerade eine Wachsskulptur nach einem männlichen Aktmodell, das sich vor ihm in Pose geworfen hatte. Bei ihrem Eintreten sprang der junge Mann auf, bedeckte sich notdürftig mit seiner Kleidung und eilte hinaus.

»Stell dich nicht so an. Wir sind noch nicht fertig!«, rief der Künstler ihm ärgerlich nach. Ace Marroni wandte sich ihnen zu. Mit den muskelbepackten Armen, um die sein T-Shirt spannte, erinnerte er eher an einen Soldaten als an einen Bildhauer. Seine Augen waren türkis, ebenso unnatürlich wie sein Künstlername – vermutlich farbige Kontaktlinsen. Natürlich trug er Schwarz, das Künstlerklischee schlechthin.

»Das Atelier ist geschlossen. Haben Sie das Schild nicht gesehen?«, fauchte Marroni.

»Da war kein Schild«, sagte Hennes wahrheitsgemäß und stellte sie vor.

Der Künstler kratzte mit einem Metallspachtel etwas Wachs von dem Werkstück. »Hast du das Schild etwa vergessen?«, fragte er laut.

Aus dem Nebenzimmer lugte der junge Mann hervor, hochrot. »Entschuldige.«

Marroni brummte etwas, setzte hinzu: »Mein Assistent war wohl etwas nachlässig. Worum geht's?«

»Um die Gemälde, die Sie Dr. Xanthen verkauft haben. Und um Felicitas Sterl, Ihre Geschäftspartnerin und ehemalige Lebensgefährtin.«

»Doppel-Ex. Auch ehemalige Geschäftspartnerin.« Ace Marroni legte das Werkzeug weg und wischte sich die Hände an einem Lappen ab. »Kevin, häng endlich das Schild auf, damit wir nicht noch einmal unterbrochen werden. Und dann hätte ich gern etwas zu trinken für mich und die Herrschaften.«

Der Angesprochene hatte sich inzwischen angezogen und eilte sofort los. Liv sah ihm nach. Der junge Mann wirkte in seiner Anzughose und dem engen Hemd sehr schlank. Er bewegte sich mit einer beinahe femininen Grazilität und hatte gleichzeitig etwas Verhuschtes. Gleich darauf dröhnte eine Kaffeemaschine.

Liv sah sich um. »Ich war schon oft in Kampen, aber diese Galerie ist mir noch nie aufgefallen. Eine schöne Lage«, versuchte sie, das Gespräch aufzulockern.

Marroni lachte trocken. »Das Meer zu hören und in ein paar Schritten am Roten Kliff zu sein ist pure Inspiration. Glücklicherweise gibt es nicht nur Banausen, sondern auch genügend Kunstkenner auf Sylt. Vor allem in Kampen und Westerland sind die Galerien gut frequentiert. Für solvente Kunden ist ein exquisites Kunstwerk das perfekte Mitbringsel.« Kevin brachte ein Tablett mit einer Teekanne, einer Wasserkaraffe und etwas, das bitter wie ein Triple-Espresso aussah. »Telefonier gleich noch einmal mit den Caterern«, beauftragte Marroni ihn. »Ich will, dass die Vernissage endlich in trockenen Tüchern ist.«

»Ich hatte doch gesagt, dass ich auf Rückruf …«, begann Kevin um Entschuldigung heischend.

»Klär das!«, fauchte Marroni. Er wandte sich den Kommissaren zu. Jetzt konnte Liv ihn näher betrachten. Er wirkte verlebt. Auf seinem Hals prangte ein tätowiertes Auge, das sie anzusehen schien. »Meine Kunstwerke entwickeln einen starken Sog. Die Leute reißen sich um die Einladungen für meine nächste Vernissage. Für die Bronzeskulptur, an der ich gerade arbeite, gibt es sogar bereits einen Käufer. Dr. Xanthen besitzt Werke aus einer früheren Schaffensperiode. Am liebsten würde ich sie zurückkaufen, aber Daniel hängt daran.« Er machte eine wegwerfende Handbewegung.

»Vielleicht weil die Bilder vorwiegend Felicitas Sterl zeigen«, sagte Liv bewusst vage.

Marroni nickte. »Möglicherweise waren meine Gemälde sogar der Grund dafür, dass Daniel sich in Felicitas verliebte.«

»Sie sagen das relativ leidenschaftslos«, stellte Liv fest.

»Felicitas und ich haben immer eine offene Beziehung geführt. Damals hatten wir uns bereits weit voneinander entfernt. Aber deshalb sind Sie wohl nicht hier.« Er spülte den Espresso mit Wasser hinunter, fuhr sich dann mit der Zunge über die Zähne. Die Ermittler nahmen Tee.

»Mich wundert, dass Felicitas Ihnen überhaupt Modell gestanden hat«, sagte Liv. »Ihr gehört doch diese Galerie?«

»*Gehörte*. Das sagte ich doch schon«, korrigierte Marroni. »Ich habe ihren Anteil übernommen. Felicitas hat mich inspiriert. Sie hat es genossen, in meiner Kunst verewigt zu werden. Sie war ihr eigenes Aushängeschild, sozusagen.«

»Ist Frau Sterl aktuell auf der Insel?«, fragte Hennes.

Ace Marroni zündete sich einen Zigarillo an und befahl Kevin, das Fenster zu öffnen. »Soweit ich weiß, nicht. Wir haben derzeit keinen Kontakt.«

»Hat das einen bestimmten Grund?«

»Felicitas hat sich frei gemacht – von allem. Sie hat sich zurückgezogen, um sich in einem Retreat neu auszurichten. Das hat sie mir zumindest geschrieben.«

»Wie lange ist das her?«

»Das war etwa im April.«

»Seitdem hatten Sie keinen Kontakt zu Felicitas Sterl?«

Ace Marroni schüttelte den Kopf.

»Haben Sie sich keine Sorgen um sie gemacht?«

»Nein. Felicitas kann sehr gut für sich sorgen. Sie war oft für Wochen oder Monate auf Reisen, um Kunst einzukaufen, Kunstmessen zu besuchen oder neue Künstler zu entdecken, ohne sich bei jemandem zu melden. Sie wusste ja, dass ich mich in dieser Zeit gut um die Galerie kümmern würde.« Er zupfte an einem seiner Piercings. »Vielleicht hatte sie auch Sorge, dass Daniel sie aufspüren könnte.«

»Wie kommen Sie auf diesen Gedanken?«, fragte Hennes.

»Ich weiß, dass Felicitas nicht glücklich mit ihm war. Sie wollte sich von Daniel trennen, aber das wollte er nicht zulassen.«

»Sie hat mit Ihnen darüber gesprochen?«, hakte Liv nach.

»Sie hat Andeutungen gemacht. Darüber gesprochen hat sie mit ihrer Freundin Alma, und die hat wiederum mir davon erzählt.«

Liv trank einen Schluck von ihrem Tee. Von nebenan hörten sie, wie Kevin telefonierte. »Wir interessieren uns für das Aquarium in der Fastenklinik. Ist Ihnen etwas daran aufgefallen? Haben Sie vielleicht Fotos von den Räumlichkeiten gemacht, als Sie dort Ihre Bilder aufhängten?«

Erstaunen flirrte über Marronis Züge. »Im Aquarium haben Sie den Schädel also gefunden? Ich habe im Netz davon gelesen. Jemand muss es für ein sehr gutes Versteck gehalten haben – vor aller Augen und doch verborgen.« Er stutzte. »Moment mal ... Sie glauben doch nicht, dass der Schädel, den Sie in Daniels Fastenklinik gefunden haben, etwas mit Felicitas zu tun hat?« Er fixierte sie, und Liv hatte einmal mehr das Gefühl, dass er genauso gut beim Militär arbeiten könnte, wenn die Piercings nicht wären.

»Dazu können wir keine Angaben machen.«

Er rieb durch die Haarstoppeln und konsultierte sein Handy. »Tatsächlich hat Felicitas nichts Neues mehr auf Social Media gepostet, seit ...« Alarmiert sah er auf. »Ich werde mich umhören, ob jemand anders in der Zwischenzeit von Felicitas gehört hat.«

»Familie oder Freunde?«

»Ihre Eltern sind tot. Aber bei Freunden und Kollegen kann ich sofort nachhaken.« Marroni überlegte. »Sonst sollte ich vielleicht eine Vermisstenanzeige aufgeben.«

»Das halte ich für eine gute Idee. Nur, um sicherzugehen. Die meisten Vermissten finden sich ja schnell wieder ein«, sagte Liv. »Wann hatten Sie denn zuletzt zu Frau Sterl Kontakt?«

Wieder befragte Marroni sein Handy. »Am 20. April. Es ging um die Galerie.«

Hennes räusperte sich. »Außerdem würden wir gern die Fotos von Frau Sterl sehen. Wir vermuten, dass auch sie in der

Fastenklinik fotografiert hat. Wissen Sie, wo Frau Sterl ihre Fotografien verwahrt haben könnte?«

»Wo Felicitas' Fotos sind, weiß ich nicht. Ihr Appartement bei Alma dürfte sie ja aufgegeben haben. Meine Aufnahmen stelle ich Ihnen selbstverständlich gern zur Verfügung.« Marroni holte aus dem Regal eine Pappbox und wühlte darin.

»Haben Sie auch Felicitas Sterl fotografiert, vielleicht als Vorarbeit zu Ihren Gemälden?«

Ace Marroni legte mit einer entschiedenen Handbewegung den Tisch weiter frei und warf eine große Mappe darauf. Die Zeichnungen waren perfekte Porträts, aus denen Liv die große Zuneigung des Malers zu seinem Modell zu lesen glaubte. Felicitas Sterl hatte eine zauberhaft-unschuldige Ausstrahlung und selbst als Vierzigjährige trotz zunehmender Körperfülle eine ungeheure Eleganz. Gleichzeitig schien sie etwas Geheimnisvolles zu umgeben, was auch Liv sofort gefangen nahm. Wenig später hatte Marroni auch die Fotografien seiner Hängungen in der Fastenklinik gefunden.

»Wie haben Sie sich kennengelernt?«, fragte Liv, während sie die Bilder durchblätterten.

»Felicitas hat mich mehr oder weniger entdeckt – wie so viele Künstler. Wir waren ein ausgezeichnetes Team und ein leidenschaftliches Paar. Doch in den letzten Jahren erschien ihr unser Geschäft zunehmend hohl. Felicitas achtete sehr auf ihr Aussehen, weshalb sie auch die Fastenklinik aufsuchte. Wenn ich gewusst hätte, dass sie sich dort unglücklich verlieben würde, hätte ich sie von ihrem Aufenthalt abgehalten.«

»Und dann trennten Sie sich auch geschäftlich?«

»Das sagte ich bereits. Sie wollte sich frei machen von allem Besitz. Dabei ist der Kunstmarkt im Umbruch. Der Kunsthandel bietet virtuell enorme Möglichkeiten, bis hin zu Krypto-Kunst.«

»Krypto-Kunst?«, echote Hennes.

»Digitale Kunst. NFT. *Non-Fungible Tokens* – schon mal gehört? Ähnliche Technologie wie bei Kryptowährung, Blockchains und so.«

Liv zog ein Porträt heraus, das Felicitas frontal zeigte, sowie mehrere Fotos, auf denen das Aquarium zu sehen war. »Können wir uns diese Bilder ausleihen? Wir hätten auch gern die Telefonnummer ihrer Freundin Alma. Und wissen Sie, ob und bei welchem Zahnarzt Felicitas in Behandlung war?« Vielleicht gab es ja Röntgenaufnahmen des Kiefers, die ihnen bei der Identifizierung weiterhelfen würden.

Marroni gab ihnen sein Einverständnis und die gewünschten Informationen, und Hennes und Liv wandten sich zum Gehen. Im Hinausgehen wies Hennes auf das Werkstück mit dem zerstörten Smartphone. »Was soll das werden?«

Marroni lächelte. »In einigen Werken verarbeite ich die Not des Menschen, dessen Seele von den Zwängen der modernen Welt verschlungen zu werden droht. Das Smartphone als Symbol für –«

»Danke«, unterbrach Hennes ihn; offenbar hatte er genug gehört.

»Und dieses hier?« Liv wies auf die Skulptur, die sie an ein morbides anatomisches Modell erinnerte.

»Eine Allegorie auf das Leben und den Tod. Dazu hat mich Damien Hirst mit seiner Bronzeskulptur *Verity* inspiriert. Leider hat sich auf Sylt bislang kein Mäzen gefunden, der die Finanzierung dieser zwanzig Meter hohen Statue übernimmt.«

Wenig verwunderlich. »Wir müssen weiter«, sagte Liv höflich. Sie hatte ein eher intuitives Verhältnis zu Kunst, mochte manche Werke und andere nicht. Auf Sylt hatte sie schon mehrere ansprechende Ausstellungen gesehen, zuletzt in der Galerie im Kaamp-Hüs. Auch zeitgenössische Kunst wie von

Ulla M. Neuhaus, Iris Schiebener, Thomas Landt oder Frank Schult gefiel ihr. Mit Marronis Werken aber tat sie sich schwer. »Bitte melden Sie sich, sobald Sie etwas von Frau Sterl hören. Wir würden gern mit ihr sprechen.«

»Das werde ich.« In diesem Augenblick kam Kevin hinzu und redete aufgeregt auf seinen Chef ein. Dieser wandte sich ab.

Als sie auf die Straße traten, lag eine spätsommerliche Wärme über der Straße. »Ein seltsamer Typ, findest du nicht?«, fragte Liv, nachdem sie sich ins Auto gesetzt hatten. »Für seine ehemalige Lebensgefährtin und Geschäftspartnerin interessiert er sich nicht sonderlich, andernfalls hätte er sie längst als vermisst gemeldet. Aber seinen Nebenbuhler schwärzt er an.«

»Marroni ist künstlich bis in die Haarspitzen«, brummte Hennes. »Bin gespannt, was hinter seinem Künstlernamen steckt. Vermutlich Fritz Schulz oder so. Und seinen Assistenten zwingt er zum Modellstehen – war doch offensichtlich, dass dem Jungen das nicht gefällt.«

»Hoffen wir einfach, dass Felicitas Sterl wieder auftaucht, dann müssen wir uns auch nicht weiter mit ihm befassen.«

* * *

Ace schickte Kevin ins Appartement, damit er einen Champagner aus dem Kühlschrank holte und für das Mittagessen Sushi bestellte; der Junge musste unbedingt lockerer werden, wenn er weiter Modell saß. Das Werk musste bis zur Vernissage fertig sein.

Er eilte zur Tür und sah auf die Straße hinaus; die Kommissare fuhren gerade ab. Erleichtert ging er zum Planschrank, schloss ihn auf und zog eine der unteren Schubladen heraus. Da waren sie.

Ein Schauder überlief Ace, als er die Fotografien und Zeichnungen von Felicitas in die Hand nahm. Seine Ex war entsetzt gewesen, natürlich. Felicitas hatte die krassen Darstellungen sofort als rufschädigend abgelehnt. Hatte sie in ungewohntem Aberglauben als schlechtes Omen bezeichnet.

Nebenan knarrte der Holzboden, Kevin lief hin und her. Genüsslich blätterte Ace durch die Zeichnungen, betrachtete die schonungslose Darstellung von vergehendem Fleisch, die in ihrer Deformation an die Werke von Francis Bacon erinnerte. Fett war Felicitas geworden. Deshalb hatte er sie ja auch in die Fastenklinik geschickt. Wenn er gewusst hätte …

Der Schädel in dem Aquarium fiel ihm wieder ein. Vermutlich war es besser, wenn die Kommissare diese Bilder nicht zu Gesicht bekamen, sollten sie noch einmal auftauchen. Bedauernd kramte er das Feuerzeug aus seiner Hosentasche.

7

Westerland, 14:30 Uhr

Kurz nachdem Hennes und Liv die letzten Angestellten und Gäste der Fastenklinik befragt hatten und auch die Spurensicherung abgeschlossen war, meldete sich Alma Yohnns, Felicitas Sterls Freundin. Sie sei den ganzen Tag am Königshafen, erklärte sie. Da sie vorhatten, später mit dem Autozug zum Festland zurückzukehren, beschlossen Hennes und Liv, direkt zu Frau Yohnns zu fahren.

»Dann haken wir das Thema möglicherweise heute noch ab, und ab geht's nach Flensburg. Die Kollegen werden froh sein, das Kommissariat ist grippetechnisch gerade ziemlich ausgedünnt«, meinte Hennes.

Sie machten bei einem Fischimbiss Halt, um sich ein spätes Mittagessen zu gönnen. Während sie auf einer Bank ein Krabbenbrötchen aßen, kontrollierte Liv ihr Handy. Ihre Freundin Katharina hatte eine Nachricht geschickt: *Wie lange bist Du noch auf der Insel? Sehen wir uns?*

Liv schrieb zurück: *Reisen vermutlich heute noch ab. Sehr schade! Melde mich!*

Auch ihre Schwester hatte eine Nachricht hinterlassen. Ihr antwortete Liv nicht. Wenn sie mit Annika kommunizierte, musste jedes Wort abgewogen werden.

Der Himmel spannte sich lavendelblau über ihnen, sodass die Insel Uthörn und der Lister Hafen klar zu erkennen waren. Eine Seltenheit. Über dem Königshafen, der nördlichsten

Bucht Sylts, tanzten die Segel der Kites im Takt von Wellen und Wind. Eine jähe Sehnsucht überfiel Liv. Vielleicht sollte sie doch erst morgen abreisen, Katharina treffen und vorher noch ein wenig surfen. Wenn Sanna hier wäre, würde es sie ebenfalls kaum an Land halten.

Sie fragten sich zu Alma Yohnns durch und wurden zu einer sportlichen Frau in einem Neoprenanzug geschickt, die etwa in Felicitas Sterls Alter war, gebannt auf die Bucht hinaussah und ab und zu Anweisungen rief. Als sie sich vorgestellt hatten, nickte Frau Yohnns: »Durch das gute Wetter habe ich gerade einen Kurs nach dem anderen und kann hier nicht weg. Es geht um Felicitas?«

Der weiße Sand blendete im Sonnenlicht. Liv stellte sich so, dass die Sonne ihren Rücken wärmte. Hennes kniff die Augen zusammen. »Ace Marroni sagte uns, dass Sie einen engen Kontakt zu Felicitas haben. Wissen Sie, wo sie sich derzeit aufhält?«

Ein Schatten huschte über das Gesicht der Kitelehrerin. »Nein, das weiß ich nicht. In ihrer letzten Nachricht schrieb sie, dass sie für eine Weile abtauchen würde. Ich solle mir keine Sorgen machen.«

»Und das tun Sie auch nicht?«

Kurz sah sie Liv an, doch dann richtete sie den Blick wieder aufs Meer. »Doch, das tue ich.«

»Warum?«

»Es passt nicht zu Felicitas, einfach so zu verschwinden, jeden Kontakt abzubrechen. Sie ist ein geselliger Mensch. Ihre letzte Nachricht klang irgendwie … seltsam. Unter ihrer Handynummer ist sie seitdem nicht mehr erreichbar. Genauso seltsam ist, dass sie ihren Instagram-Account nicht mehr pflegt. Dabei waren ihr ihre Künstlerfreunde und ihre Follower wahnsinnig wichtig. Warum interessieren Sie sich für sie?«

»Wir sind bei Ermittlungen auf Felicitas Sterl aufmerksam geworden«, erklärte Hennes knapp. »Inwiefern erschien Ihnen die Nachricht seltsam?«

»Sie klang kühl. Anders als sonst, irgendwie.« Alma Yohnns rief einem der Kiteschüler eine Warnung zu, dass er nicht zu weit rausfahren sollte. Der Wind hatte auf Nordwest gedreht, war böiger geworden. Sie öffnete den Mund, schien etwas abzuwägen.

Hennes und Liv ließen ihr Zeit. Erst als sie nichts mehr sagte, fragte Liv nach Felicitas Sterls letzter Beziehung.

»Daniel hat die Trennung nicht gut verkraftet. Felicitas ist eine Frau, die kein Mann gern ziehen lässt, denn sie gibt jedem das Gefühl, der Größte zu sein.«

»Hat Felicitas Ihnen von Problemen bei der Trennung erzählt?«

Die Kitelehrerin nickte. »Ja. Daniel war eifersüchtig, versuchte, sie mit allen Mitteln zu halten. Da Felicitas schon eine schwierige Trennung hinter sich hatte …« Ihr Blick zuckte von Liv zu Hennes. »Manche Frauen suchen sich immer denselben Schlag Mann aus. Besitzergreifende Typen. Ich habe ihr oft gesagt, dass sie ihr Beziehungsmuster durchbrechen soll, doch Felicitas wollte nicht hören.«

Ein Kiter schoss direkt auf sie zu, lenkte hart ein und wendete mit einem Transition Jump, der cool aussah. Liv registrierte diesen Sprung, der stets einen Richtungswechsel beinhaltete, kaum. Gewalt in der Partnerschaft war häufig, und die Zahl der Femizide in Deutschland war erschreckend hoch. War Felicitas Sterl Opfer ihres Partners oder Ex-Partners geworden? Hatten sie tatsächlich ihren Schädel gefunden? »Felicitas hatte also auch Stress mit Ace Marroni?«

»Ace Marroni.« Alma Yohnns lachte verächtlich. »*Axel Möller* ist aufgeblasen, eitel und gierig. Ihre Beziehung war ein

Fehler. Er hat sie immer wieder überredet, ihm Modell zu stehen. Hat sie in Posen inszeniert, die sie verabscheut hat. Hat mit ihrem Gesicht Kasse gemacht. Hat ihre Expertise als Galeristin in Zweifel gezogen. Kein Künstler war ihm gut genug.« Sie schüttelte in der Erinnerung den Kopf. »Aber schlimmer war der schroffe Ton. Ace hat sie als fette Kuh beschimpft. Später entschuldigte er sich damit, dass er betrunken gewesen sei. Aber sie hat ihm angesehen, was er wirklich dachte. Und Daniel war nicht besser.« Frau Yohnns starrte einen Moment gedankenverloren aufs Meer. »Felicitas war großzügig, aber manchmal kam es mir auch vor, als wollte sie sich Zuneigung erkaufen – auf die eine oder andere Art.«

»Herr Marroni berichtete uns, er habe Felicitas' Anteil an der Galerie übernommen«, warf Hennes ein.

»Das möchte er gern. Deshalb veranstaltet er ja diese wahnwitzig aufwändigen Vernissagen, die nur noch mehr Geld verschlingen. Seine finanziellen Mittel reichen aber nicht.«

Vermutlich hat es Marroni wegen seiner Schulden nicht interessiert, dass Felicitas sich bei ihm nicht mehr meldete, schoss es Liv durch den Kopf. Der war wahrscheinlich erleichtert.

Hennes beschirmte seine Augen. »Wo könnte Ihre Freundin Felicitas sich jetzt aufhalten?«

Wieder überlegte Yohnns. »Ich habe keine Ahnung. In irgendeinem Wellnesshotel, hoffe ich. Irgendwo im Ausland. Sie liebte Ayurveda, meinte, sie sehe nach so einer Kur viel jünger aus und fühle sich auch so. Dabei war sie immer schön.«

»Ayurveda – was ist das noch? Dabei geht's doch auch um Essen, oder braucht man dafür einen Guru?«, fragte Hennes. Leiser setzte er hinzu: »So langsam blicke ich bei diesem Esoterik-Quatsch nicht mehr durch.«

»Ayurveda ist ein traditionelles indisches Medizinsystem«, sagte Alma Yohnns pikiert. »Grundlage ist die Lehre von den fünf Elementen und den drei Lebensenergien. Bei einer ayurvedischen Behandlung geht es um Reinigung, Ernährung, Yoga und natürliche Arzneien. In Sri Lanka, dem früheren Ceylon, werden viele Ayurveda-Kuren und -Urlaube angeboten, Letzteres hat eher Wellnesscharakter.«

Bevor sich Hennes noch tiefer ins Ungemach stürzen konnte, sprach Liv aus, was schon die ganze Zeit in ihr brodelte: »Wissen Sie, was ich nicht begreife: Wenn meine Freundin verschwinden würde und ich fände die Umstände seltsam, würde ich sie suchen. Würde die Polizei benachrichtigen.«

Alma Yohnns wandte sich ihnen zu. Eine steile Falte hatte sich in ihr Gesicht gegraben, und ihre Hände wirkten verkrampft. »Felicitas hat mich gebeten, ihr die Ruhe zu gönnen, und das habe ich getan. Als die Funkstille immer länger dauerte, habe ich gehadert, klar.« Sie gab einen unwilligen Ton von sich. »Vielleicht hätte ich die Polizei benachrichtigen sollen. Aber ihr Dauerauftrag lief weiter, und in der Post war auch nichts Wichtiges, also habe ich gedacht –«

»Welcher Dauerauftrag?«, unterbrach Hennes sie.

»Als Felicitas Streit mit Daniel hatte und ausgezogen ist, habe ich ihr ein Appartement untervermietet. Für dieses Appartement zahlt Felicitas noch heute.«

Liv konnte es nicht fassen. Das sagte sie erst jetzt! »Können Sie uns Felicitas' Appartement und ihre letzten Nachrichten zeigen?«

»Ja, aber nicht jetzt. Es geht erst, wenn ich hier fertig bin – etwa in einer Stunde.«

Yohnns lief an den Spülsaum, wo sich ein Schüler, der ins Meer gestürzt war und das Segel nicht mehr hochbekam, ans Ufer schleppte. Auch andere benötigten Hilfe. Liv und Hennes stapften zum Parkplatz zurück. Flirrend weiß umwirbelte sie der feine Sand. Hennes rieb sich über die gerötete Haut.

»Das wurde auch Zeit. Sonnenbrand im Oktober – das ist doch nicht normal. Und auf dem platten Land vertrocknet der Grünkohl. Da soll noch mal jemand sagen, dass es den Klimawandel nicht gibt!«

»Ich glaube, die meisten Menschen wollen diese Tatsache einfach nicht wahrhaben«, sagte Liv abgelenkt. »Das Gespräch hat sich auf jeden Fall gelohnt. Ob diese Felicitas Sterl nun etwas mit dem Schädel zu tun hat oder nicht – da ist etwas faul.« Wie so oft, wenn es um Fälle dieser Art ging, war sie erschüttert. So einfach fiel man durchs Raster. Immer wieder lagen Menschen wochen- oder gar monatelang tot in ihren Wohnungen, ohne dass jemand sie vermisste oder es bemerkte. Nicht einmal der Verwesungsgestank fiel jemandem auf.

Sie schüttelte den Kopf, um die Gedanken zu vertreiben. Vielleicht war Felicitas Sterl ja gar nicht wirklich verschwunden. Vielleicht gab es für ihre Abwesenheit eine ganz einfache Erklärung.

Vom Auto aus telefonierten sie mit Hilke Hasselbrecht, um das weitere Vorgehen abzustimmen. »Ihr solltet euch dieses Appartement auf jeden Fall heute noch anschauen, Hennes. Ace Marroni hat tatsächlich eine Vermisstenanzeige aufgegeben«, berichtete die Chefin der Mordkommission.

»Du meinst Axel Möller«, warf Hennes spöttisch ein.

»Seinen Künstlernamen hat Herr Marroni sich hochoffiziell eintragen lassen.« Ein helles Klirren verriet, dass Hasselbrecht in ihrem Tee rührte. »Felicitas Sterls Umfeld muss befragt werden, Nachbarn, Bekannte und so weiter. Wir müssen herausfinden, wo sie zuletzt gesehen wurde. Die Suchhunde sollten sich die Umgebung ihrer Wohnung vornehmen.«

Hennes schnalzte. »Wir bleiben also noch eine Nacht auf Sylt?«

»Das halte ich für sinnvoll. Ihr leitet die nächsten Maßnahmen in die Wege. Ab morgen übernimmt die Kripo Sylt.«

»Gib es etwas Neues zum Schädelfund?«, fragte Liv nach.

»Nein. Solange wir keine DNA-Vergleichsprobe, eine Gesichtsweichteilrekonstruktion oder anderweitige eindeutige Befunde haben, werden die Ermittlungen auch nur langsam vorangehen.«

Während sie auf Alma Yohnns warteten, rief Liv ihre Freundin Katharina an.

»Ich habe zwar heute eine Verabredung zum Abendessen, würde dich aber so gern sehen! Willst du nicht bei mir übernachten? Dann können wir abends spät und beim Frühstück klönen«, schlug Katharina vor.

»Ja, das wäre schön. Es gibt viel zu erzählen!« Das Anklopfsignal unterbrach ihr Telefonat. *Annika – schon wieder!* Da Liv für ein Gespräch bisher nicht die nötige Ruhe gehabt hatte, hatte sie ihre Schwester wiederholt weggedrückt. Auch jetzt nahm sie den Anruf nicht an. Vielleicht würde sie sich später bei Annika melden.

Endlich kam Alma Yohnns vom Strand. Sie verabschiedete ihre Schüler, verstaute das Equipment und zog sich um. Die Kommissare fuhren ihr nach zu dem Doppelhaus zwischen Kampen und Braderup.

»Na, da sieht man aber sofort, wer hier wohnt«, sagte Hennes, sobald er es erblickte. Der Garten des Hauses war mit ausrangierten Surfbrettern dekoriert und mit einem Strandkorb bestückt. Eine Pinnwand und Hinweisschilder im Flur verrieten, dass einzelne Zimmer vermietet wurden.

»Die Insel ist so teuer, da kommt man ohne zahlende Gäste nicht aus«, sagte Frau Yohnns. »Vorher habe ich im teuersten Katzenklo Sylts gehaust, so klein war die Bude. Ich fand's schon etwas seltsam, dass Felicitas bei mir einziehen wollte, aber sie brauchte wohl schnell einen Unterschlupf, in dem sie sich wohlfühlte.«

»Woher kennen Sie sich eigentlich?«

»Aus der Pilatesschule. Wir haben nach dem Kurs immer gequatscht, uns ständig getroffen.«

Liv machte eine große Geste. »Ich surfe auch für mein Leben gern. Muss großartig sein, damit seinen Lebensunterhalt zu bestreiten.«

Widersprüchliche Gefühle flackerten über Alma Yohnns' Gesicht. »Ich lebe meinen Traum, das ist wahr, aber ohne die Zimmervermietung würde ich nicht über die Runden kommen. Und die Frage ist, wie lange mein Körper die Arbeit als Kite- und Surflehrerin noch mitmacht.« Sie führte Liv und Hennes zu der Tür mit der Nummer eins. Dort zögerte sie kurz. »Ich weiß nicht, ob ich Ihnen das Appartement und Felicitas' Sachen zeigen darf. Brauchen Sie keinen richterlichen Beschluss oder so?«, fragte sie und wog die Schlüssel in der Hand.

»Die Durchsuchung aller Wohnungen, in denen die Person gelebt hat, gehört zu den Standardmaßnahmen bei Vermisstenfällen«, sagte Liv.

»Wenn Sie das sagen … Außerdem will ich ja auch so schnell wie möglich wissen, wo Felicitas steckt.« Alma Yohnns schloss die Tür des kleinen Appartements auf, das sich zur Terrasse hin öffnete. Es wirkte bezugsfertig und sauber, wenn auch die Fensterscheibe leicht beschlagen war. Yohnns wies auf die Pappkisten hinter einer Trennwand. »Das sind Felicitas' Sachen.«

»Frau Sterl hat sie vor ihrer Abreise eingepackt?«

Frau Yohnns hob die Schultern und nickte zugleich ratlos. Während sie sich in ihre eigene Wohnung zurückzog, klappten Liv und Hennes einen Karton nach dem anderen auf, um nach

Hinweisen auf Felicitas Sterls Verbleib und Proben zu suchen, die sie für einen DNA-Vergleich nutzen konnten. Das Bad, wo sie eine Haarbürste oder dergleichen hätten finden können, war wie das Appartement leer geräumt.

Liv musste niesen; im Gegensatz zum Rest des Zimmers war es im Winkel hinter der Trennwand staubig. »Kein Laptop, kein Handy. Und das papierlose Büro hat auch Nachteile«, befand sie. »Nicht einmal Kontoauszüge sind hier.«

Immerhin stießen sie auf einen USB-Stick, den sie einsteckten, um ihn später auf dem Kommissariat zu sichten. Auch einen Stapel Fotoabzüge sahen sie durch, doch vom Aquarium waren nur einige bunte Fische zu sehen.

Im Aufstehen klopfte Hennes sich hüstelnd Staubflusen von der Hose. »Ist schon praktisch, eine Mieterin, die dauerhaft nicht da ist. Da könnte man ein Zimmer doppelt vermieten, nicht?«, sagte er.

»Du meinst, deshalb hat Alma nicht intensiver nach ihrer Freundin gesucht, genau wie Marroni? Das kann ich mir nicht vorstellen.« Sie sah sich um. »Andererseits stimmt es: Das Zimmer ist gesaugt, die Abseite nicht.«

Hennes zog die Schultern hoch. »Wenn nicht, muss es einen anderen Grund geben. So viel Gleichgültigkeit unter Freunden ist doch nicht normal.«

»Moin, Liv.«

Sie aßen gerade ihren Nachtisch, als Annika an ihren Tisch trat. Hennes stockte, und auch Liv musste sich zusammenreißen, um sich ihre Überraschung nicht ansehen zu lassen. Liv legte ihren Löffel weg. Seit dem Tod ihres Vaters im August hatte Liv ihre große Schwester nicht mehr gesehen. Annika hatte abgenommen und trug Schwarz, ob aus Zufall oder weil sie noch immer trauerte, vermochte Liv nicht zu entscheiden.

»Elise hat mir erzählt, dass du hier bist.«

»Du hast mit Großmutter gesprochen?«

»Ich habe sie vorhin angerufen.« Annikas Stimme klang ungewohnt weich. »Ich würde gern mit dir reden, ruhig und friedlich.« Ein kühler Blick auf Hennes. »Allein.«

Hennes sah Liv an. Sein Verhältnis zu Annika war nicht das Beste. Als ihr Familienstreit eskaliert war, war Hennes Sanna und Liv zu Hilfe geeilt, wofür sie ihm ewig dankbar sein würden. Sie nickte beinahe unmerklich. »Wir waren ja ohnehin beinahe fertig mit essen«, murmelte Hennes.

Er erhob sich und schlüpfte in seine Jeansjacke, als hielte er es keinen Augenblick länger ins Annikas Nähe aus. »Hier ist der Autoschlüssel. Ich kann zu Fuß gehen. Grüß Katharina von mir. Wir sehen uns morgen früh. Denk dran, wir nehmen den Autozug um 6:35 Uhr.«

Annika setzte sich Liv gegenüber. »Trinkst du einen Espresso und einen Grappa mit mir?«

»Keinen Alkohol für mich, aber einen Espresso gern.«

»Komm schon, einen nur.«

Unwillig, eine Missstimmung zu riskieren, gab Liv nach. Sie musste den Grappa ja nicht trinken.

Während ihre Schwester bestellte, musterte Liv sie. Die blondierten Haare, die perfekt manikürten Fingernägel, der Siegelring des Vaters, den Annika offensichtlich kleiner gemacht hatte und neben dem Ehering trug. Fältchen um die Augen, die tiefer geworden waren, Augenschatten, sorgsam überschminkt.

Die Bestellung kam, und Annika stieß mit ihr an. Liv nippte an ihrem Grappa. Was wollte Annika von ihr? Sie unterdrückte ein Gähnen. Es war ein langer Tag gewesen, und sie sehnte sich danach, mit Katharina zu plaudern und anschließend noch kurz mit Sebastian zu telefonieren. »Wie geht es dir? Und deiner Familie?«, fragte sie schließlich, um das unangenehme Schweigen zu durchbrechen.

»Gut.« Ein weiterer Schluck. »Jan hat sein Studium in England aufgenommen, und Enno hat viel zu tun, wie immer. Ich habe ebenfalls eine Menge um die Ohren. Vaters Nachlass, die Firma.« Sie sah Liv an. »Der Verbleib von Vaters Bruder konnte geklärt werden. Er ist im Ausland verstorben. Demnächst wird das Testament eröffnet.«

Das Testament interessierte Liv nicht. »Was willst du von mir?«, fragte sie schroffer als beabsichtigt.

»Euch meine Hilfe anbieten. Elise ist alt geworden, nicht wahr? Die Folgen des Brandes machen ihr zu schaffen. Alte Leutchen brauchen Stabilität.«

Ärger wallte in Liv auf. Nach fünfzehn Jahren ohne Kontakt bildete Annika sich ein, sich in ihr Leben einmischen zu dürfen! Als ob sie nicht selbst wüsste, was gut für Elise war! Als hätte sie es sich ausgesucht, dass es in ihrem Haus gebrannt hatte! Uralte, tief sitzende Gefühle überschwemmten Liv. Schon immer hatte Annika sich als große Schwester aufgespielt, sie zu bevormunden versucht. Andererseits wusste sie, wovon Annika sprach. Sie hatte selbst gemerkt, dass der Brand des Hauses und die vorübergehende Heimatlosigkeit Elise zusetzten. Sie trank einen Schluck Grappa. Da sie beim Essen nur alkoholfreies Bier getrunken hatte, brauchte sie sich wegen ihrer Fahrtüchtigkeit keine Sorgen zu machen.

»Unser Vermieter hat vermutlich bald eine Ersatzwohnung für uns, in die wir ziehen können, bis unser Kapitänshaus saniert ist«, sagte sie knapp.

Annika leerte ihren Espresso und trank auch den Grappa aus. »Über die Firma haben wir Verbindungen zu Maklern in Flensburg. Falls also –«

»Danke«, unterbrach Liv sie.

»Und hier auf Sylt bist du bei Katharina untergekommen?«

Liv nickte kühl. »Nur heute Nacht. Katharina hat einen Abendtermin, wir wollen anschließend noch etwas klönen«, setzte sie widerwillig hinzu.

»Nun gut.« Annika erhob sich und legte einen Geldschein auf den Tisch. Sie schien Livs Unwillen gespürt zu haben. »Es tut mir leid, dass es so gelaufen ist. Wirklich.« Sie sah Liv in die Augen. »Wir können nichts ungeschehen machen. Aber wir können es in Zukunft besser machen, nicht wahr? Wir haben doch nur noch uns. Vater und Mutter sind tot.«

»Wir haben unsere eigenen Familien.«

Annikas Gesicht versteinerte. Sie klopfte auf den Tisch. Ein absurd distanzierter Abschied. Nicht einmal die Hand gaben sie sich.

Impulsiv sprang Liv auf. Sie überwand sich und schloss ihre Schwester in die Arme. »Ich weiß deine Worte und dein Angebot zu schätzen, wirklich.« Eilig löste sie sich wieder. Ein bemühtes Lächeln zuckte an Annikas Mund, und zum ersten Mal kam Liv der Gedanke, dass ihre Schwester sich ihr auf irgendeine verquere Art und Weise unterlegen fühlen könnte.

»Wenn du Zeit hast, können wir ausreiten, wie früher. Melde dich einfach.« Mit diesen Worten machte Annika auf dem Absatz kehrt und eilte hinaus.

Ein Regenschauer hatte die Insel überquert, und durch die Wärme des Tages waberte vereinzelt Bodennebel über Landschaft und Straßen. Konzentriert fuhr Liv auf der L 24 nordwärts. Während des Bezahlens hatte Hennes sie noch angerufen; der alte Kauz hatte sich tatsächlich Sorgen um sie gemacht. Liv lächelte und schaute auf die Uhr. 22:56 Uhr.

Erneut setzte Regen ein. Die Sicht war schlecht. Kein Wunder, dass bei diesem Sauwetter niemand auf der Straße ist, dachte sie. Katharina hatte schon gefragt, wo sie blieb. Auch Sebastian und Sanna hatten versucht, sie anzurufen. Inzwischen hatte selbst Sebastian ihr einen Gute-Nacht-Gruß geschickt. Hatte Annika recht? War es Zeit, Waffenstillstand zu schließen, sich gar zu vertragen? Aber konnte sie ihrer Schwester wirklich verzeihen? Liv kniff die Augen zusammen, entschlossen, die Müdigkeit zurückzudrängen.

Als sie die engere Bebauung hinter sich ließ, schaltete Liv die Nebelscheinwerfer ein. Regen wischte über die Landschaft, prasselte gegen die Scheiben. Vor ihr war kein Auto zu sehen, kein Tier am Fahrbahnrand. Nur hinter ihr, in einiger Entfernung, zwei Scheinwerfer. Das Auto näherte sich. Es fuhr viel zu schnell, blendete auf.

Liv kniff die Augen zusammen. »Fahr doch vorbei, du Idiot!«

Noch dichter kam es heran, wieder die Lichthupe. Was wollte der Kerl? Verbissen starrte Liv auf die nasse Fahrbahn. Endlich setzte der Wagen, ein Audi-Roadster, zum Überholen an. Als er an ihr vorbeizog, hupte er. So langsam war sie nun wirklich nicht gefahren!

Knapp vor ihr scherte der Sportwagen ein, sprühte eine Gischtwolke auf ihre Frontscheibe. Für einen Augenblick sah Liv nichts mehr, obgleich der Scheibenwischer raste. Kurz blitzten die Bremslichter des Audis auf. Wollte er sie ausbremsen?

Adrenalin schoss durch Livs Körper. Das war nicht nur gefährlich, sondern Nötigung! Vorsichtig, um nicht ins Schleudern zu geraten, trat sie auf die Bremse. Sie prägte sich das Kennzeichen ein. Der würde morgen etwas zu hören bekommen! Obgleich sie den Alkohol nicht spürte, bereute sie auf einmal, den Grappa getrunken zu haben. In einer Sprühregenwolke entfernte der Wagen sich von ihr.

Liv atmete tief durch. Sie war heilfroh, dass sie gleich noch ein Weilchen mit ihrer Freundin plauschen könnte. Vor ihr tauchte die Giselabrücke auf, auf der Radfahrer und Fußgänger die Landstraße queren konnten. Eine Viertelstunde noch, dann war sie endlich da.

Unvermittelt nahm Liv am Rande ihres Gesichtsfelds einen Schatten wahr, der sich schnell näherte. Instinktiv riss sie das Lenkrad herum. Im selben Augenblick krachte etwas splitternd durch ihre Frontscheibe.

Liv spürte die Einschläge, stechend und hart, stieg auf die Bremse. Der Dienstwagen geriet ins Schlingern.

* * *

Während er auf dem Fußweg zurück zu seinem Auto eilte, hörte er das Aufheulen des Motors, gefolgt vom Quietschen der Reifen auf dem Asphalt. Dann ein dumpfes Scheppern.

Ein Grinsen huschte über sein Gesicht. Treffer. Gut, dass er auf die Idee gekommen war. Endlich hatte sich der Stress gelohnt.

Auf dem Parkplatz sah er sich um. Noch immer brannte kein Licht in den benachbarten Mehrfamilienhäusern. Nur, weil es so verlassen wirkte, hatte er riskiert, das Auto hier abzustellen. Doch selbst wenn jemand sein Auto bemerkte, würde er wahrscheinlich denken, dass er eine der Ferienwohnungen gemietet habe. Außerdem hatte er schnell handeln müssen.

Er warf die Nachtsichtkamera auf den Beifahrersitz. Noch einmal lauschte er, unsicher, ob er von hier aus überhaupt etwas hören würde. Ohne das Licht einzuschalten, fuhr er im Schritttempo los. Besser keine Aufmerksamkeit erregen; sicher war sicher. Der dunkle Wagen war nur ein Schatten in der Nacht, genau wie er.

* * *

Livs Finger bebten so stark, dass sie kaum den Sicherheitsgurt aus der Halterung lösen konnte. Das Herz schlug ihr bis zum Hals, ihre Haut brannte. Am aufgeblasenen Airbag vorbei hob sie ihre Hände, die bebten und dunkel gesprenkelt waren. Sie sah, dass sie blutete, spürte aber keine Schmerzen.

Die gesplitterte Scheibe reflektierte tausendfach das Licht der Scheinwerfer. Der Wagen hatte Schieflage. Noch immer röhrte der Motor. Es stank nach Bremsbelägen und … War das Sprit?

Sie zwang sich durchzuatmen, drehte den Schlüssel. Ruhig. Jetzt der Gurt. Ihre Finger zitterten. Keine Kraft. Endlich löste sich der Verschluss. Nach dem Handy suchen, dann raus aus dem Wagen.

Das Auto hing halb im Straßengraben, sodass es ihr schwerfiel, die Tür aufzustoßen. Mühsam kroch sie hinaus, fiel ins Gras, weil die Knie unter ihr nachgaben. War sie schwer verletzt und merkte es wegen des Adrenalinrauschs nicht? Ihr Atem ging schnell, der Puls stolperte wie ein betrunkenes Pony. Sie rappelte sich auf, stützte die Handflächen auf die Knie. Ihr schwindelte. Jetzt erst drang in ihr Bewusstsein, was geschehen war. Hatte etwa jemand etwas von der Brücke geworfen? Auf dem Festland gab es immer mal wieder Gestörte, die Steine oder gar Gullydeckel von Autobahnbrücken warfen – aber hier, auf Sylt?

Liv sah auf, betrachtete das Ausmaß des Schadens. Die Frontscheibe war ein weißes Spinnennetz mit einem Loch in der Mitte. Sie hätte tot sein können! Aber wer … Liv fuhr herum, suchte die Umgebung ab. Was, wenn der Attentäter noch in der Nähe war? Wenn er sah, dass sie überlebt hatte? Würde er sie angreifen, wehrlos, wie sie war?

Sie sog die Luft ein, was ihr Schmerzen verursachte. Kein Auto in Sicht, niemand, der etwas gesehen haben könnte. Die Brücke im Dunst, anscheinend leer.

Erst beim dritten Versuch gelang es ihr, das Display zu entsperren, um Polizei und Ambulanz anzurufen.

8

Wenningstedt, 15. Oktober, 8:38 Uhr

Als Liv ihr Handy einschaltete, hörte es gar nicht auf zu vibrieren, so viele Nachrichten trafen ein. Noch in der Nacht hatte sie Elise, Sanna und Sebastian kurz über ihren Unfall informiert, danach hatte sie sie nur mit Mühe davon abhalten können, sofort auf die Insel zu kommen. Ihre Freundin Katharina war zwar noch bei ihr im Krankenhaus gewesen, hatte Liv aber nur einmal kurz in die Arme schließen dürfen. Stundenlang war sie untersucht, verarztet und befragt worden. Die Ärzte hatten ihre Verletzungen sorgfältig dokumentiert und anschließend gemeint, sie habe einen Schutzengel gehabt. Sie hatte zwar ein Schleudertrauma ersten Grades und konnte daher ihren Hals nur eingeschränkt bewegen, dazu Kopf- und Nackenschmerzen, das Röntgenbild hatte jedoch keine Auffälligkeiten gezeigt, sodass sie bald wieder einsatzfähig sein würde. Vermutlich hatte ihre durch Sport und Schlagzeugspielen gestärkte Schulter- und Rückenmuskulatur sie vor größeren Schäden bewahrt. Die Schnittwunden waren nur oberflächlich. Als ihr klar geworden war, was für ein Glück sie gehabt hatte, hatte große Dankbarkeit Liv erfüllt.

Ein wenig steif befreite Liv sich von der Bettdecke und kam auf die Füße. Eine Halskrause brauchte sie nicht; es sei besser für die Heilung, wenn sie sich vorsichtig bewegen konnte, hatte der Orthopäde entschieden. Sie stöhnte. Die Hämatome vom Aufprall im Straßengraben und dem Einschnüren durch den Sicherheitsgurt schmerzten heftig. Trotzdem wollte sie keinen Augenblick länger als nötig im Krankenhaus bleiben.

Liv schickte Hennes eine Nachricht und bat ihn, sie abzuholen. Nach der ärztlichen und der kriminaltechnischen Untersuchung hatte er sie zusammen mit Kollegen von der Kripo Sylt befragt. Ob sie jemanden auf der Brücke gesehen habe? Wer gewusst habe, dass sie diese Strecke fahren würde? Als ob der Steinwurf gegen sie persönlich gerichtet gewesen wäre! Liv war schlagartig eiskalt geworden. Nur wenige hatten gewusst, dass sie nicht im Gästehaus übernachten würde. Eine davon war Annika, doch sie hatte den Gedanken weggeschoben und Anzeige gegen unbekannt erstattet. Wenigstens war der Alkoholtest kein Problem gewesen; gut, dass sie nur den einen Grappa getrunken hatte.

Du siehst fertig aus, dachte Liv, als sie in den Spiegel blickte. Sie wusch sich, zog sich an und diskutierte mit der Oberschwester, die sie davon abhalten wollte, das Krankenhaus zu verlassen. Sie wollte gerade die Entlassungspapiere unterschreiben, als Hennes die Station betrat. Auch ihm war anzusehen, dass er kaum geschlafen hatte.

»Bist du wirklich fit genug, um hier auszuchecken?«, fragte er mit besorgter Miene. »Meinst du nicht, ein paar Tage Erholung …«

»Ich muss ja nicht arbeiten. Du nimmst mich nur mit nach Flensburg.« Liv setzte die Unterschrift unter das Papier. Sie wollte zurück zum Zimmer, um ihre Jacke zu holen, doch beim Umdrehen wurde ihr erneut schwindelig.

Hennes packte ihren Ellbogen. »Nun mal langsam mit den jungen Pferden.«

Im Krankenzimmer sah Liv sich noch einmal um. Dieses Triste, Sterile, dieser Geruch nach Krankheit … Nichts wie raus hier! »Fahren wir los.«

»Ich fahre nicht zurück nach Flensburg. Ich bleibe hier auf Sylt, um herausfinden, wer dir das angetan hat.« Er tastete seine Jeansjacke ab. »Selbst wenn du ein Zufallsopfer gewesen sein solltest, muss der Täter aufgehalten werden. Wer einmal einen Stein auf ein Auto geworfen hat, kann es wieder tun. Das sind oft Wiederholungstäter.«

Frust, Langeweile und Erlebnishunger trieben Steinewerfer an, das wusste Liv selbst. Dass sie damit ganze Familien gefährdeten oder gar auslöschten, schien den Tätern egal zu sein. »Ich bleibe aber nicht hier«, protestierte Liv.

»Brauchst du auch nicht. Ich fahre dich.« Unbemerkt war Sebastian eingetreten; jetzt kam er zu ihr und schloss sie in die Arme.

Liv war so überrascht, dass sie nichts zu sagen wusste. Sie hielt ihn fest, spürte, wie ihr Magen flatterte und ihre Oberschenkel plötzlich butterweich waren; der Schreck war wohl doch größer, als sie sich eingestanden hatte. »Ich dachte, du bist in Kiel«, brachte sie schließlich heraus.

»Ich habe mir ein paar Stunden frei genommen.« Sebastian machte sich los, betrachtete ihre Verletzungen, als sorgte er sich, dass die Ärzte etwas übersehen hatten. »Du hast anscheinend wirklich großes Glück gehabt!«, sagte er erleichtert und küsste sie erneut.

Hennes räusperte sich. Er bearbeitete hektisch seinen Anti-Stress-Würfel. »Ich hätte dich nicht allein lassen dürfen.«

»Das ist doch Unsinn!«, widersprach Sebastian und fragte: »Habt ihr gestern eigentlich noch etwas herausgefunden?«

Erst da ging Liv auf, dass sie selbst gar nicht danach gefragt hatte; vermutlich machten die Unfallfolgen sie doch schwerfällig.

Hennes' Gesicht verdüsterte sich. »Die Kollegen, die die Ermittlung übernommen haben, haben die komplette Straße abgesucht und die Anwohner befragt – kein Hinweis auf den Täter. Die Wagen, die in der Nähe gesichtet wurden, werden noch überprüft. Beim Wurfobjekt handelt es sich um einen Pflasterstein. Rabia meint sich zu erinnern, dass solche Steine gerade in Westerland verlegt werden. Sie und die Sylter Kollegen überprüfen das. Wenn wir Glück haben, finden wir DNA auf der Oberfläche des Steins oder können den Täter über Videoaufnahmen oder Funkdaten ausfindig machen. Der entgeht uns nicht!« Hennes' Miene wurde sorgenvoll. »Das ist kein Zufall. Erst der Brand und jetzt dieser heimtückische Anschlag. Du solltest Personenschutz beantragen, Liv.«

»Du übertreibst! Wer soll denn gewusst haben, dass ich genau um diese Zeit unter der Brücke hindurchfahren würde?«

»Jemand, der dich beobachtet hat.«

»Da war niemand. Die Straßen waren leer«, sagte Liv. »Bis auf den Drängler.« Dessen Kennzeichen hatte sie bereits an die Kollegen weitergegeben. Vielleicht hatte er jemanden auf der Brücke gesehen.

»Dann hat er dich vielleicht abgehört. Im Restaurant belauscht. Oder es ist An–«

»Annika hat damit nichts zu tun. Kannst du dir wirklich vorstellen, dass meine Schwester einen Stein einsammelt, zur Brücke fährt – rast – und im Regen so lange wartet, bis sie meinen Wagen, den sie vermutlich nicht einmal kennt, herannahen sieht?«

»Sie könnte ein Nachtsichtgerät benutzt haben.«

»Absurd!«

»Oder sie hat jemanden beauftragt.«

»Noch absurder.«

Sebastian unterbrach sie. »Wer für diese Tat verantwortlich war, werden die Ermittlungen zeigen. Aber in einem hat Hennes recht –«

»Hätte nicht gedacht, dass ich das mal aus deinem Mund hören würde«, warf Hennes mit einem schiefen Grinsen ein.

»Wenn du nicht so geistesgegenwärtig reagiert und das Lenkrad herumgerissen hättest, hättest du sterben können, Liv. Du brauchst Personenschutz«, beendete Sebastian den angefangenen Satz.

Bei dem Versuch, den Kopf zu schütteln, stöhnte Liv vor Schmerzen auf. »Kommt nicht infrage!«

Hennes stieß scharf die Luft aus. »Sturkopf! Na, wir werden sehen, was Hasselbrecht sagt. Ganz zu schweigen von deiner Großmutter und von Sanna, die ganz bestimmt nicht wollen, dass du leichtfertig dein Leben riskierst.«

Liv hatte die Hand auf Sebastians Oberschenkel gelegt, als sie in ihrem alten Bulli über die Insel zum Westerländer Bahnhof fuhren. Gut, dass er einen Schlüssel für ihren Wagen besaß und mitgedacht hatte; andernfalls hätte der Transporter mit ihren Klamottenkisten weiterhin auf dem Parkplatz in Niebüll gestanden, und sie hätte für die Zeit der Krankschreibung noch weniger Klamotten gehabt. Sie war froh, dass es auf Sylt kaum Brücken gab, zuckte sie doch schon zusammen, wenn andere Autos auf sie zufuhren.

Noch einmal ließ Sebastian sich detailliert den Unfallhergang schildern. »Du solltest den Personenschutz annehmen, und sei es nur für ein paar Tage.«

»Auf keinen Fall. Ich war einfach zur falschen Zeit am falschen Ort«, sagte sie entschieden. »Erzähl mir lieber, was bei dir los war.«

»Ach, Noahs Lehrerin meinte …« Sebastian berichtete so ausführlich, als wollte er sie damit auf andere Gedanken bringen.

Liv ließ ihren Hinterkopf gegen die Kopflehne sinken, während sie Noahs Grundschulgeschichten lauschte. Ihre Kopf- und Nackenschmerzen nahmen zu, und immer wieder schwindelte ihr, gleichzeitig war sie extrem müde. Trotzdem wollte sie unbedingt herausfinden, wer den Stein geworfen hatte. Wollte wissen, ob es inzwischen endlich Hinweise auf den Verbleib von Felicitas Sterl gab. Hatte man mit der Gesichtsweichteilrekonstruktion bereits begonnen? Doch ehe sie ihre Fragen stellen konnte, wurde das Stechen in ihrem Schädel so stark, dass sie die Augen schließen musste und ihrer Müdigkeit nachgab.

* * *

Im Sylter Kommissariat rief Hennes als Erstes Hilke Hasselbrecht an, die schon diverse Nachrichten auf seinem Handy hinterlassen hatte.

»Gut, dass du dich meldest. Ich wollte unbedingt vor den ersten Vorstellungsgesprächen heute auf den aktuellen Stand gebracht werden.«

Hennes zog eine Grimasse. Im K1 standen Veränderungen an, und dafür war er verantwortlich. Genau genommen war das Beamtenrecht schuld, denn er hätte gern noch weitergearbeitet, musste aber im Dezember in Pension gehen. Dabei war er nicht scharf auf das Rentnerleben. Zu viele ungelöste Fälle hinterließ er, zu viele offene Rechnungen. Zudem standen einige Kollegen ihm nah, auch Hilke kannte er seit beinahe zwanzig Jahren und inzwischen sehr gut. Wie hatte die Zeit nur auf einmal so schnell vergehen können? Er war doch gerade erst bei seinen Eltern abgehauen, hatte die Seefahrt hinter sich gelassen, um zur Polizei zu gehen. Noch immer hoffte er, dass es einen Ausweg gab, aber es tat sich nichts …

»Bist du noch da? Wie geht es Liv? Habt ihr schon eine Spur?«, riss Hasselbrecht ihn aus seinen Gedanken.

Jetzt eine Zigarette! Wieder einmal malträtierte Hennes den Anti-Stress-Würfel, den die Kollegen ihm geschenkt hatten. Albern, klar. Aber das Fummeln an den Hebeln, Schaltern und Knöpfen hielt ihn vom Qualmen ab. Und rauchen durfte er nicht mehr; das würde seiner Lunge den Rest geben. Er erhob sich, um sein schmerzendes Bein auszuschütteln – dieses viele Sitzen war die Pest –, und berichtete Hasselbrecht das wenige, was sie bislang herausgefunden hatten. »Die Bewohnerin einer Ferienwohnung in der Nähe der Giselabrücke will einen Mann gesehen haben, der vom Fußweg zur Straße lief, eine Art Kamera in den Händen. Er ist in einen dunklen Kleinwagen gestiegen und im Schritttempo losgefahren – ohne das Licht einzuschalten, das fand sie seltsam.«

»Das könnte der Täter gewesen sein.«

»Die Zeugin kommt nachher aufs Revier, um eine Personenbeschreibung abzugeben. Rund um die Brücke sind mehrere Funkmasten, von denen wir die Daten angefordert haben.«

»Wenn es kein Fotoapparat war – was sollte er auch damit bei diesem Regen? –, war es vielleicht ein Nachtsichtgerät. Das könnte darauf hinweisen, dass er es auf Liv abgesehen hatte«, sagte Hasselbrecht.

»Liv will keinen Personenschutz. Und sie wollte auch nicht krankgeschrieben werden. Ist sie aber trotzdem. Für mindestens eine Woche«, berichtete Hennes.

»Da muss sie durch. Es ist allerdings ungünstig, dass sie nicht der einzige Ausfall ist. Aber bald kommt Verstärkung, auch wenn du natürlich nicht zu ersetzen bist.«

Hennes musste lächeln. »Alte Schmeichlerin! Du willst mich ja bloß friedlich loswerden.«

»Durchschaut, wie immer«, sagte Hilke. Im Hintergrund waren Stimmen zu hören. »Ah, Besuch. Halte mich auf dem Laufenden. Wer eine von uns angreift, greift alle an.«

Schon hatte sie aufgelegt. Hennes stieß hörbar die Luft aus. Auch mit seiner Chefin hatte er meistens gut zusammengearbeitet. Er steckte den Würfel in die Tasche und fuhr den Rechner hoch. Mal sehen, ob die Kriminaltechnik erste Erkenntnisse über den Stein hatte und ob die Aufnahmen der Überwachungskameras in der Nähe gesichert worden waren. Hoffentlich erfuhr er auch, welche Hinweise im Vermisstenfall Felicitas Sterl eingegangen waren.

Hennes sah aus dem Fenster. Vor dem Westerländer Bahnhof stemmten sich die scheußlichen grünen Riesen gegen den Wind. Ace Marroni fiel ihm ein. Verrückt, was manche Leute für Kunst hielten! Und wie viel sie dafür zu zahlen bereit waren. Er wunderte sich nicht, dass Felicitas Sterl diese Szene irgendwann hohl erschienen war. Wieder schweiften seine Gedanken ab. Wer sich wohl gerade bei Hilke Hasselbrecht vorstellte? Es wäre wichtig, jemanden zu finden, der sich in die Mordkommission einfügte, das Team bereicherte. Mann oder Frau war egal, Hauptsache kein Querkopf wie er. Aber die jungen Leute waren heute ohnehin stromlinienförmiger, langweiliger. Was nichts Schlechtes sein musste.

Gedankenverloren ließ er den Blick schweifen. Es war eine gute Laufbahn gewesen, mit ein paar Ausrutschern, die er sich selbst zuzuschreiben hatte. Er hatte einiges verbockt. Schon lange hatte er sich vorgenommen, reinen Tisch zu machen. Immer wieder hatte er es jedoch aufgeschoben. Und auch jetzt gab es Wichtigeres: die Anschläge auf Liv, denen er sich mit ganzer Kraft widmen würde. Ein neues Rätsel, das er lösen musste. Ein Opfer, dem er Gerechtigkeit schuldete – in dieser Hinsicht verspürte er dieselbe Verpflichtung wie Liv.

Er rief die ersten E-Mails auf, überflog die Buchstaben, ohne sie wahrzunehmen. Er würde herausfinden, wer es auf seine Freundin und Kollegin abgesehen hatte. Mochte sie in ihrer Naivität auch von einem Unfall ausgehen, er tat es nicht. Hennes ließ ihre letzten Fälle Revue passieren. Sie hatten bereits einige Kriminelle gemeinsam hinter Gitter gebracht, sich mit etlichen angelegt. Und dann war da Livs Familie. Er wusste nur zu gut, wie tief Hass zwischen Geschwistern schwelen konnte. Selbst wenn Livs Schwester den Stein nicht persönlich geworfen hatte, könnte diese den Täter beauftragt haben. Dass sie höchstwahrscheinlich gewusst hatte, wo Liv übernachten würde, machte Annika verdächtig. Katharina hingegen, Livs Schulfreundin, hatte nicht nur kein Motiv, sondern auch ein Alibi. Aber wo könnte Annika einen Handlanger gefunden haben? Wer würde so einen Auftrag annehmen? Sie waren in Schleswig-Holstein – und nicht in Berlin oder einer anderen Großstadt, zum Teufel!

Hennes rückte die Tastatur zurecht. Er würde Erkundigungen einholen. Er hatte schließlich noch immer gute Verbindungen in die Unterwelt, auch wenn inzwischen vieles ins Darknet abgewandert war. Wer auch immer es auf Liv abgesehen hatte, musste aufgehalten und dingfest gemacht werden.

* * *

»Wollen Sie mich eigentlich verarschen?« Durch den Verzerrer klang die Stimme des Mannes schnarrend.

Die Ader auf seiner Stirn pulste, als werde sie gleich platzen. »Ganz und gar nicht. Das war einfach Pech.«

»Pech? Wissen Sie, was mich Ihre Unfähigkeit kostet? Ich habe Sie gebucht, damit Sie etwas für mich tun, und nicht, damit Sie mich ins Grab bringen, nicht wahr? Ein einfaches Geschäft – Leistung und Gegenleistung. Sagt Ihnen der Begriff Micromort etwas?«

Hart presste er die Stirn gegen die Wand. »Sie erwähnten ihn bereits«, sagte er durch zusammengebissene Zähne. Er war gestern Nacht ins Risiko gegangen. Dass er jetzt nachlegen musste, passte ihm gar nicht. »Wegen der besonderen Stellung der Person musste Vorsicht gewahrt werden. Das nächste Mal war's das mit ihr.«

Ein Schnauben. »Das will ich hoffen! Auch um Ihretwillen. Ich habe einflussreiche Freunde. Von denen hörte ich, dass die Polizei die Ermittlungen aufgenommen hat. Die werden Ihnen doch nicht auf die Spur kommen?«

»Halten Sie mich für einen Amateur?«

»Ich bin mir da inzwischen nicht mehr so sicher.«

Er löste die Stirn von der Wand, massierte die Ader. »Um weiterzumachen, benötige ich Geld.«

»Nichts bekommen Sie.«

»Eine weitere Rate, sonst kann ich für nichts garantieren.«

»Ich ebenso wenig.« Der Ton war schneidend. Ein harter Hund. Ganz sicher keine Frau mit Stimmenverzerrer – oder? Noch immer hielt er die Luft an. So würde er nicht weiterkommen. Er musste sich etwas einfallen lassen.

* * *

Als Liv erwachte, waren sie bereits auf der B 199 vor Handewitt. Benommen wischte sie sich über das Kinn. Sie hatte doch nicht etwa im Schlaf gesabbert? Gleich waren sie da. Bei dem Gedanken an die triste Pension überfiel sie Beklemmung. Wenigstens sah sie Sanna dort wieder.

Sebastian bemerkte, dass sie wach war, und streichelte über ihren Oberschenkel. »Ist alles in Ordnung? Oder fühlst du dich schlecht?«

»Ich wünschte, wir könnten ins Kapitänshaus zurück. In unser Zuhause. Ich muss unbedingt den Vermieter und die Brandermittler fragen, wie lange es noch dauert.«

»Du musst nur eines: dich erholen.« Sebastian nahm ihre Hand. »Außerdem bist du bei mir – bei *uns* – immer willkommen.«

Liv sah aus dem Fenster. Noah war sicher nicht begeistert, wenn sie noch öfter bei Sebastian bliebe. Dennoch wäre sie gern mit ihm gefahren. Wenn sie ohnehin krankgeschrieben war, könnte sie genauso gut in Kiel sein. Aber sie sehnte sich nach ihrer Tochter, und die Zeit mit ihr war kostbar. Bald schon würde sich ihr enges Verhältnis sicher lockern – was normal war. Auch Elise würde demnächst von ihrer Lesereise zurückkehren. Gemeinsam mit Livs früherem Grundschullehrer Harksen hatte sie im Sommer in Keitum eine Lesung »Sölring trifft Petuh« veranstaltet, in der Anekdoten und Mundart von Sylt und aus Flensburg einander gegenübergestellt worden waren. Die Lesung war so gut angekommen, dass die beiden eingeladen worden waren, sie auf einer Ostseekreuzfahrt vorzutragen. *Hoffentlich bin ich dann wieder fit genug, um Großmutter die Umstellung leicht zu machen.*

Livs Wehmut verstärkte sich, als sie die Pension betraten. Die hatte ihre besten Zeiten ohne Zweifel hinter sich und beherbergte vor allem reisende Handwerker. Auf der Treppe ging Sebastian schräg hinter ihr, als fürchtete er, sie könnte gleich umfallen. Es war süß, wie besorgt er um sie war.

Liv seufzte leise. Schade, dass er nicht bleiben konnte. Allein in ihrem tristen Zimmer würde ihr die Zeit lang werden, bis Sanna von ihrem Job kam. Doch als sie gerade den Schlüssel in das Schloss stecken wollte, flog die Tür auf, und nicht nur ihre Tochter, sondern auch ihre Großmutter nahmen sie begeistert in Empfang.

Liv schloss Elise und Sanna glücklich in die Arme. »Was machst du denn hier? Deine Kreuzfahrt ist doch noch gar nicht zu Ende!«

»Peet hält auf dem Schiff die Stellung. Ich habe den ersten Zug ab Kopenhagen genommen. Ich kann dich doch nicht hier allein lassen, nicht in diesem Zustand!« Mitfühlend betrachtete Elise die Pflaster und Cuts in Livs Gesicht und auf ihren Armen. »Ohauehaueha, da hat es dich ja ganz schön erwischt.«

Sanna legte den Arm um Liv, als müsste sie sie stützen. Zorro sprang an ihr hoch und versuchte, ihr übers Gesicht zu lecken, sobald sie sich hinunterbeugte, um ihn zu streicheln. Die anderen trugen unterdessen das Gepäck herein und stellten es zwischen Betten und den kleinen Tisch. Nun konnte man sich kaum noch drehen und wenden, ohne einander zu berühren; ganz schön eng war es hier. Sanna stellte eine Einkaufstasche auf den Tisch, aus der Gemüse und Brot ragten.

»Wollt ihr etwas kochen? Ich weiß nicht einmal, ob wir genügend Geschirr haben.« Vorsichtig drehte Liv den Kopf. Unter ihrer Schädeldecke brummten die Kopfschmerzen, und ihr Nacken war steif. »Ich wünschte, wir könnten nach Hause oder zumindest in eine richtige Wohnung.«

»Das wird schon noch. Setz dich erst mal, Lütte«, sagte Elise. »Wir kennen so viele Leute, da wird uns schon jemand weiterhelfen. Das geht nun mal nicht von jetzt auf gleich.«

Liv hörte in den Worten ihrer Großmutter sowohl Verunsicherung als auch Hoffnung. »Warst du schon an der Brandstelle?«, fragte sie.

»Wo denkst du hin? Ich bin doch gerade erst angekommen. Den Einkauf hat Sanna erledigt, damit du etwas Ordentliches in den Magen bekommst. Und wir auch. Essen hält doch Leib und Seele zusammen.«

Liv legte die Hand zärtlich auf die Wange ihrer Großmutter, und ihr Herz zog sich zusammen. Die kurzen grauen Haare, die unzähligen Falten, der warme Blick: Elise war nicht mehr jung, und die Sorgen und Strapazen der Bahnfahrt hatten sich trotz der Seereise davor in ihre Züge gegraben. Dann küsste sie Sanna auf die Stirn. »Was wäre ich nur ohne euch.« Sebastian fiel ihr ein, der sie lächelnd beobachtete. »Und ohne dich.« Sie zog ihn ebenfalls an sich. Für einen Augenblick genoss sie die Nähe geliebter Menschen, obwohl ihr noch immer der Kopf brummte.

Elise öffnete geschäftig die Schranktüren, fand allerdings nur einzelne, abgenutzte Küchengegenstände. »*Szünde!* Viel Tinnef, aber nicht das, was man braucht!«, rief sie aus.

Dann schob Sanna sich an ihr vorbei, reckte sich zum Oberschrank und förderte drei tiefe und drei Frühstücksteller zutage. »Besteck ist auch knapp. Und ein großer Topf für eine Suppe ist ohnehin nicht da. Wir könnten höchstens erst Nudeln kochen und anschließend im gleichen Topf eine Soße.«

»Oder wir bestellen Pizza und essen sie aus der Hand«, schlug Sebastian vor. »Ich würde gern noch mit euch essen, ehe ich nach Kiel zurückfahre. Larissa ist unterwegs, deshalb hole ich Noah nach dem Musikunterricht ab.«

Eine halbe Stunde später saß Elise am kleinen Tisch, während sich Sebastian, Sanna und Liv auf den Betten fläzten. Zuvor hatten sie Handtücher über die Decken gelegt, um nicht später von den Krümeln vom Schlafen abgehalten zu werden.

»Wie bei einem Bankett im alten Rom«, sagte Sanna, die halb im Liegen aß, begeistert. Auch Liv streckte die Beine aus und lehnte sich an die Wand. Die Kopfschmerzen wurden besser, jetzt machte sich allerdings erneut Müdigkeit breit. Wieder ernst musterte Sanna sie. »Ich habe heute Morgen Hennes angerufen. Er sagte, du würdest vielleicht Polizeischutz bekommen.«

»Hennes macht die Pferde scheu. Ich brauche keinen Polizeischutz. Über die Brandursache ist noch nichts bekannt, und der Steinewerfer hat nur zufällig mich getroffen«, sagte Liv. An den Blicken ihrer Tochter und Elises sah sie, dass diese nicht überzeugt von ihrer Einschätzung waren.

»Aber wenn es nötig sein sollte …«, begann Sebastian.

»Dann werde ich mich nicht gegen Schutz sperren, versprochen.« Liv kniff die Augen zusammen.

»Du solltest ein schmerzstillendes Medikament nehmen und dann noch etwas schlafen«, meinte Sebastian. Er strich Liv über den Rücken. »Ich fürchte, ich werde es in den nächsten Tagen nicht nach Flensburg schaffen. Die Arbeit …« Er zuckte entschuldigend mit den Schultern.

Liv lächelte vorsichtig. »Dann komme ich zu dir, sobald es geht. Du kannst mir zeigen, was ihr über den Schädel herausgefunden habt.«

Er küsste sie, wusch sich die Hände. »Und ich zeige dir, wie weit ich selbst mit der Gesichtsweichteilrekonstruktion bin. Ich möchte parallel zum LKA versuchen, der Toten ein Gesicht zu geben. Es ist eine gute Gelegenheit, mich in dieser Technik zu üben.« Sebastian wandte sich Elise zu. »Schön, dass Sanna und du hier seid und nach Liv sehen könnt. Bis nächstes Wochenende, dann komme ich vorbei.«

Elise lächelte. »Aber nur vielleicht. Wenn es Liv gut genug geht, besuche ich Peet auf Sylt. Dann ist auch er von dem Törn zurück.«

Liv und Sanna tauschten Blicke. Die beiden alten Herrschaften schienen sich wirklich ausgezeichnet zu verstehen. Zum ersten Mal wurde ihr klar, dass Elise in den Jahren seit Sannas Geburt auf viel verzichtet haben musste.

»Ich wollte ohnehin nach Sylt, zu Kimi«, mischte Sanna sich ein. »Wir könnten nächstes Wochenende zusammen fahren.«

Die alte Dame strahlte. »Umso besser.«

»Oder ihr setzt eure Lesereise fort«, warf Liv ein, der die Aufmerksamkeit beinahe peinlich war. »Es gibt doch bestimmt viele Passagiere, die sich auf euren Vortrag gefreut haben.«

»Schau'n wir mal, wie du in den nächsten Tagen zupass bist. Die Deern geht vor«, meinte Elise mit einem entschiedenen Lächeln.

* * *

Leise packte Elise ihren Koffer aus und sortierte die schmutzige Wäsche in Stoffbeutel. In Flensburg gab es einen Waschsalon und einen Wäscheservice, der einem die gewaschene Wäsche anschließend wieder ins Haus brachte. Die Nachricht von Livs Unfall hatte sie alarmiert. Sie hatte nicht eine Sekunde gezögert, ihre Reise abzubrechen, auch wenn sie die Zeit an Bord genossen hatte. Inzwischen war Sebastian abgereist, Sanna war zu einer Freundin gegangen.

Ihr Blick wanderte zu Liv, die auf dem schmalen Pensionsbett schlief. Ein warmes Gefühl breitete sich in ihr aus. Sie hatte Liv schon geliebt, als diese noch ein kleines Mädchen gewesen war. Annika, ihre zweite Enkelin, hatte sie natürlich ebenfalls gemocht. Aber Liv war besonders, war eigensinnig, fantasievoll, widerspenstig, hatte eine Energie, die sie bei ihrer Tochter Rosa, der Mutter der Mädchen, so schmerzlich vermisst hatte.

Müde ließ sich Elise auf das Bett sinken. Sie war immer aktiv gewesen, unabhängig, hatte in den letzten Jahren viel Neues gelernt. Besonders stolz war sie, dass sie Jugendliche im Flensburger Platt, dem Petuh, unterrichtete und den fast ausgestorbenen Dialekt auch auf ihrer Webseite bekannt machte – damit und mit der Lesung trug sie dazu bei, dass Petuh nicht in Vergessenheit geriet. Sie brachte sich in der Kirchengemeinde ein, beim Hundesport und in ihrem Bingoclub. Doch heute fühlte sie sich so alt, wie sie war. Auch ihre Gesundheit machte ihr im Moment zu schaffen. *Altersbedingt normal*, wie ihr Arzt beinahe zynisch diagnostizierte. Als sei man als Rentner nichts mehr wert. Umso schöner war es, dass sie in Peet noch einmal einen Gefährten gefunden hatte. Spät, aber doch, wie man so sagte. Nach Jahren, in denen Liv und Sanna sie so dringend gebraucht hatten, hätte nun eigentlich alles gut sein können. Liv hatte einen Beruf, der sie forderte und erfüllte. Hatte einen netten Freundeskreis, darunter die Jungs aus ihrer Rockband. Hatte mit Sebastian endlich einen Freund, den Elise schätzte und von dem sie glaubte, dass er der Richtige für ihre Enkelin war. Doch nun dies. Der Brand, der Unfall. War das wirklich nur Zufall?

Sie rieb sich über die Knie, die von der langen Bahnfahrt von Kopenhagen schmerzten. Liv musste gesund werden, das war jetzt erst mal das Wichtigste. Allem anderen würde sie sich widmen, wenn es nötig war, das hatte sie immer getan. Sie hätte auch nichts dagegen gehabt, wenn ihr Leben nun einmal in ruhigeren Bahnen verliefe. Wenn sie die Monate oder Jahre, die ihr blieben, bei guter Gesundheit genießen könnte. Gleichzeitig hatte sie das unangenehme Gefühl, dass nicht nur die Folgen des Hausbrandes sie in der nächsten Zeit fordern würden. Annika hatte während des Telefonats immer wieder Ockes Testament erwähnt. Geld war ihrer Enkelin stets wichtig gewesen. Elise hingegen hatte es nie interessiert, genau so wenig wie Liv. Und doch hatten Annikas Worte Elise stutzig gemacht. Sie wisse gar nicht, was die Verzögerung der Testamentseröffnung solle – sie sei die Alleinerbin, hatte Annika beinahe aggressiv verkündet.

Annika konnte furchtbar hart sein. Das hatte sie bewiesen, als ihr Vater vor vielen Jahren versucht hatte, Liv zu zwingen, ihr Kind abzutreiben, und sie schließlich verstoßen hatte. Damals hatte auch Annika ihre Schwester hängenlassen, sie weggestoßen. Doch das war lange her. Wenn sich die Schwestern doch endlich versöhnen könnten! Jetzt, wo Ocke tot war, stand dem eigentlich nichts mehr im Wege. Doch Elise musste an das denken, was sie über den Anschlag erfahren hatte. Es sei denn …

* * *

Liv saß auf der durchgelegenen Matratze ihres Bettes und cremte ihre Blutergüsse ein. Auch ihr Rücken schickte dumpfe Stiche durch den Körper. Offenbar hatte sie unwillkürlich eine Schonhaltung eingenommen, um Schmerzen zu vermeiden. Mühsam schlängelte sie sich wieder in ihr T-Shirt. Vielleicht hätte sie um Hilfe bitten sollen, aber Elise und Sanna waren beide unterwegs.

Sie ließ sich auf ihr Bett fallen und nahm einige tiefe Atemzüge, bei denen die Lunge schmerzhaft die Rippen weitete. Wie anstrengend das war! Offenbar brauchte ihr Körper alle Energie für die Heilung. Schon fielen Liv die Augen zu, doch im selben Moment stieß ihr Smartphone einen Trommelwirbel aus. Warum hatte sie nur vergessen, es stumm zu stellen? Sie wollte es gerade ausschalten, als sie sah, dass Annika anrief. Den ganzen Tag über hatte sie die Anrufe ihrer Schwester ignoriert. Inzwischen musste Annika den Eindruck haben, dass sie sie insgeheim verdächtigte. Mit einem leisen Stöhnen stemmte Liv sich hoch und nahm den Anruf entgegen.

»Annika, entschuldige, ich habe gesehen, dass du angerufen hast, aber es geht mir nicht besonders.« Sofort ärgerte Liv sich über ihre Worte. Als ob sie sich dafür entschuldigen müsste, was ihr zugestoßen war!

»Enno und ich stehen vor der Tür. Dürfen wir hochkommen?« Als Liv zögerte, redete Annika weiter: »Die Polizei war bei mir, um mich über den Unfall zu befragen, das weißt du sicher. Du glaubst doch nicht ernsthaft, dass ich etwas damit zu tun habe, oder? Wie denn auch? Ich war auf dem Weg nach Hause, als es passiert ist.« Sie schnappte empört nach Luft. »Aber wenn du mich nicht sehen willst ...«

Tatsächlich wollte Liv jetzt niemanden sehen. Sie wusste jedoch, dass es die Lage nur unnötig komplizieren würde, wenn sie diesen Besuch ablehnte. »Nein, schon gut. Kommt hoch. Ich wollte mich nur gerade hinlegen.« Sie hatte sich eben eine Wolljacke übergezogen und die Bettdecke gerichtet, als es auch schon klopfte.

Annika wirkte in ihrem Chanel-Kostüm und den Slingbacks deplatziert. Der Blick ihres Mannes Enno flog durch das schäbige Pensionszimmer. Enno war eine graue Maus im Anzug, konfliktscheu, aber Annika gegenüber loyal. »Wirklich grauenvoll, was dir zugestoßen ist. Gute Besserung!«, sagte er, dann berührte er Annika am Ellbogen. »Der Wagen steht im Halteverbot. Ich warte besser unten.« Er schien froh zu sein, das Zimmer wieder verlassen zu können.

Ihre Schwester polierte nervös Ockes Ring. »Deine Kollegen waren wirklich unverschämt. Als ob ich mich auf eine Brücke stellen und mit Steinen werfen würde!«

»Das ist Routine.« Matt setzte Liv sich auf die Bettkante. »Sie müssen allen Möglichkeiten nachgehen. Und du bist nun einmal eine der wenigen, die wussten, wo ich unterkomme. Ich glaube ohnehin, dass ich lediglich zur falschen Zeit am falschen Ort war.«

Annika sah sich um, nahm neben Liv Platz. »Wie geht es dir?«

»Ganz okay. Das wird schon wieder.« Kurz berichtete Liv von ihrem Krankenhausaufenthalt und der Krankschreibung.

»Es ist ziemlich eng hier. Wenn du möchtest, kann ich bei Flensburger Kollegen nachfragen. Einer hat bestimmt eine Wohnung für euch, bis die Sanierung abgeschlossen ist. Zu einem guten Preis«, wiederholte Annika ihr Angebot.

»Das ist nett, aber nein, danke. Das geht schon so. Elise könnte erst einmal auf Sylt bei einem Freund wohnen oder geht wieder auf Lesereise. Sanna und ich sind viel bei Freunden.«

Annika zog die Augenbraue hoch. »Sind Elise und Herr Harksen etwa ein Paar? Das wäre ja irgendwie peinlich, findest du nicht?«

»Nein, gar nicht. Es wäre schön, wenn sie einander noch gefunden hätten.« Liv streckte sich vorsichtig, doch sofort durchfuhr sie der Schmerz.

Ihre Schwester berührte sie sacht. »Kann ich dir sonst irgendwie helfen?«

Liv schüttelte den Kopf. »Ich muss mich nur ein paar Tage schonen.« Als Annika sich erhob, fragte sie: »Ihr hattet ohnehin in Flensburg zu tun?«

»Enno hatte einen geschäftlichen Termin, und ich wollte nach dir sehen. Ich habe mir Sorgen um dich gemacht.« Annika lächelte zaghaft. »Melde dich, wenn ich etwas tun kann.«

9

Flensburg, 18. Oktober, 9:55 Uhr

Liv und Sanna hatten Elise untergehakt. Langsam schritten sie das letzte Stück des Hügels hoch; ein Taxi hatte sie bis zur Kurzen Straße gebracht. Nun standen sie vor ihrem Haus. Ruß umrandete das notdürftig verschlossene Küchenfenster, ein Schandfleck zwischen den anderen schmucken Kapitänshäusern. Nachdem sie sich zwei Tage erholt hatte, fühlte Liv sich endlich fit genug, sich mit dem Brandermittler zu treffen, und Elise und Sanna hatten darauf bestanden, sie zu begleiten. Anschließend würden sie sich mit dem Vermieter unterhalten.

»Ah, da seid ihr ja.« Wulf Becker, der zuständige Kripobeamte, nahm sie in Empfang und schloss die Tür auf, durch die sie schon so oft gegangen waren. Er war ein älterer Kollege, der am liebsten Dienst nach Vorschrift machte, aber sehr gewissenhaft – soweit Liv das beurteilen konnte, denn sie hatte nur selten mit ihm zu tun gehabt.

Liv blieb einen Moment stehen. Es roch verkohlt und nach kaltem Rauch. Hoffentlich hat sich dieser Gestank nicht überall festgesetzt. Sie hörte, wie Elise entsetzt die Luft einsog, als sie die völlig ausgebrannte Küche und das halb zerstörte Wohnzimmer sah.

»Watn Aggewars, Mädchen, es ist ein Wunder, dass euch nichts zugestoßen ist«, stieß sie hervor.

Liv strich ihr über die Hand. »Ja, wenn Sanna nicht wach geworden wäre, wären wir vielleicht nicht mehr hier.« Der

Anblick ihrer zerstörten Möbel und ihrer anderen geliebten Besitztümer schnitt ihr ins Herz. Der Tisch, den sie auf einem Flohmarkt auf der Exe erstanden und mit Sven, dem Sänger ihrer Band, hügelauf, hügelab hierhergewuchtet hatte. Der teure Herd, den sie von ihrem ersten Gehalt als Polizistin gekauft hatte, weil sie so gern kochten, und den sie beim Auszug wieder gegen das altmodische Stück hatten austauschen wollen, das nun im Schuppen lagerte, aber eigentlich ins Haus gehörte. Die Reste von Sannas erster Strichmännchenzeichnung von ihnen, die schon ganz ausgeblichen an der Wand gehangen und ihr dennoch so viel bedeutet hatte.

Elise und Sanna durchschritten die Räume, um zu prüfen, wie groß der Schaden durch Rauch, Funkenflug und Löschwasser insgesamt war. Bestürzt hob Elise die Bücher auf, die die Flammen verschont hatten, das Löschwasser aber durchweicht hatte. Liv entdeckte zwischen den Trümmern des Küchenschranks die Kintsugi-Tasse, die Sebastian ihr erst vor wenigen Monaten geschenkt hatte. Zerbrochen und kunstvoll mit Goldlack repariert, als Symbol für die Brüche des Lebens, die einen zeichneten und doch verheilen konnten. Vorsichtig klaubte sie die Bruchstücke heraus, entschlossen, das Porzellan von Neuem heilen zu lassen.

»Was habt ihr gefunden?«, fragte sie den Brandermittler.

»Noch ist nichts endgültig …«, begann Wulf ausweichend.

»Das weiß ich doch.«

»Nun gut.« Er sah sie an. »Es zeichnet sich bereits etwas ab. Ich denke, das solltest du wissen. Gemeinsam mit dem K6 haben wir die Brandspuren untersucht und beurteilt, du weißt schon, Dinge wie Ruß- und Rauchgasniederschläge sowie das Ausmaß der Brandzehrung. Dadurch konnten wir Rückschlüsse auf die Brandherde ziehen.«

»Es gab also mehrere?«

Wulf nickte.

»Kein Funkenflug möglich?«

»Wir haben keine Brandbrücke gefunden.«

Das war in der Tat ein starkes Indiz für Brandstiftung. »Brandlegungsmittel? Brandbeschleuniger?«

»Wir haben im Unterschrank der Spüle die verbrannten Reste eines Tauchsieders und einer Zeitschaltuhr entdeckt.«

»Wir haben keinen Tauchsieder.«

»Das haben wir auf der Inventarliste, die du erstellt hast, schon gesehen. Neben dem Terrassenfenster haben wir außerdem scharfrandige Einbrennungen im Holzfußboden aufgespürt, vermutlich von Grillanzündern.«

Adrenalin durchschoss Liv. »Jemand war also im Haus«, hielt sie fest.

»Bei euren alten Fenstern und Türen dürfte das ein Kinderspiel gewesen sein.« Wulf zeigte ihr die Aufbruchspuren, die ihr vorher nicht aufgefallen waren. Kurz ärgerte sie sich. Aber wann hätte sie die auch sehen sollen?

Wulf zog die Augenbrauen hoch. »Mensch, Liv, als Kommissarin solltest du wenigstens die einfachsten Sicherheitsmaßnahmen kennen. Das Mindeste wären ein vernünftiges Türschloss und abschließbare Fenstergriffe.«

»Fenster und Türen wollte unser Vermieter demnächst sanieren, deshalb hab ich mich nicht darum gekümmert. Aber die Maßnahme wurde immer wieder hinausgezögert.« Liv fuhr sich durchs Haar. Es hatte Vorteile, wenn ein Vermieter einen in Ruhe ließ, aber auch Nachteile, wenn er sich nicht kümmerte.

»Na, das kann er dann gleich mitmachen, wenn er das Haus instand setzt.« Prüfend sah Wulf sie an. »Hältst du eine warme Sanierung für möglich?«

»Du meinst, dass der Besitzer den Brand gelegt oder in Auftrag gegeben hat, um die Versicherungssumme einzustreichen?

Das kann ich mir nicht vorstellen.« Sie sah sich um. »Ihr seid fertig mit euren Untersuchungen?«

»Die Brandstätte ist freigegeben.«

»Danke.« Als Liv sich bereits ihrer Großmutter und ihrer Tochter zuwenden wollte, die am anderen Ende des Raums bekümmert durch ein durchweichtes Fotoalbum blätterten, hielt Wulf sie noch einmal auf. »Ich will dir keine Angst machen, aber hier wollte jemand auf Nummer sicher gehen. Jemand, der impulsiv und gewissenlos handelt. Tauchsieder und Zeitschaltuhr hätten ausgereicht, um einen Brand zu legen. Dennoch hat der Täter entschieden, auch noch das Fenster aufzubrechen und Grillanzünder hindurchzuwerfen. Dazu die manipulierten Rauchmelder und vermutlich sogar ein vergifteter Köder für deinen Hund.« Wulf krauste die Stirn und blickte sie besorgt an. »Pass auf dich auf.«

Nachdem Wulf sich verabschiedet hatte, ging Liv in den Keller. Es roch muffig, wohl wegen des durchgesickerten Löschwassers. Ihre Noten waren wahrscheinlich hin. Ihr elektronisches Schlagzeug und die Djembe hatte sie gleich nach dem Löscheinsatz auf Kisten gestellt. Sie wagte es dennoch nicht, die Drums einzuschalten, aus Sorge, dass die Restfeuchtigkeit einen Kurzschluss verursachen würde. Als sie wieder nach oben kam, hatte Sanna ihre Urgroßmutter untergehakt. In der anderen Hand hielt sie eine schwere Tasche mit feucht und schmutzig wirkenden Dingen, darauf hatte sie ihr Longboard gelegt. Die Räder des langen Skateboards waren geschmolzen.

Liv wollte Elise etwas abnehmen, aber ihre Großmutter hielt das Album und einen Stapel Bücher an sich gepresst. »So vieles ist unwiederbringlich zerstört, auch die Erinnerungen an meine geliebte Rosa«, sagte die alte Dame zittrig. »Die Erstausgabe von *Schwestern* von Margarete Boie ist hin, wie so vieles andere auch. Wenigstens ein paar meiner Petuh-Bücher möchte ich mitnehmen. In einige hat Renate mir damals eine Widmung geschrieben.«

Liv nickte. Elise hielt die Erinnerung an Renate Delfs, Flensburger Original, Schauspielerin und bekannteste Petuh-Sprecherin, auch nach deren Tod noch in Ehren. »Sicher kannst du die Bücher fachgerecht trocknen und glätten lassen.«

* * *

Hennes verließ das Tattoo-Studio und schob die Hände in die Taschen. Eine feuchtkalte Brise schlug ihm von der Förde her entgegen. Eine Wohltat. Wenigstens abends verlor der überhitzte Oktober nun an Kraft. Wann würde die Witterung endlich wieder normal sein? Er ging das Gespräch, das er gerade geführt hatte, noch einmal durch. Die Damen und Herren waren nicht gerade auskunftsfreudig gewesen, vielleicht weil ohnehin klar war, dass auch diese Tätowierer Dreck am Stecken hatten. War ja hinreichend bekannt, dass Rockerbanden Tattoo-Studios wie dieses nutzten, um Geld zu waschen.

An den Shisha-Bars – ebenfalls gern von Kriminellen genutzt, wie Hennes wusste – ging er vorbei. Der Tatverdächtige im Fall Raboisen hatte damals in einem Sportstudio trainiert, in dem viele Mitglieder ihr Geld mit Organisierter Kriminalität verdienten. Ihm würde nichts anderes übrigbleiben, als auch noch eine gewisse Spielhalle aufzusuchen. Obwohl manche seiner Kollegen meinten, Livs Attentäter könne aus einem anderen Bundesland oder gar Land gekommen sein, glaubte Hennes, dass der Täter Verbindungen nach Flensburg hatte. Hier hatte alles mit dem Hausbrand angefangen. Mit so etwas beauftragte man jemanden mit Ortskenntnis.

Nach den ersten Ermittlungen zum Schädelfund auf Sylt war er nach Flensburg zurückgekehrt. Dass die DNA-Analyse des Schädels und die Gesichtsweichteilrekonstruktion noch auf sich warten ließen und sie vorerst nichts weiter tun konnten, war ihm ganz recht. Ohnehin konzentrierte er sich lieber auf den Steinewerfer.

Wenigstens hier hatten sie einige Ermittlungsfortschritte gemacht. Am vielversprechendsten waren die Aufnahmen der Überwachungskameras. Da bei Bauarbeiten viel gestohlen wurde, war auch die Baustelle in Westerland überwacht gewesen. Auf der Aufnahme der Videokamera sah man, wie ein Kleinwagen vorfuhr, ein Mann ausstieg und einen einzelnen Stein vom Stapel klaubte. Wegen der Dunkelheit und des Regens war er verschattet, aber die Computerforensiker würden versuchen, einzelne Aufnahmen so zu bearbeiten, dass das Gesicht zu erkennen sein würde. Auch das würde allerdings dauern. Ergiebig war zudem die Analyse der Funkdaten gewesen, denn erstaunlicherweise hatten sie lediglich ein einziges Handy, das sich zur Tatzeit in die benachbarten Funkmasten eingeloggt hatte, niemandem zuordnen können. Dieses Handy war zudem kurz vor dem Anschlag aus- und kurz danach wieder eingeschaltet worden. Sie hatten es also nicht gerade mit einem Superhirn zu tun. Leider machte der Täter das, was ihm an Grips zu fehlen schien, durch Skrupellosigkeit wett. Ein Auto, das der Beschreibung nach dem Steinewerfer gehört haben könnte, war ausgebrannt in einem Waldstück bei Niebüll gefunden worden. Es war wohl aus einer Garage gestohlen gewesen. Da der Besitzer kaum damit fuhr, hatte er den Diebstahl jedoch gar nicht bemerkt. Jetzt suchte das K6 mit Hochdruck im Autowrack nach Spuren. Am Stein hatten sie immerhin einige Fasern gefunden. Liv hatte ein paarmal bei ihm angerufen, um etwas zu erfahren, aber er hatte sie aufgefordert, die Füße stillzuhalten. Sie war krankgeschrieben, sollte sich auskurieren und dabei am besten in ihrem Pensionszimmer bleiben, dann könnte ihr nichts passieren. Hoffte er zumindest.

Hennes steuerte auf die abgeklebten Schaufensterscheiben und die auffällige Leuchtreklame der Spielhalle zu. Schon waren das Blinken der Lichter und die Melodien der Daddelautomaten zu hören. Ein heimeliges Gefühl durchströmte ihn. Aus alter Gewohnheit überlegte er, wie viel Geld er wohl in der Tasche hatte. Verstohlen sah er sich um. Nicht, dass jemand ihn sah und Rachel von seinem Besuch erzählte. Seine Lebensgefährtin würde glauben, er sei rückfällig geworden.

Mit einem mulmigen Gefühl ging Hennes hinein, wies sich bei der Aufsicht am Schalter aus und eilte an den blinkenden und lockenden Automaten vorbei ins Büro. Er hatte noch etwas gut bei Arno, da er zu der Zeit, als er sein Geld noch verspielt hatte, ein paarmal bei Bagatelldelikten weggeschaut hatte. Arno war zwar Geschäftsführer, aber ein einfach gestrickter Typ, der lieber zuschlug als diskutierte, wie Hennes wusste.

»Lange nicht gesehen. Mal wieder Sehnsucht?«, fragte Arno, als er Hennes sah, und hielt ihm zur Begrüßung die Faust hin.

»Damit bin ich durch. Ich bin beruflich hier.« Hennes fasste knapp zusammen, wonach er suchte.

»Ein Typ, der Brände legen und sogar töten würde? Gegen Geld? So jemanden kenne ich nicht. Was denkst du denn von mir?«

»Lass das Herumgeeiere! Der Kerl hat beinahe eine Kollegin von mir getötet, und das gleich zweimal.« Sein Gegenüber presste die Lippen aufeinander. Hennes zuckte demonstrativ mit den Schultern. »Da müssen wir deinen Laden wohl mal genauer unter die Lupe nehmen. Geldwäsche soll ja ein weit verbreitetes Phänomen in der Branche sein.«

»Ihr spinnt doch, ihr Bullen! Dass ihr uns Spielhallenbetreiber immer unter Generalverdacht stellt!« Arnos Augen verengten sich. »Außerdem wäre ich ganz vorsichtig an deiner Stelle. Du hast schließlich selbst oft genug bei illegalen Pokerrunden und Wetten mitgemischt. Oder dir Geld von den falschen Leuten gepumpt.«

»Willst du mir drohen?«

»Ich nicht. Aber vielleicht diejenigen, mit denen du dich anlegst.«

»Du kennst also jemanden, auf den die Beschreibung passen könnte.«

Arno zögerte kurz, dann neigte er sich zu ihm und raunte ihm drei Handynummern ins Ohr. »Von mir hast du's nicht. Außerdem musst du dafür versprechen, den Geldwäschevorwurf zu vergessen.«

Hennes versprach es nicht.

Bereits vor der Tür – das Angebot, noch ein schnelles Spielchen zu machen, hatte er eilig abgelehnt, aus Sorge, er könnte schwach werden – verglich er die Nummern mit derjenigen, die sich über den Funkmast bei der Sylter Giselabrücke eingeloggt hatte. Na also!

* * *

Unruhig räumte Liv in dem kleinen Pensionszimmer das Frühstücksgeschirr ab und spülte es. Leichte Tätigkeiten wurden nach einem Schleudertrauma zwar empfohlen, dennoch musste sie wegen ihrer Verletzungen und der Prellung durch den Sicherheitsgurt vorsichtig sein. Sanna war jobben, und Elise war unterwegs, um noch einiges für den bevorstehenden Sylt-Aufenthalt einzukaufen. Liv hatte versprochen, sich während ihrer Krankschreibung so wenig wie möglich allein aus der Pension zu entfernen. Doch derart untätig zu sein war sie nicht gewohnt, schließlich war sie ja nicht an einem schönen Ort im Urlaub, wo man sich darauf freute, die Seele baumeln zu lassen. Stattdessen war sie gezwungenermaßen in ihrem kleinen Zimmer eingesperrt. Immerhin hatte ihr Vermieter versprochen, die Sanierung mit Hochdruck voranzutreiben. Wenn sie wenigstens etwas Sinnvolles tun könnte! Sie hatte in den letzten beiden Tagen mit Freunden telefoniert, gelesen, sich die Noten für den neuen Song angeschaut, den sie mit ihrer Band einstudieren wollte. Immer wieder hatte sie an Felicitas Sterl denken müssen, diese lebenslustig wirkende Frau, die spurlos vom Erdboden verschwunden war, ohne dass jemand sie ernsthaft zu vermissen schien. Wäre es denkbar, dass Felicitas abgehauen war, ohne jemandem Bescheid zu sagen? Dass sie sich wirklich in einer Ayurvedaklinik im Ausland entspannte? Noch immer hatte Liv kein annähernd stimmiges Bild von der Persönlichkeit der Vermissten gewinnen können.

Sie trocknete sich die Hände ab, holte ihr Tablet hervor und gab Felicitas' Namen in die Suchmaschine ein. Im nächsten Moment listete diese etliche Videos auf, darunter einige Interviews. Viele Artikel waren neu und thematisierten ihr Verschwinden, berichteten in einem Tonfall über Felicitas Sterl, als wäre sie ganz sicher tot.

Liv bereitete sich einen Chai mit Tee, Gewürzen, Honig und Hafermilch zu und machte es sich auf dem Bett so gemütlich, wie es eben möglich war. Es gab auch einige Interviews, in denen die Galeristin über ihre Entdeckungen, Trends in der Kunstwelt und kommende Ausstellungen berichtete. Liv klickte das letzte Gespräch an. Schon die ersten Aufnahmen berührten sie. Felicitas Sterls Gesicht war ausdrucksstark und ihre Mimik lebendig.

Aufmerksam hörte Liv zu, wenn Felicitas ihr Privatleben erwähnte, erfuhr jedoch nicht viel Neues. Es musste doch irgendwo einen Grund für ihr Verschwinden geben! Allerdings erwähnte Felicitas Sterl immer wieder ihre Liebe zu Sri Lanka, die dortige Kunstszene und die Ayurvedakliniken. Vielleicht sollten sie in den dortigen deutschsprachigen Medien einen Suchaufruf lancieren. Auswanderer oder Reisende bekamen viel mit, die deutsche Gemeinschaft in Sri Lanka war anscheinend klein. Selbst wenn Felicitas Sterl abgetaucht war, hatte sie vielleicht jemand gesehen.

Am Freitag steuerte Liv auf das backsteinrote Bahnhofsgebäude mit seinem eckigen Kupfergiebel zu. Nach vier Tagen waren ihre Beschwerden größtenteils abgeklungen, weshalb sie beschlossen hatte, am Wochenende Elise und Sanna nach Sylt zu folgen. Die beiden würden am Nachmittag den Bus nach Niebüll nehmen. Liv würde zunächst mit dem Zug nach Kiel fahren und Sebastian besuchen. Auto fahren wollte sie sicherheitshalber noch nicht.

Vor dem Flensburger Bahnhof herrschte das übliche Gewimmel, und auch in der Halle des denkmalgeschützten Klinkerbaus war das Gedränge groß. Liv spürte, wie ihr Nacken verkrampfte. Sie mochte diese Menschenmengen nicht. Als junge Polizistin war sie oft genug am Flensburger Bahnhof Streife gelaufen, um zu wissen, dass sich hier wie auf allen anderen städtischen Bahnhöfen auch Kriminelle herumtrieben. Auf den ersten Blick entdeckte sie einige wenige Dealer, Drogensüchtige und Obdachlose, Letztere ihrer Erfahrung nach meist arme Kerle, die Jobverlust, Krankheit oder der Tod Angehöriger aus der Bahn geworfen hatten.

Sie eilte zu den Gleisen weiter. Ein paarmal hatte sie bei Hennes angerufen, doch er hatte ihr lediglich verraten, dass es von der Galeristin noch immer keine Spur gab. Auch das LKA hatte sich noch nicht wegen der Gesichtsweichteilrekonstruktion gemeldet. Umso gespannter war Liv auf das Abbild, an dem Sebastian parallel arbeitete.

Jemand schimpfte lautstark, eine Flasche klirrte. Aufgeschreckt fuhr Liv herum. Sie drängte sich die Treppe zum Bahnsteig hoch, auf dem gleich der Zug nach Kiel einfahren würde. Zwischen ihren Schulterblättern kribbelte es. Es kam ihr vor, als würde sie hinter sich einen Schatten spüren. Sie wandte sich erneut um – nur eine Menge anonymer Gesichter, gestresst oder voller Vorfreude auf das Wochenende. Hennes und die anderen machen mich mit ihrem Gerede noch ganz paranoid, dachte sie.

Wie eng es auch auf dem Bahnsteig war! Alle starrten auf ihre Smartphones, als trügen sie Scheuklappen. Einförmige Bürouniformen mischten sich mit Fast Fashion und prolliger Sportkleidung. Ließen nur die vergangenen Ereignisse sie die Welt so kritisch sehen? Auf einmal sehnte Liv sich furchtbar nach ihren Bandkollegen mit ihren abgerockten Heavy-Metal-Klamotten, den langen Haaren und dem schrägen Humor. Hoffentlich konnten sie schon bald wieder zusammen proben. Das Schlagzeug schien das Löschwasser einigermaßen unbeschadet überstanden zu haben, auf jeden Fall war die Elektronik wieder angesprungen.

Wie aufs Stichwort stieß ihr Telefon einen Trommelwirbel aus. Hektisch tastete Liv an ihrer Jackentasche, um es herauszuholen, genervt beäugt von Passanten. *Hennes!* Ausgerechnet jetzt kündigte eine Lautsprecherdurchsage die Einfahrt des Zuges nach Kiel an. Liv presste den Finger auf die freie Ohrmuschel.

»Was ist denn das dafür ein Höllenlärm bei dir? Wo steckst du?«, schnarrte Hennes.

»Ich bin auf dem Bahnhof in Flensburg, will nach Kiel zu Sebastian. Übrigens fährt gleich der Zug ein, ich habe also nicht viel Zeit. Du weißt ja, wie schlecht der Handyempfang unterwegs ist.«

Quietschen über den Gleisen und ein Windzug. Die umstehenden Menschen drängten und schoben.

»Wir haben … gefunden … schicke dir das Bild rüber … aufpassen.« Liv hatte bei dem Lärm Schwierigkeiten, Hennes zu verstehen, wollte aber auch nicht den Zug verpassen. Sie wurde angerempelt, konnte sich gerade noch abfangen, stieß aber ihrerseits einen alten Herrn mit einem Rollator an.

»Passen Sie doch auf!«, schimpfte dieser.

Ein Stück weiter, und sie wäre auf die Schienen gestürzt. Sie entschuldigte sich bei dem Rentner.

Ihr Smartphone meldete den Eingang einer Nachricht. Hennes hatte ein Foto geschickt. Als Liv es öffnete, begann ihr Herz zu galoppieren. Sie fuhr auf dem Absatz herum. Den Kerl hatte sie doch eben gesehen!

Im selben Augenblick versetzte ihr jemand einen heftigen Stoß. Liv verlor das Gleichgewicht und taumelte auf die Bahnsteigkante zu.

Grollend schoss der Zug heran.

* * *

»Liv? Liv!« Hennes sprang auf.

Aus dem Telefon waren nur ein unangenehmes Knacken, das Getöse des Zuges sowie ein Aufschrei zu hören.

Etwas machte seinen Hals so eng, dass er nicht dagegen anhüsteln konnte. Sofort schlug er im Kommissariat Alarm und eilte los. Hoffentlich kamen sie nicht zu spät!

* * *

Er stieß die ihm entgegenströmenden Menschen beiseite. Die Schreie und Schritte, die hinter ihm ertönten, signalisierten ihm, dass er noch immer verfolgt wurde. Also musste er Haken schlagen.

»Haltet ihn auf!«

Schneller!

Plötzlich knallte etwas schmerzhaft an sein Gesicht, seitlich zwischen Wange und Ohr. Er schoss herum. Eine Frau mit einer Handtasche. Sie holte erneut aus.

Ausweichen, ihr die Faust ins Gesicht hämmern.

Das Knacken ihres Nasenbeins wurde von ihrem Kreischen übertönt. Blut spritzte.

Die Kapuze zurück tief ins Gesicht gezogen. Weitersprinten.

Noch immer hoffte er, dass der Zug die Lammers überrollt hatte, doch seine Zweifel überwogen. Hatte er unüberlegt gehandelt? Die Situation war so günstig gewesen. Zum ersten Mal seit Tagen hatte die Kommissarin das Haus verlassen, und dann noch allein. Außerdem hatte er diesen Auftrag endlich zu Ende bringen wollen. Er brauchte die Kohle, verdammte Scheiße. Schließlich hatte er seiner Süßen versprochen, mit ihr und dem Kleinen in einen Ferienclub zu fahren. Zwei Wochen all-inclusive.

In einiger Entfernung waren Martinshörner zu hören. Noch einmal legte er an Tempo zu, obgleich es in seinen Flanken schon stach. Auf der Brache hinter dem Alten Güterbahnhof und zwischen den Häusern würde es ihm leicht gelingen, die Verfolger abzuhängen.

* * *

Liv half der jungen Frau auf, die der Angreifer bei seiner Flucht niedergeschlagen hatte. Aus schockgeweiteten Augen starrte die Frau sie an, ihr Gesicht war blutüberströmt. Liv wollte bei ihr bleiben, ihr Erste Hilfe leisten, doch die Frau schob sie weg. »Die Nase ist vielleicht gebrochen, sonst ist alles okay. Fangen Sie das Schwein, los!«, rief sie.

Liv konnte es nicht fassen: Woher kam dieser Mut, diese Entschlossenheit? »Hat er Sie noch irgendwo verletzt?« Ruckartiges Kopfschütteln. »Das ist gut. Ein Sanitäter kommt sofort und versorgt Sie. Ich bin gleich wieder da.«

Als sie eben beinahe die Bahnsteigkante hinuntergestürzt wäre, hatte ein gewaltiger Adrenalinschub Liv durchflutet, der sie die Folgen des Autounfalls vergessen ließ und auch jetzt vorantrieb. Hätte der alte Herr neben ihr nicht mit unerwarteter Kraft ihren Arm umkrallt und sie zurückgerissen, wäre sie zermalmt worden.

Liv stürzte auf den Vorplatz, suchte ihn ab. *Nichts!* Sie hatte den Angreifer verloren! »Ein Kerl mit schwarzem Kapuzenpulli und Jeans, ziemlich in Eile – wo ist der hin?«, fragte sie Umstehende und Busfahrer.

Ratlose Gesichter. Ein Junge, dessen Vater gerade mit einem Taschentuch ein zerschrammtes Knie abtupfte, wies jedoch gen Carlisle-Park. »Er hat mich umgeschubst und ist dann da lang!«

Liv sprintete los.

Eine Viertelstunde später wimmelte der Bahnhof von Polizisten. Hennes schoss auf Liv zu. »Alles in Ordnung?«

Sie stützte schwer atmend die Hände in die Seiten. Jetzt, wo der Adrenalinrausch abklang, merkte sie, dass sie noch nicht wieder ganz fit war. »Er ist am Froschbrunnen vorbei durch den Park gestratzt und hinter dem Alten Güterbahnhof im Bahnhofswald verschwunden.«

»Die Kollegen haben die Fahndung aufgenommen. Der

Bahnsteig wird abgesucht, die Überwachungsbänder werden gesichtet.« Hennes strich fahrig seine langen Haare aus der Stirn. »Du hast mir ja einen Schrecken eingejagt. Mann, Liv, das mache ich nicht mehr lange mit! Hast du ihn erkannt? Kannst du eine Beschreibung abgeben?«

Allmählich beruhigte sich Livs Atem. Sie nickte. »Es war der Kerl vom Foto, ganz klar. Woher habt ihr das Bild?«

»Computerforensiker haben die Baustellenaufnahmen von Sylt extrahiert und bearbeitet, woraufhin wir sie mit den Fotos von Verdächtigen abgeglichen haben. Das war allerdings noch nicht alles.« Hennes machte eine ungeduldige Handbewegung. »Würde aber jetzt zu weit führen. Auf jeden Fall haben wir eine Ahnung, wo er stecken könnte, weshalb ich losmuss. Du stehst ab sofort unter Polizeischutz – keine Widerrede!«

Liv schwieg dazu, musste erst darüber nachdenken. »Und der Schädelfund? Die Vermisste? Habt ihr Felicitas Sterl gefunden?«

»Keine Spur von ihr. Wie vom Erdboden verschluckt. Hoffentlich ist demnächst die Gesichtsweichteilrekonstruktion der Phantombildzeichnerin fertig, damit wir schnell Klarheit gewinnen, ob der Schädel Felicitas Sterl gehörte. Eigentlich soll so eine Zeichnung nach vier bis fünf Tagen fertig sein. Aber vielleicht hängt unser Auftrag in der Warteschleife.« Hennes steuerte auf einen Trupp Kripobeamte zu.

Liv blieb zurück. Hoffentlich machten sie diesen Kerl schnell unschädlich. Es war kein gutes Gefühl, dass jemand es auf sie abgesehen hatte. Sie ging in den Bahnhof, übergab ihre Jacke den Kriminaltechnikern, damit sie spurenkundlich behandelt werden konnte, und machte ihre Aussage. Anschließend bedankte sie sich bei der jungen Frau, die ein Stück weiter verarztet worden war und nun zu einem Rettungswagen gebracht werden sollte. »Sie haben viel Zivilcourage und Mut bewiesen, als Sie versucht haben, den Kerl aufzuhalten. Hut ab.«

»Ich habe vor einiger Zeit einen Selbstbehauptungskurs besucht. Da haben wir gelernt, uns mit allem zu verteidigen, was gerade zur Hand ist«, nuschelte die Frau mit einem stolzen Lächeln.

Liv entdeckte jetzt den alten Herrn. Er wurde etwas abseits befragt, einen Haufen Kleidung, ein Buch und Papiere auf dem Rollator. Liv wartete, bis die Befragung beendet war, dann erst ging sie zu ihm hinüber.

»Sie sollten vorsichtiger sein, junge Dame. Ihr Rucksack ist auf die Schienen gefallen«, sagte er. »Jemand hat das hier retten können.«

Liv ergriff die Überreste dessen, was sie mit nach Kiel hatte nehmen wollen, und schluckte. Ihre Habseligkeiten wurden immer spärlicher. Aber was bedeutete schon Besitz, solange sie gesund war?

»Danke, dass Sie so beherzt zugegriffen haben.«

»Da nich' für«, sagte der Rentner. »Bei dem Geschiebe mache ich mir immer Sorgen, dass ich selbst oder jemand anders fallen könnte, deshalb bin ich wachsam.«

»Das ist sehr gut so. Ohne Sie stünde ich nicht hier. Ich weiß gar nicht, wie ich Ihnen danken soll.« Liv drückte ihren Kram an sich. Sollte sie so nach Kiel fahren?

»Das haben Sie doch schon. Warten Sie, ich habe etwas für Sie.« Der Herr holte eine sorgsam gefaltete Papiertüte aus seinem Rollatorbeutel. »Passen Sie gut auf sich auf!«

Liv lächelte matt. Sie wusste schon gar nicht mehr, wie oft sie diesen Satz in letzter Zeit schon gehört hatte. Ohne sich um Polizeischutz zu kümmern, machte sie sich auf den Weg.

10

Kiel, 17:55 Uhr

Die halbe Zugfahrt über hatte Liv im Gang gestanden und telefoniert. Sie hatte Sanna und Elise informieren und beruhigen wollen, ehe sie auf anderem Weg von dem Angriff erfuhren. Die beiden hatten sich allerdings sehr aufgeregt, und auch Liv musste den Tatsachen ins Auge sehen. Irgendwer hatte es auf sie abgesehen. Aber warum? War sie in tödlicher Gefahr?

Auf dem Weg zum Rechtsmedizinischen Institut, wo sie Sebastian von der Arbeit abholen würde, versuchte sie, durch ein strammes Tempo den Kopf freizubekommen. Im Institut war es ruhig. Auch bei der Rechtsmedizinischen Ambulanz, bei der Opfer von Gewalt untersucht wurden, wartete niemand. Warum war Sebastian dann noch im Einsatz? In seinem Büro war er nicht, aber ein paar Schritte weiter hörte sie Stimmen, auch Sebastians sonoren Bariton. Freude brandete in ihr auf.

Die Tür stand offen, und Liv wollte gerade eine Begrüßung rufen, als sie hineinsehen konnte und Larissa entdeckte. Sebastians Ex-Frau tupfte sich die Tränen ab. Ihr Gesicht war aufgequollen, die Wimperntusche verschmiert.

»Entschuldigt, ich wollte nicht stören«, sagte Liv schnell und wich peinlich berührt zurück.

Larissa verzog das Gesicht zu etwas, was wohl ein Lächeln sein sollte. »Hallo, Liv. Schon gut, ich wollte gerade gehen.« Sie schnäuzte sich und eilte hinaus, wo das Klacken ihrer hochhackigen Schuhe den Gang erfüllte. Für einen Augenblick war Livs Freude wie weggeblasen, denn sie wusste nicht, was sie von dieser Szene zu halten hatte. Gleichzeitig ließ sie sich in Liebesdingen leicht aus der Bahn werfen, eine Folge der einschneidenden Erfahrungen, die sie als Jugendliche gemacht hatte, das wusste sie wohl – und doch konnte sie diese emotionalen Muster noch immer weder aufhalten noch durchbrechen.

Sebastian nahm sie in die Arme. »Larissa geht es nicht gut. Ich hoffe, ich konnte ihr helfen. Ich bin so froh, dich zu sehen!« Er drückte sie an sich und bestürmte sie mit Fragen.

Seine Liebe und seine Sorge schienen zu überwiegen; Vorwürfe, weil sie Polizeischutz ausgeschlagen hatte, machte er ihr nicht. Liv war froh darüber. Bei ihrer Umarmung fiel auch ihre Anspannung ein wenig von ihr ab. Sie verzichtete darauf, auf die Begegnung mit Larissa einzugehen. Ganz egal, was zwischen Larissa und Sebastian vorging, seine Gefühle für sie waren echt, das spürte sie.

»Leider haben die Kollegen den Verdächtigen noch nicht aufspüren können«, schloss Liv ihren Bericht.

»Ja, das hat Hennes mir eben auch erzählt. Er war ziemlich sauer, dass du ohne Polizeischutz gefahren bist. Aber jetzt kann ich ja erst einmal auf dich aufpassen.« Ein schiefes Lächeln huschte über sein Gesicht. Zart strich er über ihre Wange. »Wollen wir zu mir? Oder etwas essen gehen? Noah übernachtet bei einem Freund.«

Liv küsste ihn. Sie freute sich darauf, mit Sebastian eine schöne Zeit zu verbringen und den Ärger und die Gefahr für ein paar Stunden zu vergessen. Doch dann blieb ihr Blick an dem seltsamen Schädel hängen, der vor ihm stand. »Ist das unsere unbekannte Tote? Soll das vielleicht Felicitas Sterl werden?«, fragte sie neugierig. »Ich habe noch nie gesehen, wie eine derartige Rekonstruktion entsteht. Das sieht spannend aus.«

Sebastian ließ sich sofort von ihrer Begeisterung mitreißen. »Oft arbeitet man am Originalschädel. Ich habe mir aber mithilfe eines 3D-Druckers eine Replik des Schädels anfertigen lassen. Ein Freund von mir hat sich mit seiner Firma auf 3D-Modelle spezialisiert. In meiner Fortbildung habe ich verschiedene Techniken kennengelernt, Gesichter wiederherzustellen.« Er begann, das Modellierwerkzeug zu reinigen, und verstaute das Plastilin.

Liv nickte. Sie hatte sich in den einsamen Stunden in der Pension eingehender informiert und sich einiges angelesen. Der mit einer Art Gummi oder Wachs bedeckte Knochen faszinierte sie, lediglich der starre Blick der Glasaugen war irritierend.

»In Deutschland gibt es nur sehr wenige ausgebildete Rekonstrukteure, wie du weißt«, fuhr er fort. »Bekannt ist vor allem meine Kollegin, die Frankfurter Rechtsmedizinerin Constanze Niess. Sie hat unter anderem von US-Expertinnen und Experten gelernt, Gesichter in Plastilin nachzubilden – auf streng wissenschaftlichen Grundlagen natürlich. Auch die LKA-Spezialistin für die zeichnerische Rekonstruktion, Steffi Burrath, wurde beim FBI und an der Universität Dundee ausgebildet.«

»Was ist das?« Liv wies auf die kleinen Stifte, die aus der Modelliermasse herausragten.

»Das sind Weichteilmarker. Inzwischen ist recht gut erforscht, wie viel Weichgewebe zwischen Haut und Knochen gewesen sein muss. Die Weichteilstärken wurden für verschiedene Altersstufen und Konstitutionstypen ermittelt. Sie sind Grundlage jeder Rekonstruktion.«

»Beim LKA heißt es, wenn ich mich richtig erinnere, Modellagen seien zu teuer und dauerten zu lange.« Liv zog die

Schultern hoch. »Wenn Polizei und Staatsanwaltschaft unabhängige Konstrukteure anfragen wollen, müssen sie das extra bezahlen, weshalb vorrangig auf eigene Kräfte zurückgegriffen wird.« Liv stieß voller Überdruss die Luft aus. Die Mangelwirtschaft bei Polizei und Justiz war wirklich ein Skandal. Glücklicherweise war das K1 davon selten betroffen. Mordermittler konnten auf alle vorhandenen Ressourcen zurückgreifen, ihre Anfragen wurden vorranging behandelt. »Zudem heißt es, die zeichnerische Rekonstruktion sei eine der besten Varianten der Gesichtsweichteilrekonstruktion, da exakt und detailliert auf die individuellen Merkmale des Schädels eingegangen werden kann.«

Sebastian rückte eines der Glasaugen ein wenig zurecht. »Andererseits gibt es Menschen, die mit Modellen mehr anfangen können als mit Zeichnungen. Ich habe vor, einen direkten Vergleich der Vor- und Nachteile der verschiedenen Techniken anzustellen. Eine Art wissenschaftliches Experiment, für das ich Kollegen aus anderen Fachrichtungen gewinnen konnte.«

»Als ob du sonst nichts zu tun hättest.« Liv buffte ihn liebevoll.

»Es ist eben mehr als nur ein Beruf – das kennst du doch auch nur zu gut.« Sebastian legte seine Hand in ihre. »Gehen wir endlich.«

»Was ist eigentlich mit Computertechnik? Auch am Rechner kann man doch Gesichter modellieren«, hakte sie nach.

Er seufzte theatralisch. »Ich glaube fast, du bist lieber hier in der Rechtsmedizin als mit mir an einem gemütlicheren Ort.«

»Natürlich nicht. Allerdings muss ich zugeben, dass das ein faszinierendes Thema ist.«

Sebastian grinste. »Also gut, dann will ich deine Neugier befriedigen: Die Computerrekonstruktion soll ebenfalls ungenauer sein und ist zudem teurer als die Handzeichnung. Sie einzuführen lohnt sich für die geringe Zahl an Aufträgen angeblich nicht. Aber auch diese Technik beziehen wir in unseren Testlauf ein – ich habe einen Kollegen gefunden, der sich damit auskennt.« Wieder strichen seine Finger über ihr Gesicht. »Aus bis zu dreißig Einzelknochen besteht ein Schädel. Und doch ist jedes Gesicht hochindividuell. Beinahe so einzigartig wie ein Fingerabdruck.« Nun musterte er sie mit einem fast wissenschaftlichen Interesse.

Liv war auf einmal unbehaglich zumute. Es kam ihr vor, als starrten die gläsernen Augen des Schädels sie an. »Ich fühle mich irgendwie beobachtet«, gab sie zu.

Sebastian lachte, und die Sommersprossen auf seiner Nase schienen zu tanzen. »Das spricht schon mal für meine Arbeit. Die Glasaugen sind eine Wissenschaft für sich. Allein die unzähligen Farben, die es gibt! Das Einsetzen der Glasaugen ist ebenfalls kompliziert, weil sie anhand der knöchernen Begrenzungen der Augenhöhle millimetergenau eingepasst werden müssen. Sind die Glasaugen falsch positioniert, kann sich der Eindruck des Gesichts vollkommen verändern.«

»Gibt es nicht auch so etwas wie das Phantombild aus der DNA?«

»Auch daran wird geforscht. Augenfarbe, Haarfarbe und auch die Nasenform sind manchmal aus der DNA abzulesen. Bei unserem Schädel aus dem Aquarium sind die DNA-Extraktion und -Aufbereitung aber noch im Gange. Der Zustand des Knochens ist schlecht, da kann das schon mal zwei Wochen dauern, bis wir ein Ergebnis haben – wenn es denn überhaupt noch gelingt.«

»Und was ist mit Haaren? Bekommt das Modell später eine Perücke?«

»Ein schwieriges Thema, da die Informationen zu den Haaren sich von einem Schädel nicht ablesen lassen. Manchmal werden Haarreste gefunden, was hilfreich ist. Allerdings kann die Frisur den Gesamteindruck eines Modells auch in die falsche Richtung lenken.«

Liv zog ihn mit sich. »Ich glaube, für heute habe ich genug gehört. Lassen wir die Toten ruhen. Ich sterbe vor Hunger.«

»Das müssen wir unbedingt verhindern.«

Sebastian verabschiedete sich von den Kollegen des Bereitschaftsdienstes. Obgleich auf dem Gelände der Uniklinik selbst nachts immer etwas los war, erfüllte das düstere Zwielicht Liv mit Unruhe, zumal sie glaubte, einen Schatten gesehen zu haben, der bei ihrem Auftauchen hinter der nahe gelegenen Hecke verschwunden war. War der Attentäter ihr nach Kiel gefolgt? Würde er versuchen, sie hier anzugreifen? Sollte sie Sebastian von der Beobachtung und ihrer Befürchtung erzählen, ihn warnen? Oder sah sie schon Gespenster?

»Alles in Ordnung?« Sebastian legte den Arm um Liv. Aneinandergeschmiegt gingen sie ein paar Schritte. In der Hecke raschelte es erneut, die Äste zitterten. Da war doch jemand! Wut schoss in Liv hoch. Sie würde sich nicht einschüchtern lassen! Mit drei großen Sätzen war sie bei dem Gebüsch.

Da war er! Ein dunkel gekleideter Kerl, dessen Gesicht von der Deerstalker-Mütze und dem hochgeschlagenen Mantelkragen halb verdeckt war. Er zuckte zurück, stolperte, schlug lang hin.

Erst als Liv sich auf ihn stürzten wollte, erkannte sie ihn. Der feingliedrige Körperbau, die wässrigen blauen Augen. »Gitzelstein?«

Liv half dem Kriminalpsychologen auf, der sich die Mütze wieder auf das schüttere Haar setzte und giftig fragte: »Kleine Überreaktion?«

»Reine Vorsichtsmaßnahme. Was schleichen Sie hier auch so herum!«, blaffte Liv ärgerlich zurück.

»Ich wollte eigentlich zu Dr. Gerlich.«

»Und dann haben Sie mich gesehen und sich schnell hinter einem Busch versteckt?«

Sebastian trat einen Schritt vor und reichte Gitzelstein die Hand. »Waren wir verabredet, Hermann?«

»Nicht direkt.« Er schnalzte nervös. »Ich hörte … von dem Schädel und deinem Vorhaben.« Es klang, als würde er improvisieren. »Der Fundort lässt einige Rückschlüsse zu«, setzte er sicherer hinzu.

»Liv ermittelt in diesem Fall. Allerdings ist sie gerade krankgeschrieben, da sie von einem Unbekannten angegriffen wurde und einen Unfall hatte.«

Gitzelstein betrachtete sie prüfend. »Frau Lammers schafft es anscheinend noch immer spielend, jemanden gegen sich aufzubringen.«

»Das schließen Sie aus Ihrer profunden Sachkenntnis?« Livs Ton war ätzend, was ihr leidtat, weil es ungerecht war. Der selbst ernannte Profiler hatte ihr mit seinen unkonventionellen Methoden schon einmal geholfen, wenn er auch von offizieller Seite inzwischen für einen Spinner gehalten wurde. Sie selbst hatte, als sie nicht weiterwusste, einmal einen Kurs im schamanischen Trommeln bei ihm besucht und dabei tatsächlich einige bedeutungsvolle Kindheitserinnerungen an ihren Vater zutage fördern können. Seitdem war sie ein wenig beruhigter, denn sie ahnte: Ocke mochte ihr als Kind einiges angetan haben, sexuell missbraucht hatte er sie vermutlich aber nicht.

Sebastian machte eine beruhigende Geste. »Was hältst du davon, wenn du uns zum Essen begleitest, Hermann? Dann können wir in Ruhe über alles sprechen. Komm, Liv, ich nehme dir deine Sachen ab.«

Ein wenig enttäuscht war Liv schon, als sie auf ein Restaurant in der Nähe des Instituts zusteuerten. So hatte sie sich ihren gemeinsamen Abend nicht vorgestellt. Ganz abgesehen von dem Zusammentreffen mit Larissa, das ihr noch immer zu denken gab. Andererseits war sie hungrig und neugierig, was Gitzelstein zu dem Schädelfund zu sagen haben würde.

Im Restaurant legte Hermann Gitzelstein sein Herrenhandtäschchen neben sich auf den Tisch. Den Deerstalker, die klassische Sherlock-Holmes-Mütze, platzierte er sorgfältig auf einem weiteren Stuhl. Liv lächelte. Vielleicht liebte Gitzelstein das Hineinschlüpfen in andere Rollen so sehr, weil er mit seinen aschfarbenen Haaren und der papierenen Haut selbst eher unscheinbar war. Mit operativer Fallanalyse, wie sie normalerweise betrieben wurde, hatte all das nichts zu tun. Dennoch schätzte auch Hilke Hasselbrecht Gitzelstein wegen seiner psychologischen Sachkenntnis und seines Muts, unkonventionell zu denken.

»Berichten Sie mir von dem Anschlag«, forderte er Liv auf, und so erzählte sie, soweit sie es aus ermittlungstaktischen Gründen durfte, von dem Steinwerfer und auch von dem Schädelfund.

Gitzelstein runzelte die Stirn. »Eine unserer Fragen als Fallanalytiker ist ja immer, was der Täter über die reine Tat hinaus getan hat. Was hat er getan, was nicht nötig gewesen wäre? Die Mazeration des Schädels und das Platzieren im Aquarium gehören definitiv dazu.« Hermann Gitzelstein sann darüber nach. »Das Gesicht fasziniert Kunst und Wissenschaft schon ewig. Der Maler William Hogarth nannte es einmal das ›Inhaltsverzeichnis des Geistes‹. Lange gab es auch die Theorie, man könne am Gesicht den Kriminellen erkennen. Der Arzt Cesare Lombroso wollte anhand der Physiologie die Neigung zum Verbrechen vorhersagen. Diese Theorien sind natürlich lange widerlegt.« Gitzelstein warf einen Blick in seine Herrenhandtasche, hantierte darin herum.

»Ich musste gerade an diesen gut aussehenden Kleinkriminellen denken, dessen Verhaftungsfoto vor einigen Jahren in die Presse geriet. Danach sind so viele auf ihn abgefahren, dass er Model und Schauspieler wurde«, warf Liv ein.

Sebastian reckte sich. »Ob attraktiv oder hässlich – wichtig ist es, die organische Beschaffenheit von Gesichtern zu kennen, damit man sie wiederherstellen kann. Es ist ein schönes Gefühl, jemandem sein Gesicht zurückzugeben.«

»Und bedeutend«, stimmte Liv zu. »Die Gesichtsrekonstruktion ist bei Ermittlungen wie dieser ein wichtiges Puzzleteil.«

Gitzelstein reagierte nicht. Er hatte sich tief über seine Handtasche gebeugt und fummelte anscheinend an einem technischen Gerät herum. »Was treibst du da? Nimmst du unser Gespräch auf?«, fragte Sebastian amüsiert.

Der Psychologe fuhr auf, sah sich um. Seine hellen, feucht glänzenden Augen blinzelten. »Ein Störsender«, wisperte er. »Man weiß ja nie, wer alles zuhört.« Gitzelstein bemerkte Livs und Sebastians ungläubige Blicke und wechselte das Thema. »Ich habe übrigens im Gefängnis mit eurem Tatverdächtigen im Fall Karl von Raboisen gesprochen«, sprach er den Fall an, der sie im Sommer in Atem gehalten und Livs Vater das Leben gekostet hatte. »Aus meiner Sicht passt er nicht ins Täterprofil. Er muss die Tat für jemand anderen begangen haben.«

»Diese Hypothese haben wir auch schon aufgestellt«, bestätigte Liv.

Als sie von der Toilette zurückkam, waren Gitzelstein und Sebastian in ein intensives Gespräch vertieft, das jedoch verebbte, als sie hinzutrat. Was hatte Gitzelstein eigentlich ursprünglich von Sebastian gewollt? War es ihm tatsächlich nur um den Schädelfund gegangen?

* * *

Mit ein wenig Abstand zum Team des SEK stieg Hennes die Treppe des alten Wohnhauses empor. Hier, in der Flensburger Neustadt, gab es nicht nur Sehenswürdigkeiten wie das Nordertor oder die Walzenmühle, hier befanden sich auch soziale Brennpunkte wie dieser. Ein Krachen drang zu ihm. Ein Crescendo schwerer Schritte. Schiebende Körper, Befehle. Die Geräuschkulisse des militärisch präzisen Einsatzes. Schließlich der Ruf: »Auf den Boden!«

Hennes hasste es, wenn in Filmen der Kommissar noch vor den Spezialkräften einen Raum betrat; so etwas war absolut unrealistisch. Jemand schrie, ein Kind weinte. Auch darauf waren sie vorbereitet. Während er in die Dachgeschosswohnung ging, kümmerte sich eine Kommissarin um die Lebensgefährtin des Tatverdächtigen, die ihr brüllendes Kleinkind an sich presste.

Die engen Räume waren ein Spießerparadies. Was für ein Glück, dass auch die bösen Jungs ihre Schwächen hatten! In diesem Fall schienen es die Lebensgefährtin und das Kind des Tatverdächtigen zu sein, von denen dieser sich einfach nicht hatte fernhalten können. Gut, dass sie ein Observationsteam vor dem Haus platziert hatten, das diesen Björn Pansen in seinem schwarzen Hoodie hatte hierherflüchten sehen.

Ein Mitglied des SEK-Teams kam auf Hennes zu, ein Notebook in der Hand. »Das wollte Pansen gerade aus der Dachluke schmeißen. Der Rucksack hier war schon weg, ist aber in der Regenrinne hängen geblieben.«

Hennes zog Latexhandschuhe über und sah hinein. Mehrere Handys, noch eingeschaltet, ein hochmodernes Nachtsichtgerät. Er blickte auf, als der Tatverdächtige zu ihm geführt wurde. Pansens Hände steckten in Plastiktüten, damit keine Spuren verloren gingen, und waren mit Kabelbindern gefesselt; dennoch konnte Hennes Blutspuren auf seiner Hose sehen; in dieser Hinsicht war es ein Vorteil, dass die Nase der beherzten Zeugin so stark geblutet hatte.

»Sie sind aufgrund eines Haftbefehls festgenommen worden. Sie haben folgende Rechte …«, begann Hennes die Belehrung.

Björn Pansen starrte ihn scheinbar teilnahmslos an, zischte dann aber: »Das wirst du büßen.«

Hennes durchfuhr es heiß. »Willst du mich etwa bedrohen?« Doch der Kerl grinste nur.

Als Pansen hinausgeführt wurde, schickte Hennes eine Nachricht an Liv: *Entwarnung*. Hoffentlich hatte er recht.

11

List, 20. Oktober, 15:00 Uhr

Da ihre Krankschreibung ausgelaufen war und Liv sich fit genug fühlte, war sie wie geplant nach Sylt gefahren, wo sie sich nun endlich mit Katharina treffen wollte. Die Verhaftung von Björn Pansen hatte sie mit Erleichterung erfüllt, zumal Hennes ihr ein Foto geschickt hatte und sie bestätigen konnte, dass sie diesen Mann hinter sich auf dem Bahnhof und zuvor bereits in der Nähe des Polizeireviers Westerland gesehen hatte. Anscheinend hatte der Täter Fasern auf ihrer Jacke hinterlassen, die mit dem Angriff in Verbindung gebracht werden könnten.

Auf dem Parkplatz der Lister Strandsauna warteten Elise, Sanna und ihre Freundin Katharina schon auf sie. Als sie sich für den Saunabesuch auszogen, klaubte Sanna einige Briefumschläge aus ihrem Rucksack. »Ich habe die Post aus Flensburg mitgebracht, dachte, es könnte etwas Wichtiges dabei sein«, sagte sie.

Liv flippte durch die Umschläge und blieb an einem mit dem Stempel des Amtsgerichts Niebüll hängen. Nach kurzem Zögern öffnete sie ihn.

»Du bist ja ganz blass. Was ist los, Lütte?«

Liv sah ihre Großmutter an. Elise und die beiden anderen waren bereits in Bademäntel gehüllt und trugen ihre Handtücher unter dem Arm, nur sie selbst war noch nicht fertig. »Es ist eine Einladung zu Ockes Testamentseröffnung«, sagte sie.

Jetzt, wo sie es schwarz auf weiß vor sich hatte, war sie doch fassungslos. »Das kann nicht sein. Er hat mich doch enterbt.«

Schnell stopfte sie das Papier in die Tasche und zog sich aus. Noch immer leuchteten die Hämatome auf ihrem Oberkörper in verschiedenen Gelbtönen. »Vergessen wir das einfach schnell. Wir sind ja hier, um zu entspannen, und nicht, um Probleme zu wälzen«, sagte sie, doch ihr Lächeln war gezwungen. Erst die Achtzig-Grad-Sauna und der Duft des Zitronengrasöls ließen sie lockerer werden.

Nach dem Saunagang liefen sie durch die Dünen zum Meer. Die Dämmerung senkte sich schon über die Dünenlandschaft, das nächste Mal würden sie mit einer kalten Dusche vorliebnehmen müssen. Grau in Grau verwoben sich Himmel und Nordsee, vereinzelte Möwen kreisten über ihnen, stießen kreischend hinab, um sich im Meer einen fetten Happen zu jagen. Liv hätte auch fast gekreischt. Obgleich sie so erhitzt gewesen war und sich nach einer Abkühlung sehnte, erschien ihr die Nordsee furchtbar frostig.

Katharina schöpfte sich das Wasser über den Körper und japste, Sanna ging knietief hinein, hielt dann aber inne. Nur Elise tauchte einmal ganz unter. »Herrlich!«, rief sie. »Los, traut euch!«

Eingekuschelt ruhten sie sich später in den Strandkörben aus. Liv war glücklich, wieder einmal Zeit mit ihrer Großmutter, ihrer Tochter und ihrer Freundin verbringen zu können. Es war schön zu sehen, dass Sanna zu ihrem früheren Selbstbewusstsein und ihrer Unbeschwertheit zurückgefunden hatte. In dem etwas älteren Kimi hatte Sanna einen verständnisvollen Freund, und erstaunlicherweise hielt die Beziehung, obgleich er auf Sylt lebte und sie sich nur unregelmäßig sahen.

Als sie nach dem dritten Saunagang ermattet im Ruhebereich lagen, kehrte Stille ein. Niemand außer ihnen war noch hier, und sie genossen die Ruhe. Noch einmal ließ Liv die Ereignisse der letzten Tage Revue passieren.

Katharina riss sie aus ihren Gedanken. »Wirst du Ockes Erbe annehmen, wenn er dir etwas vermacht hat?«

Die Frage traf Liv unvorbereitet. »Ich glaube kaum, dass er mir etwas Besonderes vermacht haben wird. Vielleicht will er mir in seinem Testament auch nur eine letzte Bosheit mitteilen, ein letztes Nachtreten.« Sie suchte Elises Blick, ließ ihn weiter zur Sanna wandern.

»Ich will nie wieder etwas mit ihm zu tun haben«, sagte Sanna sofort.

»Das müssen wir mal in Ruhe beschnacken. Wir könnten etwas Geld schon brauchen. Wir benötigen einige neue Möbel, dein Bulli ist kaputt, und da ist auch noch Sannas Schüleraustausch –«, begann Elise.

»Ich kann nach dem Abitur auch Work and Travel machen«, warf Sanna ein. »Das kostet nicht so viel.«

»Da ist was dran, du Liebe.« Elise trank einen Schluck. »Ich würde an deiner Stelle auf jeden Fall zur Testamentseröffnung gehen und mir anhören, was Ocke festgelegt hat. Danach kannst du immer noch entscheiden.«

Katharina reckte sich. »Ich stimme Elise zu. Du weißt, wie schwer ich mich mit dem Wohlstand meiner Familie getan habe. Aber sollte dein Vater dir etwas vermacht haben, könntest du mit seinem Geld viel Gutes tun. Denk mal an meine Naturschutzprojekte. An soziale Projekte. Es wäre auf jeden Fall besser, als alles Annika zu überlassen. Wer weiß, wie sie und Enno ihre Firma ausrichten werden. Wenn ich an dieses gewaltige Bauvorhaben in Munkmarsch denke, das Annika und Enno vorangetrieben haben … Das war angeblich selbst deinem Vater zu viel.«

Das Vorhaben, auf das Katharina anspielte, war Liv noch

sehr präsent, erschien ihr aber vor dem Hintergrund der aktuellen Ereignisse in einem anderen Licht. Um Ockes Tod herum war viel Merkwürdiges geschehen. Und dann Gitzelsteins Bemerkung über den Mann, der mutmaßlich für Karl von Raboisens und Ockes Tod verantwortlich war: *Aus meiner Sicht passt er nicht ins Täterprofil. Er muss die Tat für jemand anderen begangen haben.* Vielleicht sollte sie sich die alte Akte noch einmal ansehen. »Glücklicherweise muss ich das ja jetzt nicht gleich entscheiden«, sagte sie. »Gehen wir etwas essen? Ich habe einen Bärenhunger!«

* * *

Hennes schloss leise die Tür hinter sich und warf den Beutel mit dem Katzenstreu in die Mülltonne. Den Jackenkragen hochgeschlagen, lief er zur Förde hinunter. Früher war er oft abends noch allein losgegangen. Zigaretten holen, bei Onkel Jule ein Bier trinken oder für eine Stippvisite auf ein Spielchen. Auch heute hatte er frische Luft gebraucht und Zeit für sich. Zumal Rachel sich durch die Internetseiten von Wohnmobil-Händlern klickte. Er musste ihr unbedingt gestehen, dass seine Ersparnisse futsch waren und ein teures Auto unerschwinglich. Ganz zu schweigen davon, dass er die klotzigen Kisten, die überall die Aussicht verschandelten, ohnehin gruselig fand.

Er blickte auf die nächtliche Stadt hinaus. Es gab viele Orte, an denen Flensburg beschaulich wirkte, nicht nur die Förde. Die Nähe zu Dänemark brachte auch etwas von der vielbeschworenen Hygge in die alte Hafenstadt. Aber Flensburg hatte auch Probleme, das wusste er als Polizist nur zu gut. Er atmete durch. Der Zigarettenverzicht und die Physiotherapie taten ihm gut. Er fühlte sich besser als lange zuvor. Auch das Krav-Maga-Training fiel ihm wieder leichter. Viel zu lange hatte er zwar gewusst, dass es so nicht weitergehen konnte – und doch weitergemacht.

In Gedanken versunken lief er am Förde-Ufer entlang. Gegen das Reisen hatte er nichts – aber das ging auch auszeichnet ohne Wohnmobil. Als junger Mann hatte er auf Parkbänken geschlafen – gut geschlafen.

Hennes wollte gerade kehrtmachen, als er Schritte hinter sich wahrnahm. Den Geräuschen nach zu urteilen, zwei Männer. *Tempo beibehalten. Über die Straße auf die andere Seite wechseln. Die Hand unauffällig in die Jackentasche schieben.* Bei diesem Wetter war vermutlich niemand unterwegs, von dem Hilfe zu erwarten wäre.

Die Männer folgten ihm, kamen näher. Aus dem Augenwinkel sah Hennes ins Schaufenster neben sich. Breite Gestalten. Der eine streckte den Arm nach ihm aus …

Eine schnelle Bewegung auf dem Absatz, geduckt.

Der Schlag pfiff über ihn hinweg. Der andere Kerl wollte sich auf ihn stürzen. Doch schon riss Hennes die Hand mit dem Pfefferspray hoch, das er seit einiger Zeit bei sich trug. Fauchend strömte das Gas aus. Fluchen.

Hennes schirmte sein Gesicht ab, trotzdem brannten auch seine Augen. Er wollte weglaufen, aber eine Hand umschloss seinen Arm wie eine Zwinge. Ohne nachzudenken, ging er zum Gegenangriff über. Er mochte nicht mehr der Jüngste sein und auch nicht der Fitteste, aber Routine konnte einiges wettmachen. Hoffentlich reichte das …

12

Flensburg, 22. Oktober, 7:25 Uhr

Liv war eine der Ersten im Kommissariat. Noch nicht einmal die Kaffeemaschine war eingeschaltet. Auch Liv ging daran vorbei. Sie brannte darauf herauszufinden, was der Tatverdächtige in der ersten Vernehmung ausgesagt hatte. Und sie wollte endlich wieder in ihren Sylter Fall einsteigen. Ob es inzwischen eine Spur von Felicitas Sterl gab? Ob die Phantomzeichnung des LKA schon eingetroffen war?

Sie überprüfte rasch die Pinnwände und arbeitete sich dann durch die Akten. Zunächst konzentrierte sie sich auf den Schädelfund, zu dem es jedoch nichts gab, was auch nur entfernt auf einen Durchbruch hindeutete. Die Zeichnung der LKA-Phantomzeichnerin war noch nicht da. Die Computerforensiker hatten allerdings Fotos vergrößern und schärfen können. So hatten sie festgestellt, dass der Schädel zwischen dem 15. März und dem 25. April dieses Jahres in das Aquarium gelangt sein musste. Derzeit befragten die Kollegen die Gäste und Mitarbeiter, die zu jener Zeit in der Fastenklinik gewesen waren. Auch das Verschwinden von Felicitas Sterl gab noch immer Rätsel auf. In der Befragung der Freunde, Bekannten und Geschäftspartner von Frau Sterl hatte sich ebenfalls das letzte Aprildrittel als Zeitpunkt des letzten Kontaktes herausgestellt. Viele hatten sich gewundert, dass sie sich nicht mehr gemeldet hatte, manche hatten versucht, sie anzurufen, aber niemand hatte ernsthaft nachgehakt.

Liv blätterte eine Seite weiter. Am 20. April – dem Tag ihres letzte Social-Media-Posts – hatte Felicitas in Westerland fünftausend Euro von ihrem Bankkonto abgehoben, am Schalter jedoch keine Andeutungen gemacht, was sie damit vorhatte. Seitdem gab es keine Kontobewegungen. Tatsächlich waren, wie Liv es angeregt hatte, in deutschsprachigen Medien in Sri Lanka Suchaufrufe veröffentlicht worden, auch einschlägige Airlines und Reiseveranstalter hatte man angeschrieben. Liv betrachtete das Porträtfoto, erneut entsetzt darüber, dass jemand einfach so verschwinden konnte. Im Gespräch mit der Bank war offenbar deutlich geworden, dass Felicitas Sterl häufiger große Summen verliehen hatte, unter anderem an ihre jeweiligen Lebensgefährten, aber auch an ihre Freundin Alma, die sich bei Renovierung und Ausbau ihres Hauses anscheinend übernommen hatte. Und auch bei Ace Marroni kam durch Kunstverkäufe längst nicht so viel Geld herein, wie er suggerierte. All das hatte ein geschwätziger Bankmitarbeiter ihnen erzählt – natürlich unter dem Siegel der Verschwiegenheit. Livs Kollegen hatten Dr. Xanthen, Marroni und Alma Yohnns anschließend ebenfalls erneut befragt, die Erkenntnisse waren jedoch mager. Ohne handfeste Beweise würde sie nicht weiterkommen. Immerhin waren die Suchhunde noch einmal an einige Orte auf der Insel geschickt worden, in deren Nähe Felicitas Sterl zuletzt gesehen worden war.

Nun nahm Liv sich die Ermittlungen wegen der Anschläge auf sie selbst vor. Sie wusste, dass sie es eigentlich nicht durfte, dass sie als Opfer erst Akteneinsicht bei der Staatsanwaltschaft hätte beantragen müssen. Doch so lange wollte sie nicht warten. Bei diesen Ermittlungen sah es besser aus, obgleich der Tatverdächtige hartnäckig schwieg. Björn Pansen hatte kurz nach seiner Festnahme einen Strafverteidiger hinzugezogen, der dafür bekannt war, Größen der kriminellen Szene zu vertreten.

Liv sah sich die Videoaufzeichnung der Vernehmung an, in der Pansen lediglich sagte, dass er nichts aussagen werde. Die Fasern auf ihrer Jacke hatten sich ihm zuordnen lassen, ebenso das ihm anhaftende Blut der Frau, die ihn hatte aufhalten wollen. Die Handys und das Notebook waren bereits zum Teil ausgewertet worden. Noch kurz vor dem Zugriff hatte Pansen diverse Chats gelöscht, die die Computerforensiker jedoch hatten wiederherstellen können. Allerdings verwendete Pansen zumeist Abkürzungen und Codes; nur in den Chats mit seiner Lebensgefährtin schrieb er Klartext. Die Vielzahl seiner Kontakte zu überprüfen würde ebenfalls dauern, denn diese trugen überwiegend Nicknames.

Gespannt las Liv weiter. Besonders aufschlussreich waren das Nachtsichtgerät und das Notebook gewesen. Wie ein Fitnesstracker hatte das Nachtsichtgerät per GPS ein Bewegungsprofil erstellt und dieses per App und Bluetooth an das Notebook gesendet. Über diese Daten hatten die Kollegen ermittelt, dass das Gerät in der Nähe der Giselabrücke verwendet worden war. Lediglich die Fingerabdrücke des Verdächtigen waren darauf. Auch auf dem Stein fand sich Pansens DNA. Und noch mehr belastete Pansen. Eines seiner anderen Handys hatte sich am Abend des Hausbrandes über einen nahe gelegenen Funkmast ins Netz eingewählt.

Unwillkürlich hielt Liv die Luft an. Zeugen hatten zwar zur fraglichen Zeit im Kapitänsviertel jemanden gesehen, der Pansen ähnelte, sie hatten ihn aber nicht eindeutig identifizieren können. Sie dachte an die Lebensgefahr, in die der Kerl Sanna und sie gebracht hatte, an Elises Erschütterung, und kämpfte den Impuls nieder, den Verdächtigen in seiner Zelle aufzusuchen und ein Geständnis sowie den Namen des Auftraggebers aus ihm herauszuprügeln. Wie so oft konnten ihre Kollegen nur hoffen, dass die Beweislast irgendwann so erdrückend wurde, dass der Verdächtige sein Schweigen brach. Andernfalls würde es auf einen Indizienprozess hinauslaufen, bei dem einzig die Beweise zählten. In Fällen wie diesen verlangte das Gericht eine besonders akribische Analyse, und dennoch wurden die Urteile häufig angezweifelt.

Richtig beruhigt war Liv trotz aller Hinweise auf Pansen nicht. Klar war doch, dass der Kerl nicht aus eigenem Antrieb gehandelt hatte. Irgendwo gab es einen Auftraggeber. Aber wen? Und würde dieser einen anderen Mörder auf sie ansetzen? Sie unterdrückte einen Fluch. Irgendwann würden sie einen Hinweis auf den Mann hinter den Anschlägen finden, oder Pansen würde plaudern. Hoffentlich eher früher als später – oder gar zu spät …

Unruhig klopfte Liv mit den Händen auf die Knie, einen einfachen Rhythmus erst, dann einen komplizierteren. Wie ihr das Schlagzeugspielen fehlte! Es wurde wirklich Zeit, dass sie ins Kapitänshaus zurückkonnten. Die nächste Bandprobe stand an, und sie musste nachdenken, und dabei half nun einmal Musik. Solange noch niemand hier war …

Liv setzte ihre In-Ear-Kopfhörer ein und startete auf ihrem Handy den Song, den sie gerade probten. Konzentriert schlug sie den Rhythmus mit, nutzte Oberschenkel und Knie, manchmal sogar Schreibtisch und Stuhl, ließ die Fußsohlen im Off-Beat auf den Boden klappen. Gleichzeitig ließ sie ihre Gedanken mäandern. Das Testament ihres Vaters kam ihr in den Sinn. Objektiv betrachtet hätte Annika damit ein Motiv, sie aus dem Weg zu räumen. Genau wie Annikas Mann Enno und Annikas Sohn Jan. Wenn es um viel Geld ging, schwanden bei vielen die Skrupel, und bei Ockes Erbe ging es um ein Vermögen. Er hatte mit seinen Sylter Immobilien Millionen angehäuft.

Liv dachte an den August vor Ockes Tod. Zweimal hatte ihr Vater das Gespräch mit ihr gesucht, aber sie hatte ihn abgewiesen. Dann war er getötet worden. Das Motiv für dieses Tötungsdelikt lag immer noch im Dunkeln, wie so vieles, was mit dem Fall um Karl von Raboisen zu tun hatte, der ermordet in den Lister Wanderdünen gefunden worden war. Der Täter, den Liv in einer dramatischen Aktion verhaftet hatte, saß in Haft, gab aber nur das zu, was sie ihm nachweisen konnten. Ohne handfestes Motiv oder eine psychische Störung des Täters ließen sich auch diese Tötungsdelikte nicht erklären. *Es sei denn …*

Livs Hände bewegten sich jetzt wie rasend, glühten förmlich. Sie schloss die Augen, gefangen genommen von dem Gedankenstrom. *Es sei denn …*

In diesem Augenblick riss Applaus sie aus ihrer Konzentration. Liv erstarrte, öffnete blinzelnd die Lider. Ihre Kollegen standen um sie herum, schlugen die Hände aneinander, verlangten eine Zugabe. »Konzert am Morgen vertreibt alle Sorgen. Du könntest dein Talent zu Geld machen, wenn es mal mit der Polizei nicht mehr klappt«, meinte ihr Kollege Andreas grinsend, musste dann aber niesen, weil er noch immer verschnupft war.

Liv sprang auf, riss sich die Kopfhörer herunter. »Okay, danke, ihr könnt weitergehen – es gibt hier nichts zu sehen«, sagte sie mit glühenden Wangen.

Da im selben Moment die Chefin den Raum betrat, zerstreuten sich die Kollegen tatsächlich. Liv sah sie erleichtert an, doch Hilke Hasselbrecht wirkte ebenso genervt wie angespannt. Hennes stellte Liv gerade einen Milchkaffee hin und wollte etwas sagen, als Hasselbrecht die Stimme hob: »Hennes, in mein Büro. Sofort.«

* * *

Obgleich Hennes ahnte, weshalb Hasselbrecht ihn sprechen wollte, hoffte er doch, sich zu irren. In den vergangenen Monaten hatte er sich oft nach einer Zigarette gesehnt, aber so drängend wie jetzt war der Wunsch noch nie gewesen. Er glaubte bereits, das Papier auf seinen Lippen zu spüren, den aromatischen Rauch in seinem Mund, in seiner Lunge. Ein Jucken im Hals, Hüsteln. Prompt durchzog ein Schmerz sein Bein. *Alter Psycho!* Um seine Nervosität zu verbergen, vergrub er die Hände in den Taschen seiner Jeanshose.

»Was gibt's?«

»Das weißt du genau.« Hilke Hasselbrecht schüttelte bekümmert den Kopf und schaffte es zugleich, ärgerlich auszusehen.

Hennes ließ die Schultern hängen. Tief in seinem Inneren hatte er gehofft, dass ihm diese Peinlichkeit erspart blieb. Ausgerechnet jetzt, so kurz vor seiner Pensionierung! Hasselbrecht schwieg, und zum ersten Mal spürte Hennes am eigenen Leib, wie unerträglich das Schweigen eines Polizisten sein konnte. Kein Wunder, dass mancher Zeuge oder Beschuldigte ins Plappern kam, wenn man ihn nur lange genug anschwieg.

Hasselbrecht seufzte, ihre Züge brachen etwas auf. »Mensch, Hennes! Gib es wenigstens zu. Mach es nicht noch schwerer für uns beide.«

Hennes verschränkte die Arme vor der Brust, räusperte sich. »Ich habe Mist gebaut, das stimmt. Aber das ist lange her. Es tut mir leid, Hilke, du glaubst gar nicht, wie …«

So heftig setzte Hasselbrecht die Tasse auf den Tisch, dass der Ostfriesentee auf den Schreibtisch platschte und der Kandis klirrte. Hennes erschrak über diesen plötzlichen Gefühlsausbruch seiner Chefin und suchte nach einem Lappen, doch Hasselbrecht hatte schon ein Taschentuch aus ihrer Handtasche geholt und tupfte unwirsch die Flüssigkeit auf. Dann öffnete sie die Mappe auf dem Tisch. Kurz dachte Hennes, dass die Überwachungsfotos und Zettel mit einem Fall zu tun hätten, dann aber erkannte er sich selbst im Haus eines Bekannten bei einer Pokerrunde. Mühsam unterdrückte er einen Fluch. Er hätte wissen müssen, dass ihn irgendjemand verpfeifen würde!

»Die wollen mir eins reinwürgen, weil wir dank meiner Verbindungen den Attentäter gefasst –«, begann er.

Sie hob die Hand. Eine Geste, die keinen Widerspruch duldete. »Ich werde das der Internen übergeben müssen. Du bist beurlaubt.«

»Ich bin suspendiert?«

»Noch nicht. Du weißt, das ist Ermessenssache. Aber du solltest dich ein paar Tage zurückziehen, bis sich die Angelegenheit etwas beruhigt hat.«

Verzweiflung ergriff Hennes. Interne Ermittlung – und das, wo er so viel für diese Polizeidirektion getan hatte? »Das geht nicht! Wir müssen herausfinden, wer den Anschlag auf Liv in Auftrag gegeben hat. Außerdem kann stündlich das Ergebnis der Gesichtsweichteilrekonstruktion eintreffen!«

Hilke Hasselbrecht sah ihm in die Augen. »Das hättest du dir früher überlegen müssen. Auch wenn ich es um unserer alten Freundschaft willen möchte, kann ich nichts tun. Jetzt, wo das hier öffentlich gemacht wurde.«

Hennes strich sich über das geschwollene Augenlid. »Dann kann ich vermutlich meinen Antrag endgültig vergessen …«

»Was für einen Antrag?« Mit gerunzelter Stirn blickte Hasselbrecht ihn an. »Wie siehst du eigentlich aus?«

»Ich bin vorgestern angegriffen worden. Zwei Kerle. Konnte mich gerade noch retten.«

»Eine Reaktion auf die Verhaftung von Björn Pansen?«

»Anzunehmen.«

»Hast du Anzeige erstattet?«

»Noch nicht. War ja Wochenende …«, erwiderte er halbherzig. Hennes hatte keine Aufmerksamkeit auf seine Verfehlungen lenken wollen. Aber jetzt, wo die Katze aus dem Sack war …

Liv kam ihm entgegen, in ihren Zügen das energiegeladene Glimmen, das sie immer ausstrahlte, wenn ein Fall eine entscheidende Wendung nahm. Verdammich, er würde Liv vermissen, wenn er pensioniert wäre! Er würde diese Arbeit vermissen, sosehr er auch über sie geflucht hatte. Er vermisste sie jetzt schon.

»Bei der Auswertung von Felicitas Sterls Kalender haben wir einen aufschlussreichen Eintrag entschlüsselt«, rief Liv ihm zu.

Hennes ging an ihr vorbei zu seinem Schreibtisch. Sie folgte ihm. »Sie war im April auf dem Festland in einer Notfallpraxis. Und du glaubst nicht …«

Er packte seine Jacke und den Anti-Stress-Würfel, eilte weiter auf den Flur. Die Anzeige musste warten. Er wollte nichts wie raus hier.

»Jetzt bleib doch mal stehen!«, forderte Liv genervt. »Damit wir, bevor wir an die Küste fahren –«

Hennes fuhr herum. »Ich werde nicht an die Küste fahren«, blaffte er. Atmete tief durch. »Sorry, hab's verbockt. Bin beurlaubt, bis auf Weiteres.« Dann stürmte er hinaus.

Liv holte ihn vor dem Polizeirevier ein. Zwischen Förde und Busbahnhof tobte das Leben.

»Du bist eine Nervensäge! Kannst du mich nicht ein Mal in Ruhe lassen!«, rief er. Sie musste grinsen, und auch seine Laune klarte gegen seinen Willen auf. In Stichworten fasste er die Vorwürfe zusammen. Liv sparte sich einen Kommentar, bedauerte die Entwicklung jedoch sichtlich.

Sie hatte sich schon abgewandt, um ins Kommissariat zurückzugehen, hielt aber noch einmal inne. »Ich habe über Ockes Tod nachgedacht. Wir haben ja schon überlegt, ob auch der Mörder meines Vaters auf Weisung eines Auftraggebers gehandelt haben könnte.«

»Klar, schließlich fehlt uns noch das Motiv. Einen Beweis haben wir dafür aber nicht gefunden.« Hennes brauchte nicht lange zu überlegen. Gier war eine starke Antriebskraft. »Weißt du inzwischen mehr über das Testament deines Vaters?«

»Ich bin zur Testamentseröffnung geladen.«

»Und, gehst du hin?«

»Ich will Ockes Geld nicht. Wollte es nie.«

Hennes nickte. Wenigstens wusste er jetzt, was er in seiner ungewollten Freizeit tun würde. »Was hat es mit Felicitas Sterls Besuch in der Notfallpraxis auf sich?«, fragte er.

Als er es erfuhr, verfluchte er seine Zwangspause doch.

13

Flensburg, 9:55 Uhr

Als sie losfuhren, drapierte Bente zwei Vanillekopenhagener von Migge's Danish Bakery auf der gefalteten Tüte des Bäckers. Liv mochte ihren dänischen Kollegen, der umgänglich, charmant und zugleich ein guter Polizist war.

Mit einer einladenden Geste forderte er Liv auf zuzugreifen. Die Kopenhagener sahen köstlich aus, frisch und knusprig.

»Weder Laerke noch ich haben es heute geschafft, unsere Brotdosen zu bestücken«, sagte er erklärend. »Man wundert sich ja, wo auf einmal die vielen Erkältungen und Kinderkrankheiten herkommen. Habe die halbe Nacht Zwiebelsud gekocht und Kotze aufgewischt.«

Liv behielt die Hände am Lenkrad. Sie wollte sich von Bentes Bericht nicht den Appetit verderben lassen, falls dieser detailreich ausfallen würde, und das wurde er oft, denn Bente hatte vier Kinder von drei Frauen. »Hat es die ganze Familie erwischt?«

Bente schüttelte den Kopf und pickte die Mandelsplitter von seinem Gebäck. »Nur die Kinder. Ich habe einen robusten Magen. Was man auch sieht, wie Laerke meint. Jo, was soll man machen?« Er blickte schulterzuckend auf das Bäuchlein, das sich über seinem Hosenbund wölbte. Erstaunlich, wo er sonst so auf sein Aussehen achtete.

»Laerke liebt dich, wie du bist«, sagte Liv, die Bentes Frau kannte.

»Das sagt sich leicht, aber nicht jede Veränderung tut einer Liebe gut«, sagte ihr Kollege, ohne weiter darauf einzugehen. »Warum hat Hasselbrecht Hennes beurlaubt?«

Liv schwieg.

»Geht es um verbotenes Glücksspiel?«, riet Bente.

»Wer hat das gesagt?«

»Schon gut, Liv. Ich will Hennes nicht an den Karren fahren. Aber in der Szene wird geredet, und ich habe Hennes selbst schon angeschickert aus Spielhallen gerettet.«

Sie stieß scharf die Luft aus. Rechtlich gesehen beging Schleswig-Holstein in Sachen Glücksspiel einen Sonderweg, was umstritten war. Als einziges Bundesland Deutschlands vergab es Lizenzen für Online-Casinos. »Es gibt wohl Fotos von diversen illegalen Pokerrunden in öffentlichem Umfeld – in diesem Fall in einem Privathaus, in dem beliebigen Personen die Teilnahme ermöglicht wurde – und Kopien getilgter Schuldscheine, ausgestellt von verurteilten Kriminellen. Hennes sagt, das ist alles lange her. Aber –«

»Untersucht werden muss der Vorwurf trotzdem. Früher oder später fliegt jedes Geheimnis auf. Hoffen wir, dass wir gleich auch Felicitas Sterls Geheimnis aufdecken und vor allem herausfinden, wo sie steckt.« Bente zupfte den Kopenhagener auseinander und kaute nachdenklich auf einem Stück, während Liv ihn über die Einzelheiten des Schädel-Falls informierte.

Die weiß-roten Hochhäuser der Klinik Niebüll waren weithin zu sehen. In der Notfallambulanz fragten sie sich zu Schwester Anna Fuhrmann durch. Diese hatte gerade einem Kind, dessen Arm in einer Schlinge lag, ein Eis am Stiel gebracht. »Du bist gleich dran, dauert nicht mehr lange«, sagte sie. Als sie Liv und Bente bemerkte, nickte sie. »Sie müssen die Kommissare sein.«

Nachdem Bente dies bestätigt hatte, führte Anna Fuhrmann sie in einen Aufenthaltsraum, in dem die Fenster offen standen, und nahm ihren Mundschutz ab. Ein sonnengebräuntes Gesicht kam zum Vorschein. »Ich habe jetzt erst in der Zeitung die Vermisstenanzeige gesehen. War im Urlaub, noch einmal Sonne tanken.«

»Sie haben Felicitas Sterl betreut?«

»Während einer Nachtschicht vom 20. auf den 21. April. Gemeinsam mit einer Ärztin. Aber im Gegensatz zu ihr habe ich mich angesichts der Lage entschieden, die Schweigepflicht zu brechen.« Sie bot den Kommissaren Kaffee an und löffelte sich anschließend selbst Pulverkaffee in heißes Wasser. »Frau Sterl hatte diverse Hämatome im Gesicht und eine aufgeplatzte Lippe. Auch an Rumpf und Armen hatte sie blaue Flecke. Ich habe sie versorgt und auf die Frauenberatung und den Notruf Nordfriesland hingewiesen, die hier in der Friedrich-Paulsen-Straße sind. Doch Frau Sterl sagte, sie sei außer Gefahr und würde dem Kerl nie wieder zu nahe kommen.« Die Krankenschwester rührte so heftig in ihrer Tasse, dass sich die dünne Brühe auf den Tisch ergoss. Unwirsch wischte sie den Kaffee auf, trank und verzog das Gesicht.

Liv hatte mitgeschrieben. »Ist das der genaue Wortlaut? Hat Frau Sterl noch etwas gesagt?«

»Nein. Oder doch. Sie sagte, dass alles in Ordnung kommen würde. Sie würde es in Ordnung bringen.« Anna Fuhrmann schien ihre Erinnerung zu durchforsten. »Mich hat die Begegnung besonders erschüttert, weil sie so selbstbewusst, so gebildet, so schick erschien.«

»Leider betrifft Gewalt gegen Frauen alle Schichten«, sagte Liv mitfühlend. »Wissen Sie, ob Frau Sterl nach Sylt zurückwollte? Ob Sie mit dem Auto hier war oder mit dem Zug?«

Schwester Anna schüttelte den Kopf. »Mit ihren Verletzungen wird sie sich kaum in den Zug gesetzt haben. Und ob sie wirklich gut Auto fahren konnte mit dem zugeschwollenen Auge …«

Liv und Bente ließen sich die genaue Uhrzeit und Details der Behandlung geben, fragten nach, ob Felicitas Sterl noch mit jemandem gesprochen hatte, was nicht der Fall gewesen zu sein schien. Auch bei der Aufnahme schien niemand mitbekommen haben, wie Felicitas Sterl angereist war. Sie suchten den Taxistand auf, fanden aber keinen Fahrer, der sich an die Galeristin erinnerte. Daher gaben sie Datum und Uhrzeit an ihre Kollegen weiter, die die Taxizentralen abtelefonieren würden.

»Interessant, dass Felicitas Sterl nicht die Notfallambulanz auf Sylt aufgesucht hat«, meinte Bente schließlich.

»Vermutlich hat sie gefürchtet, dass jemand sie erkennt. Hat sich geschämt.« Zorn schwang in Livs Worten mit. »Hoffentlich finden wir heraus, wer ihr das angetan hat.«

Bente fuhr sich durchs Haar. »Was ist unsere Hypothese? Sterl stritt mit ihrem Partner oder ihrem Ex und wurde verprügelt. Sie wollte sich ihm entziehen, aber er ließ das nicht zu und tötete sie?«

»Das wäre nicht das erste Mal. Der gefährlichste Moment im Leben einer Frau ist derjenige, an dem sie sich von ihrem Partner trennt.«

»Hier riecht es, als ob es brennt«, sagte Bente alarmiert, als sie die Fastenklinik betraten.

Auf ihr Klingeln hatte niemand reagiert, also hatte Liv es mit dem alten Türcode versucht, der noch immer funktionierte. Sie schnupperte. Nein, das war kein typischer Brandgeruch, eher der Duft von brennenden Kräutern. Als sie weitergingen, drang rhythmischer Gesang an ihr Ohr. »Das ist bestimmt die Räucherzeremonie«, fiel Liv ein. Sie war erleichtert. Bentes Vermutung hatte ihr Gänsehaut bereitet, und für einen Augenblick hatte sie sich in die Brandnacht zurückversetzt gefühlt.

Bente sah sie fragend an.

»Die schlechten Schwingungen oder Energien sollen durch eine spirituelle Ausräucherung entfernt werden«, erklärte sie.

Ihre Vermutung wurde bestätigt, als sie den Aufenthaltsraum betraten. Die Fastengäste saßen zusammen mit Dr. Xanthen und Doro im Kreis, während eine schmale, in ein wallendes Kapuzengewand gehüllte Gestalt vor einer Schale mit räuchernden Kräutern obskure Rituale vollführte. Liv stutzte.

Bente bewegte ruckartig den Kopf in ihre Richtung. »Ist das nicht …«

Liv nickte beinahe unmerklich. »Am besten tun wir so, als ob wir ihn nicht kennen«, raunte sie. Sie wusste, dass Hermann Gitzelstein Undercoverauftritte liebte. Sie waren ein Grund dafür, dass er bei den anderen Fallanalytikern in Verruf geraten war und seinen Posten verloren hatte.

Die Kommissare nahmen am Rande des Saales Platz und warteten, doch weder der Arzt noch der Schamane schienen von ihnen Notiz zu nehmen. Daniel Xanthen saß mit geschlossenen Augen da, ein beinahe verzückter Ausdruck lag in seinem Gesicht. Es war erstaunlich, dass er auf der einen Seite so wissenschaftlich, auf der anderen so esoterisch angehaucht war; das schien nicht zueinanderzupassen. Nun blinzelte er, reagierte aber nicht. Verärgert zog Liv die Augenbrauen hoch. Xanthen hatte sie doch gesehen!

Erst als der Schamane das Ritual beendete, schien der Arzt aus seiner Trance zu erwachen. Entrückt lächelnd reichte er sich mit den anderen Anwesenden die Hände, einige umarmte er. Bente und Liv näherten sich dem Grüppchen. Gitzelsteins Blick flog über sie, doch er zeigte kein Zeichen des Erkennens.

»Ist es wirklich nötig, dass Sie uns heute stören?«, fragte Xanthen sichtlich angegriffen.

»Ja, das ist es. Wir haben neue Erkenntnisse. Sollen wir hier darüber sprechen, oder ...«

»Nein, natürlich nicht. Gehen wir in mein Sprechzimmer.«

Als sie ihm dort darlegten, was sie herausgefunden hatten, wirkte er geschockt. »Ich würde ... Das hätte ich ... Nie hätte ich ... Gewalt widerspricht zutiefst meiner Lebenseinstellung. Felicitas war mir heilig. Liebe ist eine stärkende Kraft, keine zerstörende.«

Liv war erstaunt festzustellen, dass seine Augen sich mit Tränen füllten.

Von plötzlicher Erkenntnis erfüllt sprang er auf. »War das ... Das muss Ace gewesen sein! Er muss sie geschlagen haben, weil sie ihm wegen des Geldes Druck gemacht hat.« Schwerer Atem, ein kehliger Laut. »Dann hat er sie vielleicht auch ... Er könnte sie umgebracht haben. Der Schädel ... Es würde zu ihm passen. Ein Statement. Ein Versuch, unsere Liebe noch im Nachhinein zu vergiften. Mich zu vernichten. Dieser Wurm!« Xanthen ballte die Hände zu Fäusten.

Bente fragte ihn nach seinem Alibi für die Zeit vor Felicias Sterls Klinikbesuch. Fahrig schlug der Arzt es auf seinem Tablet nach. »Ich war hier in der Klinik und bin wie üblich meinem Tagesablauf nachgegangen. Abends war ich in meiner Wohnung, allein. Damit bin ich dann ja wohl verdächtig«, sagte er mit einem bitteren Lächeln. »Und lassen Sie mich raten: Ace' Alibi ist bestimmt perfekt.«

Als sie eintraten, bauten Techniker Gerüste mit Strahlern auf. Ein ganzes Helferheer dekorierte den Raum, insbesondere ein

Podest, auf dem ein schwarz verhängtes Objekt stand. Champagnerflöten wurden auf einer improvisierten Bar drapiert, Stimmengewirr und Lachen perlten durch das Atelier. Ace Marroni sprach mit einem jungen Mann, den Liv als den Journalisten erkannte, der in seinem Vlog *Sylt-Experte* schon öfter über ihre Fälle berichtet hatte. Sie nickte Jo Faschler zu. Marronis Assistent Kevin dirigierte in der Nähe die Helfer. Keiner von ihnen schien über ihre Ankunft erfreut zu sein – außer Faschler, der eine Story zu wittern schien.

Als müsse er sich erst einen Ruck geben, stolzierte Ace Marroni mit einem maskenhaften Lächeln auf sie zu. »Ich kann mich nicht erinnern, Sie eingeladen zu haben.«

»Wir haben noch ein paar kleinere Fragen, konnten Sie aber telefonisch nicht erreichen«, sagte Liv höflich.

»Das geht jetzt nicht.«

Bente sah sich um. »Interessante Werke haben Sie hier. Meine Frau liebt Kunst. Was würde denn zum Beispiel dieses Gemälde hier kosten?« Er wies auf eine Leinwand, die minimalistisch, aber gekonnt mit Farbspritzern versehen war.

»Ich glaube kaum, dass Sie sich das leisten können.« Marroni legte Liv die Hand auf den Rücken und schob sie leicht, aber spürbar an. »Wenn ich Sie jetzt hinausbitten dürfte.«

Ärger kochte in Liv bei dieser übergriffigen Berührung hoch. Gleichzeitig musste sie daran denken, wie heftig Felicitas Sterl zusammengeschlagen worden war. War Marroni dafür verantwortlich?

»Wir können Sie natürlich auch vorladen«, sagte Bente kühl.

Der Künstler zog eine Augenbraue hoch. »Ich sehe die Schlagzeile schon vor mir. Sie wissen doch: Auch schlechte Presse ist gute Presse.«

»Liegt Ihnen denn gar nichts daran herauszufinden, wo Felicitas Sterl steckt, was ihr zugestoßen ist?«

»Nein, denn ich gehe davon aus, dass ihr nichts zugestoßen ist. Aber bitte, Sie geben ja doch keine Ruhe. Was wollen Sie also schon wieder?« Er wandte sich um, rief: »Champagner! Sonst drehe ich hier noch durch!«, woraufhin Kevin loseilte.

Die zierliche Flöte in den Händen, machte der Künstler es sich kurz darauf in einem Designerstuhl bequem.

»Wir möchten mehr über Ihre Beziehung zu Felicitas Sterl wissen. Vor allem interessiert uns, wie die Trennung abgelaufen ist.«

»Einvernehmlich.«

»Sie haben nicht gestritten?«

Ace Marroni trank einen Schluck, brüllte dann unvermittelt: »Kevin – der Champagner perlt nicht mehr! Bist du irre, mir dieses abgestandene Zeug anzudrehen?«

Sein Assistent rannte beinahe, um Ersatz zu beschaffen. Als er ein neues Glas brachte, hielt er Abstand zu Marroni, als fürchtete er, geschlagen zu werden. Oder bildete Liv sich das nur ein? Auf jeden Fall war seine Haltung unterwürfig und zugleich voller Groll. Es wäre interessant, in Ruhe mit Kevin zu reden. Sie wusste, dass einer ihrer Kollegen ihn schon kurz befragt hatte, doch bei dem Gespräch war nichts herausgekommen.

»Gestritten?« Marroni lachte gequält. »Nicht mehr als üblich. Für denjenigen, der die Trennung forciert, ist es immer leicht.«

»Ist es dabei zu Handgreiflichkeiten gekommen?«

»Ob ich Felicitas geschlagen habe? Nein. Das habe ich nicht nötig.«

Liv konfrontierte ihn mit dem, was sie herausgefunden hatten. Ace Marroni nahm es scheinbar gleichmütig hin. Kevin hingegen entfernte sich mit ernster Miene; ob Zufall oder nicht.

»Das tut mir leid«, erklärte Marroni. »Für Felicitas. Aber ich bin nicht dafür verantwortlich. Gewalt spielt nur in meiner Kunst eine Rolle.«

»Dann würden wir gern wissen, wo genau Sie am 20. und am 21. April waren und wen Sie getroffen haben.«

»Kevin! Etwas flott!«

Der Assistent trabte heran, suchte auf Marronis Anweisung hin die entsprechenden Daten in dessen Kalender heraus, dann ging er zurück zum Eingang.

»Nachdem ich die Galerie komplett übernommen hatte, standen diverse bürokratische Termine an wie dieser hier beim Steuerberater.« Marroni wies auf die Seite. »Abends war ich mit einem Kaufinteressenten in einem Sternelokal essen.«

Das würde sich nachprüfen lassen. Liv notierte Ort, Name und Uhrzeit. Weitere Personen trafen ein und wurden von Kevin in Empfang genommen.

»Die Presse«, schnurrte Marroni und stolzierte auf sie zu; Liv und Bente würdigte er keines Blickes mehr.

Im Hinausgehen nahm Liv den Assistenten beiseite, der inzwischen über einer langen Gästeliste brütete. »Ich würde gern mit Ihnen reden. Rufen Sie mich an.«

* * *

Hektisch zog Daniel noch eine Line. *Sich auf dem Daybed zurücksinken lassen, den Kopf im Nacken.*

Wie eine Welle überrollte ihn der Kick. Er rieb sich die Nasenflügel, die sich wund anfühlten. Heute hatte er wirklich übertrieben. Doch nach dem Gespräch mit den Kommissaren hatte er sich betäuben müssen, schon wieder. Dass er in Tränen ausgebrochen war, erstaunte ihn. Er hatte nicht mehr geweint, seit … Danach war er wieder locker genug gewesen, um mit dem Schamanen und den Patienten zu plaudern. Als sie auseinandergegangen waren, hatte er auch seine sexuelle Energie zum Fließen gebracht, Mirandas Nähe hatte er anschließend jedoch nicht ertragen. Ihn hatten sogar Skrupel überfallen, obgleich er Miranda damit auch einen Gefallen getan hatte. Also hatte er seine Ration vorzeitig aufgebraucht. Koks war für ihn ein natürliches Mittel, trieb ihn vorwärts, unterdrückte den Hunger – perfekt also. Es entspannte ihn und erfüllte ihn zugleich mit neuer Kraft.

Ein Grollen entrang sich seiner Kehle. *Ace, dieses Monster!* Er hatte gewusst, dass er mit diesem Aufschneider nichts als Ärger haben würde.

Um sich abzulenken, scrollte er sich durch einige Internetseiten, die er täglich konsultierte. Bei einer Website mit Sylter Nachrichten blieb er hängen. Als hätte er ihn unbewusst herbeigerufen, war Ace Marroni zu sehen. Live, wie eine Einblendung behauptete. Der Künstler redete in die Kamera. Seine affektierten Gesten, die Tätowierungen, der Schmuck weckten Daniels Wut. Immer wieder gab Ace den Blick auf eine beleuchtete Inszenierung frei. Es durchfuhr Daniel heiß, als er erkannte, um was es sich handelte. Was sollte das? Er wollte den Ton einschalten, verklickte sich mehrfach. Als er es endlich geschafft hatte, war Marroni nicht mehr zu sehen, dafür eine auf den Kopf gestellte Unterwasserlandschaft, in der kleine Schädel die Steine, die Algen und sogar die Fische darstellten.

»… ist unser gesamtes Dasein Werden und Vergehen, unser Hass, unsere Liebe, unser Sex und auch unser Fasten«, sagte Marroni nun mit einem diabolischen Lächeln.

»Spielen Sie damit auf den Fundort des Schädels an, der seit einiger Zeit die Sylter vor ein Rätsel stellt?«

Marroni lächelte erneut. »Wie stets überlasse ich es meinen

Kunstwerken, im Betrachter verschiedenste Deutungen zu evozieren.«

Daniel sprang auf. Ace machte sich lustig über ihn! Er spottete über Felicitas! Und die Polizei ließ ihn einfach gewähren!

Entschlossen schnappte er sich seinen Autoschlüssel. Dann würde er es eben übernehmen, diesen Egomanen in die Schranken zu weisen.

* * *

»Gitzelstein! Was bilden Sie sich ein, einfach so in die Ermittlung einzugreifen!«, rief Bente über den Schreibtisch.

Liv sah auf. Nachdem sie den Nachmittag mit weiteren Befragungen von Felicitas Sterls Freunden und ihrer Hausärztin zugebracht hatten, waren sie und Bente gerade dabei, im Kommissariat im Kirchenweg ihre Berichte zu verfassen.

Der Profiler hatte zwar den Umhang abgelegt, trug aber noch immer einen einfachen Leinenanzug, der wirkte, als sei er einem Mittelaltermarkt entsprungen. Eine duftende Kräuterfahne umgab ihn, und er lächelte zufrieden. »Ich war keineswegs in offizieller Mission unterwegs. Auf jeden Fall nicht in polizeilicher Hinsicht. Dafür konnte ich mir seit gestern ein Bild von Daniel Xanthen machen. Ich dachte, dass Sie meine Erkenntnisse interessieren dürften.«

»Sie wissen, dass wir offiziell nichts davon verwenden dürfen. Dennoch wäre es gut, wenn Sie uns Ihren Eindruck schildern könnten.« Liv lächelte Bente verbindlich an. »Schaden tut es zumindest nicht.«

Gitzelstein setzte sich und legte noch einmal ausführlich seine Einschätzungen über denjenigen dar, der den Schädel im Aquarium deponiert hatte. »Daniel Xanthen entspricht in vielerlei Hinsicht diesem Profil, und er dürfte sich als Arzt mit der Zergliederung von Leichen und der Mazeration auskennen.«

»Ausgerechnet ein Arzt.« Bente schüttelte ungläubig den Kopf.

»In Schweden sollen vor ein paar Jahren zwei Ärzte mindestens eine Prostituierte ermordet und zerstückelt haben«, wusste Gitzelstein. »Sie standen kurz davor, schuldig gesprochen zu werden, als der Prozess für ungültig erklärt wurde, weil die Juroren mit der Presse getratscht hatten.«

»Und warum sollte Xanthen den Schädel ausgerechnet in seinem eigenen Aquarium deponieren?«

»Um ihn in seiner Nähe zu wissen, als eine Art Trophäe.«

Bevor Liv nachfragen konnte, stürzte einer der Streifenpolizisten herein. Er hielt ein Handy hoch, auf dem ein Filmchen lief. »Das solltet ihr euch unbedingt anschauen. Aber schnell!«

Die Kommissare und Gitzelstein sprangen auf und starrten auf das Handy, das Urs vor sie auf den Tisch gelegt hatte. Ace Marroni und seine Vernissage waren zu sehen, anscheinend live. Die Installation verschlug Liv den Atem – das war ja mehr als geschmacklos! Und jetzt … Die Kamera wackelte, ein Tumult brach aus. Das war doch …

Liv packte Jacke und Holster.

»Einsatz in Kampen! Alle verfügbaren Beamten kommen mit«, rief Bente im selben Moment.

Als sie ankamen, hatten Gäste die beiden Streithähne bereits getrennt und redeten beruhigend auf sie ein. Journalisten beäugten sie, auf die nächste Eskalation lauernd, während sie ihre Tablets und Smartphones kontrollierten, auf denen sie vermutlich Fotos und Videos an die Redaktionen übertrugen. Die Installation, jetzt vom Flackern des Blaulichts zusätzlich erhellt, war ein Trümmerhaufen, von Xanthen mit einem Golfschläger in Stücke gehauen, wie die Ermittler bei der Liveübertragung beobachtet hatten. Danach war er auf Ace Marroni losgegangen.

Als der Künstler die Polizisten sah, stürzte er sofort auf Liv und Bente zu. »Nehmen Sie ihn fest! Der Mann hat mein Kunstwerk zerstört und mich angegriffen! Er steht unter Drogen! Vermutlich hat er Felicitas –«

Sie konnten gerade noch verhindern, dass Daniel Xanthen erneut auf Marroni einprügelte. »Das ist eine Lüge! Er ist der wahre –«

»Sie sind beide festgenommen«, unterbrach Liv ihn und belehrte die Streithähne über ihre Rechte.

Daniel Xanthen wollte sich losmachen: »Wenn Sie Ihre Pflicht getan hätten, wäre es nicht nötig gewesen, dass ich einschreite. Aber die Polizei tut ja nichts! Weder um Felicitas zu finden, noch um diesen Scharlatan aufzuhalten!«, brüllte er. Speichelfetzen flogen.

Auch Ace Marroni tobte. »Ich werde dir zeigen, wer hier der Scharlatan ist! Mit meinen Fäusten werde ich es!« Er warf den Kopf herum. »Hilf mir gefälligst, Kevin! Du feige Pussy!«

Trotz der Gewalt erfüllte eine grimmige Genugtuung über diesen Eklat Liv. Hoffentlich fanden sie nun endlich heraus, ob einer der Männer etwas mit Felicitas Sterls Verschwinden zu tun hatte.

14

Rantumbecken, 23. Oktober, 9:08 Uhr

Berthold schob die schief stehende Tür des Schafzauns auf und bugsierte mühsam sein E-Bike hindurch. »Warte doch!«, rief er Nora hinterher, doch sie hatte schon wieder aufgesessen und war mit ihrem Turbofahrrad abgedüst, als wäre der Teufel persönlich hinter ihr her.

Die Metalltür schlug in Bertholds Hacken, kaum dass er durch war. Er fluchte. Diese Fahrräder waren aber auch schwer und unbeweglich! Hätte er doch sein altes Mountainbike mitgebracht. Aber dann wäre an eine gemeinsame Radtour erst recht nicht zu denken gewesen. Berthold saß auf und meinte aus der Ferne Noras euphorisches Jauchzen zu hören. Sie war schon immer gern Rad gefahren und auf dem gemieteten E-Bike kaum noch zu bremsen. Gern hätte er in einem der Cafés am Wegrand haltgemacht, aber ehe er Nora darauf ansprechen konnte, war diese schon wieder am Horizont verschwunden gewesen. Zuletzt hatte die Kaffeerösterei am Rantumer Hafen ihn gelockt. Von den kleinen Tischen konnte man bis aufs Rantumbecken schauen.

Er lächelte sehnsüchtig. Dieses Naturschutzgebiet war ein Beispiel dafür, dass auch aus einer Schnapsidee etwas Gutes resultieren konnte. Von den Nazis als Fliegerhorst für Segelflieger geplant und nie genutzt, war das Areal inzwischen ein wichtiges Biotop, in dem unter anderem Alpenstrandläufer, Knutts und Säbelschnäbler Zuflucht fanden.

Sie hätten sich auf den Deichrand setzen und gemütlich die Vögel beobachten können. Stattdessen raste Nora über den Deich wie so viele andere. Die Radfahrwege der Insel glichen heutzutage Schnellstraßen mit unzähligen Geisterfahrern. Es war wie bei einem Computerspiel, bei dem man reaktionsschnell Hindernissen ausweichen musste. Nur, dass er schon ein paarmal beinahe im Graben gelandet wäre.

Immerhin ist dieser Streckenabschnitt windgeschützt, dachte er, als er das kleine Industriegebiet mit der Kläranlage passierte. Er trat schneller, und das Bike beschleunigte derart, dass ihm angst und bange wurde. Unruhig rutschte er auf dem Sattel hin und her. Noch immer keine Toilette in Sicht. Langsam hielt er nicht mehr aus. Vielleicht sollte er sich in die Büsche schlagen. Aber dann wäre Nora endgültig weg. Andererseits – das hatte sie davon, wenn sie so weit vorausfuhr! Eigentlich hatten sie doch gemeinsam etwas unternehmen wollen!

Zwei Spaziergängerinnen mit Hunden kamen ihm entgegen. Die dünnen langen Leinen, die sich über den Weg spannten, sah er erst im letzten Augenblick. »Achtung!«, schrie Berthold und machte einen Schlenker ins Grün. Das unebene Erdreich schüttelte ihn, beinahe wäre er gestürzt. Als er zum Stehen kam, galoppierte sein Herz. So ging es nicht weiter!

»Passen Sie doch auf, Sie Raser!«, schimpfte eine der Frauen. Er verkniff sich eine Antwort. Hundebesitzer hatten immer recht, das wusste er schon.

Glücklicherweise war die Strecke jetzt frei. Links von ihm erhob sich der Deich, rechts erstreckte sich ein Wäldchen. Erstaunlich, was für wilde, einsame Natur es auf Sylt gab. Genau das Richtige für ihn. Er fuhr langsamer, bremste, stellte das Rad ab. Dann setzte Berthold mit einem Sprung über den Graben und schlug sich ins Dickicht. Den Helm behielt er auf, man wusste ja nie.

Er sah sich um. Wie idyllisch es hier war! Von überallher waren Vogelstimmen und Insektenbrummen zu hören. In hellgelben Keilen brach die Sonne durch das Herbstlaub und brachte es zum Funkeln. Nach einigen Metern wandte er sich um. Noch immer war er vom Radweg aus gut zu sehen. Also noch ein Stückchen weiter.

Der Lärm der Landstraße nahm zu. So breit war diese Wildnis also doch nicht. Jetzt musste es reichen.

Erst als er gegen die Erle pinkelte, nahm er den unangenehmen Geruch wahr. Zog der Gestank der Kläranlage etwa bis hier? Oder lag hier irgendwo ein totes Tier? Ein Fuchs vielleicht, der von einem Auto angefahren worden war und sich zum Sterben ins Dickicht geschleppt hatte? Neugierig ging Berthold ein Stück weiter. Plötzlich stob vor ihm ein Fliegenschwarm auf, umsurrte ihn, flog ihm in Augen und Nase. Das war ja ekelhaft!

Allerdings nichts im Vergleich zu dem, worauf sich die Fliegen wieder stürzten, als er sie abgeschüttelt hatte.

* * *

Nach der morgendlichen Vernehmung ließen Liv und Bente die Männer zurück in Gewahrsam in die Zellen im Keller des ehemaligen Amtsgerichts bringen. Gestern Abend hatten sie bei einem Absacker in der Gemeinschaftsküche im Gästehaus der Polizei noch lange über die Beweggründe der beiden gesprochen. Mit Felicitas Sterl schien diese Fehde wenig zu tun zu haben, mehr mit persönlicher Feindschaft. Tatsächlich hatte Xanthen während seiner Attacke in der Galerie unter erheblichem Drogeneinfluss gestanden, das hatte ein Schnelltest ergeben. Das Ergebnis des Drogenscreenings erwarteten sie stündlich; sobald es vorlag, würden sie auch wissen, welche

Substanzen der Arzt noch so konsumiert hatte. Marroni hingegen war beinahe nüchtern gewesen.

»Was machen wir jetzt mit ihnen?«, fragte Liv, unzufrieden, weil sie die Antwort selbst kannte.

»Freilassen, was sonst«, brummte Bente. »Xanthen bekommt eine Anzeige wegen der mit den Drogen verbundenen Delikte, Sachbeschädigung und Körperverletzung. Marroni ist wegen Körperverletzung dran – und bekommt jede Menge Presse.«

»Er ist also der Gewinner dieses Scharmützels. Vielleicht hat er es sogar provoziert.«

»Eine kalkulierte Empörung? Denkbar.«

Unvermittelt stand ihr Kollege Urs vor ihnen. »Hier ist jemand, der dich sprechen möchte, Liv. Ein gewisser Jo Faschler.«

»Danke. Ich hole ihn unten am Empfang ab.«

Bente schob die Hände tief in die Taschen. »Dann kümmere ich mich wohl um unsere beiden Zelleninsassen.«

Der junge Mann wartete im ehemaligen Saal des Amtsgerichts und beobachtete aufmerksam, was um ihn herum geschah. Liv hatte schon verschiedentlich mit ihm zu tun gehabt, sich aber noch nie ausführlich mit ihm unterhalten. Sie führte ihn in ein Besprechungszimmer und befragte ihn zum Ablauf der gestrigen Ereignisse. Er antwortete bereitwillig und zeigte ihr auch die Aufnahmen, die noch nicht gestreamt worden waren.

»Glauben Sie wirklich, dass einer der beiden – also Marroni oder Xanthen – mit dem Verschwinden der Frau zu tun hat?«, wollte er wissen, als sie ihm das Protokoll zur Unterschrift reichte.

»Was ich glaube, ist nicht relevant. Alles andere werden die Ermittlungen zeigen.«

Der Journalist wirkte trotzdem zufrieden. »Ich finde, ich habe mir durch meine Kooperation verdient, dass Sie mich informieren, wenn es etwas Neues gibt.«

Liv konnte ihm die Anmaßung kaum übel nehmen so freundlich hatte er seine Forderung gestellt, und kommentierte sie daher nicht.

»Außerdem würde ich gern mit Ihnen ein ausführliches Interview führen«, sagte er. »Über Ihre Fälle, Ihr Sylt, Ihre Familie.«

»Kein Interesse.«

»Tatsächlich? Auch nicht, wenn ich Ihnen im Gegenzug etwas über Ihre Familie verrate, das Sie garantiert nicht wissen?«

Liv starrte den Vlogger an. Aus dem Augenwinkel bemerkte sie, dass Urs auf dem Gang vorbeilief. Sie winkte ihn zu sich. »Würdest du den jungen Mann bitte hinausbegleiten?«

Liv ging die Liste derjenigen durch, die während der Befragungen versucht hatten, sie zu erreichen. Eine Nummer ließ sie aufmerken. Sie griff zum Telefon.

»Frau Lammers, hier Kevin Elvssen«, meldete sich kurz darauf eine Männerstimme. »Sie hatten doch gesagt, ich soll anrufen, wenn mir etwas zu dem Verschwinden von Frau Sterl einfällt. Aber Ace darf nichts von unserem Gespräch erfahren.«

Elvssen klang ängstlicher, als Liv es von einem Mann seines Alters und in diesem Zusammenhang erwartet hätte. »Das wird er nicht«, versprach sie. »Wann und wo können wir uns treffen?«

Der Wind wirbelte den feinen Sand auf und blies ihn in ihre Gesichter, als sie auf die Kliffkante zuschritten. Schaudernd dachte Liv an den Fall, der sie zuletzt an das Rote Kliff geführt hatte. Damals war es um Leben und Tod gegangen. Kevin Elvssen saß in einem dunklen Kurzmantel auf einer Holzbank, eine Mappe auf den Knien, und starrte auf die See hinaus, die sich wie ein Mosaik aus Glasscherben vor ihnen ausbreitete.

Liv betrachtete die Papierbögen, ehe er die Mappe zugeschlagen konnte. »Sind die Bilder von Ihnen?«

»Ja. Ich habe mein Kunststudium unterbrochen, um Ace assistieren zu können.« Er lächelte bitter. »Sie fragen sich jetzt sicher, warum ich mir das antue.« Statt seine rhetorische Frage zu beantworten, setzte er hinzu: »Können wir ein paar Schritte gehen? Wenn Ace zurückkommt, werde ich es so schnell nicht mehr aus der Galerie schaffen. Wir müssen die Schäden dokumentieren und diverse Anfragen beantworten.«

Sie liefen über den Parkplatz zum Strandaufgang, passierten den Findling und das weiße Kurkartenhäuschen. Kevin Elvssen machte so große Schritte, als eile er zu einem Termin.

»Also: Warum tun Sie sich das an?«, fragte Liv.

»Ace mag als Künstler Mittelmaß sein, vielleicht etwas besser. Dafür ist sein Vermarktungstalent groß. Davon kann und will ich lernen. Gut zu sein reicht allein nicht.«

»Schaumschläger gibt es aber auch genug«, meinte Liv.

»Ace ist kein Schaumschläger, sonst hätte Felicitas ihn links liegen gelassen.«

»Wie gut kannten … kennen Sie sie?«, fragte Bente nach und kramte nach einer Tüte Lakritz, diese war jedoch leer. Ein durchweichtes Bonbon fand sich in der Jackentasche.

»Als Ace mich engagierte, war die Beziehung bereits beendet, und Felicitas entschied sich, ihm die Galerie zu überlassen. In gewisser Weise konnte ich das nachvollziehen. Die beiden verstanden sich nicht mehr. Sie war das Altbekannte leid und hatte gute Ideen, wie sich der Kunstbetrieb ändern, moderner werden könnte.« Kevin machte eine ratlose Geste. »Aber letztlich beweisen das gestrige mediale und öffentliche Interesse, dass Ace recht hat und sein Geschäftsmodell noch lange nicht tot ist.«

Sie betraten die Holzplattform, die sich vor dem Roten Kliff erhob. Es gab viele herrliche Ausblicke auf Sylt, aber dieser war einer der beeindruckendsten. Nicht nur, weil der eisenhaltige Geschiebelehm des Ruarklef im Abendlicht rot wirkte und so zauberhaft mit dem Meer kontrastierte. Die Abbruchkante der jahrtausendealten Grundmoräne ließ den Betrachter auch die Ewigkeit spüren.

»Mehrere Museen haben bereits angefragt, ob sie die zerstörte Installation und eine neue, heile Version im Rahmen einer Retrospektive gegenüberstellen können. Ganz zu schweigen von den Kunstsammlern, die fünfstellige Summen dafür bieten. Ich bin sicher, dass es Ace gelingen wird, den Preis noch hochzutreiben.« Der junge Mann ballte die Hände zu Fäusten. »Auch die durch Hirst inspirierten Skulpturen kommen gut an. Nur deshalb nehme ich seine Schikanen hin. Nur deshalb ertrage ich es, dass ich ihm nackt Modell stehen soll, obgleich das ganz und gar nicht zu meinen Aufgaben als Assistent gehört. Um diese Geschäftstüchtigkeit zu lernen.«

So bitter und zugleich so kämpferisch klang Elvssen, dass Liv ihm nichts mehr entgegnen wollte.

»Dennoch wollten Sie mit uns sprechen?«, fragte Bente.

Kevin Elvssen lehnte sich an das Geländer und starrte auf die Nordsee hinaus. »An dem Tag, als Sie zum ersten Mal mit Ace gesprochen haben, ist er anschließend in sein Atelier gegangen und hat einige Bilder verbrannt, andere versteckte er. Und ich verstehe auch, warum. Wenn Sie diese Werke gesehen hätten, hätten Sie ihn sofort für einen Mörder gehalten.« Kevin schluckte. »Ace wusste nicht, dass ich vorher schon Fotos der Werke gemacht hatte.« Er holte sein Handy hervor.

Gespannt rückten Liv und Bente ein Stück näher. Was sie sahen, verschlug ihnen den Atem. Doch ehe sie Kevin weiter dazu befragen konnten, klingelten beinahe gleichzeitig ihre Handys.

Der Körper musste schon lange hier liegen. Wochen, vielleicht Monate. Er war fäulnisverändert, die Haut überwiegend zersetzt, das Gewebe schwarzbraun verfärbt und erweicht. Darüber hinaus hatte die Witterung dem Leichnam zugesetzt, und Tiere hatten sich an ihm gütlich getan. Vielleicht war das Opfer auch gefoltert worden.

Liv grauste es bei diesem Gedanken. Hoffentlich kam die Rechtsmedizin zu der Einschätzung, dass die Verletzungen dem Körper postmortal zugefügt worden waren. Vor allem der Halsstumpf schien ein einziges zerfressenes Loch zu sein. Es war erstaunlich, dass der Leichnam nicht früher entdeckt worden war, aber vermutlich wanderte niemand durch dieses Wäldchen, vielmehr schienen alle auf der Straße oder dem Radweg daran vorbeizufahren. Und wenn man Gestank wahrnahm, schrieb man ihn vermutlich der Kläranlage zu. Außerdem war der Körper mit Ästen abgedeckt gewesen, die inzwischen jedoch alles Laub verloren hatten. Der Mann, der den Fund gemacht und gemeldet hatte, stand verständlicherweise unter Schock.

»Da haben wir das Puzzle also zusammengesetzt«, murmelte Bente dumpf durch das Taschentuch, das er vor Mund und Nase hielt.

»Auf jeden Fall handelt es sich um einen weiblichen Leichnam«, sagte Liv. »Hoffen wir, dass er zu unserem Schädel gehört.« Die Alternative wagte sie sich nicht auszumalen.

* * *

Hennes saß am Esstisch, eine seiner Perserkatzen auf dem Schoß, die andere strich leise schmollend um die Stuhlbeine. Aus dem Nebenraum drang Rachels Gesang zu ihm; sie probte für ein neues Programm, was ihn erleichterte, denn vorhin hatte sie einmal wieder über Landkarten gebrütet und Reisepläne für seinen Ruhestand geschmiedet. Wiederholt hatte er seinen E-Mail-Eingang überprüft. Noch immer keine Nachricht seines Dienstherrn.

Eine volltönende Stimme drang durch den Fensterspalt. »Der Oluf-Samson-Gang ist nach dem gleichnamigen dänischen Kaufmann und Reeder benannt, der hier Häuser gebaut hat. Im Oluf wohnten meist arme Leute. Später befand sich hier die berühmteste Rotlichtmeile der Stadt …«

Hennes erhob sich, was nun auch die zweite Katze zum Maunzen brachte, und schloss das Fenster, das auf Kipp gestanden hatte. Es hatte auch Nachteile, wenn man in der berühmtesten Gasse der Stadt wohnte. Einer waren die zahlreichen Touristen, die vor den rosenbewachsenen Fischerhäusern Selfies machten, ein anderer waren die Stadtführungen. Allerdings hatte er hier schon gelebt, ehe die Sanierung des ehemaligen Flensburger Schandflecks zum Schmuckstück überhaupt begonnen hatte. Die Katzen waren inzwischen auf den Tisch gesprungen und tapsten über die Tastatur des Notebooks.

»Wie soll man denn so arbeiten!«, sagte er und scheuchte sie liebevoll weg.

Er überflog noch einmal die Suchmaschinen-Ergebnisse. Eigentlich hasste er diese Arbeit. Er war eher ein Straßenköter, der vor Ort Witterung aufnehmen musste, zumal man sich im Internet leicht verfranzte und vom Hundertsten ins Tausendste kam. Berichte über Ocke Lammers' gewaltsamen Tod, Nachrufe. Annika Lammers, Livs Schwester, tauchte als

Geschäftsführerin von Lammers Estates auf. Jan Lammers, Livs Neffe, wurde im Zusammenhang mit Polospielen erwähnt.

Er scrollte weiter. Berichte über ein gewaltiges Bauvorhaben bei Munkmarsch, für das sich auch Lammers Estates interessiert und dann doch abgesagt hatte. Den Artikel kannte er beinahe auswendig, weil sie ihn im Zusammenhang mit dem Mord an Karl von Raboisen ausgewertet hatten, der für das Areal ebenfalls Pläne gehabt hatte. Ocke Lammers hatte sein Angebot damals zurückgezogen, weil das Bodengutachten gefälscht gewesen war. Dabei war Lammers noch nie zimperlich gewesen, was die Zupflasterung der Sylter Landschaft anging. Oder hatten andere Familienmitglieder engere Beziehungen zu den Raboisens gehabt?

Auf gut Glück gab Hennes den Namen »Enno Lammers« ein, obgleich Livs Schwager ein langweiliger, duckmäuserischer Typ war. Zu seinem Erstaunen gab es etliche Treffer.

* * *

Im Ersten Angriff suchten die Kommissare des K1 und der Sylter Kripo die Umgebung ab. Mehrere junge Beamte waren vom Fundort weggeeilt, als sie in die Nähe der Leiche gekommen waren, zwei hatten sich am Deichrand erbrechen müssen. Liv hatte ihnen mitfühlend nachgesehen. Selbst für erfahrene Kriminalisten war ein derartiger Fund schwer zu ertragen. Statt, wie von ihr erwartet, Sebastian traf einige Stunden später dessen Kollegin, Dr. Beate Paans vom Institut für Rechtsmedizin aus Kiel, ein.

Liv war verwundert, zumal sie Sebastian seit dem Morgen nicht erreicht hatte und davon ausgegangen war, dass er auf dem Weg hierher war.

»Wir hatten mit Dr. Gerlich gerechnet«, sagte Bente. »Aber er wird wahrscheinlich im Institut gebraucht, oder?«

»Dr. Gerlich ist, soweit ich weiß, in familiären Angelegenheiten unterwegs«, sagte die Rechtsmedizinerin. Sie wirkte pikiert. »Sie werden also mit mir vorliebnehmen müssen.«

»Sie sind uns ebenso recht«, sagte Bente versöhnlich.

Liv hingegen war beunruhigt. War etwas mit Noah? Hatte sie Sebastian deshalb nicht erreicht?

Wenig später trafen auch Karlpeter Botersen-Evers und weitere Mitarbeiter des K6 ein. »Bislang haben wir in dem Wäldchen weder Kleidung noch Gegenstände gefunden, die wir mutmaßlich der Toten zuordnen können und die uns die Identifikation erleichtern könnten«, berichtete Liv. »Dafür jede Menge Müll, den ihr dokumentieren müsst. Hoffentlich ist etwas dabei, was uns weiterhilft.«

»Hauptsache, ihr habt nicht noch Fehlspuren gelegt«, brummte Botersen-Evers noch knarriger als üblich. Er sah nicht nur abgemagert, sondern auch leidend aus.

»Was denkst du denn von uns? Ist alles in Ordnung?«, fragte Liv.

»Bestens. Und nun haltet uns nicht länger auf.«

Fragend blickte Liv Bente an.

»Man erzählt sich, seine Frau hätte ihn verlassen, kaum dass er von der Kur zurück war«, wisperte Bente, sobald sie allein waren. »Und das, obwohl er extra für sie abgespeckt hat.«

»Das ist bitter.«

»Tja, wenn die Liebe vorbei ist, ist es auch wurscht, was man wiegt.«

Sie nahmen sich die Karte vor und überprüften die Zuwege zu dem Wäldchen. Die Landstraße L 24 sowie die Süderinge grenzten daran. Zwischen den Parkplätzen Dikjen Deel und Baakdeel auf der gegenüberliegenden Seite der Landstraße gab es eine kurze Zufahrt. Auf der Ostseite des Wäldchens war hingegen nur ein schmaler Rad- und Fußweg.

»Es ist anzunehmen, dass der Täter die Leiche mit dem Auto hierhertransportiert hat. Sie von der Straße aus zum Fundort zu schleppen dürfte einige Minuten gedauert haben. Es könnte also sein, dass jemand den Wagen gesehen hat«, meinte Momke, der zu ihnen getreten war.

»Vermutlich hat der Täter die Abend- oder Nachtstunden genutzt, sonst wäre er aufgefallen. In der Süderinge ist abends mit Sicherheit nicht mehr viel los. Vielleicht hat er den Wagen aber auch in der kurzen Stichstraße abgestellt, die ist in der Dunkelheit vermutlich auch unauffällig – und man ist sofort auf der Landstraße und kann verschwinden. Gibt es hier in der Nähe Verkehrs- oder Überwachungskameras?«, fragte Liv.

Momke ließ den Blick schweifen. »Möglicherweise in den Industriegebieten in der Nähe. Vielleicht eine Wildtierkamera. Ich werde mal beim Hegering nachfragen.«

»Wenn die Ablage der Leiche Monate her ist, sind die Aufnahmen längst überspielt«, sagte Bente.

»Klappern wir also erst mal die Unternehmen in der Nähe ab, ob ihnen etwas aufgefallen ist«, beschloss Momke.

Livs Blick war auf die Rechtsmedizinerin gerichtet. Sie hatte Sebastian eine Nachricht geschickt, aber er hatte noch nicht geantwortet. »Und hoffen wir, dass Dr. Paans die Todeszeit eingrenzen kann«, sagte sie.

Es dauerte ungewöhnlich lange, bis die Rechtsmedizinerin fertig war. Sie zierte sich etwas, ihnen eine erste Einschätzung zu geben, verwies immer wieder auf den Bericht, den sie vorlegen würde. Schließlich las sie dennoch ihre vorläufigen Ergebnisse aus einem sorgfältig geführten Notizbuch ab. »Die Fäulnisveränderungen in Verbindung mit dem Fundort ergeben grob geschätzt eine Liegezeit von etwa einem halben Jahr.«

Liv sah auf. Es könnte sich also durchaus um den Körper Felicitas Sterls handeln.

»Ich habe scharfe Gewalt an den Fingerkuppen feststellen können«, fuhr die Rechtsmedizinerin fort.

»Der Täter hat also möglicherweise versucht, die Identifikation durch Fingerabdrücke zu verhindern.«

»Die Schlussfolgerungen bleiben Ihnen überlassen. Ebenfalls stellte ich Schnittverletzungen an den Extremitäten fest.«

»Könnte der Täter versucht haben, auch die Gliedmaßen abzutrennen?«, fragte Liv nach.

»Wie gesagt: Ich halte nur die Befunde fest.« Noch einmal konsultierte Dr. Paans ihre Notizen. »Die vollständige Abtrennung des Kopfes vom Rumpf erfolgte nicht zu Lebzeiten, das lässt sich wohl noch sagen.«

Liv spürte, wie ihre Beklemmung ein winziges bisschen nachließ. Wenigstens das.

Auf dem Polizeirevier brütete Hermann Gitzelstein über den Ausdrucken der Kunstwerke Ace Marronis, die Felicitas Sterl in verschiedenen Stadien des Verfalls zeigten.

Das ist definitiv zu viel Vergänglichkeit, dachte Liv, die für den Rest des Tages auf Morbides hätte verzichten können. Immerhin hatte Sebastian sich mit einer liebevollen und zugleich beruhigenden Nachricht gemeldet. Larissa war krank, deshalb hatte er sich um Noah kümmern müssen. Die gute Nachricht war, dass er Zeit gehabt hatte, die Gesichtsweichteilrekonstruktion weiter voranzutreiben. Er hatte ihr ein Foto geschickt, doch das Gesicht war noch zu fremd, um jemanden darin zu erkennen. Auch die KTU war noch dabei, im Wäldchen und in der Umgebung Spuren zu sichern. Bislang war noch nichts gefunden worden, das einen eindeutigen Hinweis auf Opfer oder Täter gegeben hätte.

Hilke Hasselbrecht betrat den Raum und rief die Ermittler zusammen. Liv sah sofort, dass sie keine guten Nachrichten hatte.

»Bis wir die Ergebnisse der Obduktion bekommen, wird es noch dauern«, kündigte Hasselbrecht an. »Eines aber konnte Frau Dr. Paans uns schon mit Sicherheit sagen.« Sie sah in die Runde, versicherte sich unnötigerweise, dass sie die Aufmerksamkeit aller hatte. Stille senkte sich über den Raum. »In der Rechtsmedizin hat sie die Maße des enthaupteten Leichnams mit denen unserer Vermissten verglichen. Bei der Fundleiche handelt es sich eindeutig nicht um Felicitas Sterl. Die ermordete Frau war zwar etwa im gleichen Alter, jedoch einige Zentimeter kleiner. Wir haben es also mit zwei Personen zu tun. Einer Unbekannten, zu deren Lasten ein Verbrechen verübt wurde. Und einer Frau, deren Namen wir zwar kennen, deren Verbleib jedoch nach wie vor ungeklärt ist.«

Liv lief am Strand entlang, obgleich es bereits dunkel und ein scharfer Wind aufgezogen war. Der Deutsche Wetterdienst hatte wegen der markanten Kaltfront eines Skandinavientiefs für Schleswig-Holstein sogar eine Sturmwarnung herausgegeben. Sie hatte ihr Handy ausgeschaltet, wollte allein sein, niemanden mehr sehen, niemanden hören. Eine Dummheit, natürlich, vor allem, weil sie auf Personenschutz verzichtet hatte.

Unruhe trieb sie vorwärts. Keinen Blick hatte sie für die Lightshow des Himmels, der eine Extravorstellung nur für sie zu geben schien, sah nicht, wie die weißen Gischtkronen auf den Wellen tanzten. Sie spürte nicht den Sand in ihren Schuhen, auf ihrem Gesicht, das Salz auf ihren Lippen. Liv stemmte sich gegen den Wind, ganz in ihren Gedanken gefangen. Nach Hasselbrechts Erklärung waren alle für einen Augenblick erstarrt, dann hatte eine konzentrierte, fieberhafte Aktivität eingesetzt. Der Staatsanwalt hatte der Einrichtung der Soko Aquarium und der Aufstockung des Ermittlerkreises zugestimmt. Hypothesen wurden diskutiert, Strategien entwickelt, Aufgaben verteilt.

Normalerweise liebte Liv diese Atmosphäre, diese gemeinsame Entschlossenheit, ein Verbrechen aufzuklären, einen Täter dingfest zu machen. Und natürlich hatte sie ihren Teil beigetragen. Normalerweise reichte das, damit sie abends trotz aller Anspannung zur Ruhe kam. Doch heute hatte das Ausmaß des Falls sie nicht losgelassen. Was für ein Albtraum! Zwei Frauen. Zwei Schicksale, vor denen viele die Augen geschlossen haben mussten.

Sie hielt inne, sah aufs Meer hinaus. Jetzt erst nahm sie das faszinierende Aufbäumen der Elemente wahr. Trotz der Kühle zog sie Schuhe und Socken aus, ließ den Sturm ihre Knöchel massieren, stellte sich in den Spülsaum. Das kalte Wasser erfrischte sie, erdete sie zugleich. Minutenlang atmete sie im Takt der Wellen. Empörung und Trauer halfen nicht weiter. Sie musste entschlossen und logisch vorgehen, um dazu beizutragen, dieses Verbrechen – oder diese Verbrechen – aufzuklären.

Langsam marschierte sie zurück, genoss es nun, wie ihre Füße in den Sand einsanken, wie ihre Zehen die pulverfeinen Körnchen teilten. Genoss den Wind, der sich an ihren Rücken schmiegte, ihr Schwung verlieh. Bald hatte sie die Promenade von Westerland erreicht, die wie leer gefegt war. Lediglich eine Frau fiel ihr ins Auge, weil auch sie unerschrocken den Elementen trotzte. Die Fremde lief auf die Promenade zu, setzte sich auf die Stufen. Jetzt wirkte sie auf einmal sehr allein, in sich gekehrt. Ob auch sie zu denen gehörte, um die sich niemand sorgte? Wie zufällig ging Liv an ihr vorbei und sah sie an. Die Frau wirkte zufrieden, was Liv mit Erleichterung erfüllte.

»So ein später Strandspaziergang tut gut, oder? Auch bei einem aufziehenden Herbststurm«, begann Liv ein Gespräch.

Die Frau strahlte. »Genau deshalb komme ich jedes Jahr wieder hierher. Vierzig Kilometer feinster Sandstrand – wo gibt es das schon? Stundenlang gehe ich am Strand entlang. Ganz allein, ohne mich auch nur einen Augenblick unwohl zu fühlen. Sylt ist so schön, so sicher!«

Liv musste lächeln. So hatte sie es noch nie gesehen. Sylt war keine Insel der Seligen, das nicht. Bedachte man aber, wie viele Menschen und wie viel Kapital hier zusammenkamen, war es hier wirklich außerordentlich friedlich. Die wenigen Verbrecher waren die Ausnahme – und um die kümmerten sie sich. Keine Frau und auch kein Mann mussten Angst haben, wenn sie hier allein unterwegs waren.

»Das stimmt. Das ist wirklich etwas ganz Besonderes«, sagte Liv. So ist es, und so soll es bleiben, dachte sie. Wir werden jeden aufhalten und unschädlich machen, der diesen Frieden zerstört.

15

Westerland, 24. Oktober, 7:55 Uhr

Regen prasselte an die Scheiben, der Wind rüttelte an den Fensterrahmen. Nachdem Liv im Gästehaus angekommen war, hatte der Sturm noch einen Gang hochgeschaltet. Orkanböen waren durch List gefegt. Die Soko wurde stündlich größer. Schon jetzt war das Kommissariat im Kirchenweg von einer vibrierenden Energie erfüllt. Liv hoffte, vor der Morgenbesprechung noch mit Hilke Hasselbrecht reden zu können, doch die K1-Chefin telefonierte ununterbrochen. Als Hasselbrecht für einen Augenblick den Telefonhörer beiseitelegte, trat Liv schnell neben sie. »Wird Hennes ebenfalls wieder zu uns stoßen? Wir können seine Erfahrungen und sein Gespür für diese Ermittlung gut brauchen.«

»Hennes ist nach wie vor beurlaubt.«

»Können Sie nicht irgendetwas tun, um das zu verkürzen?«

»Es ehrt Sie, Liv, dass Sie sich für Ihren Kollegen einsetzen, aber wir werden bis auf Weiteres auf Hennes verzichten müssen.« Hasselbrechts Ton duldete kein weiteres Nachhaken, zumal die Kollegen für die Morgenbesprechung eintrafen. Rabia hatte wie so oft etwas mitgebracht. Doch im Gegensatz zu den Gemüsesmoothies und dem selbst gemachten Bubble-Tea, die sie ihnen früher angeboten hatte, sahen die frisch gebackenen Kürbisbrötchen verlockend aus.

Liv griff zu, aber da begann Bente schon damit, die Obduktionsergebnisse zu berichten, und sie hielt inne. »Die Wunden deuten darauf hin, dass der Täter geplant hatte, den Leichnam komplett zu zerstückeln, dann aber davon Abstand genommen hat«, schlussfolgerte er.

»Vielleicht hat er die Notwendigkeit nicht mehr gesehen, weil er auf die Idee kam, die Leiche in dem Wäldchen zu verstecken.«

»Oder ihn haben Kraft und Mut verlassen. Eine Leiche zu zerteilen ist harte Arbeit, das haben schon mehrere Mörder zu Protokoll gegeben.«

»Die Beschädigung der Fingerkuppen deutet hingegen darauf hin, dass er die Identifizierung erschweren wollte«, meinte Liv. »Das ist eine Parallele zu dem Schädel, bei dem vermutlich aus dem gleichen Grund die Zähne entfernt wurden.«

»Das kann aber auch ein grausiger Zufall sein.« Momke schauderte.

»Ansonsten keine Betäubungsmittel, keine gravierenden Krankheiten – diese Frau hätte noch lange leben können«, schloss Bente.

»Tätowierungen? Piercings? Brustimplantate? Knochenbrüche?«, fragte Rabia hoffnungsvoll.

Bente schüttelte den Kopf. »Anscheinend nicht.«

Sie kamen zu den Spurenfunden aus dem Wäldchen. »Wir haben Hunderte Spuren in der Nähe der Leiche gesichert«, begann Botersen-Evers, der mit den Kürbisbrötchen sichtlich geliebäugelt, aber noch nicht zugegriffen hatte. »Es wird Tage dauern, die alle auszuwerten. Aber wenn ich eure Hoffnung dämpfen darf: Sieht überwiegend nach Müll aus, den der Wind hineingetragen hat. Auch das Gesträuch, das zum Bedecken der Leiche verwendet wurde, bietet wenig Aufschlussreiches. Die Äste wurden in der Nähe abgebrochen, keine Faserspuren.«

»Keine Überwachungskameras im Umfeld«, übernahm Momke. »Die nächsten Funkmasten sind in Tinnum und Rantum. Es gibt eine Wildtierkamera, die etwas aufgezeichnet haben könnte, aber wir wissen noch nicht, ob und wie schnell die Aufnahmen gelöscht werden.«

»Die Leichenspürhunde haben eine Spur zu der kleinen Stichstraße gefunden.«

»Wir sollten uns an die Öffentlichkeit wenden«, schlug Liv vor. »Die Leiche wurde mit großer Wahrscheinlichkeit mit dem Auto zu dem Wäldchen gebracht, und vermutlich in der Nacht. Vielleicht hat jemand einen Wagen gesehen, der zu einer ungewöhnlichen Zeit dort parkte.«

Hasselbrecht nickte und kündigte an, mit dem Staatsanwalt weitere Maßnahme zu besprechen. Sie verteilten die Aufgaben und hatten gerade die Zusammenkunft aufgehoben, als Hasselbrecht sie von ihrem Computer aus noch einmal zusammenrief, ihre Stimme stählern vor Spannung. »Die Sachverständige für visuelle Personenidentifizierung des LKA hat gerade die Gesichtsweichteilrekonstruktion geschickt!«

Zwei Zeichnungen erschienen auf dem Bildschirm: eine Frontal- und eine Profilansicht. Alle betrachteten sie stumm. Livs Blick flackerte von der Rekonstruktion zu den Fotos von Felicitas Sterl, und sie beobachtete, dass etliche Kollegen ebenfalls versuchten, die Porträts in Übereinstimmung zu bringen.

»Also, ich weiß ja, dass diese Zeichnungen vor allem dazu dienen sollen, etwas im Gedächtnis anzuregen, sodass man sich besser an jemanden erinnert, aber diese Frau habe ich noch nie gesehen«, sprach Momke aus, was manche denken mochten.

»Dann zeigen wir sie doch mal in der Fastenklinik vor. Vielleicht hilft uns das weiter«, entschied Hasselbrecht. »Liv und Bente – das übernehmen Sie.«

Dr. Xanthen und Doro Weber waren vor einem Tisch voller Plastikutensilien im Gespräch, als Liv und Bente näher traten.

»Wir müssen diese Klistiere und Einläufe unbedingt für unsere nächsten Fastengäste …« Er brach ab, als er sie sah. »Sie schon wieder?«

Liv nickte und zeigte ihnen die Zeichnungen. »Lassen Sie sich Zeit«, forderte sie Xanthen und Weber auf.

Die zwei betrachteten das Gesicht lange und konzentriert. Dann schüttelte der Arzt den Kopf. »Sie erinnert mich an jemanden, aber ich bekomme sie nicht unter«, sagte er bedauernd.

»Das geht mir genauso.« Doro kniff die Lippen zusammen.

»Manchmal müssen wir derartige Eindrücke sacken lassen.« Bente wirkte verständnisvoll und bat die beiden, sich sofort zu melden, wenn ihnen einfiel, mit wem sie es zu tun hatten. Liv wollte die Zeichnungen auch der Nachbarin zeigen, aber diese war nicht da.

* * *

Doro schloss die Tür hinter den Kommissaren und trat an Daniel heran. Was wollte sie denn noch? Er wollte allein sein, musste seine Optionen durchdenken. »Wir haben alles besprochen, denke ich …«, begann er, doch Doro legte ihm die Hand auf die Brust.

»Ich weiß, wer das auf dem Bild ist. Du weißt es auch. Und du weißt, was du mir geben musst, damit ich dich nicht verrate.«

Daniel starrte sie an. Es war nicht so, dass er Doro nicht begehrte, aber sich auf eine Affäre mit einer Beschäftigten einzulassen hatte sich schon einmal als katastrophal herausgestellt. *Don't fuck the company*, so hieß es doch. Patientinnen hingegen kamen und gingen. Für sie galt Ähnliches, was man über Las Vegas sagte: *Was auf Sylt passiert, bleibt auf Sylt.*

Gleichzeitig machten Doros Worte ihn wütend. Seine Stimme klang rau, als er fragte: »Erpresst du mich?«

Ein feines Lächeln. »Ich helfe unserem gegenseitigen Begehren nach.«

Daniel umfing sie, ließ seine Hände auf ihren Hintern wandern und zog sie an sich. Nun, es würde ihn keine große Überwindung kosten, ganz und gar nicht.

* * *

Auch weitere Nachfragen liefen ins Leere. Wieder im Kommissariat, besprachen sie das weitere Vorgehen. »Wir werden das Phantombild an die Presse geben, dann wird sich schon jemand finden, der weiß, wer das ist«, entschied Hasselbrecht.

Im nächsten Moment verschaffte sich eine glockenklare Stimme Gehör. »Ich weiß, wer das ist.« Alle Augen richteten sich auf die Sprecherin.

Liv sprang auf. Sie hatte sie sofort erkannt. Die Erkenntnis traf sie wie ein Schlag. »Frau Sterl?«

»Die bin ich. Ich hörte, Sie suchen mich.« Sie wies auf die Gesichtsrekonstruktion. »Das ist Inken Fischhusen.«

* * *

Hennes marschierte zur Museumswerft an der Schiffbrücke, auf der sein alter Freund Friedel ab und zu aushalf. Der schwedenrote, lang gezogene Holzverschlag gegenüber dem Schifffahrtsmuseum beherbergte einige Schiffsmodelle, Werkstätten und ein Café. Hennes sah sich bei den Modellen des Westindienseglers und der Smakkejolle um, konnte aber niemanden entdecken. Schließlich fand er Friedel in der Werft, wo er einigen Kindern die Takelage eines Schiffes erklärte. Mit seiner

Wollmütze, dem Troyer und dem Dreitagebart sah er wie ein Seebär aus dem Buche aus.

»Hennes, alter Kumpel«, rief Friedel hocherfreut, »was treibt dich denn hierher? Willst du den Leichtmatrosen hier ein paar nützliche Knoten beibringen?«

Hennes wollte ablehnen, doch da hatte Friedel ihm schon eine Elle Tau in die Hand gedrückt. Erwartungsvoll sahen die Kinder ihn an.

»Ich wollte mit dir reden.«

Friedel steckte sich Kautabak in den Mund. »Zeig den Kindern einen Knoten, dann können sie üben, während wir reden.«

Hennes erschien es unverhältnismäßig aufwändig, sich noch länger herauszureden, und führte den Kindern rasch vor, wie sie einen Achterknoten banden.

»Das ist einer der bekanntesten Seemannsknoten. Der lässt sich selbst bei schwerer Belastung leicht lösen«, erklärte Hennes, und mit einem Eifer, der ihn beinahe rührte, machten sich die Kinder ans Werk.

»Bist du noch sauer auf mich?«, fragte er Friedel.

»Du hast uns bei der Friedensdemo sitzen gelassen«, warf Friedel ihm vor.

»Du weißt genau, dass es für einen Beamten mit Demos nicht so einfach ist. Außerdem hatte ich einen Einsatz.«

»Damit ist es doch bald vorbei, wenn ich mich recht erinnere?« Friedel spuckte aus, was Hennes abstieß. Er konnte sich kaum erinnern, was ihm früher am Kautabak gefallen hatte.

»Mitte Dezember. Voraussichtlich. Vermutlich. Beinahe sicher. Wenn nicht …«

Friedel nickte zufrieden. »Es gibt viel zu tun für dich. Die Antifa, die Flensburger Friedensbewegung, Hilfe bei den Museumsschiffen, die Knirpse, die Ehrenamtliche gebrauchen können, die mit ihnen etwas unternehmen –«

»Bist du über die Rüstungsindustrie bei uns noch immer auf dem neuesten Stand?«, unterbrach Hennes ihn.

»Was willst du wissen?«

»Sagt dir der Name Enno Lammers etwas?«

Friedel überlegte, doch ihm schien nichts einzufallen.

»Arbeitet für Secure Flensburg. Im Internet heißt es: Spezialindustrie. Die Website ist nicht sehr ergiebig. Wenn ich mich richtig erinnere, ist das die harmlose Umschreibung für –«

»Kriegstechnik.« Friedel ging zu einer Werkbank und holte aus dem danebenliegenden abgewetzten Rucksack einen beinahe vollständig mit Aufklebern versehenen Laptop. »Lass mal sehen …« Er fuhr den Computer hoch, scrollte sich durch ein paar Dateien. »Hier. Secure Flensburg. Herstellung der gesamten Palette an Kurz- und Langwaffen. Handel mit allen gängigen Käufern. Gerüchte über illegalen Waffenhandel mit Kolumbien und diversen Diktaturen. Dieser Enno Lammers ist Prokurist. Schau mal an …«

Friedel öffnete eine weitere Datei. Die Kinder wurden bereits unruhig, bewarfen sich mit den Tau-Enden, einige inspizierten das Werkzeug. Friedel rief sie zur Ordnung, doch sie hielten sich nur kurz daran. Dennoch tippte er Enno Lammers' Namen in das Suchfeld, fand einen Treffer in einer weiteren Datei. Er pfiff er durch die Zahnlücke. »Wusste doch, dass mir der Name etwas sagt. Einer unserer Informanten aus der Wirtschaftsförderung hat uns zugetragen, dass dieser Lammers gemeinsam mit einem Ingenieur eine Firma gründen will. Soll ebenfalls um Kriegstechnik gehen. Allerdings war Karl von Raboisen wohl parallel mit diesem Techniker im Gespräch. Ich weiß nicht, ob dir der Name etwas sagt.«

Hennes war auf einmal ganz hibbelig vor Aufregung. »Kenn ich. Was wurde aus den Plänen?«

Friedel klickte sich durch die Datei. »Ich habe keinen blassen Schimmer.«

Neben ihnen zankten sich die Kinder um einen gewaltigen Hobel. Hennes klopfte Friedel auf die Schulter. »Hast mir sehr geholfen. Danke. Ich lade dich bei Gelegenheit auf ein Bier ein.«

Sein Freund klappte den Laptop zu. »Tod und Teufel – ihr seid ja nerviger als ein ganzer Sprottenschwarm!«, brüllte er. Die Kinder verstummten erschrocken, aber Friedel lachte laut. Dann rief er Hennes hinterher: »Wenn du bald so viel Freizeit hast: Es gibt viel zu wenig Ehrenamtliche, die Kindern und Jugendlichen mal etwas anderes bieten als immer nur Handys und Computer. Komme oft mit meiner Gruppe auf die Schiffswerft. Der Eigentümer und Bootsbaumeister bietet selbst auch Bootsbau für Kinder an. Die Leichtmatrosen hier würden sich sicher über einen weiteren Seebären freuen, und wenn der dann noch spannende Geschichten aus seinem Polizistenleben erzählen kann – umso besser.«

* * *

Liv und Hilke Hasselbrecht zogen sich mit Felicitas Sterl in das Büro zurück, das Hasselbrecht bei ihren Sylt-Einsätzen stets nutzte. Liv konnte noch immer nicht fassen, dass die Galeristin derart unvermittelt aufgetaucht war.

»Es ist sehr gut, Sie zu sehen. Habe ich das schon gesagt?«, meinte Liv.

»Das haben Sie. Aber das macht gar nichts.« Felicitas Sterl lächelte, und es wirkte ebenso reizvoll wie auf den Fotos und Gemälden, obgleich sie älter und auch rundlicher geworden war. Auch sonst hatte sie sich verändert. Die Haare waren hellblond, wie gebleicht, die Haut sonnengebräunt.

Hasselbrecht bot ihr einen Tee an, aber Sterl lehnte ab. »Wie haben Sie von der Suche erfahren?«, fragte Hasselbrecht, nachdem sie den Formalitäten Genüge getan hatten.

»In der Ayurvedaklinik, in deren Nähe ich mir ein Appartement gemietet hatte, sprach mich ein Deutscher an, der davon im Internet gelesen hatte. Die Gruppe der Expats in Sri Lanka ist klein, man kennt sich also. Mir war gar nicht bewusst, dass man nach mir suchen könnte. Abgesehen davon war mein Visum fast abgelaufen.«

»Sie sind verschwunden, ohne sich abzumelden«, rief Hasselbrecht ihr ins Gedächtnis. »Haben Sie seitdem zu niemandem Kontakt gehalten?«

»Frau Sterl hat ihrer Freundin Alma eine Nachricht geschickt. Und sie hat Herrn Marroni gegenüber etwas in der Richtung erwähnt«, korrigierte Liv. »Seitdem gab es allerdings keine Kontobewegungen, keine Nachrichten und keine Einträge in den sozialen Medien.«

Felicitas Sterl band den gebatikten Schal neu, den sie zu dem Hemdblusenkleid trug, das schlicht und dennoch schick war. »Ich brauchte eine Auszeit. Erst einige Wochen Ayurvedakur haben mich wieder zu mir gebracht. Auch danach wollte ich mit niemandem etwas zu tun haben. Ich hatte genug Bargeld. Irgendwann weckte die singhalesische Kunst mein Interesse, und ich tauchte erneut ab. Sie können sich nicht vorstellen, wie aufregend diese kulturell so anders geprägte Bild- und Skulpturensprache …« Nach einigen Momenten des Schwärmens ging ihr auf, dass die Kommissarinnen gerade nicht an Kunst interessiert waren. Sie sah von einer Ermittlerin zur anderen. »Darf ich fragen, warum Sie nach mir suchen? Welchen Grund es für diese Befragung gibt? Und was Inken Fischhusen damit zu tun hat?«

»Dazu würden wir gern später kommen, wenn es Ihnen

recht ist.« Felicitas Sterl nickte, und Hilke Hasselbrecht fragte: »Würden Sie uns erzählen, was zu Ihrer Abreise und dieser radikalen Funkstille geführt hat?«

»Ich bin seit zwanzig Jahren Galeristin. Das war eine aufregende Zeit, in der ich das Privileg hatte, viele grandiose Künstler von Weltruf kennenzulernen und einige von ihnen sogar – bei aller Bescheidenheit – entdeckt zu haben. Doch irgendwann war ich das Kunstgeschäft leid. Ich trennte mich von meiner Galerie, meinem Partner und bestieg das nächste Flugzeug.«

»Von wem trennten Sie sich?«

Ein leichtes Stirnrunzeln. »Von Daniel Xanthen. Er hat eine Fastenklinik in Archsum.«

»Wie ist Ihr Verhältnis zu Herrn Xanthen heute?«

»Ich wüsste nicht, was das zur Sache tut.«

»Und zu Ace Marroni?«

Felicitas Sterl versteifte sich. »Ich glaube, ich möchte nun doch wissen, worum es in diesem Gespräch geht.«

Hilke Hasselbrecht nickte Liv zu. »Am 12. Oktober wurde in Herrn Xanthens Fastenklinik, genauer gesagt in dem dortigen Aquarium, ein menschlicher Schädel gefunden«, erklärte diese. »Relativ schnell stand fest, dass es sich bei der Toten um eine Frau handeln muss. Und dass sie keines natürlichen Todes gestorben ist. Die zuständige Mordkommission nahm die Ermittlungen auf, und wir fanden heraus, dass auf Sylt – genauer gesagt im Umfeld der Klinik – eine Frau vermisst wird.«

»Ich wurde vermisst?« Felicitas Sterls Augenbrauen wanderten hoch. »Handelt es sich bei der Toten um Inken Fischhusen?«

»Bei den Ermittlungen stießen wir auf einige Ungereimtheiten, was Ihr Verschwinden angeht«, fuhr Hasselbrecht fort, statt auf die Frage einzugehen. »Unter anderem wurden wir über Ihren Besuch in der Klinik Niebüll informiert. Wir bekamen Marronis Porträts zum Thema Vergänglichkeit zu sehen. Und dann nutzte Marroni den Schädelfund für eine öffentlichkeitswirksame Kunstinstallation, und Xanthen griff ihn an. Er behauptet, er habe nur ausnahmsweise Drogen konsumiert, aber eine Haarprobe und ein Drogenscreening überführten ihn der Lüge.«

Die Galeristin schien unter ihrer Bräune zu erbleichen.

»Begreifen Sie nun, warum wir so froh sind, Ihnen gegenüberzusitzen?«

Sterl nickte ruckartig, sprang auf und ging einige Schritte. »Nun würde ich doch einen Tee nehmen. Mit Schuss, wenn Sie haben. Vermutlich nicht.« Sie lächelte schief. Nachdem sie an dem Tee genippt hatte, sagte sie gefasster: »Ich hätte mir denken können, dass Ace diese Bilder nicht zerstört hat, obwohl ich ihn darum gebeten habe. Ebenso klar ist, dass er jede Gelegenheit nutzt, Aufmerksamkeit auf sich zu lenken. Er ist derart pressegeil! Und er braucht natürlich Geld.«

»Herr Marroni hat Sie bei der Galerie noch nicht ausgezahlt«, hielt Liv fest.

»Er kann es anscheinend nicht. Verbrennt zu viel Geld, immer schon. Seine eigenen Werke überschätzt er maßlos, deshalb …«

»Was?«, fragte Liv nach, doch Felicitas Sterl sprang gedanklich weiter. »Und Daniel …« Ihre Stimme brach. »Ich liebe ihn noch immer. Aber er …«

Hatte Xanthen sie verprügelt? Oder doch Marroni? Und woher kannte sie Inken Fischhusen? Liv beugte sich erwartungsvoll vor.

»Wer hat Sie geschlagen?«, fragte Hasselbrecht schließlich in die Stille hinein.

»Daniel. Das war …« Sterl schien den Satz nicht beenden zu können. »Er hat sich anschließend entschuldigt, aber … Es war zu viel. Ich habe mir geschworen, bei keinem Mann zu bleiben, der die Hand gegen mich erhebt. Ich bin mehr wert als das.«

»Eine gute Entscheidung.«

»Trotzdem habe ich mich geschämt. Ich wollte erst nicht zum Arzt, musste dann aber bei der Abreise doch noch im Krankenhaus haltmachen. Es ging nicht anders.«

Liv konnte es kaum erwarten, zum nächsten Punkt zu kommen. Sie wusste, dass ihre Kollegen vor der Tür ebenso auf die Antwort brannten. »Woher kennen Sie Inken Fischhusen?«

»Inken arbeitet für Plöggs Hausmeisterservice und betreut die Fastenklinik.«

»Wie gut kennen Sie Frau Fischhusen?« Solange wir nicht hundertprozentig sicher sind, dass sie das Opfer ist, werde ich auch nicht von ihr reden, als wäre sie tot, dachte Liv.

»Ich habe Plögg und sein Team Daniel damals empfohlen. Plögg ist auch für die Galerie zuständig. War es auf jeden Fall mal. Inken arbeitete für ihn. Eine quirlige Frau, ist viel herumgekommen. Es hat sie nie lange an einem Ort gehalten, das hat sie selbst zugegeben. Aber dafür konnte sie auch viele Geschichten erzählen – herrlich!« Felicitas Sterls Gesicht verdüsterte sich schlagartig. »Sind Sie sicher, dass Inken –«

»Nein, sicher sind wir nicht. Die Untersuchungen sind noch nicht abgeschlossen«, sagte Liv vage. Sie versuchten, weitere Informationen über Inken Fischhusen herauszubekommen, aber es zeigte sich, dass vieles, was Felicitas Sterl wusste, auf Hörensagen beruhte. Zudem schien sie erschöpft zu sein. Schließlich ließen sie die Galeristin das Protokoll durchgehen und unterschreiben. »Wir werden uns möglicherweise demnächst mit weiteren Fragen melden«, setzte Liv noch hinzu.

»Tun Sie das. Ich werde alles tun, was in meiner Macht steht, um Ihnen weiterzuhelfen.«

Als Felicitas Sterl mit ihrem Rollkoffer das Kommissariat verließ, sah Liv ihr nach. Sie hatte das sichere Gefühl, dass die Galeristin ihnen etwas verschwiegen hatte.

* * *

Hennes erreichte Maja Forsberg im Büro des neuen Spitzenkandidaten der konservativen Partei. Er hatte lange überlegt, wie er an weitere Informationen über die konkurrierenden Firmengründungspläne kommen könnte. Die Familie von Raboisen hätte ihn ganz sicher abgeschmettert. Maja Forsberg hingegen war jahrelang die Vertraute und persönliche Assistentin der Politikerin Charlotte von Raboisen gewesen und erst kürzlich zu deren ärgstem Widersacher gewechselt. Kurz entschlossen rief Hennes sie an.

»Warum sollte ich mit Ihnen sprechen?«, zischte sie.

Er hatte erlebt, wie von Raboisen ihre Assistentin von oben herab behandelt hatte, und wagte einen Schuss ins Blaue. »Weil die Zeiten lange vorbei sind, in denen man sich vor Adeligen ducken musste. Und weil Sie ganz sicher etwas gegen Kriegstreiberei und Kriegsgewinnler haben.«

Schweigen.

Forsberg antwortete erst, als Hennes schon glaubte, sie habe aufgelegt. »Ich kann jetzt nicht reden. Wir treffen uns in einer Stunde im Lutherpark.«

Maja Forsberg war pünktlich in dem kleinen Park in der Nähe des Rathauses. Sie wirkte selbstbewusster, weniger verhuscht als früher. »In Gegensatz zu Charlotte von Raboisen, die gegen Landminen kämpft, hatte Karl von Raboisen vor seinem Tod keine derartigen Skrupel. Im Gegenteil: Technische Innovationen faszinierten ihn. Es ist ja allgemein bekannt, dass man in der Rüstungsindustrie enorme Summen verdienen kann.«

»Wusste seine Frau davon?«

Forsberg steuerte eine Bank in der Nähe der Hochbeete an, die von Nachbarskindern bepflanzt wurden. »Teilweise. Karl erwartete von Charlotte, dass sie sich über die Wirtschaftsförderung des Landes Schleswig-Holstein auch für seine Pläne starkmachte.«

»Wissen Sie, welche Pläne Karl von Raboisen konkret hatte?«

»Nicht genau. Es ging um eine technische Innovation, die aus seiner Sicht marktreif war und die den Rüstungssektor von Grund auf verändern sollte.« Sie wedelte Laub von der Bank, und Hennes setzte sich zu ihr. Ihr Blick ruhte auf der Villa Besenbruch, dem Standesamt der Stadt auf der gegenüberliegenden Seite des Hangs. »Sie wissen vielleicht, dass es bereits einen Fonds von Adelsfamilien gibt, der in Wehrindustrie investiert. Karl von Raboisen wollte dieses Kapital abschöpfen und nutzen, um sein Familienunternehmen breiter aufzustellen. Er hatte einen Ingenieur an der Hand, der die technische Leitung übernehmen sollte. Genau genommen war er dabei, diesen Experten abzuwerben. Es gab, soweit ich weiß, konkurrierende Pläne.«

»Wissen Sie, um wen es sich bei diesem Konkurrenten handelte?«

»Ich glaube, Enno Lammers. Zumindest ist dieser Name bei den Streitereien von Vater und Sohn Raboisen immer wieder aufgetaucht.«

»Wie ist es mit dem Techniker – kennen Sie seinen Namen?«

»Nein. Mehr weiß ich auch nicht. Warum interessieren Sie sich dafür? Sollen die Pläne wiederaufgenommen werden?

Würde mich nicht wundern.« Maja Forsberg stieß ein bitteres Schnauben aus. »In der derzeitigen politischen Lage hat Rüstung wieder Hochkonjunktur. Ich bin froh, dass ich damit nichts mehr zu tun habe. Die Politik ist auch ein Minenfeld – aber dabei kommt meist niemand zu Tode.«

* * *

»Hennes hat ein paarmal versucht, dich zu erreichen. Es ist dringend, sagt er.« Urs trat neben Liv, reichte ihr einen Zettel.

Liv dankte ihrem Kollegen und steckte die Notiz ein. Hennes musste warten. Zuerst musste sie herausfinden, was ihre Kollegen über Inken Fischhusen zusammengetragen hatten.

»Was habt ihr herausgefunden?«, fragte sie Bente.

»Inken Fischhusen, 1973 in Husum geboren. Ausbildung zur Elektronikerin. Keine Aktivität in den sozialen Medien. Kein Kontakt zu Verwandten, zu Vater und Bruder, seit Mitte April, was wohl nicht ungewöhnlich ist. Die Fotos, die man im Netz von ihr findet, sind grottig. Uralt oder unscharf. Erstaunlich, dass es das heute noch gibt, wo jeder ständig Selfies schießt. Gut also, dass wir eine anständige Gesichtsrekonstruktion haben.« Bente rieb sich über die Bartstoppeln. »Inken Fischhusen hatte einen SUV der Marke Ford Kangoo. So einer ist am 21. April in der Nähe des Wäldchens in Rantum gesehen worden. Wir haben jedoch keine genaue Angabe, was Farbe und Kennzeichen der Sichtung angeht.«

»Inken Fischhusens Leichnam ist also möglicherweise mit deren eigenem Wagen zum Fundort gefahren worden. Wie perfide!«

Bente wog das Haupt. »Oder der Täter war panisch und verzweifelt. Wie auch immer: Im Auto könnten sich Spuren finden lassen. Wäre die Karre nicht verschwunden. Was beinahe noch interessanter ist: Es hielt Inken nie lange auf einer Stelle. Und seit wir ihre früheren Arbeitgeber abtelefoniert haben, wissen wir auch, warum: In einigen Haushalten, in denen sie beschäftigt war, ist es zu Ungereimtheiten gekommen. Es wird vermutet, dass sie gestohlen hat oder sich für Gefälligkeiten bezahlen ließ. Aber es kam nie zu einer Anzeige; wenn Fischhusen wegging, verliefen die Angelegenheiten im Sande.«

»Was für Gefälligkeiten?«

Bente hob die Schultern. »Möglicherweise sexueller Art. Wir haben Kollegen darauf aufgesetzt, die bei den Auftraggebern nachhaken.«

»Gibt es weitere Hinweise zur Identifikation?«

»Noch nicht. Aber wir haben bei ihrem letzten Hausarzt die Krankenakte angefordert.«

»Wie lange arbeitet Inken Fischhusen schon für Plögg?«

»Den Meldedaten nach etwas über ein Jahr. Wir nehmen ihn uns gleich vor. Ich habe nur auf dich gewartet.« Bente zog einen Elektrorasierer aus der Tasche und fuhr sirrend über seine Stoppeln.

»Sollten wir ihn nicht besser zu einer Befragung einbestellen? Schließlich hatte er auch Zugang zum Aquarium.«

»Das ist zu langwierig. Außerdem halten Hasselbrecht und ich es für besser, wenn wir den Überraschungseffekt nutzen.«

16

Kampen, 12:55 Uhr

Im Fond des Taxis musste sich Felicitas Sterl auf ihre Atemübungen konzentrieren, um nicht in Tränen auszubrechen. Sie sog noch einmal tief die Luft ein, als sie vor der Galerie stand, die ihr einst so viel bedeutet hatte. Es war nichts los, wie so oft um diese Zeit. Gut für sie.

Kevin Elvssen sah erst von seinen Zeichnungen auf, als sie schon vor ihm stand, obgleich ihr Rollkoffer genügend Lärm gemacht hatte. Er wurde so blass, dass sie fürchtete, er würde gleich umkippen.

»Du brauchst Ace nicht Bescheid zu sagen, dass ich hier bin. Ich finde ihn schon«, sagte Felicitas und setzte mit einem Lächeln hinzu: »Vielversprechende Entwürfe übrigens. Du solltest deine Zeit nicht als Assistent vergeuden, sondern an deine eigene Laufbahn denken.«

Kevin schluckte so hart, dass sein Adamsapfel zuckte, doch ehe er etwas sagen konnte, hatte sie den Rollkoffer schon geparkt und war an der dramatisch mit Flatterband abgesperrten Installation vorbei ins Atelier gegangen. Was sie sah, reichte ihr – geschmacklos, genau wie Ace' Vergänglichkeitszyklus.

Als sie eintrat, hielt Ace das Smartphone ans Ohr gepresst. »Ich wollte doch nicht gestör…«, begann er scharf. Das Handy rutschte ihm aus den Fingern, als er sie erkannte, gerade noch konnte er es auffangen. »Felicitas!«

Beinahe wäre er ihr um den Hals gefallen, doch sie hielt ihn mit ausgestreckten Armen auf Abstand.

»Wo hast du gesteckt? Warum hast du dich nicht gemeldet?« Zu ihrer Verblüffung schien er ehrlich erleichtert zu sein.

Sie machte einen Schritt zurück, entschlossen, ihn auch emotional nicht an sich herankommen zu lassen. Dabei hatten sie auch gute Zeiten zusammen erlebt. »Ich will die Bilder aus dem Vergänglichkeitszyklus. Alle. Da du sie nicht zerstört hast, wie du es mir versprochen hast, werde ich es tun.«

»Aber Felicitas, das sind Kunstwerke von unschätzbarem …« Er raufte sich die Haarstoppeln, blickte sie mit einem Dackelblick an, der bei ihr aber nicht mehr zog. »Hast du überhaupt gehört, was passiert ist? Man reißt sich um meine Installationen und Skulpturen! Du kommst wie gerufen! Wenn du mit deinem Geschick und deiner Expertise den Verkauf in die Hand nimmst, könnten wir leicht die doppelte Summe –«

Sie machte eine fordernde Geste. »Die Bilder. Sofort. Und dann will ich das Geld, das du mir schuldest.« Ihre Stimme klang schneidend.

Ace zog die Schultern hoch. »Ich dachte, du warst bei dieser Ayurvedakur und bist jetzt tiefenentspannt –«

»Ebendeshalb habe ich der Polizei nichts gesagt. Noch nicht. Aber das wird sich ändern, wenn ich die Bilder und das Geld bis morgen nicht habe«, zischte Felicitas, denn sie hatte bemerkt, dass Kevin sich ihnen genähert hatte.

Ace trat auf sie zu. Würde Kevin eingreifen, wenn Ace ihr etwas antun würde?

»Bis morgen? Du bist crazy, das ist unmöglich!« Grob packte Ace ihren Arm.

Felicitas riss sich los; das würde einen blauen Fleck geben. »Bis morgen. Oder ich rede mit der Polizei.«

Ace ergriff sie erneut, brüllte: »Das wirst du nicht tun!«

Felicitas bekam es mit der Angst zu tun. Nun versuchte Kevin Elvssen, sich zwischen sie zu schieben.

»Was willst du denn, Pussy?« Brutal stieß Ace ihn weg. In der nächsten Sekunde stürzte er Felicias hinterher, die versucht hatte abzuhauen, zerrte noch einmal an ihr, heftiger als zuvor.

* * *

Hennes traf seinen Informanten im Mariencafé in der Westerallee. Das Ambiente mit den tausend Kannen, die von der Decke hingen oder herumstanden, irritierte ihn zwar jedes Mal aufs Neue, aber das Frühstück und die Aussicht machten die Sorge über einen scherbenreichen Fehltritt wett. Ehe er hineinging, blickte er von der am Hang gelegenen Terrasse noch einmal über die Förde. Sein Blick blieb an dem weitläufigen Gelände von FFG hängen, der Flensburger Fahrzeugbau Gesellschaft, und schweifte dann zum Areal von Rheinmetall Landsysteme, die auf der gegenüberliegenden Hafenseite Panzer und anderes Kriegsgerät bauten. Alles lag nur einen Steinwurf entfernt von der Phänomenta, einem Wissenschaftsmuseum und Mitmach-Center – zwei Facetten von Innovation, schuldig und unschuldig.

Mit einer voluminösen Aktentasche über der Schulter kam der Journalist die Treppe hoch. Hennes hatte bereits bei verschiedenen Ermittlungen mit ihm zu tun gehabt und vertraute ihm, soweit man einem Pressevertreter vertrauen konnte. Sie suchten sich einen ruhig gelegenen Tisch und bestellten.

»Wenn man anfängt, sich mit Rüstungsindustrie zu beschäftigen, sieht man die Flensburger Stadtlandschaft mit anderen Augen«, sprach Hennes seine Beobachtungen aus.

»Schleswig-Holstein ist nicht nur das Land von Meer und blühenden Rapsfeldern. Es ist das Bundesland mit den meisten

Exportgenehmigungen für Kriegswaffen. Der wichtigste Produzent von Rüstungsgütern neben Bayern. Das ist ein Milliardengeschäft«, wusste der Journalist. »Natürlich werden hier bei uns vor allem U-Boote und Marineschiffe gebaut, aber auch andere Bereiche der Wehrtechnik sind stark vertreten. Sonartechnik, Torpedos, Munition und vieles mehr. Wenig erstaunlich bei dreißig Unternehmen mit knapp siebentausend Mitarbeitern.«

»Allein in Schleswig-Holstein?«

Der Journalist nickte. »Der Politik ist an Stabilität gelegen. Auch will man unabhängig von Rüstungsimporten sein. Daneben ist die Rüstungsindustrie ein erheblicher Wirtschaftsfaktor, gerade in Zeiten wie diesen.«

Als das große Frühstück mit Fleisch- und Farmersalat, Obst und Räucherlachs kam, umschrieb Hennes, was er wissen wollte, ohne allzu viele Details zu verraten.

»Ich werde mich ein wenig umhören. Könnte sein, dass früher oder später dabei eine brisante Story für mich herumkommt. Und dann denkst du an mich«, meinte der Journalist.

* * *

Sie trafen Reint Plögg in dessen kleinem, vollgestelltem Büro im Tinnumer Industriegebiet an, in dem es intensiv nach Putzmitteln und Raumdüften roch. Auch der Hausmeister wirkte heute, als sei er poliert. »Sie haben Glück, dass Sie mich hier erwischen. Habe so viele Objekte auf der Liste, dass ich gar nicht hinterherkomme. Aber allzu lange wird das Gespräch ja wohl nicht dauern.« Unruhig rieb er seine Hände, nahm dann eine Handcreme aus der Schublade und massierte sie ein.

»Das wird sich zeigen. Wir möchten mit Ihnen über Inken Fischhusen sprechen«, sagte Bente.

Plöggs Gesicht verschloss sich. »Frau Fischhusen arbeitet nicht mehr für mich.«

»Seit wann ist sie nicht mehr für Sie tätig?«, wollte Liv wissen.

»Seit April.«

»Wie war die Zusammenarbeit?«

»Gut. Ich konnte mich auf sie verlassen.«

Waren die knappen Antworten nur der Zeitnot geschuldet? »Wie kam es, dass Sie sich geschäftlich getrennt haben?«

»Sie hatte keinen Bock mehr auf Sylt. Hatte ein Angebot in Kitzbühel, von einem Hotelier, der auf der Insel Urlaub gemacht hat.« Noch immer schwang Verbitterung in Plöggs Stimme.

»Können Sie uns Frau Fischhusens Adresse geben? Ein Bewerbungsfoto? Und ihre Handynummer? Wo hat sie auf Sylt gewohnt?«

Reint Plögg schlug die Daten in einem Aktenordner nach und gab ihnen die gewünschten Informationen. Auch dieses Foto war von schlechter Qualität; Inken Fischhusen schien es gehasst zu haben, fotografiert zu werden.

»Seit April hatten Sie keinen Kontakt mehr zu ihr?«

Der Hausmeister schüttelte den Kopf.

Der Geruch nach Chemie war so stark, dass Liv am liebsten das Fenster geöffnet hätte. »Wann war ihr letzter Einsatz?«

Plögg öffnete einen Terminplaner, in den er ordentlich und mit verschiedenen Farben Eintragungen vorgenommen hatte. »Am Freitag, 20. April.«

»Hatte Frau Fischhusen weitere Kunden, die sie unabhängig von Ihnen betreut hat?«, fragte Bente.

»Meines Wissens nicht.«

»Wie ist es mit Freunden auf Sylt? Bekannten?«

Reint Plögg zuckte mit den Schultern. »Warum fragen Sie nach Inken?«

»Das können wir Ihnen aus ermittlungstaktischen Gründen nicht sagen«, hielt Bente ihn hin. »Wo waren Sie am 20. April?«

Plögg wurde weiß um die Nase. »Warum? Ist Inken etwas zugestoßen?« Als er keine Antwort bekam, sah er irritiert in seinen Kalender. »Ich hatte den ganzen Tag Termine. Vermutlich soll ich Ihnen die Zeiten und Kunden zusammenstellen? Allerdings legen viele Kunden Wert auf Diskretion. Abends war ich mit meiner Verlobten zusammen.«

»Was haben Sie und Ihre Verlobte gemacht?«

»Das weiß ich doch jetzt nicht mehr!«

»Dann finden Sie es bitte heraus.« Liv sah ihn an. »Und wie war es am darauffolgenden Samstag?«

»Im Prinzip dasselbe. Nicht viel los bei mir.«

Kurz darauf verließen die Kommissare mit Kopien der Kalendereinträge, dem Foto und einer Liste mit Telefonnummern das Hausmeisterbüro. Noch auf dem Parkplatz wählten sie die ersten Nummern. Gleich darauf trafen sich ihre Blicke.

»Das Handy von Inken Fischhusen ist ausgeschaltet«, sagte Liv.

Bente sah sie mit grimmiger Entschlossenheit an. »Und im Hotel in Kitzbühel ist sie nie aufgetaucht.«

Daniel Xanthen trug zu seinem Leinenanzug ein Halstuch, an dem er nervös zupfte, als er sie sah. Liv glaubte, einen Schatten auf der Haut zu sehen. War das ein Knutschfleck, den er mit dem Tuch verbergen wollte? Auf der anderen Seite des Saales breitete Doro Weber einige Yogamatten aus.

»Warum haben Sie uns nicht gesagt, dass Sie Inken Fischhusen kannten – und vermutlich auch auf der Zeichnung wiedererkannt haben?«

»Weil ich sie tatsächlich auf der Zeichnung nicht erkannt habe«, sagte der Arzt. »Ich kann Ihnen nicht weiterhelfen.«

»Inken Fischhusen war Reinigungskraft bei Ihnen in der Klinik, aber als sie vor etwa einem halben Jahr von einem auf den anderen Tag nicht mehr zur Arbeit erschien, haben Sie sich nicht darüber gewundert?« Liv konnte die Empörung in ihrer Stimme kaum unterdrücken.

Xanthen strich seine seidig glänzenden Haare zurück. »Ich weiß nicht, was daran merkwürdig sein soll. Wollen Sie mir etwa daraus auch noch einen Strick drehen? Ich habe einen Vertrag mit der Firma Plögg. Ob Herr Plögg persönlich hierherkommt und meine Klinik betreut oder ob er eine seiner Angestellten schickt, ist für mich nicht relevant. Ich kann mich doch nicht um alles kümmern.«

»Nun reg dich doch nicht auf, Daniel«, sagte Doro beruhigend.

»Das lass meine Sorge sein. Hast du nichts zu tun?«, blaffte Xanthen. Eingeschnappt wandte sich die Yogalehrerin ab.

»Wann haben Sie Inken Fischhusen zuletzt gesehen?«, nahm Liv das Gespräch wieder auf.

»Wahrscheinlich, als sie zuletzt hier arbeitete. Das müsste auf der Liste eingetragen sein, die ich Ihnen gegeben habe.«

»Was für ein Verhältnis hatten Sie zu Frau Fischhusen?«, wollte Bente wissen.

»Sie hat hier ab und zu gearbeitet. Eine patente Frau. Kannte sich mit Elektrik und allem aus, was ein Hauswart können muss. Wir haben uns ein paarmal während ihrer Arbeit unterhalten.«

»Hat Frau Fischhusen dabei über ihr Privatleben gesprochen?«

»Nein.« Er hatte sichtlich die Nase voll, wollte jedoch auch selbst noch etwas wissen. »Gibt es etwas Neues zu Felicitas?«

Es würde sich ohnehin schnell herumsprechen, deshalb

hielt Liv die Information nicht zurück. »Frau Sterl ist glücklicherweise wieder aufgetaucht.«

Gespannt sah Liv, wie der Arzt reagierte. Offenbar wühlte ihn die Nachricht auf, denn über sein Gesicht gewitterten Gefühle. Erleichterung, Hoffnung, vielleicht auch Sorge. Fahrig weitete er das Halstuch. Tatsächlich, ein Knutschfleck. Da wollte wohl jemand seinen Besitzanspruch klarmachen. Wie überaus pubertär!

»Sie ist auf der Insel?«, fragte er.

Liv schwieg dazu und wandte sich ab. Als sie hinausgehen wollten, spürte sie, dass Doro Webers Blick ihnen folgte. Sie steuerten auf sie zu.

»Sie wirken so einfühlsam, als würde Ihnen nichts entgehen. Auch Ihnen ist das Verschwinden von Frau Fischhusen nicht merkwürdig vorgekommen?«, sprach Bente sie an.

Doro Weber schien geschmeichelt und musterte ihn. »Sie sind Ihrem Akzent nach Däne. Das wundert mich. Ist Bente nicht ein weiblicher Vorname?«

Bentes Lächeln wurde dünn; es war nicht das erste Mal, dass er diese Frage hörte. »Mein Vater war in Ostfriesland im Teehandel tätig. Sein Ausbilder, den er sehr bewunderte, hieß Bente, und nach dem hat er mich benannt. Das habe ich schon manches Mal verflucht. Aber Vater sagte, er habe nicht erwartet, je nach Dänemark zurückzukehren. So kann man sich irren.« Er zuckte mit den Schultern. »Wie ist es denn nun: Kannten Sie Frau Fischhusen? Haben Sie Informationen für uns?«

Doro Weber schüttelte entschieden den Kopf.

Liv reichte der Trainerin ihre Karte. »Inken Fischhusens Leichnam wurde zerstückelt in ein Wäldchen gefunden«, sagte sie und nahm den Schrecken im Gesicht der Fitnesstrainerin deutlich wahr. »Rufen Sie an, wenn Sie uns doch etwas sagen möchten.«

* * *

Todmüde von der Reise und den Auseinandersetzungen kam Felicitas bei Alma an. Noch im Mantel legte sie sich hin und schlief, bis ihre Freundin sie weckte. Alma freute sich wahnsinnig, dass sie zurück war, und wollte sich aus der Umarmung gar nicht lösen.

»Ich sollte öfter abhauen, ohne mich zu melden. Dann vermisst mich wenigstens jemand«, meinte Felicitas und lächelte.

Alma zog eine Schnute. »Wehe! Erzähl mir sofort, wo du warst und wie es dir ergangen ist!« Ein Schatten huschte über ihr Gesicht. »Nein, warte, erst muss ich dir etwas gestehen.«

Was kam denn jetzt? Felicitas fiel es schwer, sich aufrecht zu halten. Nicht noch eine schlechte Nachricht!

»Ich habe dein Appartement vermietet, obwohl du dafür bezahlt hast.«

Felicitas ließ in einem erleichterten Lächeln die Luft aus. »Das war richtig so. Warum sollte es leer stehen?«

»Du bist nicht sauer?«

»Überhaupt nicht.« Während Felicitas sich frisch machte, berichtete sie ihrer Freundin, was sie von der Polizei erfahren hatte.

Alma fixierte sie. Ihre Wiedersehensfreude war verflogen. »Du musst mit der Polizei reden. Das ist dir klar, oder?«

Felicitas ließ sich auf einen Stuhl sinken und rang die Hände. Wenn sie der Polizei verriet, was sie wusste, konnte das auch ihr Ende sein.

17

Hörnum, 16:01 Uhr

Adam Bakema schichtete sorgfältig Steine zu einer Trockenmauer auf. Als sie ihn ansprachen und er sich ihnen zuwandte, sah Liv, dass er bereits im Rentenalter sein musste. Die Unterbrechung schien ihm nicht recht zu sein. »Moin. Das ist eine echte Kunst, eine Mauer aufzuschichten, ohne die Steine miteinander zu verfugen«, sagte Liv anerkennend.

»Ist eine feine Sache, so ein Friesenwall. Schützt, hält die Wärme und bietet den Insekten einen Lebensraum. Wichtig heutzutage, wo immer mehr Natur bebaut wird«, stimmte Bakema zu. »Muss noch fertig werden, ehe der Frost einsetzt.«

»Ich wusste gar nicht, dass Mauerbau auch zu Hausmeisterarbeiten gehört.«

»Mauern, Steinpflasterung, Gartengestaltung, vor allem Rollrasen – schließlich soll der Rasen grün und dicht sein, wenn man seine Zeit hier verbringt. Soll ich Ihnen eine Visitenkarte geben? Mein Chef hat mich angehalten, die großzügig zu verteilen.« Er tastete seine Taschen ab.

»Das ist nicht nötig.« Liv stellte sie vor und sagte, worum es ging.

»Ich hatte nur wenig mit Inken zu tun. Bin mehr der Mann fürs Grobe.« Adam Bakema nahm einen Feldstein auf und legte ihn auf verschiedene Lücken, bis er ihn perfekt einpassen konnte.

»Welchen Eindruck hatten Sie von ihr?«

»Inken konnte was, klar. Aber ich mag Leute nicht, die kalkuliert freundlich sind. Mir ist Ehrlichkeit lieber.«

Liv nickte. »Wie hat sich Reint Plögg mit Frau Fischhusen verstanden?«

»Die beiden waren ein gutes Team. Reint dachte wohl sogar daran, mit ihr seine Firma zu vergrößern. Ich glaube, dass sie so plötzlich abhaute, war ein kleiner Schock für ihn.« Adam Bakema hatte einen weiteren Stein eingepasst.

»Woran machen Sie das fest? Hat er mit Ihnen darüber gesprochen?«

»Reint spricht mit niemandem über so was. Aber ich kenne ihn schon sehr lange und konnte ihm das ansehen.«

Sie gingen die letzten Begegnungen mit Inken Fischhusen durch. Adam Bakema schien sich nicht über ihr Interesse zu wundern, wollte nicht wissen, was der Grund ihrer Fragen war.

»Sie haben also nicht beobachtet, dass Frau Fischhusen und Herr Plögg gestritten haben?«

»Nein.«

»Könnte mehr zwischen den beiden gewesen sein als nur eine berufliche Verbindung?«

»Sie meinen, ob die beiden ein Pärchen waren?« Adam Bakema wog einen beinahe dreieckigen Findling in der Hand. »Ich glaube nicht. Reint hat ja auch seine Malu, seine Verlobte.«

»Wie lange sind die beiden schon ein Paar, also ich meine Herr Plögg und Malu …« Liv sah auf ihren Notizblock. »Malu Hilversum?«

»Die beiden kennen sich seit der Grundschule. Jugendliebe. Jetzt, wo Malu schwanger ist, ist das Glück natürlich perfekt.«

»Frau Hilversum ist schwanger?«, wiederholte Liv in der Hoffnung, dass Bakema noch etwas dazu sagen würde.

»Fünfter Monat. Risikoschwangerschaft in ihrem Alter.« Adam Bakema stieß die Luft aus und versuchte, den nächsten Feldstein einzupassen. »Auch so eine neumodische Erfindung. Früher haben die Frauen Kinder gekriegt, solange sie konnten, das war ganz normal. Eine Schwangerschaft ist doch immer ein Risiko. Das ganze Leben ist ein Risiko.« Er nahm den Stein noch einmal aus der Lücke und klopfte das Geröll in der Trockenmauer zurecht. Als er den Feldstein jetzt ablegte, passte dieser perfekt.

Wieder im Auto, sahen sich die Kommissare an. »Fünfter Monat, das bedeutet …«

»… dass Malu Hilversum direkt nach Inken Fischhusens Verschwinden schwanger geworden sein muss.«

Sie riefen Malu Hilversum an und trafen sie gleich darauf in einem Möbelgeschäft in Tinnum, wo diese vor verschiedenen Sofas mit einem Verkäufer beratschlagte. Kurz dachte Liv an den Klumpen aus verschmortem Schaumstoff, Holz und Leinen, zu dem ihr Sofa durch den Brand mutiert war. Sobald sie Zeit hatte, musste sie mit Elise und Sanna neue Möbel aussuchen. Doch jetzt waren die Ermittlungen wichtiger.

Reint Plöggs Verlobte trug ein enges Schlauchkleid, unter dem sich ihr Bauch bereits deutlich abzeichnete. Malu Hilversum war etwa vierzig und wirkte angespannt. »Ich kannte Inken Fischhusen kaum, habe sie selten und nur flüchtig gesehen. Deshalb verstehe ich nicht, was Sie von mir wollen.«

Liv blickte sich um und lächelte. »Ich brauche auch ein neues Sofa, käme aber nie auf die Idee, in einem Möbelgeschäft auf Sylt zu stöbern«, sagte sie, um Hilversum ein wenig die Anspannung zu nehmen. »Wenn ich es richtig verstanden habe, kennen Sie sich mit der Auswahl auf der Insel richtig gut aus.«

»Viele Reisende möchten den Sylt-Stil mit nach Hause nehmen und shoppen deshalb auch Möbel. Ich bin Homestagerin. Das bedeutet, dass ich Häuser und Appartements vor dem Verkauf gestalte, renovieren oder einrichten lasse, damit sie wohnlicher aussehen und zu einem höheren Preis verkauft werden können. Da der Immobilienmarkt auf der Insel groß ist und hohe Preise erzielt, habe ich gut zu tun. Es gibt tatsächlich einige nette Möbelgeschäfte, die ich regelmäßig abklappere.« Sie plauderten noch, bis Malu Hilversum ruhiger war.

»Reint Plögg sagt, er habe die Abende des 20. und 21. Aprils mit Ihnen verbracht«, sagte Bente schließlich.

»Dann wird es so gewesen sein.«

»Können Sie sich an diese Abende erinnern?«

Hilversum ging weiter zu den Beistelltischen. »Nicht wirklich. Können Sie sich etwa erinnern, was Sie an jedem Abend vor einem halben Jahr gemacht haben?«

»Nein, das kann ich nicht«, gestand Liv ein.

»Gibt es eine Möglichkeit, Ihrem Gedächtnis auf die Sprünge zu helfen? Führen Sie vielleicht einen Kalender oder ein Tagebuch?«, fragte Bente.

Malu Hilversum schüttelte den Kopf.

Liv lächelte sie erneut an. »Es muss ja eine besondere Zeit gewesen sein. Sie wurden damals schwanger …«

»Das stimmt.« Hilversums Gesicht hellte sich etwas auf. »Reint und ich verbrachten viel Zeit zu Hause. Bestellten Essen, weil wir keine Lust hatten zu kochen. Schauten Serien.«

»Bei Netflix oder einem anderen Streamer?«

Malu Hilversum nickte. Gut! Dann würde sich anhand des Titelverlaufs rekonstruieren lassen, ob sie an diesen Tagen wirklich ferngeschaut hatten. Allerdings bräuchten sie einen Beschluss der Staatsanwaltschaft, um diesen einzusehen. Außerdem wären selbst diese Nutzungsdaten kein finaler Beweis dafür, dass wirklich jemand vor dem Fernseher gesessen hatte. Genauso wenig wie die Bestelldaten der Lieferservices. Reint Plöggs Alibi war immer noch mehr als dürftig.

Liv und Bente verabschiedeten sich und machten sich auf den Weg zu einem jener gesichtslosen Hostels in Tinnum, in denen viele der schlecht verdienenden Arbeitskräfte aus der Gastronomie oder dem Baugewerbe unterkamen. Frau Fischhusen hatte nach Angaben des Hostelmanagers ein Zimmer bis Ende April bezahlt, war aber schon einige Tage vor Monatsende abgereist. Habseligkeiten hatte sie nicht viele besessen; alles hatte in eine Reisetasche gepasst. Er glaubte zwar, sich zu erinnern, dass ihr ein Auto gehört hatte, aber da er keine Parkplätze vermietete, wusste er weder Marke noch Kennzeichen. Liv hoffte, dass die Fahndung bereits Ergebnisse gezeitigt hatte.

Als sie zurück ins Kommissariat kamen, hatte die Rechtsmedizinerin ihre anfängliche Vermutung bestätigt: Die Daten aus der Krankenakte von Inken Fischhusen stimmten mit wesentlichen Merkmalen der Leiche überein. Glücklicherweise hatte ein Hautarzt etliche Leberflecke am Körper der Toten fotografiert, von denen sich einige trotz der Fäulnisveränderungen noch zuordnen ließen. Ihre Tote hatte endlich einen Namen und ein Gesicht.

Seit sie die gezeichnete Gesichtsrekonstruktion von Inken Fischhusen und die Suche nach ihrem Ford veröffentlicht und um sachdienliche Hinweise gebeten hatten, standen die Telefone nicht mehr still, und auch auf der Wache schoben die Kollegen Überstunden.

»Kaum ist man suspendiert, wird man auch schon links liegen gelassen. Selbst der Teampartner lässt einen hängen«, murrte Hennes am Telefon, als Liv es endlich schaffte, ihn zurückzurufen.

»Du glaubst ja nicht, was hier los war!« Liv ließ sich auf den Schreibtischstuhl fallen.

»Ich will's auch gar nicht wissen!« Ein Augenblick der Stille. »Also, nun erzähl schon.«

Liv gab ihm eine kurze Zusammenfassung der Ereignisse, weil sie ohnehin davon ausging, dass er bald wieder zu ihnen stoßen würde.

»Offenbar hat Inken Fischhusen ihre Arbeit genutzt, um solvente Herren auszunutzen oder sogar zu bestehlen«, brummte Hennes.

»Wovon es auf Sylt ja eine reiche Auswahl geben dürfte. Nur, dass sie sich mit dem Falschen angelegt hat.«

»Möglicherweise.« Liv seufzte tief. »Ich wünschte, du wärest hier und könntest uns unterstützen.«

»Sentimentaler Quatsch!« Trotz der schroffen Antwort glaubte Liv, einen Hauch Freude aus Hennes' Worten zu hören. »Ich habe auch ein paar aufregende Infos für dich. Aber vermutlich hast du keinen Kopf dafür.«

»Schieß los.«

»Genau darum geht's.« Hennes stieß ein bitteres Lachen aus. »Weißt du, womit dein Schwager sein Geld verdient?«

Wie kam er auf einmal auf Enno? »Enno ist irgendein Bürohengst«, sagte sie vage.

»Nicht irgendeiner. Enno arbeitet für ein Rüstungsunternehmen. Offenbar konkurrierte er mit Karl von Raboisen um eine todbringende Geschäftsidee.« Hennes fasste zusammen, was er herausgefunden hatte.

Liv setzte sich auf. Damit hatte sie nicht gerechnet. War das das Geheimnis, auf das der Sylt-Vlogger angespielt hatte? »Meinem Vater kann man vieles vorwerfen. Aber dass er in Waffen investiert haben soll, kann ich mir wirklich nicht vorstellen. Und woher sonst sollte Enno das Geld für solche Pläne haben? Er ist ja kein Mastermind, dem man das Geld hinterherwirft. Zumindest macht er keinen derartigen Eindruck.«

Liv hörte es am anderen Ende der Leitung klicken; sie teilte Hennes' Unruhe.

»Nehmen wir mal an, Enno hat mit dem Familienvermögen geplant. Und nehmen wir mal an, Ocke wäre dagegen gewesen. Was läge dann näher, als ihn aus dem Weg zu schaffen?«, fragte Hennes.

»Du spinnst.«

Hennes schnaubte. »Das Kompliment macht man mir öfter. Hör dich doch einfach mal unauffällig um, vielleicht bei Katharina, Jan oder Annika. Dann wissen wir, ob ich wirklich spinne.«

Als Liv sich einen Kaffee holen wollte, kam Bente ihr entgegen. Er redete beruhigend auf die Trainerin aus der Fastenklinik ein, die ihn dankbar anblickte. Ohne ihre weiße Sportkleidung wirkte Doro Weber recht unscheinbar.

»Frau Weber möchte uns etwas sagen. Wenn du zu dem Gespräch dazukommen könntest?«

Das ging ja schnell. »Klar. Möchten Sie auch einen Kaffee?«, fragte Liv, die sich außerdem einige Friesenkekse auf eine Untertasse stapelte.

»Nein, danke. Ein Wasser wäre schön, lauwarm.«

Sie zogen sich für das Gespräch in einen kleinen Besprechungsraum zurück. Die Trainerin trank einige Schlucke. Dann atmete sie tief durch und sagte ruhig: »Daniel ist sexsüchtig. Sexsüchtig und kokainabhängig. Normalerweise hat er nur Affären mit Patientinnen. Sie sind Teil seiner Behandlungsmethode – zumindest behauptet er das. Aber ich weiß, dass er auch mit Inken geschlafen hat.«

Liv hatte gerade einen Keks halb in ihren Kaffee getunkt,

hielt nun aber inne. Kaum registrierte sie, dass die feuchte Kekshälfte in ihr Getränk bröckelte. »Woher wissen Sie das?«

Die Trainerin senkte den Blick, als sei es ihr peinlich. »Ich bin in ihn verliebt. Ich dachte, wir könnten … er würde … Er sagte, mit Mitarbeitern fange er grundsätzlich nichts an. Aber dann bekam ich eines Abends mit, dass er Inken vögelte. Und dann …« Sie zögerte.

Bente beugte sich vor. Er sah ihr tief in die Augen. »Sie können uns alles sagen. Jede Kleinigkeit kann uns helfen, mehr über Frau Fischhusens Schicksal und den Täter herauszufinden.«

Doro lächelte, dankbar über seinen Zuspruch. »Ich weiß nicht genau, was vorgefallen ist. Die beiden bekamen Ärger miteinander. Sie stritten, worüber, weiß ich nicht. Auf jeden Fall schickte er Inken weg, und zwar mehr als einmal.«

»War das, während er noch mit Felicitas Sterl zusammen war?«

»Schwer zu sagen. Seine Affären liefen nebenher. Felicitas muss davon gewusst haben, aber sie war viel unterwegs. Und er war diskret.«

Liv kam kurz der Gedanke, dass Felicitas Sterl ihre Konkurrentin aus Eifersucht getötet haben könnte, ehe sie selbst nach Sri Lanka abreiste. Aber warum hätte sie dann zurückkommen sollen? Und wäre es Felicitas Sterl zuzutrauen, dass sie die Leiche zerstückelte? Klar war andererseits, dass die Galeristin etwas verbarg. »Wissen Sie, warum Felicitas Sterl sich von Dr. Xanthen trennte?«

Doro schüttelte den Kopf.

»Haben Sie schon erlebt, dass Herr Xanthen gewalttätig wurde?«

Ein erschrockener Blick. »Glauben Sie etwa, Daniel hat Inken getötet?«

Liv versuchte, die Keksbrocken mit dem Löffel aus ihrem Kaffee zu fischen. »Wir gehen verschiedenen Hypothesen nach.« Sie musterte Doro. »Und jetzt sind Sie mit Daniel Xanthen zusammen?«, riet sie.

Die Trainerin wurde rot. »Ich und Daniel? Ja, also ... Woher wissen Sie das?« Doro wirkte zugleich stolz und verunsichert. Ihr Blick flackerte zu Bente. »Glauben Sie, ich muss mir ... Sorgen machen?«

»Das kann ich Ihnen nicht sagen. Unsere Ermittlungen dauern an, einen Tatverdächtigen haben wir noch nicht. Am besten verlassen Sie sich auf Ihren gesunden Menschenverstand«, sagte er.

Ehe Liv Feierabend machte, rief sie noch in ihrer Flensburger Dienststelle an und fragte nach, ob es etwas Neues über Björn Pansen und einen möglichen Auftraggeber gebe. Ihr Kollege Andreas hatte allerdings keine guten Nachrichten für sie. »Fest steht, dass du offenbar nie etwas mit Pansen, einem seiner Freunde oder Familienmitglieder zu tun hattest.« Er schnäuzte sich geräuschvoll. »Eine Rachegeschichte, weil du seinen besten Kumpel in den Knast gebracht hast oder so, scheidet also aus. Zurechnungsfähig ist Pansen anscheinend auch.«

»Also hat er in fremdem Auftrag gehandelt, wie wir vermutet haben.«

»Dieser Verdacht hat sich erhärtet.«

»Aber ihr wisst noch nicht, für wen.«

Kurze Pause. »Nein, wir wissen noch nichts. Und Pansen schweigt.«

Unbehaglich fuhr Liv sich durchs Haar. Würde der mysteriöse Auftraggeber nun aufgeben? Oder würde er sich einen neuen Kriminellen kaufen und auf sie ansetzen?

»Dabei haben wir einiges gegen Björn Pansen in der Hand.

Es wäre also in seinem Sinne, wenn er reden würde«, fuhr Andreas fort. »Seine Biografie ließe Ansatzpunkte zur Resozialisierung zu. Er gehört anscheinend zu denen, die eine andere Wahl gehabt hätten. Hat reihenweise falsche Entscheidungen getroffen. Das Einzige, was ihn jetzt interessiert, sind seine Lebensgefährtin und sein Sohn.«

»Schade nur, dass es möglicherweise lange dauern wird, bis er wieder bei ihnen sein kann.«

Liv hatte eine Idee. Als sie aufgelegt hatte, ging sie zu Hilke Hasselbrecht, um ihr etwas vorzuschlagen.

Viele Kollegen hatten schon Feierabend gemacht. Andere nahmen die Anrufe an, die noch immer eingingen, oder prüften Hinweise, die per Mail eingegangen waren. Bislang jedoch waren alle Nachforschungen ins Leere gelaufen. Auch Inken Fischhusens Auto war nach wie vor verschwunden.

Liv schaute auf die Uhr. Schon so spät! Sie griff zum Smartphone, rief noch einmal Katharina an, mit der sie zum Abendessen verabredet war. »Was hältst du davon, wenn wir nicht essen gehen, sondern ich etwas Leckeres koche? Ich war heute schon unter zu vielen Leuten.«

»Dafür bin ich immer zu haben. Du weißt ja: Ich liebe es zu essen, aber ich hasse es zu kochen.« Ihre Freundin lachte.

Kurz vor Ladenschluss ging Liv in eine Buchhandlung, um nach einem Kochbuch des israelisch-britischen Kochs Yotam Ottolenghi zu suchen, das ihr neulich empfohlen worden war. Ihre Kochbücher hatten allesamt in der Küche gestanden und waren alle verbrannt. Da konnte ein neues nicht schaden.

Zielstrebig suchte sie die passenden Rezepte heraus und kaufte noch schnell in einem Supermarkt in der Nähe ein. Sie freute sich darauf, mit Katharina plaudern zu können.

Während sie bei einem Aperitif Kürbis schnippelte, erzählte Katharina von ihrer Arbeit als Psychotherapeutin und von ihren aktuellen Vorhaben. Sie hatte wie Liv als Jugendliche gegen ihre Eltern und die Ausbeutung von Sylt protestiert, setzte inzwischen aber ihr Erbe für verschiedene gemeinnützige Projekte ein. Heute genoss sie es, wohlhabend zu sein. Katharina und ihr Lebensgefährte Dominik liebten schöne Dinge, wie die Einrichtung des alten Kapitänshauses in List bewies.

»Es gibt viele, die Geld haben und helfen wollen«, sagte Katharina nun. »Was mir nicht gefällt, ist, dass der Staat sich darauf verlässt, dass Privatinitiativen übernehmen, was eigentlich seine Aufgabe ist. Und natürlich die ungerechte Besteuerung großer Vermögen. Wir sind die Generation der Erben. Von den etwa dreihundert Milliarden Euro pro Jahr, die vererbt werden, wird das meiste nicht versteuert. Aber das werdet ihr vermutlich auch bald erleben, Annika und du. Ocke hat sicher Vorsorge getroffen. Kann mir kaum vorstellen, dass er dem Staat besonders viel überlassen wollte.«

»Am liebsten würde ich mich gar nicht damit befassen«, gab Liv zu, während sie die Joghurtsoße anrührte.

»Das solltest du aber.«

Beim Essen tauschten sie sich über leichtere Themen aus. Erst als sie das Dessert mit Pflaumen und Brombeeren genossen, fragte Katharina: »Habt ihr eigentlich schon den Steinewerfer gefunden?«

»Ihn schon. Seinen Auftraggeber allerdings noch nicht.«

»Auftraggeber?«, wiederholte ihre Freundin ungläubig.

»Hennes stellt in dieser Angelegenheit Nachforschungen an. Er ist ja gerade beurlaubt.«

Katharina lachte. »Der kann es auch nicht lassen!«

»Stimmt. Ich werde diesen Querkopf echt vermissen, wenn er pensioniert ist.« Liv überlegte, wie sie es ansprechen sollte.

Sie liebäugelte mit einem Dessert-Nachschlag, obwohl sie genau genommen schon satt war. »Weißt du eigentlich, womit sich Enno so beschäftigt? Hennes meinte, er habe mit der Rüstungsindustrie zu tun und plane, eine eigene Firma in diesem Segment aufzubauen.«

Katharina sah sie verblüfft an. »Waffen – von einem Sylter? Das geht gar nicht! Ich höre mich gern um.«

Ein letzter Schluck Wein noch; Liv war angenehm bettschwer. »Du hast mir schon so oft geholfen. Ich will dich nicht nerven.«

»Das tust du nicht. Es ist doch auch in meinem Interesse zu wissen, was auf meiner Insel vor sich geht.« Katharina wog ihren Teelöffel in der Hand. »Verteilen wir den Rest des Nachtischs?«

* * *

Felicitas fuhr aus dem Schlaf. Ihre schweißnasse Bettdecke schnürte sie ein, und es dauerte, bis sie sich daraus befreit hatte. Finsternis umgab sie, und für einen Augenblick wusste sie nicht, wo sie war. An ihrer rechten Seite starrte sie ein gruseliges Gesicht an – beinahe hätte sie aufgeschrien. Dann erst bemerkte sie das Spiel von Licht und Schatten, das durch das Terrassenfenster fiel; sie hatte vergessen, die Vorhänge zu schließen. Und sie erkannte die handgeschnitzte Maske, die sie aus Sri Lanka mitgebracht hatte.

Im selben Augenblick bewegte sich etwas am Fenster – ein schwarzer Umriss, ein Mann, ein Einbrecher! Sie zuckte zurück, ihr Herzschlag beschleunigte sich weiter. Sie wollte um Hilfe schreien, hatte jedoch unwillkürlich die Hand vor den Mund geschlagen, sodass nur ein erstickter Laut zu hören war. Doch statt die Tür aufzubrechen, klopfte der Mann, winkte, zog die Kapuze vom Kopf. *Daniel.* Seine Augen waren weit, flehend. Er öffnete den Mund, die Scheibe beschlug.

»Mach auf! Lass uns reden!«, hörte sie gedämpft.

Stumm schüttelte sie den Kopf.

»Bitte, Felicitas, verzeih mir! Ich liebe dich!«

Daniel wirkte verzweifelt, und ihre Brust schnürte sich zusammen; sie liebte ihn noch immer. Doch sie würde nicht zulassen, dass er ihr wieder wehtat. Nicht nach dem, was geschehen war. Sie wollte die Vorhänge zuziehen, wagte es aber nicht, sich ihm zu nähern.

Hin- und hergerissen sah sie ihn an, war kurz davor, wieder schwach zu werden. Da aber entdeckte sie im Licht der Laterne den dunklen Fleck an seinem Hals, und sofort wallten die Erinnerungen an ihre Verletzungen wieder auf. Eilig drehte sie sich weg, hielt sich die Ohren zu.

Nun hämmerte Daniel an die Scheibe. »Felicitas, bitte!«, schrie er. »Das kannst du nicht mit mir machen!« Wut schwang in seiner Stimme.

Ihre Angst wuchs. Würde er das Fenster einzuschlagen versuchen? Was würde er ihr antun, wenn es ihm gelang hereinzukommen?

Einige Sekunden später wurde die Tür aufgerissen.

* * *

Blut, er brauchte mehr Blut! Ace verstrich mit den Händen das klebrige Nass, das der Leinwand nicht nur eine spezielle Textur gab, sondern das Kunstwerk im Laufe der Zeit auch würde reifen lassen. Wenn man mit organischen Materialen arbeitete, schuf man lebende Kunstwerke – und genau das war das Großartige daran.

Noch einmal griff er in die Eingeweide, ließ blutige Schlieren von seinen Fingern tropfen und Muster auf den gespannten Stoff malen, die ihn an den Todesfall denken ließen, der ihn so inspirierte, wie ihn seit Langem nichts mehr inspiriert hatte. Er war nicht der Erste, der sich von Tod und Verwesung anregen ließ, der mit Blut und Kadavern arbeitete. Aber er würde bekannter werden als Vincent Castiglia, Peter Gilles oder gar der Wiener Aktionskünstler Hermann Nitsch, das spürte er. Ihm war Großes vorherbestimmt.

18

Westerland, 25. Oktober, 8:25 Uhr

»Gestern Nacht hat Daniel Xanthen versucht, ins Zimmer von Felicitas Sterl einzubrechen, und hat sie bedroht. Als ihre Freundin hinzugekommen ist, lief Xanthen weg. Alma Yohnns hat Anzeige wegen Hausfriedensbruch erstattet, und Frau Sterl hat sich erkundigt, ob sie Xanthen wegen Nachstellung belangen kann«, berichtete Bente, als Liv am Morgen im Kommissariat eintraf.

»Aus meiner Sicht hat er sich damit endgültig verdächtig gemacht. Wir sollten ihn zur Vernehmung einbestellen und sein Haus auf Blutspuren untersuchen.«

»Die Leichenspürhunde hätten doch in seiner Klinik angeschlagen, wenn er Inken Fischhusen dort zerstückelt hätte«, wandte Bente ein.

»Auch Hunde können irren. Luminol nicht.«

»Das wird der Staatsanwalt nicht genehmigen. Wir müssen mehr gegen ihn in die Hand bekommen. Patientinnen befragen, ob er ihnen gegenüber aggressiv geworden ist. Die Nachbarin fragen, ob sie auch Xanthen und Fischhusen zusammen gesehen hat. Und wir müssen herausfinden, ob Felicitas Sterl von der Affäre wusste.«

Sie holten sich noch einen Kaffee und folgten dann den Kollegen zur Morgenbesprechung. Die Soko war inzwischen so weit angewachsen, dass sie noch einige Stühle in den größten Raum hineintragen mussten. Es ist angesichts dieses Verbrechens beruhigend, so viele engagierte Kolleginnen und Kollegen um sich zu haben, dachte Liv.

Hilke Hasselbrecht verkündete gleich zu Beginn eine gute Nachricht: »Wir haben Inken Fischhusens Auto gefunden. Der SUV befindet sich auf einem Parkplatz in einem Wohngebiet in List. Den Anwohnern ist zwar aufgefallen, dass der Wagen dort schon seit Monaten steht, aber da der Stellplatz gemietet ist, hat sich niemand daran gestört.«

»Und der Parkplatz-Mieter?«, fragte Momke.

»Ein Zweitwohnungsbesitzer, der allerdings gesundheitsbedingt länger nicht auf der Insel war.«

»Also wusste der Täter, dass es nicht auffallen würde, wenn er Fischhusens Wagen dort abstellt«, mutmaßte Liv.

»Könnte sein, war vielleicht aber auch nur Zufall.«

»Wohnt jemand aus Inken Fischhusens Bekannten- oder Kundenkreis in dieser Gegend?«

Rabia konsultierte eine Liste. »Soweit wir wissen, nicht.«

»Jemand, der Hausmeisterdienste verrichtet, könnte davon Kenntnis haben. Wie Plögg. Wir sollten überprüfen, ob er mit dem Parkplatzmieter zu tun hatte«, schlug Bente vor.

»Machen wir. Auf jeden Fall ist die KTU bereits unterwegs. Die Kollegen versuchen, weitere Zeugen zu finden, die den Kangoo am Wäldchen am Rantumbecken oder sonst wo gesehen haben. Außerdem wissen wir jetzt, warum niemand Inken Fischhusen wegen der Diebstähle angezeigt hat: Sie scheint die fraglichen Kunden erpresst zu haben. Als Hausmeisterin bekam sie einiges mit. Auch Dinge, die nicht öffentlich werden sollten.«

Sie gingen die Chronik des Opfers durch. »Stand jetzt wurde Inken Fischhusen am Samstag, den 21. April, gegen elf Uhr zuletzt gesehen, als sie aus dem Hostel auszog«, begann Bente. »Ihr Handy hat sich eine Dreiviertelstunde später über einen Funkmast in der Nähe des Westerländer Bahnhofs ins Netz eingewählt, also gegen Viertel vor zwölf. Die Alibis der mit Inken Fischhusen bekannten Personen sowie der Klinikgäste werden noch überprüft. Der Lieferdienst hat bestätigt, dass Reint Plögg und Malu Hilversum an den fraglichen Abenden bestellt haben; wer die Pizza in Empfang genommen hat, konnte aber nicht mit Sicherheit gesagt werden. Tagsüber hatte Plögg Termine, die bestätigt werden konnten. Wim Immsen, der Aquarienbauer, war in seinem Geschäft und ansonsten mit Rückenschmerzen zu Hause, wie seine Mutter und deren Pflegerin bestätigt haben. Zudem gibt es keinerlei Verbindung zwischen ihm und Inken Fischhusen. Auch Ace Marronis Alibi wurde bestätigt. Allerdings sagte der Kunde aus, der Künstler habe das Sternerestaurant am Freitag abrupt gegen 22:30 Uhr verlassen. Auch Marronis Termin am Samstag war nur kurz.«

»Keines dieser Alibis ist bislang wasserdicht, das wissen wir alle. Auch liegt das Tatmotiv im Dunkeln. Wir ermitteln noch immer 360 Grad – alle sind verdächtig. Tragen wir also weitere Informationen zusammen, um die Lücken zu schließen«, meinte Hasselbrecht. »Wie sieht es mit Frau Fischhusens Konten aus, vor allem mit dem Geld, das sie erpresst hat?«

»Follow the money.« Bente nickte. »Die Summen, von denen wir bislang wissen, tauchen auf ihren Konten nicht auf. Fischhusen verfügt allerdings in ihrer Heimatstadt Husum über ein Schließfach in einer Bank, das die dortigen Kollegen sich heute vornehmen.«

Hasselbrecht beendete die Besprechung. Anschließend wandte sich die K1-Chefin noch einmal an Liv. »Ich habe über Ihren Vorschlag nachgedacht, Liv. Sobald sich eine Gelegenheit bietet, stelle ich Sie dafür frei. Aber jetzt finden Sie erst einmal heraus, warum Dr. Xanthen Frau Sterl heute Nacht belästigt hat und ob das was mit unserem Fall zu tun hat.«

Felicitas Sterl hatte die Ermittler gebeten, sie im Avenarius-Park in Kampen zu treffen. Liv und Bente parkten in der kleinen Straße beim Boulodrome. Graue Wolken schrammten über die Insel, aber noch war es trocken.

»Danke, dass Sie hergekommen sind. Ich musste dringend frische Luft schnappen, sonst klappe ich zusammen. Das Grün hier tut mir gut und ist eine angenehme Abwechslung von dem ewigen Wind«, sagte die Galeristin und zog den Gürtel ihres orangeroten Kamelhaarmantels enger, auf den sie die Farbe ihres Lippenstiftes abgestimmt hatte. »Ich konnte gestern nicht mehr schlafen. Mein Herz hat geschlagen wie wild.« Sie wirkte noch immer sehr aufgewühlt, und nun sah Liv, dass Sterl die Augenringe dick überschminkt hatte.

»Das ist nur zu verständlich«, sagte sie.

Felicitas Sterl sah sich nervös um. »Wussten Sie, dass dieser Park nach Ferdinand Avenarius benannt ist, einem Kunstschriftsteller, der die Sylter Kultur und Kunst sehr prägte?«, fragte sie, als sie über den Rasen gingen.

Liv war lange nicht in dieser grünen Oase Kampens gewesen, die von der Gemeinde liebevoll gepflegt wurde und neben der Boulebahn auch einen Teich und ein seltsames, zu einem Ehrenmal umgestaltetes Hügelgrab bot.

»Ich stamme von Sylt, bin hier aufgewachsen, da ist mir Avenarius ein Begriff. Wenn ich mich auch nicht intensiv mit seinem Wirken auseinandergesetzt habe«, gab Liv zu.

»Kunst hat auf Sylt Tradition. Erst handwerklich geprägte Arbeiten im 18. Jahrhundert, mit denen die Kapitäne ihre guten Stuben schmückten. Heimatmaler folgten, eher Laienkünstler, im 19. Jahrhundert dann die ersten Landschaftsgemälde. Avenarius verliebte sich in die Insel, als er 1876 hierherkam. Er kämpfte für Naturschutz und gegen Konventionen.« Felicitas Sterl wirkte nun ruhiger. Die Beschäftigung mit einem Thema, für das sie brannte, schien ihr gutzutun. »Auf dem Dach seines Hauses soll er sich nackt mit Freunden in einer Kupferwanne gesonnt haben.«

»Und da sag noch mal einer, die heutigen Einrichtungswünsche seien extravagant!«, warf Bente ein, den das Gespräch über die Kunstgeschichte Sylts ansonsten zu langweilen schien.

»Bekam Kampen nicht auch durch Avenarius den Ruf eines Künstlerdorfes?«, fragte Liv nach, obgleich ihr Kollege die Augen verdrehte. Sie würden sich den Ermittlungen zuwenden, wenn Sterl bereit war, darüber zu reden, das würde zu besseren Ergebnissen führen.

»In seinem Haus Uhlenkamp beherbergte er viele Maler und Schriftsteller. Avenarius vergab auch Stipendien. Leider hat man das Haus – ein Schmuckstück im friesisch-schweizerischen Stil – 1968 abgerissen.« Felicitas Sterl ließ ihre Finger über eine späte Rose gleiten, als wollte sie diese streicheln, dann holte sie eine kleine Kamera aus der Handtasche und machte ein Foto. »Wie auch immer. Angeblich haben um 1900 über dreihundert Maler auf Sylt gewirkt, später kamen viele Expressionisten – und so geht es bis heute weiter. Sylt ist eine richtige Künstlerinsel.«

Sie hatten den marmornen Buddha erreicht, der mit geschlossenen Augen und in den Schoß gelegten Händen zu meditieren schien. »Wie hat Sie es nach Sylt verschlagen?«, fragte Liv.

»Ich interessierte mich für das Projekt Inselkünstler des Vereins der Kampener Kunstfreunde – heute Verein der Sylter Kunstfreunde – und lernte bei einer Ausstellung Ace kennen. Aus der Begeisterung für seine Kunst wurde mehr, ich verliebte mich in die Insel, und so entschied ich mich, hier eine Galerie zu eröffnen.«

Sie redeten weiter, und schließlich schien der richtige Zeitpunkt gekommen, um zum eigentlichen Anlass ihres Treffens überzugehen. »Warum haben Sie uns nicht gesagt, dass Daniel Xanthen und Inken Fischhusen ein Verhältnis hatten?«, fragte Bente.

»Weil ich es nicht genau wusste. Außerdem: Wollte ich jede erwähnen, mit der Daniel schläft, hätte ich viel zu tun.«

Die Abgeklärtheit, in der Frau Sterl dies sagte, verwunderte Liv. »Was glauben Sie denn über diese spezielle Affäre gewusst zu haben?«

»Es gab diese Blicke. Diese Spannung zwischen ihnen.« Felicitas überlegte. »Ich glaube, ich sah darüber hinweg, weil Daniel irgendwann anfing, sich über Inken zu ärgern. Sie nervte ihn. Also, nicht dass ich damit nahelegen wollte, dass er sie ermordet hat. Es war ein eher harmloser Ärger.«

Bente hakte nach: »Wie kommen Sie darauf?«

»Er hat sie nicht geschlagen, so wie mich, oder? Ich war ihm wichtig. Und bin es noch, sonst wäre er gestern Nacht nicht bei mir aufgetaucht«, sagte Felicitas mit einem irrationalen Stolz, der Liv wütend machte. Gewalt war niemals ein Zeichen für Anerkennung oder für Sympathie, schon gar nicht für Liebe.

»Inken *ist* geschlagen worden. Jemand hat sie totgeschlagen«, sagte Liv hart.

Entschieden schüttelte Felicitas den Kopf. »Nein, das traue ich Daniel nicht zu.«

»Es könnte ein Unfall gewesen sein.«

Trotziges Kopfrucken. »Das will ich nicht von ihm glauben. So ist er nicht.«

»Immerhin haben Sie sich nicht nur gestern von ihm bedroht gefühlt.«

»Daniel soll sich von mir fernhalten. Das bedeutet nicht, dass ich ihn für einen Mörder halte.«

Sie hatten das Boulodrome wieder erreicht, wo jetzt sechs Leute ihre Boulekugeln warfen. Die Metallkugeln klackten auf dem Spielfeld aneinander, als sie um die Zielkugel konkurrierten. »Wir möchten mit Ihnen noch die letzten Tage vor Ihrer Abreise durchgehen«, kündigte Liv an, als Felicitas Sterl Anstalten machte, sich zu verabschieden.

»Warum? Glauben Sie etwa, ich hätte Inken … Warum sollte ich … aus Eifersucht? Das ist ja völlig aus der Luft gegriffen! Wenn ich alle Frauen hätte ermorden wollen, mit denen Daniel mich betrogen hat, hätte ich … und überhaupt: Ich bin abgereist, weil ich die Beziehung beenden wollte.« Verwirrt machte Sterl ein paar Schritte, fing sich dann aber wieder. »Ich werde Ihnen eine Aufstellung meiner Aktivitäten an den letzten Tagen vor meinem Abflug zeitnah zukommen lassen.«

Liv hielt dem Arzt den richterlichen Beschluss vor die Nase, während die Kriminaltechniker bereits in die Fastenklinik ausschwärmten. Nachdem die Nachbarin einen heftigen Streit zwischen Daniel Xanthen und Inken Fischhusen zu Protokoll gegeben hatte, war es nicht schwer gewesen, den Staatsanwalt von der Notwendigkeit einer Durchsuchung zu überzeugen.

»Das können Sie nicht machen! Das ist polizeiliche Willkür! Ich werde Sie wegen Rufschädigung verklagen!«, tobte Xanthen.

»Verhalten Sie sich ruhig, sonst werden wir weitere Maßnahmen ergreifen müssen«, sagte Hasselbrecht, die ausnahmsweise mitgekommen war.

Konzentriert machten sich die Kriminaltechniker an die Arbeit, während Klinikchef, Mitarbeiter und Gäste sich in die ihnen zugewiesenen Räume zurückzogen.

Nach einigen Stunden lag das ernüchternde Ergebnis vor: Selbst mit Luminol hatten sich nirgendwo Blutspuren nachweisen lassen. »Sollte Xanthen Inken Fischhusen getötet und ihren Kopf abgetrennt haben, dann hat er es mit ziemlicher Sicherheit nicht hier getan«, verkündete Botersen-Evers.

Als alle abzogen, gingen Liv und Bente noch einmal zu Xanthen. »Sind Sie jetzt zufrieden?«, fragte dieser bockig.

Liv stemmte ihre Hände in die Hüften. »Sie scheinen es noch immer nicht begriffen zu haben: Es geht hier nicht um unsere Zufriedenheit. Es geht um den gewaltsamen Tod eines Menschen. Eines Menschen, der Ihnen gut bekannt gewesen ist.« Sie warf eine schroffe Geste in den Raum. »Sie machen hier einen auf Ganzheitlichkeit. Auf Friede, Freude, Eierkuchen. Und in Wahrheit erschweren Sie unsere polizeilichen Ermittlungen, die gerade dazu beitragen sollen, ein großes Unrecht zu sühnen!«

Xanthens versteinerte Miene brach. Ein Lächeln umspielte seine Mundwinkel. »Reizend, dieses Temperament. Da kann ich nicht widerstehen. Kommen Sie in mein Sprechzimmer.«

Vor Überraschung und Wut – was erlaubte er sich! – hätte Liv ihm am liebsten eine Abfuhr erteilt, doch sie musste im Sinne der Ermittlungen handeln.

Bente war weniger zurückhaltend. »Ihre unangemessenen Bemerkungen können Sie sich sparen«, wies er den Arzt zurecht.

Xanthen krauste kurz die Stirn, beherrschte sich aber und ging ihnen wortlos voraus. In seinem Sprechzimmer lehnte er sich an seinen Schreibtisch und verschränkte die Arme vor der Brust. »Ich habe endgültig die Nase voll von diesem Theater! Ich sage Ihnen jetzt, was Sie wissen wollen – und dann lassen Sie mich in Ruhe!«

»Das können wir Ihnen nicht versprechen. Aber die Möglichkeit besteht. Legen Sie los.«

Xanthen legte die Finger aneinander, als müsste er nachdenken. »Ich hatte mich schon öfter mit Inken unterhalten, wenn sie hier war. Sie war witzig, konnte gut erzählen. Eines Abends hat sie mich beim Koksen erwischt, und ich habe ihr aus einer Laune heraus eine Line angeboten. Es kam, wie es kommen musste. Wir hatten den besten Sex ever. Nun ja, soweit ich mich erinnern kann. Sie kannte keine Tabus.« Er lachte trocken. »Auf jeden Fall passierte das von da an öfter.«

»Koksen und Sex?«

»Genau. Wobei Inken auch ab und zu etwas mitbrachte.«

Liv machte sich eine Notiz, dass sie sich bei den Drogenhändlern auf der Insel umhören mussten. Als sie aufsah, bemerkte sie, dass Daniel Xanthens Blick auf ihr ruhte.

»Sie mögen sich über meine – wie würden Sie es nennen? – Promiskuität oder gar noch böser: Sexsucht wundern, aber Geschlechtsverkehr zu mögen ist ganz natürlich. Während des Fastens wird der Sex von vielen intensiver erlebt. Was meinen Sie, warum es seit mehr als tausend Jahren die fernöstliche Kunst des Tantra gibt? Weil der Körper der Tempel der Seele ist und die Sexualität ein Mittel zur Selbsterkenntnis.«

»Ein interessanter Gedanke«, sagte Bente.

Liv gingen diese Ausschweifungen auf die Nerven. »Kommen wir auf Inken zurück«, sagte sie brüsk.

Xanthen grinste so schmierig, dass Liv rot wurde und sich nun erst recht ärgerte. Dann jedoch wurde er ernst. »Inken kam auch zu mir, wenn es mir nicht in den Kram passte. Und sie knüpfte offenbar Erwartungen an unsere Beziehung, denn sie machte plötzlich Pläne.«

»Was für Pläne?«

»Sie wollte mit mir essen gehen. Ausflüge unternehmen. In den Urlaub fahren. Vielleicht sogar hier einziehen. In die Fastenklinik einsteigen. Und natürlich sollte ich mich von Felicitas trennen. Das wollte ich aber nicht. Darum ging es mir nie. Das hat Inken nicht begriffen.«

»Sie hatten Frau Fischhusen Hoffnungen gemacht.«

»Wir hatten Sex. Und Spaß. Mehr nicht. Aber auch nicht weniger.«

»Und dann?«, fragte Bente.

Xanthen seufzte laut. »Begann es unangenehm zu werden. Inken stalkte mich richtiggehend. Versuchte, mich zu erpressen. Wollte meinen Drogenkonsum öffentlich machen. Ich war erleichtert, als sie nicht mehr auftauchte und Plögg mir sagte, dass sie die Insel verlassen habe.«

»Inkens Verschwinden passte Ihnen gut in den Kram«, sagte Liv kühl.

Daniel Xanthen beugte sich vor, sah ihr in die Augen. »Ich weiß, wie das aussehen muss: als ob ich Inken ermordet hätte, um sie los zu sein. Aber so war es nicht. Selbst wenn sie Felicitas mit ihrem Wissen konfrontiert und unsere Treffen öffentlich gemacht hätte, hätte es höchstens kurzfristige Probleme bedeutet.« Er schnipste lässig. »Meine Gäste wissen, was sie bei mir erwartet. Oder glauben Sie ernsthaft, es hätte sich nicht herumgesprochen, dass ich einem Kurschatten – so nannte man das doch früher – nicht abgeneigt bin? Und Felicitas kennt mich. Sie hat mir immer verziehen, und sie wird mir wieder verzeihen.«

»Sie haben Frau Sterl geschlagen.«

»Ein Mal, und dafür schäme ich mich entsetzlich. Ich habe bereits eine Therapie begonnen, um meine Gefühle besser zu kanalisieren.«

»Hatten Sie zu diesem Zeitpunkt Drogen genommen?«

»Nein.«

»Wie viel konsumieren Sie üblicherweise?«

»Wenig. Nur ein Nasen-Espresso.«

Liv zog die Augenbrauen hoch. »Und wie viel haben Sie zuletzt bei Ihren Treffen mit Inken Fischhusen konsumiert?«

»Genauso viel. Ich kenne meine Grenzen. Oder meinen Sie etwa …« Xanthen lachte auf. »Ein Sexunfall? Nein, bestimmt nicht! Fesseln und würgen, das ist nichts für mich. Da können Sie jede fragen.«

»Sind Sie auf Inkens Erpressung eingegangen? Haben Sie ihr Geld gegeben?«

»Nein. Ich sagte doch, dass ihre Drohungen mich kaltließen.«

»Was glauben Sie denn, was Inken zugestoßen ist?«

Xanthens Gesicht verfinsterte sich. »Soll ich Ihnen etwa Ihre Arbeit abnehmen?«

»Uns interessieren Ihre Vermutungen. Äußern Sie eine Hypothese – als jemand, der Frau Fischhusen gut kannte. Nur unter uns.«

Der Arzt überlegte. »Inken hatte mir von ihren vielen Auftraggebern erzählt, deshalb dachte ich, sie hätte von Sylt die Nase voll gehabt. Als Sie dann herausfanden, dass sie tot ist, dachte ich … Ich denke, sie hat sich für ihre Erpressungen den Falschen ausgesucht.«

»Sie glauben, Frau Fischhusen erpresste auch andere?«

»Inken klang so routiniert, als sie mich erpresste, als wäre es nicht das erste Mal. Auch wenn sie eigentlich nicht mein Geld wollte, sondern meine Liebe. Mehr als einmal forderte sie Geld – und wir hatten Sex.« Xanthen lächelte versonnen. »Nicht jedem gelingt es so gut, seine negativen Emotionen zu steuern, wie mir. Sieht man von diesem einzigen Ausrutscher ab, für den ich mich bereits entschuldigt habe.«

»Welche Summen forderte sie?«

»Mal fünfhundert Euro, mal tausend. Aber, wie gesagt: Ich zahlte nicht.«

»Hat Inken andere Kunden erwähnt, von denen Sie glauben, sie könnte sie erpresst haben? Ihnen Geld abgeknöpft haben?«

»Möglich wäre es. Hat mich aber nicht interessiert. Selbst wenn Inken es erwähnt haben sollte, hätte ich es sofort vergessen.« Xanthen erhob sich. »Sind wir nun fertig? Lassen Sie mich endlich in Ruhe?«

Bente sah ihm in die Augen. »Wir müssten noch wissen, wo Sie waren, als Inken Fischhusen verschwand.«

Xanthen blies entnervt die Wangen auf. »Das wissen Sie doch. Hier in der Klinik.«

»Und an dem fraglichen Freitagabend im April?«

»Da war ich allein.«

Die Antwort war verdächtig schnell gekommen. »Das ist ja ungünstig. Dann haben Sie für die Zeit kein Alibi«, sagte Liv kühl.

Xanthen strich nervös über die kleinen Stoppeln unter seiner Augenbraue. »Ich war … Ich hatte …« Hart stieß er den Atem aus. »Die Dame, mit der ich zusammen war, möchte nicht, dass … es … bekannt wird.«

Noch eine Dame? Liv schüttelte den Kopf. »Dann ist es in Ihrem Interesse, sie davon zu überzeugen, sich uns zu offenbaren. Ansonsten erstellen Sie uns eine Übersicht über Ihre Aufenthaltsorte, und zwar lückenlos und mit Zeugen.«

»Das sollte kein Problem sein.«

Im Kommissariat las Liv als Erstes die Auflistung der Dinge, die in Inken Fischhusens Bankschließfach gefunden worden waren. Goldschmuck, teure Uhren und etwa neunzigtausend Euro Bargeld.

Kurz darauf brachte Karlpeter Botersen-Evers die ersten kriminaltechnischen Befunde aus der Untersuchung von Inken Fischhusens Wagen. »Von außen waren kaum erwähnenswerte Spuren zu sichern. Monatelang Staub, Regen, Salzluft und Sand – auf dem Wagen hat sich eine richtiggehende Patina entwickelt. Die Untersuchung des Innenraums war aber interessant.« Botersen-Evers streckte die Hand nach den Schokonüssen aus, die neben der Keksdose auf dem Tisch standen, zuckte jedoch zurück. »Der Wagen wurde gründlich gereinigt. Nicht einmal Inken Fischhusens Fingerabdrücke oder Haare waren zu finden, dafür gab es im Kofferraum mikroskopisch kleine Blutspuren.« Die Information füllte für einen Augenblick den Raum zwischen ihnen.

»Und ihr Gepäck?«

»Nichts.«

»Vielleicht führt die DNA uns zum Täter«, meinte Momke. »Aber wer kann denn so penibel putzen?«

»Jemand, der weiß, wie wichtig Sauberkeit und Ordnung sind. Unser Hausmeister«, sagte Rabia.

»Könnte sein. Allerdings sollten wir für alle anderen Möglichkeiten offenbleiben, damit wir nichts übersehen«, meinte Bente. »Wurden denn besondere Putzmittel verwendet?«

Botersen-Evers schüttelte den Kopf. »Hauptsächlich Mittel, die es in jeder Drogerie gibt. Außerdem fanden wir Rückstände von Terpentin.«

»Terpentin? Ist das üblicherweise in Reinigungsmitteln?«

»Nein. Es sei denn, du willst Farbe entfernen. Oder Pinsel reinigen.«

Es war ruhig im Büro geworden. Liv stellte sich vor die Pinnwand und betrachtete die alten Fotos und die Rekonstruktionen des Gesichts von Inken Fischhusen. Noch immer kam es ihr so vor, als wäre die Persönlichkeit der Frau nicht zu greifen. Diejenigen, mit denen sie gesprochen hatte, hatten unter dem Eindruck der Erpressung, der Geschäftsbeziehung oder des Mordes gestanden und wenig zu sagen gewusst. Ein Stück weit war Inken an diesem flüchtigen Eindruck, den sie hinterlassen hatte, wohl selbst schuld. In gewisser Weise war sie immer auf dem Sprung gewesen, hatte sich nie eng an jemanden gebunden. Nur an Daniel Xanthen hatte sie sich offenbar binden wollen, aber der hatte sie abblitzen lassen. Ihre Familie hatte dem Vernehmen nach so kühl auf die Todesnachricht reagiert, dass es Liv nicht wunderte, dass Inken Fischhusen keinen Kontakt zu ihr gepflegt hatte. Die Verwandten hatte lediglich interessiert, ob es etwas zu erben gab. Von dem Vermögen, das sie sich zusammengespart, zusammenerpresst hatte, hatte Inken Fischhusen offenbar niemandem etwas gesagt. Stattdessen hatte sie behauptet, sie sei selbst knapp bei Kasse, wenn ihr Bruder sie anpumpen wollte.

Auch Reint Plögg hatte berichtet, Inken Fischhusen sei sparsam gewesen, geradezu geizig. Sie hatte also offenbar alles für ein neues Leben gespart. Für eine große Veränderung, die jedoch nie mehr eintreten würde. Gleichzeitig hatte sie seit knapp einem Jahr auf der Insel gelebt.

So ein langer Zeitraum – das geht doch gar nicht, ohne Bekanntschaften, ohne Freundschaften zu schließen! »Mit wem hast du gesprochen, Inken? Wem hast du dich anvertraut? Was hast du an deinen freien Tagen unternommen?«, murmelte Liv. Nicht einmal die Kokainspur hatte weitergeführt. Die auf der Insel tätigen Dealer hatten behauptet, sie hätten Inken Fischhusen noch nie gesehen.

Noch einmal machte Liv sich auf den Weg zu dem Hostel, in dem Inken Fischhusen gewohnt hatte. Sie fragte den Hostelmanager, ob es Läden in der Nähe gab, die Inken frequentiert hatte, einen Friseur, ein Nagelstudio, eine Boutique.

»Hatte Frau Fischhusen vielleicht Tüten mit Aufdruck, die uns einen Hinweis geben könnten? Gibt es Zimmernachbarn, mit denen sie geredet haben könnte?«, fragte sie etwas ratlos.

Sie sah dem Hostelmanager an, dass er ihr helfen wollte.

»Ich habe Frau Fischhusen nicht oft gesehen.« Dann schien ihm doch etwas einzufallen. »Nur manchmal, wenn sie …«

»Ja?«

»Einmal die Woche hat sie die Waschmaschine im Keller benutzt. Gleich nach Frau Busch, die danach für den Trockner eingetragen war. Vielleicht haben die beiden geredet.«

»Ist Frau Busch da?«

»Nein, die arbeitet in einem Kiosk, Nähe Strandaufgang Friedrichsstraße.«

Kurz entschlossen suchte Liv sie auf. Rasch erklärte Liv ihr, warum sie mit ihr sprechen wollte. Dann ließ sie sich eine heiße Schokolade zubereiten und aß einen Muffin – das Mittagessen war bis auf ein paar Brötchenhälften ausgefallen –, bis Frau Busch endlich einen Augenblick Zeit für sie hatte.

Die Seile an den Fahnenmasten klapperten im Wind. Als Frau Busch endlich so weit war, eine Pause machen zu können, steckte sie sich eine Zigarette an. »Am Anfang habe ich Inken für eine eingebildete Ziege gehalten. Kein Wort hat sie mit mir gewechselt, als sei sie sich zu fein dafür. Aber wenn man darauf wartet, dass die Waschmaschine fertig ist, oder nach dem Trocknen die Wäsche zusammenlegt, kommt man früher oder später ins Gespräch.«

Eine Möwe kreiste über einem Spaziergänger, der Pommes aus der Tüte aß. »Was für einen Eindruck hatten Sie von Frau Fischhusen?«, fragte Liv.

»Inken hat die Leute abgecheckt. Hat geprüft, ob jemand ihr nützlich war oder nicht. Wenn nicht, hat sie einen links liegen gelassen.«

»Sie aber nicht?«

»Es gibt Leute, die können keine Stille aushalten. Kennen Sie das?«

»Sehr gut sogar.« Liv dachte an ihre Verhörstrategien und

die Macht der Gesprächspausen, die unweigerlich gefüllt werden wollten. Die Möwe stieß herab, woraufhin sich der Spaziergänger so erschrak, dass er einen Hüpfer machte und etliche Fritten verlor.

»Ich habe Inken reden lassen. Ich höre mir gern die Geschichten der Leute an, auch hier im Kiosk.«

»Was hat Frau Fischhusen Ihnen erzählt?«

»Von ihren Plänen. Dingen, über die sie sich geärgert hat. Ihren Träumen.« Frau Busch versuchte, einen Ring in die Luft zu blasen, der jedoch sofort verweht wurde. »Von ihrer Familie, die nur ihr Geld wollte. Nervigen Kunden. Ihrem Wunsch, ihre eigene Chefin zu sein.«

»Hat sie besondere Kunden erwähnt?«

»Nicht namentlich. Da war ein Typ, der ein fast neues Haus komplett entkernt hat, weil ihm der Stil nicht gefiel. Verrückt. Weil er oft nicht da war, sollte Inken einen Blick auf die Renovierungsarbeiten haben.«

»Hat Inken einen gewissen Dr. Xanthen erwähnt, für den sie gearbeitet hat?«

»Nein.«

»Und ihr Chef? Wie ist sie mit Reint Plögg ausgekommen?«

Frau Busch zögerte. Dass ein Kunde einen Pharisäer bestellte, schien ihr gerade recht zu kommen. »Wie ist sie gestorben? Hat Inken lange leiden müssen?«, fragte sie, als sie wieder Zeit hatte.

Liv dachte an den Schlag auf den Hinterkopf und den darauf mutmaßlich folgenden Sturz; zusammen hatte beides vermutlich einigermaßen schnell zum Tod geführt. Aber was hieß schon »schnell«, wenn man starb? War nicht möglicherweise jeder Atemzug, den man litt, den man das Leben verrinnen spürte, eine Qual? »Wir wissen nicht, wie lange es gedauert hat, bis sie starb«, sagte sie schließlich. »Aber Frau Fischhusen wurde offenbar nicht vorsätzlich gequält.«

»Sie war also schon tot, als ihr Kopf …« Frau Busch schauderte.

»Ja, das war sie. Aber ich hatte nach Inkens Chef gefragt.«

»Noch einen?« Die Kellnerin wies auf Livs Becher; sie verneinte. »Der Plögg hat sie umworben. Hat ihr Geschenke gemacht. Hat sie eingeladen, nach Föhr.« Sie schnaubte. »Das war Inken nicht gut genug. Sagte doch, dass sie sich für was Besseres gehalten hat.«

Sie hatten Reint Plögg zur Befragung ins Kommissariat bestellt, und er war zu ihrem Staunen gleich gekommen. Sie würden ihn als Zeugen belehren. Sollte das Gespräch einen anderen Verlauf nehmen, könnten sie die Belehrung immer noch anpassen. Weitere Befragungen in seinem Umfeld und im Umfeld seiner Firma hatten sein Alibi nicht bestätigen können. Ja, Malu Hilversums Fernseher war gelaufen, und, ja, es war Pizza für zwei bestellt worden. Aber dass Reint Plögg wirklich da gewesen war, bestätigte allein die Aussage seiner Verlobten. Einer Frau, die er nach ihrer Jugendliebe, wie Bekannte inzwischen ausgesagt hatten, über Jahre hingehalten hatte.

Plögg wischte sich nach der Begrüßung die Hände mit einem Feuchttuch ab und rieb auch über die Tischfläche vor sich, ehe er nach einem Papierkorb suchte, um das Tuch zu entsorgen, sorgfältig darauf bedacht, nicht mit dem Mülleimer in Berührung zu kommen. Das Gespräch verlief schleppend; er antwortete einsilbig, beinahe widerstrebend, die niedrige Stirn gekraust.

»Es tut mir wirklich leid, dass wir Sie noch einmal derart beanspruchen müssen. Es ist sehr nett, dass Sie sich die Zeit nehmen«, sagte Liv schließlich, weil sie glaubte, dass sie bei

Plögg mit Druck vorerst nicht weiterkommen würden. »Die Berichte über Frau Fischhusen belasten Sie sicher auch. Sie kannten einander ja gut. So gut, dass Sie mit dem Gedanken spielten, mit ihr zusammen Ihre Firma zu erweitern.«

Plögg faltete die wurstdicken Finger. »Bei Ein-Mann-Unternehmen – und das war meine Firma lange Zeit und ist es im Wesentlichen noch heute – ist es schwierig abzuwägen, wie viele Aufträge man annehmen kann. Nimmt man zu viele an, besteht die Gefahr, dass man ungenau arbeitet oder Fehler macht. Das möchte ich unbedingt vermeiden. Nehme ich aber zu wenige Aufträge an, könnte ich finanziell in eine Schieflage geraten. Inken war als Elektrikerin eine ausgezeichnete Ergänzung und konnte gut mit Kunden umgehen.«

»Haben Sie sich auch privat getroffen?«

Seine Haltung blieb steif. »Ich verstehe die Frage nicht. Sie wissen doch, dass meine Verlobte schwanger ist.«

»Uns wurde berichtet, dass Ihre Beziehung zu Malu erst wieder intensiver wurde, nachdem Inken nicht mehr für sie arbeitete. Und dann wurde Malu ja auch direkt schwanger.«

Reint Plögg wurde rot. »Wollen Sie etwa behaupten, ich hätte mit Inken etwas gehabt und sie dann getötet? Und dann hätte ich wieder was mit Malu angefangen und sie gebeten, mir ein Alibi zu geben?«

Genau das dachten einige Kollegen, was Liv sich jedoch zu sagen hütete.

»So war es nicht! Es war so, wie ich es bereits aussagte. Ich mochte Inken, sie war eine gute Ergänzung für meine Firma. Ich hatte gehofft, wir würden geschäftlich zusammenfinden. Deshalb war ich enttäuscht und auch verärgert, als sie mir sagte, dass sie die Insel verlassen würde. Mehr war da nicht. Wenn Sie mir weiterhin etwas anderes unterstellen, werde ich das Gespräch beenden und einen Anwalt hinzuziehen.«

Liv entschied, etwas früher Schluss zu machen – der Tag war voll genug gewesen –, und nahm Annikas Einladung zu einem Ausritt an. Ihr war klar, dass Hennes dagegen protestieren würde, denn es gab zu viele Hinweise darauf, dass in ihrer Familie etwas im Argen lag. Andererseits hatte Annika sie mehrfach angerufen und zu einem Treffen gedrängt. Die Aussicht auf einen Ausritt gefiel Liv. Als Reiterin hatte sie sich immer sicher gefühlt, deshalb hatte sie beschlossen, ihrem Instinkt zu trauen. Zu ihrer Erleichterung trafen sie sich nicht bei Annikas Haus, das sich neben dem ihres Vaters befand, sondern auf der Pferdekoppel in Morsum.

Der Ort im Osten der Insel galt als ursprünglichster Sylts. Weiß hob sich das dreiteilige Kirchenschiff von Sankt Martin gegen den grauen Himmel ab. Hoffentlich hielt das Wetter bis zur Dämmerung. Liv sah sich um. Ein schlechtes Gewissen ergriff sie. *Ich sollte wirklich mal wieder Mutters Grab besuchen, auch wenn Vater nun danebenliegt.*

Auch mit der Pferdekoppel waren viele Erinnerungen verbunden, allerdings positive: an gemeinsames Pferdestriegeln, Hufekratzen und die Vorbereitung auf Reitturniere.

Annika war bereits da und trug Reitkleidung, die nach Arbeit aussah. »Ich werde mir wohl Hilfe für die Pferde holen müssen, jetzt, wo Jan die meiste Zeit in England ist«, sagte sie, als sie und Liv auf die Koppel gingen, um ein Pferd für sie auszusuchen.

Liv überlegte, ob sie ihre Schwester fragen konnte, ob Enno auch ritt, und dann unauffällig das Gespräch in die notwendige Richtung lenken sollte, um mehr über dessen Aktivitäten herauszufinden, entschied sich aber dagegen. *Zu früh.*

»Blesse hier ist richtig. Das ist eine ganz Liebe. Du bist ja länger nicht geritten, oder?«, sagte Annika. Sie sattelten die Pferde. Annika hatte sogar Reitstiefel und einen Helm für Liv mitgebracht. »Die haben wir mal für Jans letzte Freundin gekauft. Dürften dir passen.«

»Es muss eine große Umstellung für euch sein. Wenn ich mir vorstelle, dass Sanna auszieht und im Ausland studiert … Schwierig«, sagte Liv.

»Enno fällt das gar nicht auf, der ist viel unterwegs. Aber mir ist es manchmal, als wäre mein ganzes Leben auf den Kopf gestellt«, gab Annika zu. Sie war bereits aufgesessen und sah Liv an.

Sie wirkte so verletzlich, dass Liv ihren Anblick kaum mit der wütenden, hysterischen Schwester zusammenbekam, mit der sie in den letzten Jahren so oft zusammengeprallt war. Ob sie Annika fragen sollte, wie sie mit diesen Veränderungen umging? Nein, besser nicht. Ihr Verhältnis war noch zu fragil, das Gespräch könnte jeden Augenblick kippen.

»Es wird wahrscheinlich dauern, bis sich alles neu eingespielt hat«, sagte sie daher, als sie neben Annika aus Morsum herausritt. Der Weg führte zwischen Felder mit ausgebleichtem, vom Regen niedergedrücktem Gras. Immerhin versprühten die Knicke am Rand der Äcker eine etwas fröhlichere Herbststimmung. Auch die Zugvögel zogen Livs Aufmerksamkeit auf sich. »War Enno immer schon so viel unterwegs?«, fragte sie. »Ich kann mich daran gar nicht erinnern.«

»Wie solltest du?« Annika lachte ein wenig spöttisch, setzte dann aber freundlicher hinzu: »So ist das, wenn man Karriere macht.«

»Unterstützt er dich bei Lammers Estates?« Ein reservierter Blick. *Vorsicht!* »Entschuldige, das geht mich nichts an. Wie oft kommst du denn zum Ausreiten? Gehst du noch zum Ringreiten?«, setzte Liv schnell hinzu.

»Enno hat mehr Arbeit, als er schaffen kann, da braucht er meine nicht noch dazu.« Annika ließ ihren Blick über die Felder schweifen, auf denen unzählige Nonnengänse rasteten. »Ja, klar. Wir Ringreit-Amazonen sind eine tolle Gemeinschaft. Es ist schön, diese Tradition aufrechtzuhalten.«

»Ist noch jemand dabei, den ich von früher kennen könnte?«

Ihre Schwester nickte. In der nächsten Zeit plauderten sie über das Reiten, Pferde und alte Bekannte. Schließlich hatten sie den Katrevel passiert und das Watt erreicht. Sie genossen den Ausblick auf das Waschbrett des Meeresbodens, auf dem die Abendsonne funkelte.

Erst nach einer Weile kehrten sie zum Deich zurück, saßen ab und ließen die Pferde grasen. Liv kraulte den Mähnenkamm ihres Pferdes. Ich reite viel zu selten, dachte sie.

Annika breitete eine Picknickdecke aus und holte Wasserflaschen, Sandwiches und ein Schälchen geschnittenes Obst aus der Satteltasche. Sorgfältig drapierte sie alles auf der Decke, legte hübsche Stoffservietten dazu. Liv war begeistert. Der Ausritt hatte sie hungrig gemacht. »Das ist ja klasse! Dass du so etwas auch noch schaffst!«

»Zu viel der Ehre. Frau Mönck hat das für mich vorbreitet.«

Livs krauste die Nase. Ihre letzte Begegnung mit der Hausmamsell ihres Vaters war unerfreulich gewesen. »Wird sie jetzt für dich arbeiten?«

»Natürlich. Auch Vaters Fahrer wird weiterbeschäftigt. Die gehören doch quasi zur Familie.«

Einige Augenblicke lang aßen sie still und lauschten den Geräuschen von Watt, Vögeln und dem zufriedenen Schnauben der Pferde. Wie sollte sie wieder auf Enno zu sprechen kommen, ohne dass es auffiel? Über Ocke wollte Liv hingegen gar nicht reden. Eigentlich war es bislang ein harmonischer Ausritt gewesen, das wollte sie nicht verderben. Sie hatte gut daran getan, Annika zu vertrauen.

Als sie ihren Ausritt an der Pferdekoppel beendeten, war es bereits dunkel. Im Licht eines Strahlers sattelten sie die Pferde ab, bürsteten ihnen das Fell und kratzten die Hufe aus. Liv hatte es noch immer nicht geschafft, mehr aus Annika herauszubekommen. Seltsam, dass sie als Kommissarin Verdächtige unbarmherzig in die Mangel nehmen konnte, bei ihrer eigenen Schwester aber versagte.

»Willst du noch auf einen Drink mit zu uns kommen?« Annikas Frage riss sie aus ihren Gedanken.

Auf keinen Fall! Die Vorstellung, auch nur in die Nähe ihres Elternhauses zu kommen, löste in Liv einen Abwehrreflex aus. »Nein, danke, heute nicht«, sagte sie und fragte dann doch: »Habt ihr eigentlich beide Arbeitszimmer in eurem Haus? Also abgesehen von den Büros von Lammers Estates?«

»Warum interessiert dich das?« Annika wischte sich über das Gesicht. Dann nickte sie. »Ja, ich schon. Enno hat sich extern ein Büro gemietet. Dort trifft er manchmal Geschäftspartner und Kollegen.« Sie legte die Hand auf Livs Arm. »Ich bin froh, dass wir nicht mehr streiten.«

19

Flensburg, 26. Oktober, 9:11 Uhr

Liv hatte gleich in der Frühe die Insel verlassen. Wenn sie in Flensburg alles erledigt hatte, würde sie noch kurz nach Kiel fahren, um Sebastian zu treffen. Sie freuten sich beide auf ihr Wiedersehen und hatten ausgemacht, sich mittags in seiner Wohnung zu treffen, wo sie ihre Ruhe hatten. Während der Autofahrt war Liv in Gedanken bei ihren Kollegen auf Sylt. Sie war gespannt, was sie heute herausfinden würden. Nun, spätestens wenn sie zur Abschlussbesprechung wieder auf der Insel war, würde sie es erfahren. Das Hin- und Herfahren war anstrengend, dennoch war sie froh, dass Hasselbrecht ihren Plan unterstützte.

Vor einer der Flensburger Rumhandlungen parkte Liv. Pansens Lebensgefährtin arbeitete hier als Verkäuferin. Es war ein gediegenes Geschäft, maritim dekoriert und – wie unschwer zu erkennen und zu hören war – von Touristen aus aller Welt frequentiert. Seit Flensburg im 18. Jahrhundert einer der bedeutendsten Häfen der Dänisch-Westindien-Flotte gewesen war, hatte der Handel mit Rum an der Förde Tradition. Hier wurde der in der Karibik gebrannte Rum verschnitten und veredelt, weshalb es eine Rum- und Zucker-Meile in der Altstadt und spezielle Stadttouren gab.

Als Liv eintrat, war Gina Schmied gerade in einem Kundengespräch. Liv beobachtete sie. Anfang zwanzig, Frisur und Kleidung verrieten, dass sie das Beste aus dem wenigen machte, was sie hatte. Quasi alleinerziehend und berufstätig mit einem kleinen Kind – Liv wusste selbst, wie schwierig das war. Sie wartete, bis Gina frei war, und suchte dann Blickkontakt.

»Kann ich Ihnen helfen?«

»Ich möchte mit Ihnen über Björn reden.«

Ginas Gesicht verschloss sich augenblicklich, ihr Blick flackerte nervös, als fürchtete sie, ihr Chef könne jeden Augenblick auftauchen. »Sind Sie von der Polizei?«

»Indirekt. Ich bin die Kommissarin, die Björn versuchte –«

»Ich habe Ihnen nichts zu sagen!«, brach es aus Gina Schmied heraus.

»Vielleicht könnten Sie mir einen Rum empfehlen. Ich suche einen für meine Großmutter. Keinen Schnickschnack, sondern einen ehrlichen Rum.«

Widerstrebend führte die junge Verkäuferin Liv an ein Regal und stellte ihr verschiedene Rumsorten vor.

»Es ist aufreibend, alleinerziehend und berufstätig mit einem kleinen Kind. Das kenne ich selbst«, sagte Liv leise. Gina Schmied sah sie nicht an, aber Liv spürte, wie wenig ihr dieses Gespräch behagte. »Meine Tochter ist sechzehn. Als sie geboren wurde, hatte ich meine Ausbildung noch nicht beendet. Glücklicherweise hat meine Großmutter mir geholfen. Wir drei leben heute noch zusammen.« Liv wog eine Flasche in der Hand. »Genau genommen stimmt das derzeit nicht. Seit Ihr Lebensgefährte in unserem Haus Feuer gelegt hat, während meine Tochter, unser Hund und ich darin schliefen –«

Gina Schmieds Unterlippe bebte. »Das ist eine Lüge! Björn hat das Haus bestimmt nicht angesteckt!«, zischte sie.

Liv stellte die Flasche zurück, betrachtete eine weitere. »Die Beweise belasten Ihren Lebensgefährten erheblich. Wir können beweisen, dass er das Feuer im Kapitänsviertel gelegt hat, genauso, wie wir beweisen können, dass er den Stein auf mein Auto geworfen hat und versuchte, mich vor einen Zug zu stoßen.«

Gina Schmied sah aus, als würde sie gleich weinen. »Das tut mir so leid. Björn ist gar nicht so. Nicht zu mir, und zu unserem Sohn schon gar nicht. Er ist sonst so liebevoll …«

Liv reichte ihr ein Taschentuch, mit dem die Verkäuferin sich unauffällig die Augenwinkel abtupfte. »Wir wissen, wie viel Sie und Ihr Sohn ihm bedeuten. Aber Ihr Lebensgefährte wird so oder so verurteilt werden, das steht fest. Es gibt nur eine Möglichkeit, sein Strafmaß zu verringern, damit er schneller wieder bei Ihnen sein kann.«

Hoffnungsvoll sah Gina Schmied sie an.

»Er muss mit der Polizei zusammenarbeiten und uns alles über seinen Auftraggeber verraten, was er weiß. Ich bitte Sie, reden Sie ihm ins Gewissen – auch in Ihrem eigenen Interesse.« Sie reichte Gina Schmied die Flasche. »Ich nehme diese hier. Könnten Sie die bitte als Geschenk einpacken?«

Auf der Wiese vor dem Haus tobte Noah mit anderen Kindern. War die Schule etwa schon aus? Liv schaute kurz auf die Uhr. Dann fiel ihr ein, dass Sebastian erwähnt hatte, dass sein Sohn nach dem frühen Schulschluss zum Spielen verabredet war. Sie winkte Noah zu, als dieser sie bemerkte. Der Junge sah sie missbilligend an, kam dann aber doch zu ihr. »Papa ist nicht da.«

»Noch nicht. Wir sind aber gleich verabredet«, sagte Liv mit einem warmen Lächeln.

»Papa ist bei Mama.«

Liv fragte sich, ob er log, um sie loszuwerden, ließ sich aber nichts anmerken. »Das ist doch prima«, sagte sie stattdessen. »Und bald ist er hier. Viel Spaß noch, Noah!«

Sie ging ins Haus und in Sebastians Wohnung. Die verabredete Zeit kam und verstrich, aber Sebastian tauchte nicht auf.

Liv prüfte ihren Chatverlauf. Hatte sie etwas missverstanden? Nein. Sie versuchte, ihn zu erreichen, doch Sebastian reagierte nicht. War ihm etwas passiert? Oder warum versetzte er sie? Unruhig tigerte sie in der Wohnung auf und ab. Ihr Ärger wuchs. Sie derart zu versetzen! Und das, wo sie ohnehin nicht viel Zeit hatte. Was bildete er sich ein! Sollte er ihr doch sagen, wenn ihm die Verabredung nicht passte!

Erbost marschierte sie zu ihrem Bulli zurück. Sie war froh, dass sie dieses Mal Noah nicht begegnete. Dafür sah sie Sebastian und Larissa den Fußweg hochkommen. Er hatte den Arm um seine Ex gelegt, sie redeten leise. Der Anblick versetzte Liv einen Stich ins Herz. Sie hatte doch gewusst, dass da mehr war, als Sebastian eingestehen wollte! Eilig hastete sie davon. Auf keinen Fall wollte sie von den beiden gesehen werden. Sie würde sofort nach Sylt zurückkehren und dort die Ermittlungen weiter vorantreiben.

Sie hatte die Stadt schon fast verlassen, als ein Anruf sie noch einmal zurück nach Flensburg trieb.

Spitze Türmchen erhoben sich über die mit gelbem Blendwerk verzierten Backsteinmauern, die dazu beigetragen hatten, der im 19. Jahrhundert errichteten Justizvollzugsanstalt Flensburg den Spitznamen »Schloss Rotenstein« zu geben; nur der Stacheldraht und die vergitterten Fenster störten das Bild.

Ihr Kollege Andreas ging Liv durch das mit Feldsteinen ummauerte Tor voraus. Er schien sich breit zu machen, als wollte er ihr den Weg bahnen. Seine Schnupfennase leuchtete rot in seinem Gesicht, das durch die kurz rasierten Haare nackt erschien. »Pansen hat ausgepackt, vollumfänglich«, wiederholte der Kommissar während der Eingangskontrolle. »Hat uns manche interessante Information gegeben, die uns bei der Aufklärung anderer Fälle dienlich sein könnte. Und dann hat er darum gebeten, mit dir sprechen zu dürfen. Um sich zu entschuldigen. Wir wissen inzwischen auch, wer Hennes wahrscheinlich angegriffen hat.«

Das ging ja schnell. »Wisst ihr jetzt, wer sein Auftraggeber war?«, fragte Liv in der Hoffnung, dass die Nachricht sie nur noch nicht erreicht hatte.

»Nein, noch nicht. Aber wir haben einige Hinweise, denen wir nachgehen. Außerdem sind die Computerforensiker noch mit Pansens Equipment beschäftigt.«

Wortlos nahm Liv die Atmosphäre in dem mit sechsundsechzig Plätzen zweitkleinsten Gefängnis Schleswig-Holsteins in sich auf. Einerseits empfand sie die Gefängnisenge als freiheitsliebender Mensch als bedrückend. Andererseits erfüllte es sie mit Befriedigung zu sehen, wie erfolgreich ihre Kollegen und sie waren. Wie viele Verbrecher sie aus dem Verkehr gezogen hatten, die eine Gefahr für andere Menschen darstellten! »Und Hissler hat wirklich nur drei Jahre bekommen? Auf Bewährung?«, kam sie unvermittelt auf einen alten Fall.

»Für Totschlag, mildernde Umstände«, bestätigte Andreas kopfschüttelnd. »Manchmal fragt man sich, wofür man den ganzen Stress und die Gefahren auf sich nimmt, wenn ein Mörder oder Kinderschänder nach so kurzer Zeit freikommt.«

Björn Pansen war frisch rasiert und wirkte in der Gefängniskleidung beinahe jungenhaft. Auf seiner Stirn zeichnete sich eine Ader ab, die seine Anspannung verriet. Um jeden Anflug von Mitleid zu vertreiben, rief Liv sich in Erinnerung, was er ihr angetan hatte. Dass Sanna und sie verbrannt wären, hätte ihre Tochter den Rauch nicht bemerkt. Dass sie bei dem Aufprall gestorben wäre, wäre der Stein nur einige Zentimeter weiter links auf die Frontscheibe aufgetroffen. Dass sie von der Bahn zermalmt worden wäre, hätte der alte Herr, dem sie demnächst ein paar Pralinen vorbeibringen wollte, sie nicht festgehalten. War es richtig, dass einer wie Björn Pansen ein milderes Strafmaß bekam? Er hatte angegeben, dass sie sein erster »Auftrag zum Abschuss« gewesen sei. Die Kollegen hatten ihm bislang das Gegenteil nicht beweisen können. Und um dem Auftraggeber das Handwerk zu legen, war Pansens Geständnis nun einmal dringend erforderlich.

Pansen erhob sich, als sie näher traten. Er strich nervös über seine Stirnader. »Frau Lammers, danke, dass Sie gekommen sind.«

Seine Mundwinkel krümmten sich zu einem Lächeln, das sie jedoch nicht erwiderte. Es drängte Liv, ihre Vorhaltungen auszusprechen, aber das würde nichts bringen. Pansen wusste genau, was er getan hatte. Wessen Leben er riskiert hatte. Er hatte sie lange genug beobachtet.

»Ich … Ich weiß, dass es keine Entschuldigung für das gibt, was ich angerichtet habe. Aber ich möchte Ihnen trotzdem sagen, dass es mir leidtut.« Liv nickte als Zeichen, dass sie ihn verstanden hatte. »Ich habe auch um einen Täter-Opfer-Ausgleich gebeten. Mit der jungen Frau, der ich die Nase gebrochen habe.«

»Das wird ihr hoffentlich helfen, mit dem Schrecken fertigzuwerden.«

»Das hoffe ich auch. Ich tue alles, wenn ich nur bald wieder mit Gina und meinem Sohn zusammen sein kann. Gina hat mir ins Gewissen geredet. Und sie hat recht. Ich muss die Scheiße, die ich gebaut habe, wieder ausbügeln.«

Nicht alle Wunden lassen sich heilen, dachte Liv. Hoffen wir, dass du uns wirklich die Wahrheit sagst. »Haben Sie uns alles über Ihren Auftraggeber verraten, was Sie wissen?«, forschte sie nach.

»Das habe ich.« Er zählte die Wege der Kontaktaufnahme auf, die geplante Bezahlung, und erwähnte, dass der Auftraggeber einen Stimmenverzerrer verwendet hatte. »Kurzzeitig habe ich sogar gedacht, dass es sich um eine Frau handelt.«

»Wie kamen Sie darauf?«

»Der nörgelige Tonfall – keine Ahnung.«

Erneut kam Liv in den Sinn, dass Annika dahinterstecken könnte – von wem sonst hätte Pansen wissen sollen, dass sie vorgehabt hatte, im Norden der Insel zu übernachten. Ihr eigenes Handy hatte er nicht abgehört, das war sauber. Pansen hatte angegeben, um 22:23 Uhr, kurz nach Livs Gespräch mit Annika, die SMS mit der Info und dem Hinweis auf die Brücke bekommen zu haben.

»Der Anrufer hat mich sowieso genervt. Hat mit seltsamen Begriffen um sich geschmissen. Micromorts und so – das habe ich sogar gegoogelt. Als ob ich *seine* Gesundheit gefährde, wenn ich den Auftrag vermassle!« Pansen klang ungläubig.

»Haben Sie versucht, unseren Hund zu vergiften, als Sie den Brand legten, damit er nicht anschlägt?«

Entsetzen zeichnete sein Gesicht. »Ich würde doch nie einem Hund etwas antun!«

Die Abendbesprechung hatte gerade begonnen, als Liv wieder im Sylter Kommissariat ankam. Sebastian hatte sich nicht gemeldet. Sie schwankte zwischen Kränkung und Sorge. Leise schlich sie in den Besprechungsraum und lehnte sich an die Wand, weil kein Stuhl mehr frei war.

Gerade berichtete Momke. »Daniel Xanthen ist ja ganz schön herumgeeiert, was sein Alibi für den Freitagabend angeht. Inzwischen hat eine bekannte Schauspielerin mit Wohnsitz auf Sylt ausgesagt, dass sie ihn getroffen hat. Um seine ärztliche Hilfe in Anspruch zu nehmen.«

»Wir wissen ja, was das heißt – dieser Lüstling!«, warf Rabia verächtlich ein.

»Vielleicht fällt das auch unter ärztliche Schweigepflicht.« Momke grinste, wurde dann aber wieder ernst. »Auf jeden Fall verließ Xanthen ihr Haus gegen Mitternacht, wie wohl auf den Aufnahmen ihrer Überwachungskameras zu sehen sein soll. Auch das werden wir überprüfen.«

»In der letzten Arbeitswoche war Inken Fischhusen häufig in einer Villa in Alt-Westerland, wo sie für den Besitzer den Fortgang der Renovierungsarbeiten überprüfen sollte. Zuletzt war sie wohl am Donnerstag dort. Die Kollegen befragen noch die Nachbarn«, berichtete Bente.

»Könnte sie auch kurz vor ihrem Verschwinden dort gewesen sein? Passt es vom Radius des Funkmastes, der ihr Handy zuletzt registrierte?«, fragte Liv.

»Das lässt sich noch nicht genau sagen, weil die Signalstärken variieren. Gegebenenfalls müssten wir einen Test machen.«

Sie diskutierten Lücken in der Opfer-Chronik und klopften Hypothesen ab. Liv massierte sich nachdenklich die Schläfen. Noch immer gab es viel zu viele Unwägbarkeiten.

Einige Stunden später lag Liv in ihrem Bett in ihrem Gästezimmer und konnte nicht schlafen. Sie hatte noch immer nicht mit Sebastian gesprochen. Sie hatte nicht versucht, ihn anzurufen, war nach dem vielen Autofahren und den Gesprächen viel zu müde zum Telefonieren. Aber auch er hatte sich nicht gemeldet. Zweifel an ihrer Beziehung überkamen sie. Gleichzeitig stiegen in ihr Erinnerungen auf. Momente, in denen sie gewusst hatte, dass er sie liebte.

Vertraue ihm, dachte sie.

Sie suchte auf ihrer Playlist eine Kantate von Johann Sebastian Bach heraus. Noch vor Ende des ersten Satzes war sie endlich eingeschlafen.

* * *

Sebastian strich Larissa über das Haar und schlich sich dann aus dem Zimmer. Im Flur ließ er sich gegen das Türblatt sinken und sog bebend die Luft ein. Liv hatte ihm nur eine Nachricht geschickt, und dann, als ihr klar geworden sein musste, dass er sie versetzte, keine mehr. Nicht einmal einen Gruß hatte sie ihm auf den Küchentisch gelegt. Seine Brust wurde eng. Wenn sie wüsste …

Ein Lichtschein fing seinen Blick. War Noah etwa noch wach? Leise machte er einen Schritt über die knarrende Diele und schob langsam die Tür auf. Der Junge lag auf der Seite, den Kuschelelefanten fest umarmt, die Augen weit offen.

»Warum schläfst du denn noch nicht? Soll ich mich zu dir legen und dir eine Geschichte erzählen?«

Noah nickte. Sebastian zwängte sich in das kleine Bett und legte den Arm um seinen Sohn. Der Sechsjährige kuschelte sich in seine Achselhöhle. »Ich konnte nicht schlafen«, murmelte er.

»War es nicht schön heute bei deinem Freund? Hattet ihr keinen Spaß?«

Kopfschütteln. »Das ist es nicht.«

»War irgendwas in der Schule?«

»Nö.«

»Was denn? Oder muss ich es aus dir herauskitzeln?« Sebastian begann seinen Sohn zu kitzeln, und der lachte auch auf, aber gleichzeitig spürte er, dass Noah etwas auf der Seele lag. *So wie mir etwas auf der Seele liegt.*

»Zieht Mama jetzt wieder hier ein? Sind wir wieder eine Familie?«, fragte Noah schließlich.

Sebastian zog sich das Herz zusammen, als er die Hoffnung in der Stimme seines Sohnes bemerkte. »Nein, Mama ist nur zu

Besuch. Sie wollte gern einmal wieder bei uns schlafen.« Er strich Noah über das Haar und küsste ihn auf die Stirn. »Du weißt doch, dass Mama und ich dich sehr lieben. Du bist für mich der wichtigste Mensch auf der Welt.«

»Wirklich?«

»Na klar. Aber ich habe eben auch Liv lieb. Weißt du, Liebe ist kein Kuchen, der weniger wird, wenn man ihn teilt. Liebe ist wie eine Pflanze, von der ich einen Ableger in die Erde setze und dann noch einen und noch einen. Liebe wird mehr, wenn man sie teilt.«

Skeptisch sah Noah ihn an. »Du willst noch mehr Freundinnen haben?«

Sebastian musste lachen. »Nein. Aber meine Liebe für dich wird nicht weniger, wenn ich auch jemanden anderen liebhabe. Das meinte ich. Und ich würde mir wünschen, dass du Liv eine Chance gibst. Mir zuliebe.«

Noah überlegte. »Hast du eigentlich Fanti schon einen Gutenachtkuss gegeben?«, fragte er und drückte Sebastian unvermittelt das Kuscheltier ins Gesicht.

»Jetzt habe ich es«, sagte Sebastian überrumpelt. »Und nun schlaf.« Ihm fielen selbst beinahe die Augen zu. Gern wäre er einfach liegen geblieben, doch er wusste, dass er sich morgen wie zerschlagen fühlen würde, wenn er in dem Kinderbett übernachtete. Außerdem wollte er noch Liv anrufen. Doch die würde ihm sofort anhören, dass etwas nicht stimmte. Er würde also erst einmal einen anderen Anruf tätigen müssen.

20

Westerland, 27. Oktober, 7:40 Uhr

Sebastian erwischte Liv am Telefon, als sie gerade völlig durchnässt vom Joggen zurückkam. Wie hatte das Wetter so schnell und so radikal umschwenken können? Vor einigen Tagen noch war es fast sommerlich warm gewesen; nun hatte der Herbst die Insel im Griff. In Rekordzeit waren auch die letzten Blätter von den Bäumen geweht worden.

»Ich muss mich bei dir entschuldigen. Es tut mir leid, dass ich dich versetzt habe.«

Liv verkniff sich mühsam einen schnippischen Einwurf und schwieg stattdessen.

»Du hast allen Grund, sauer zu sein.«

»Bin ich nicht.«

»Ich hätte dich so gern getroffen. Wirklich. Aber Larissa brauchte Hilfe. Sie ist … Sie war krank.«

Liv hörte die Besorgnis in seiner Stimme. »Geht es ihr jetzt besser?«

»Ja, ich denke schon. Wann können wir uns sehen? Wann hast du Zeit?«

»Ich bin wieder auf Sylt.«

»Ich komme zu dir, sobald meine Arbeit es zulässt. Versprochen.«

Versprich nichts, was du nicht halten kannst. Herrje, Liv, sei nicht so nachtragend. »Das würde mich freuen.«

»Dann kann ich dir auch die Fotos von meiner Gesichtsweichteilrekonstruktion zeigen. Ich bin beinahe fertig. Es ist sicher interessant, das Modell mit der Zeichnung zu vergleichen. Wie weit seid ihr in dem Fall? Und wie war es gestern in Flensburg? Glaubst du, dein Plan geht auf?«

Liv sah auf die Uhr. Wenn sie noch duschen wollte, musste sie sich beeilen. »Das erzähle ich dir später, okay? Ich bin spät dran. Du weißt ja: Manchmal können die Ermittlungen auch am Wochenende nicht ruhen.«

»Ich liebe dich, Liv.«

Noch ehe sie antworten konnte, hatte ihr Daumen das Gespräch schon getrennt.

* * *

Felicitas bedankte sich bei der Dolmetscherin und drückte auf den Knopf, der die Videokonferenz beendete. Eigentlich hatte sie erst in Ruhe ankommen wollen, doch schnell hatte das Kunstgeschäft sie wieder in seinen Bann gezogen. Seit die Medien berichtet hatten, dass sie wieder aufgetaucht war – »von den Toten auferstanden« war eine beliebte Formulierung –, wurde sie mit Anrufen und Mails geflutet. Absurderweise hatte ihr selbst gewählter Abschied aus der Szene die Nachfrage nach ihrer Expertise noch befeuert. Und warum sollte sie diese Chance nicht nutzen? Sie konnte das Geld gut brauchen. In den Monaten der Stille hatte sie Ideen entwickelt, Pläne, sogar Träume. Nicht, dass sie das Rad neu erfinden würde. Noch immer wollte sie Künstler und Kunstliebhaber zusammenbringen. Sie wollte den Menschen neue Kunstwelten eröffnen, großartige Künstler vorstellen, die in Deutschland noch unbekannt waren. Aber sie wollte freier sein. Nur noch temporäre Galerien betreiben, im Pop-up-Stil. Keine hohen Fixkosten mehr.

Sie sah aus dem Fenster. Die Sonne hatte einen Keil in das Stahlblau der Wolken geschlagen. Sie würde sich auch in Zukunft immer wieder Auszeiten gönnen, um zu entdecken, was Künstler in entlegeneren Gebieten der Erde zu sagen hatten. Auch diese Idee war nicht neu. Nur neu für sie. Zu lange hatte sie im eigenen Sud gekocht, war abhängig von einzelnen Künstlern gewesen, hatte deren Marotten und Spleens ertragen, hatte sie hochgejubelt, obwohl sie kaum mehr als Mittelmaß waren. Für Ace war sie sogar noch weitergegangen. Felicitas überlief es kalt. Die arme Frau, deren grausamen Tod er derart instrumentalisierte …

Sie gab sich einen Ruck. Der Morgenspaziergang war ihr heilig, aber lange würde es nicht trocken bleiben. Sie musste sich den Wind um die Nase wehen lassen. Noch einmal ließ sie die Videokonferenz Revue passieren. Wenn alles gut ging, würden die Verbindungen, die sie in Sri Lanka geknüpft hatte, Früchte tragen, und sie konnte schon bald die ersten Künstler aus dem Inselstaat in Deutschland präsentierten. Die Sammlung im Museum of Modern and Contemporary Art in Colombo und ihre Besuche in verschiedenen Galerien der Stadt hatten sie tief beeindruckt. Sie war erstaunt gewesen, dass Sri Lanka selbst in internationalen Kunstkreisen eine Terra incognita war, sah man von der Colombo Art Biennale ab, die jedoch auch schon ein paar Jahre her war. Selbst einflussreiche Künstler wie Jagath Weerasinghe, Thamotharampillai Shanaathanan, Sujeewa Kumari, Anoli Perera oder Anoma Wijewardene waren weitgehend unbekannt. Aber daran waren natürlich auch der Bürgerkrieg und weitere Krisen schuld, die den Inselstaat gebeutelt hatten.

Sofort schoss ihr durch den Kopf, was sie als Nächstes tun, mit wem sie konferieren, welche Beziehungen sie nutzen musste. Es gab so viel zu tun, dass ihr der Kopf schwirrte.

Genug davon. Sie kannte sich inzwischen zu gut, um zu wissen, wann sie eine Pause brauchte.

Sie zog sich warm an und ging zur Tür. Als sie ihr Appartement verlassen wollte, stand unvermittelt Kevin Elvssen vor ihr. Schwarz gekleidet, die Haare strähnig, Dreitagebart. Er roch nach kaltem Rauch. Ließ er sich gehen, seit er nicht mehr für Ace arbeitete? Hielt es das für einen Künstlerlook? Ihr Widerwillen verstärkte sich noch, als sie die wulstige Mappe unter seinem Arm entdeckte.

»Felicitas, du hattest doch gesagt, ich dürfte dir meine neuesten Werke zeigen.« Seine Stimme war vor Aufregung brüchig. Er sah auf ihren Mantel. »Oder passt es gerade nicht?«

Sie wollte Kevin abwimmeln, ungeachtet seiner zu erwartenden Enttäuschung. Dann aber musste sie daran denken, dass er ihr bei Ace zu Hilfe gekommen war. Dass er dadurch seinen Job verloren hatte. Sie öffnete die Tür weiter, legte den Mantel wieder ab. Lass dich nicht immer von diesen Kerlen einwickeln, die egoistisch nur an sich denken, ermahnte sie sich.

Kaum hatten sie sich an den Tisch gesetzt, legte der Junge auch schon los. Es klang, als habe er Ace' Präsentationen auswendig gelernt. Seine Bilder waren nicht schlecht, aber der Funke sprang nicht über.

Felicitas drückte den Rücken durch. Wieder einmal verschwendete sie ihre kostbare Lebenszeit an Mittelmaß. Das musste ein Ende haben. Sie ignorierte die Erwartungen und Hoffnung in Kevins Blick und überlegte stattdessen, wie sie ihn loswerden konnte. Vielleicht war der Junge eben doch nicht mehr als ein guter Assistent. *Moment mal …*

Felicitas blätterte durch die Bilder, nahm die Reproduktion eines Ölgemäldes genauer in Augenschein. Kevin trippelte von einem Fuß auf den anderen. Sein Adamsapfel hüpfte.

»Ich sehe viele vielversprechende Ansätze in deinen Werken. Aber es mangelt dir an Fokus. Hier beispielsweise …« Ausführlich beschrieb sie, wie er das Bild aus ihrer Sicht besser machen könnte. »Du bist noch jung. Nimm dir ein, zwei Jahre, um an deinem Stil zu feilen und dann durchzustarten.«

Kevin hatte offenbar etwas anderes erwartet. Schroff strich er sein Haar zurück. »Noch länger daran feilen? Ich habe schon mein ganzes Herzblut … Ich muss doch von etwas leben! Gibt es nicht wenigstens ein Bild, das du schon mal in Kommission …«

»Nein, das wäre verfrüht«, sagte Felicitas sanft, denn sie wusste, Künstler waren Sensibelchen. »Aber ich könnte einen Assistenten gebrauchen.« Sie gab sich Mühe, so zu klingen, als sei ihr die Idee gerade gekommen. »Du könntest mich unterstützen, und währenddessen bekommst du von mir direktes Feedback zu deinen Fortschritten. Was hältst du davon?«

* * *

Kevin trat mit voller Wucht gegen den Mercedes am Fahrbahnrand, drehte sich dann hektisch im Kreis. Hoffentlich hatte ihn niemand beobachtet. Was bildete Felicitas sich eigentlich ein? Glaubte sie, er wüsste nicht, was sie vorhatte? Sie hielt ihn hin, wie Ace ihn hingehalten hatte! Als er sprachlos dagestanden hatte, hatte sie ihn mit ihren Plänen vollgetextet. Nur einmal hatte er den Mund aufgemacht. Er hatte gefragt, ob sie Ace mit dem davonkommen lassen wolle, was er getan hatte. Perplex hatte sie ihn angestarrt. Hatte sie wirklich geglaubt, er habe nichts davon mitbekommen? Für wie dumm hielt sie ihn eigentlich?

Er stürmte los, hätte beinahe einen Jugendlichen mit Surfbrett über den Haufen gerannt. Offenbar hielt Felicitas ihn für sehr dumm, sonst hätte sie ihm nicht dieses Angebot gemacht. Aber er hatte sie durchschaut. Und er würde sich nicht erniedrigen lassen, nicht noch einmal. Er war ein Künstler, und von nun an würde er nach seinen Maximen handeln – egal, wie die Folgen aussahen.

* * *

»Liv, komm schnell.« Momke winkte hektisch. Auf seinem Bildschirm war die Internetseite des *Sylt-Experten* aufgerufen. Überschrift: *Vielversprechender Jung-Künstler überrascht mit Enthüllung über Ace Marroni.* Unterzeile: *Durchbruch im Fall Inken Fischhusen?*

»Geht es um Kevin? Warum zur Hölle redet Elvssen nicht zuerst mit uns statt mit der Presse?«, fragte Liv genervt.

»Sch.« Gebannt starrte Momke auf den Bildschirm.

Auch Liv war gefesselt. Der Vormittag war mit fruchtlosen Routinearbeiten gefüllt gewesen, und beim Mittagessen war spürbar gewesen, dass einige bereits anzweifelten, ob es bei dem derzeitigen Ermittlungsstand sinnvoll war, das Wochenende durchzuarbeiten. Vielleicht verschaffte das Interview der Ermittlung einen neuen Schub. Die Live-Reportage begann gerade. Jetzt waren unverputzte Betonwände zu sehen. Auf dem grauen Boden Streifen wie von Reifen. Einfache Werkstattlampen. Die Kamera fuhr die Gemälde an den Wänden ab, die Liv an den Stil Ace Marronis erinnerten und gleichzeitig eine andere, nicht uninteressante Ausprägung hatten.

Ein Sprecher: »Zwei Jahre lang arbeitete der junge Künstler Kevin Elvssen als Assistent des umstrittenen Sylter *Enfant terrible* Ace Marroni. Anlässlich seiner ersten eigenen Ausstellung haben wir Elvssen zum Exklusivinterview getroffen.«

Halbtotale auf Kevin, der mit großer Geste an einer Skulptur arbeitete. Dann eine Nahaufnahme, in der er etwas affektiert über seine Kunst schwadronierte.

Bente schnaubte neben ihr. »Als ob er auf einer Theaterbühne stehen würde!« Weitere Ermittler blieben bei ihnen stehen und sahen ebenfalls zu.

Der Sprecher fuhr fort: »Doch der Künstler hat aus seiner Zeit mit Marroni auch Ungeheuerliches zu berichten.«

Jetzt ein Close-up. Kevin Elvssen wirkte übernächtigt, hatte deutliche Bartstoppeln im Gesicht. »Ich habe mit mir gehadert, ob ich Ace Marronis Verfehlungen öffentlich machen soll, aber ich kann nicht länger mit der Lüge leben.« Eine Kunstpause. »Ace Marroni hat Werke namhafter Künstler gefälscht und in seiner Galerie verkauft. Inken Fischhusen, die für Marroni als Hausmeisterin tätig war, hat von diesen Fälschungen Wind bekommen und ihn erpresst, davon bin ich überzeugt. Und nun ist sie tot, ermordet.« Ein bedeutungsschwerer Blick in die Kamera, dann ein erneuter Schwenk über die Gemälde. »Ob ich glaube, dass Ace Marroni mit dem Mord zu tun hat? Eine derartige Einschätzung steht mir nicht zu. Die Polizei wird es ans Licht bringen.«

»Clever. So will er verhindern, dass Marroni ihn verklagt«, meinte Liv.

Wieder übernahm der Sprecher: »Kevin Elvssen hat sich von Ace Marroni abgewandt. Er will als Künstler auf eigenen Beinen stehen, mit eigenen Inspirationen, nicht mit geistigem Diebstahl, wie er sagt. Angesichts der Sogwirkung seiner Gemälde dürfte Kevin Elvssen der neue Star am Sylter Künstlerhimmel sein. Wir halten Sie auf dem Laufenden.«

»Das war's«, vermutete Momke und schloss den Internetbrowser. Die Kollegen diskutierten bereits aufgeregt über die von Elvssen behauptete neuerliche Erpressung.

Auch Liv hatte zum Hörer gegriffen, fragte aber sicherheitshalber noch in die Runde: »Ist schon ein Wagen unterwegs, um Kevin Elvssen –«

»Jupp. Dürfte demnächst hier sein. Genau wie Ace Marroni und seine Ex-Galeristin«, bestätigte Hasselbrecht, den Telefonhörer ebenfalls in der Hand.

Anders als bei ihren früheren Gesprächen wirkte Kevin Elvssen heute großspurig. Als sei er auf dem Sprung, saß er auf der Stuhlkante, forderte, dass das Gespräch schnell gehen müsse. »Meine Pop-up-Ausstellung wird überlaufen. Gleich nach dem Hochladen des Interviews haben sich die ersten Kunstinteressierten in der Garag… in den Räumen gedrängt! Ich muss zurück!«

»Ist Ihnen nicht klar, wie wichtig die von Ihnen zurückgehaltene Information für die Ermittlungen im Fall Fischhusen sein könnte?«, fragte Hasselbrecht kühl.

Elvssen sprang auf. »Glauben Sie, ich kenne meine Rechte nicht? Ich muss gar nicht mit Ihnen reden! Außerdem ist es eine Frechheit, dass Sie mich dafür rügen, wenn Ace doch das Verbrechen begangen hat!«

»Beruhigen Sie sich«, sagte Liv. »Wir haben alle das gleiche Interesse: Wir wollen Ace Marroni für das zur Rechenschaft ziehen, was er getan hat. Erzählen Sie uns doch bitte erst einmal, warum Sie so lange über die Fälschungen und die Verbindung zu Inken Fischhusen geschwiegen haben.«

Er setzte sich wieder, schlug die dünnen Beine übereinander, die hektisch wippten. »Aus Loyalität zu Ace. Aber jetzt haben wir uns geschäftlich getrennt, und ich fühlte mich ihm nicht mehr verpflichtet.«

»Nicht etwa, weil Sie Ihre Enthüllung medienwirksam nutzen wollten?«, fragte Hasselbrecht scharf.

Kevin kippelte und wirkte sehr zufrieden mit sich. »Ein angenehmer Nebeneffekt.«

»Was genau wissen Sie?«

Die Stuhlbeine knallten auf den Boden. »Zunächst einmal habe ich keine Beweise. Aber ich habe mitbekommen, dass Felicitas und Ace über die Fälschungen gestritten haben. Ein anderes Mal stritt er mit Inken. Ich sollte eigentlich vom Schlachter eines dieser Kaninchen holen, die Ace immer für seine Gemälde verwendete, hatte aber mein Portemonnaie vergessen. Es ging um Geld. Ich dachte erst, sie wolle ein Bild kaufen, und wunderte mich. Also schlich ich näher. Da hörte ich, wie Inken sagte, sie werde ihn anzeigen, wenn er sie nicht bezahlen würde.«

»Wann war das?«

»Im Februar, schätze ich.«

»Um welche Summe ging es?«

»Das weiß ich nicht.«

»Hat Marroni mitbekommen, dass Sie den Dialog gehört haben?«

»Ich denke nicht. Ich bin leise wieder hinausgegangen, ehe sie mich bemerken konnten, und habe mir nichts anmerken lassen.« Kevin Elvssen erhob sich. »Ich kann die Kunstinteressierten nicht länger warten lassen.«

Liv hielt ihn auf. »Felicitas Sterl wusste also davon?«

Elvssen strich ein paar Schuppen von seinem schwarzen Hemd. »Auf jeden Fall.« Er sah sie abschätzig an. »Jetzt wollen Sie sicher wissen, warum Felicitas nichts dagegen unternommen hat. Meine Theorie? Ganz einfach: Erstens bekam Felicitas noch Geld von Ace, aber seit sie ihn fallengelassen hat, liefen seine Verkäufe schleppend. Und zweitens hätte Felicitas damit auch ihren Ruf geschädigt. Sie wissen doch, wie die Leute Dinge aufbauschen. Es könnte heißen, sie hätte jahrelang einen Kunstfälscher gedeckt.«

Liv ging ihm nach, damit er nicht vergaß, die protokollierte

Aussage zu unterschreiben. Auf dem Flur trafen sie auf Ace Marroni.

Der Künstler schoss seinem früheren Assistenten entgegen. »Lügner!«, schimpfte er und konnte gerade noch von Beamten abgehalten werden, Kevin zu ohrfeigen.

»In diesen Raum mit Herrn Marroni«, wies Hasselbrecht die Beamten an und wandte sich dann an Liv. »Marroni soll sich erst einmal beruhigen. Der kann schmoren. Wir hören uns an, was Felicitas Sterl zu sagen hat.«

Sie betraten ein weiteres Vernehmungszimmer. Dort saß Felicitas Sterl, als würde sie Yoga auf dem Stuhl praktizieren: die Beine gerade aufgestellt, mit auf die Knie gelegten Handrücken und geschlossenen Augen.

Als sie eintraten, öffnete die Galeristin die Augen. »Ich weiß, mein Schweigen ist unentschuldbar.«

»Die Erkenntnis kommt spät«, murmelte Hasselbrecht.

Felicitas Sterl seufzte schwer. »Ich habe Ace ins Gewissen geredet, als ich mitbekam, was er trieb. Er versprach mir, keine weiteren Kunstwerke zu fälschen. Aber dann …«

Ace Marroni sprang bei ihrem Eintreten auf und tigerte in dem kleinen Raum auf und ab. »Kevin, diese kleine Ratte, lügt! Er profiliert sich auf meine Kosten, dieser Schlappschwanz!«

»Wir haben eben mit Frau Sterl gesprochen.«

Der Künstler starrte Hilke Hasselbrecht an, ließ sich dann auf seinen Stuhl sinken.

Liv übernahm: »Ihnen ist sicher klar, dass die Aussagen von Kevin Elvssen und Felicitas Sterl für Sie sehr ungünstig sind. Wenn es wahr ist, dass Inken Fischhusen Sie wegen der Fälschungen erpresst hat, hätten Sie ein gewichtiges Motiv gehabt, sie zum Schweigen zu bringen. Dass Sie über diese Erpressung geschwiegen haben, lässt Sie nicht gut aussehen.«

Der Künstler kratzte über seine Tätowierungen am Hals. »Ich habe Inken nicht getötet. Ich habe geschwiegen, weil ich wusste, dass Sie mir den Mord anhängen würden, wenn Sie von der Erpressung erfahren.«

»Sie haben nicht gerade eine hohe Meinung von der Polizei«, meinte Hasselbrecht.

»Die bürgerliche Mitte hat üblicherweise kein Verständnis für die Extreme im Leben kreativer Köpfe«, ätzte Marroni.

»Kunstfälschung würde ich nicht gerade als ›kreativ‹ bezeichnen«, sagte Liv.

»Auch Kunstfälschung ist eine Kunst. Denken Sie an Wolfgang Beltracchi, der ein besserer Maler ist als manche der millionenschweren Künstler, die er kopierte.«

»Und doch ist es Betrug.«

Marroni drehte nervös an seinen Silberringen. »Nur, wenn ich die Bilder verkaufe. Ich sagte ja, dass das Bürgertum per se …«

»Wie lange fälschen Sie schon?«

Wieder das Halskratzen, das tätowierte Auge bekam einen roten Schleier. »Inken war ein cleveres Mädchen und hat in meinem Atelier herumgeschnüffelt. Sie hatte den«, Marroni spie die nächsten Worte beinahe aus, »Entstehungsprozess einer Kopie sowie deren Ausstellung mit ihrem Handy dokumentiert. Ich hatte mich schon gewundert, warum sie so oft Arbeiten in der Galerie vornehmen musste. Auffällig oft waren Glühbirnen oder Sicherungen durchgebrannt.« Ein verächtliches Lachen. »Als sie mich mit den Bildern konfrontierte und den ersten Tausender forderte, wusste ich, warum.«

Abgesehen davon, dass Liv es hasste, wenn gestandene Frauen als »Mädchen« abgewertet und verniedlicht wurden, ärgerte sie Marronis Kalkül. Er hatte nur eine einzige Fälschung eingestanden. Vermutlich würde er auch im weiteren

Gespräch nur zugeben, was sie ihm nachweisen konnten. Und das war nicht viel.

»Wie viel hat Frau Fischhusen insgesamt erpresst?«

Marroni zog ein schmales, zerknicktes Heftchen aus der Hintertasche, blätterte darin. »Tausend, tausend, fünftausend.« Er sah Liv an. »Die Fünftausend musste ich mir von Felicitas leihen. Inken kam mit der Forderung von einem Tag auf den anderen, so viel hatte ich nicht flüssig.«

Liv nickte. Felicitas Sterl offenbar schon. Die Galeristin hatte ausgesagt, dass sie damals gerade eine große Summe von der Bank geholt hatte, um einen anderen Künstler auszuzahlen, und daher Ace das Geld hatte leihen können. Diese Leihgabe war auch der Grund für den Streit mit Daniel Xanthen und die Schläge gewesen, das hatte sie ebenfalls berichtet. Xanthen war eifersüchtig gewesen, hatte ihr vorgeworfen, noch immer Ace gefügig zu sein. Dabei hatte sie angeblich nur verhindern wollen, dass Marronis Fälschungen – Sterl hatte von einer Mehrzahl gesprochen – aufflogen und sie mit in den Abgrund rissen.

»Danach war Inken verschwunden.« Marroni lehnte sich zurück. »Ich war nicht traurig darüber.«

»Sie sagten, die letzte Summe erpresste Inken Fischhusen kurzfristig. Wann war das? Erzählen Sie uns davon.«

»Sie kam am Freitag vorbei, an dem Wochenende, an dem sie verschwand. Ich sagte ihr, dass ich die Summe so schnell nicht auftreiben könnte. Es hat sie nicht interessiert.«

»Das muss Sie wütend gemacht haben.«

»Klar. Trotzdem habe ich sie nicht umgebracht. Außerdem hat Inken mir versprochen, die Fotos zu löschen. Das hat sie auch getan. Ich habe es selbst gesehen. Obgleich ich natürlich weiß, dass sie leicht Kopien gemacht haben könnte.«

Könnte Ace Marroni jemanden beauftragt haben, um sich

Inken vom Leib zu halten? Liv bat den Künstler, die Begegnung genauer zu beschreiben. »Was für einen Eindruck hat Frau Fischhusen auf Sie gemacht?«

»Sie wirkte abgeklärt. Kühl, als sei ich ihr scheißegal. Deshalb habe ich ja auch Felicitas um Geld angebettelt. Ich wusste, dass Inken es ernst meint.«

»Wann und wo haben Sie ihr das Geld übergeben?«

Ein beinahe unmerkliches Flackern lag in Ace Marronis Blick. »Inken kam noch einmal zum Atelier.«

»Wann war das genau?«

»Samstag, 11:30 Uhr. Und bevor Sie fragen: Inken wirkte abwesend, als wäre sie gar nicht da. Ihr Auto stand vor der Tür, nicht der Firmenwagen. Die Rückbank war vollgeladen bis unters Dach, das habe ich schon von Weitem gesehen.«

Erneut wallte Ärger in Liv auf. Mit diesen Informationen hätte er schon vor Tagen herausrücken müssen! Ace Marroni war offensichtlich der Letzte gewesen, der Inken Fischhusen lebend gesehen hatte. Hatte er sie wirklich nicht getötet? Oder war er so abgebrüht, dass er die Begegnung mit ihr zugab, weil er sicher war, dass sie ihm nichts nachweisen konnten? Für einen dringenden Tatverdacht reichten die Beweise auf jeden Fall noch nicht, zumal auch die Beziehung zwischen Inken Fischhusen und Reint Plögg undurchsichtig war. Plögg hatte um sie geworben, das war klar. Sie hatte ihn sitzenlassen. Aber wie stark hatte sie ihn damit verletzt? Oder wäre sogar Malu Hilversum fähig gewesen, Inken Fischhusen aus dem Weg zu räumen, um ihre Jugendliebe zurückzugewinnen? Praktischerweise gab sich das Paar ja gegenseitig ein Alibi.

Das Haus in Hörnum sah aus, als freute es sich auf seine neuen Bewohner. Malu Hilversum rückte die Tagesdecke auf dem Bett noch einmal zurecht und machte Fotos.

»Sieht gut aus«, sagte Bente.

»Danke schön. Nicht alles, was man selbst als wohnlich empfindet, ist für einen Käufer ansprechend. Viele Häuser sind auch viel zu vollgestellt. Privatfotos gehen gar nicht, genauso wie Nippes. Man muss dem Käufer das Objekt einfach schmackhaft machen. Aber deswegen sind Sie wohl nicht hier.« Hilversum legte die Hand auf die Wölbung ihres Bauches.

Liv hoffte, dass sie die Schwangere nicht zu sehr aufregen würden. Dennoch mussten sie mit ihr sprechen. Dass er Inken Fischhusen nach Föhr eingeladen hatte, hatte Plögg damit erklärt, dass dies der besseren Zusammenarbeit habe dienen sollen. Und obwohl sich Marroni mehr als verdächtig gemacht hatte, mussten sie auch diese Ermittlungsrichtung weiter verfolgen.

»Wir möchten noch einmal mit Ihnen über die Beziehung zu Herrn Plögg und das fragliche Wochenende im April sprechen«, begann Bente.

»Ich begreife nicht, warum Sie mich schon wieder damit belästigen!«

»Weil es noch offene Fragen gibt. Bekannte von Ihnen haben ausgesagt, dass Sie erst etwa zu diesem Zeitpunkt wieder mit Herrn Plögg zusammengekommen sind. Wir fragen uns nun –«

Malu Hilversum war das Blut ins Gesicht geschossen. Ihre Stimme war dünn, als sie Liv unterbrach. »Wollen Sie Reint etwa einen Strick daraus drehen, dass unsere Beziehung noch frisch war? Ja, es stimmt, Reint ist erst an dem Freitag wieder bei mir angekommen. Ich hatte mir so sehr gewünscht, dass wir wieder zusammenfinden, dass ich nicht fragte, warum. Auf einmal stand er vor meiner Tür. Und er blieb. Für mich war das … Ich liebe ihn seit der sechsten Klasse. Dass er zwischendurch andere Frauen –«

»Frauen wie Inken Fischhusen?«

»Meinetwegen – das ist mir egal! Wir lieben uns, wir bekommen ein Kind – das ist es, was zählt. Reint und ich waren an diesem Freitag und an diesem Samstag zusammen, das schwöre ich. Wenn Ihnen das nicht reicht, dann weiß ich es auch nicht!« Aufgewühlt ließ Malu Hilversum sich auf das Bett sinken.

Während der nächsten Lagebesprechung wurde gemeldet, dass eine Zeugin Inken Fischhusen am Samstag vor ihrem Verschwinden in Alt-Westerland gesehen hatte. Hilke Hasselbrecht ließ den Streifenpolizisten, der die Meldung aufgenommen hatte, sofort in den Besprechungsraum holen und berichten.

Der Mann war sichtlich nervös. Liv konnte das gut nachvollziehen, denn die geballte Energie einer Soko, die mit aller Kraft ein hehres Ziel verfolgte, war auch für sie immer wieder beeindruckend.

»Die Zeugin wohnt im Rosenweg. Sie sagt, sie habe die Gesichtsrekonstruktion in einer alten Zeitung gesehen, aus der sie eine Mülltüte falten wollte, und sich deshalb erst jetzt gemeldet. Sie wisse das Datum, an dem sie Frau Fischhusen gesehen hat, so genau, weil sie an dem Tag wieder auf die Insel gekommen sei. Es muss am 21. April gegen zwölf Uhr gewesen sein. Frau Fischhusen sei in das Haus Nummer 35 gegangen, sagt sie.«

Momke blätterte in den Unterlagen. »Das ist eines der Objekte, die Inken Fischhusen als Hausmeisterin betreute. Genau genommen die Villa, in der renoviert wurde. Sie war am Donnerstag vor ihrem Verschwinden zuletzt dort gewesen, um den Fortgang der Arbeiten zu überprüfen.«

Allen war klar, was das bedeutete. Erregung erfüllte den Raum. Könnte dies der Tatort sein?

»Ein Team fährt zum Rosenweg. Wir brauchen das K6 dort, die große Besetzung. Ich rufe den Staatsanwalt an«, entschied Hasselbrecht.

Doch der Kollege in Uniform war noch nicht fertig. Er räusperte sich. »Gleich danach sei ein Mann Inken Fischhusen gefolgt, sagt die Frau. Er sei aus einem schwarzen Porsche gestiegen und habe auch sonst ganz schwarz ausgesehen – eingeschlossen der Tätowierungen an seinem Hals.«

Liv hieb auf den Tisch. »Ace Marroni hat uns also noch etwas verschwiegen!«

21

Kampen, 17:05 Uhr

Im Atelier brannte lediglich gedämpftes Licht, als Liv und Bente eintraten, was den Skulpturen im Raum etwas Gespenstisches gab. Ace Marroni stand über eine Schublade gebückt und sortierte Papiere; vermutlich war bei der Durchsuchung wegen der Fälschungen einiges durcheinandergeraten.

Noch ehe sie etwas sagen konnten, hatte Marroni sie bemerkt. Unvermittelt sprang er auf und rannte zum Hinterzimmer.

»Herr Marroni, bleiben Sie stehen! Wir wollen nur mit Ihnen reden!«

Marroni knallte die Tür hinter sich zu, gefolgt von einem Krachen. Die Kommissare eilten ihm hinterher. Bente versuchte, die Tür zu öffnen, doch etwas versperrte den Zugang, also warf er sich dagegen. Noch immer kam er nicht durch den Spalt. »Marroni, öffnen Sie!«

»Möglicherweise gibt es einen Hinterausgang. Ich laufe ums Haus und versuche, ihm den Weg abzuschneiden!« Liv sprintete los. Vor dem Gebäude sah sie Marroni wegrennen. »Bleiben Sie stehen!«

Er hielt sich Richtung Kliffkante. Hatte er seinen Porsche auf dem hinteren Dünenparkplatz stehen? Oder wollte er sich etwas antun, sich in die Tiefe stürzen?

Trotz der Anstrengung fröstelte Liv auf einmal. Das Rote Kliff war bis zu dreißig Meter hoch, und sie wusste, dass ein

Abbruch oder ein Sturz tödlich enden konnte. »Bleiben Sie von der Kante zurück! Das ist gefährlich!«

Der scharfe Wind trug ihre Worte fort. Liv zog das Tempo an. Marroni war hinter dem Hundsrosengebüsch verschwunden. Fast hoffte sie, Autotüren und einen aufheulenden Motor zu hören. Doch als sie das Gesträuch hinter sich hatte, sah sie ihn nicht mehr.

Liv starrte ins Zwielicht. Die Steilkante mit dem wogenden Dünengras zeichnete sich gegen die schaumbekrönte Nordsee ab. Er konnte doch nicht einfach verschwunden sein!

Da – am Strandaufgang! Marroni, ein schwarzer Umriss, der sich schnell entfernte. Wieder rief sie. Keine Reaktion. Also setzte sie hinterher. Aus dem Augenwinkel bemerkte sie eine Bewegung.

Bente folgte ihnen. »Lass ihn laufen!«, keuchte er. »Die Fahndung ist eingeleitet. Den bekommen wir früher oder später!«

Doch Liv wollte nicht aufgeben, nicht noch mehr Zeit verlieren.

Als die Ermittler wieder im Kommissariat eintrafen, war die Fahndung nach Ace Marroni bereits im Gange. »Wir checken alle Lagerräume, Freunde und Bekannte, bei denen er untergeschlüpft sein könnte. Erstaunlich, dass du ihn am Strand verloren hast. Als ob man sich da verstecken könnte!«, meinte Rabia.

Liv schüttelte die Regentopfen von ihrer Jacke und rieb sich mit dem Halstuch das Haar trocken. Sie ärgerte sich selbst darüber, dachte aber nicht daran, sich zu rechtfertigen. Durch Dämmerung und Nebelschlieren hatte sie ja nicht einmal erkennen können, in welche Richtung Marroni verschwunden war. »Schon erste Ergebnisse von der Kriminaltechnik oder den Kollegen, die die Nachbarn im Rosenweg befragen?«

»Wir haben noch zwei weitere Anwohner ausfindig gemacht, die Inken Fischhusen am Samstag dort gesehen haben. In der Villa ist kurz zuvor übrigens Estrich verlegt und gestrichen worden.«

Die Ermittler wechselten Blicke. »Dann kann es sein, dass dort demnächst wieder eine Renovierung nötig wird«, meinte Liv trocken.

Der Raum im Rosenweg 35 roch zwar nicht mehr frisch renoviert, doch die Wände und der Boden waren noch makellos. Das war jetzt, wo er leer geräumt war, gut zu erkennen. Routiniert bereiteten die Kriminaltechniker alles vor. Schließlich war das Zimmer komplett abgedunkelt. Gebannt beobachtete Liv, wie ein Beamter die Flächen einsprühte, vor allem jene, die schwierig zu reinigen waren wie Ecken oder leicht übersehen wurden wie Fußbodenritzen. Gleich würden sie wissen, ob hier dieser Raum wirklich der Tatort gewesen sein konnte. Ein anderer Beamter hielt die Kamera bereit, denn wenn es Leuchtspuren gab, mussten diese schnell dokumentiert werden, da sie flüchtig waren. Dann wurde das UV-Licht eingeschaltet.

Liv sog die Luft ein. So viel Blut!

»Wir haben den Tatort. Endlich!«, sprach Bente aus, was angesichts der intensiven Lumineszenz alle dachten. »Der DNA-Abgleich ist nur noch Formsache. Neunundneunzig zu eins, dass wir es mit Inken Fischhusens Blut zu tun haben.«

»Ich wette nicht, gehe aber auch davon aus, dass Inken hier zerteilt wurde. Zu viel weist darauf hin. Verdammt kaltblütig, die Tat hier vorzunehmen, im Haus eines Fremden!«, sagte Liv.

»Oder der Täter war panisch. Er tötete sie hier und wusste nicht, wie er sie hinausschaffen sollte.«

Liv wog den Gedanken ab. »Die Handwerker haben angegeben, den Estrich am Donnerstag davor verlegt zu haben, damit er über das Wochenende durchtrocknen konnte.«

Botersen-Evers nickte grimmig. »Was meinst du, warum draußen schweres Gerät lagert? Als Nächstes stemmen wir den Boden auf. Mit Glück finden wir das Tatwerkzeug. Oder das Handy der Toten.«

Eine Stunde später – Liv unterstützte wieder die Suche nach Ace Marroni – meldete sich Bente auf ihrem Handy. »Die Kriminaltechniker haben den Estrich jetzt abgetragen. Wir konnten Inken Fischhusens Smartphone und die SIM-Karte bergen. Das Display ist gesplittert, auch sonst ist das Gerät in keinem guten Zustand. Beides ist bei den Kriminaltechnikern. Wollen wir hoffen, dass die Kollegen Wunder wirken können.«

»Fingerabdrücke?«, fragte Liv, obwohl sie ahnte, dass Bente ihr diese Information nicht vorenthalten hätte.

»Anscheinend nicht. Aber vielleicht finden die Spezialisten mehr als wir.«

»Hat schon jemand mit den Handwerkern gesprochen, die den Estrich verlegt haben?«

»Ja, wir haben auch ihr Werkzeug bereits beschlagnahmt. Auch in der KT. Zur Not kommt alles zum LKA – die haben die beste Ausstattung.«

* * *

Diesen Anruf musste Enno annehmen, ob er wollte oder nicht. Er lauschte zunehmend frustriert, beendete dann das Gespräch, ohne ein Wort gesagt zu haben. Mühsam beherrscht besann er sich darauf, dass er Mathematiker war und in der Lage sein sollte, eine nüchterne Bilanz zu ziehen. Doch seine Chancen standen schlecht. Wenn er überhaupt noch unbeschädigt aus der Sache herauskommen wollte – die Wahrscheinlichkeit war gering –, würde er ins Risiko gehen müssen. Eine Verzweiflungstat, mehr oder weniger. Nach den Axiomen der Entscheidungstheorie war dies eine Entscheidung unter Ungewissheit.

Enno versuchte, die verschiedenen Regeln zur Entscheidungsfindung rational gegeneinander abzuwägen, verwarf sie aber schließlich allesamt. Sosehr er es auch hasste, würde er handeln müssen, ohne jede Möglichkeit analysiert zu haben.

Zum Glück hatte er da, was er brauchte. Ein Vorteil, wenn man auf alle Eventualitäten vorbereitet zu sein versuchte. Aus einem Schrank holte er zwei Billighandys, legte einfache Prepaidkarten ein. Er ging an eine Stelle, an der er Empfang hatte, und verschickte zwei SMS. Dann öffnete er den Waffenschrank.

Er war gerüstet. Selbst einen Mord zu begehen – um wie viel Micromort das sein Sterberisiko wohl erhöhte?

* * *

Unschlüssig las Ace Marroni die SMS. Seit er vorhin Hals über Kopf geflohen war, verbarg er sich in einer Garage, die er leichtsinnigerweise für einen Oldtimer, den er sich dann doch nicht hatte leisten können, angemietet und bar bezahlt hatte.

Die Bullen hatten sich auf ihn eingeschossen. Vor allem diese Lammers, diese spaßbefreite Emanze. Die würden ihm diesen Mord anhängen, um endlich einen Täter vorweisen und ihren Fall abschließen zu können. Es sah schlecht für ihn aus, das musste er zugeben.

Wieder las er die Kurznachricht. Der Absender bezeichnete sich als einen Freund, nannte aber seinen Namen nicht. Um wen konnte es sich handeln? Und warum schrieb er anonym?

Andererseits: Welche Möglichkeiten blieben ihm überhaupt noch? Es sei denn, er wagte einen Befreiungsschlag. Er würde danach zwar vielleicht im Knast landen, dabei aber extrem viele fette Schlagzeilen ernten, die die Preise seiner Kunstwerke in die Höhe treiben würden.

* * *

Erst als sie nichts weiter tun konnten, machten sie Feierabend. Bente sah auf die Uhr. »Schon halb zehn. Gehen wir noch eine Kleinigkeit essen? Ich habe den ganzen Tag keine Zeit dafür gehabt.«

»Geht mir auch so.«

»Da gibt es doch diese Tapasbar in Keitum. Darauf hätte ich Lust. Einverstanden?«

Liv zuckte mit den Schultern. Es war ihr egal. Sie würden das Essen ohnehin abbrechen müssen, wenn irgendjemand in der Zwischenzeit Ace Marroni ausfindig machte.

Sie waren gerade auf dem Parkplatz, als Livs Handy den Eingang einer Kurznachricht meldete. Absender unbekannt. Der Inhalt setzte Liv unter Strom:

Bin in großer Gefahr. Bitte komm schnell. Es geht um Enno. Treffen in seinem Büro, Munkmarsch. A.

Liv schluckte. Ennos Büro war in der Munkmarscher Chaussee. Aber was wollte Annika da? Was wollte sie ihr sagen? Wieso war sie in großer Gefahr? Und warum verwendete sie nicht ihr übliches Handy?

Eilig rief Liv Annikas Telefonnummer auf. Doch bei ihrer Schwester sprang nur die Mailbox an. Also wählte sie die Festnetznummer. Sie erreichte die Haushälterin, fragte sie nach ihrer Schwester. Frau Mönck zierte sich etwas, sagte aber dann, Annika habe am Nachmittag einen Termin gehabt und sich seitdem nicht gemeldet. »Sie soll mich unbedingt anrufen. Sofort. Richten Sie Annika das bitte aus.«

»Was ist denn mit dir auf einmal los? Wo willst du hin?«, fragte Bente befremdet, als Liv sich unvermittelt abwandte.

»Da stimmt etwas nicht mit meiner Schwester. Sie hat mir eine Nachricht geschickt, sie sei in Gefahr, und bittet mich, zu ihr zu kommen.« Parallel versuchte Liv erneut, ihre Schwester zu erreichen. Fehlanzeige.

»Das hört sich nach einer Falle an«, gab Bente zu bedenken.

Liv war wie elektrisiert. Kaum hielt es sie auf der Stelle. »Wenn ich nicht gehe und irgendwas stößt ihr zu, dann werde ich es mir nie verzeihen.« Sie eilte los.

Bente folgte ihr. »Glaubst du etwa, ich lasse dich allein gehen? Nach all dem, was dir in letzter Zeit passiert ist?« Er klang so entschieden, dass Widerspruch zwecklos war. »Wenn du mich fragst, sollten wir Verstärkung mitnehmen.«

»Auf keinen Fall. Das ist eine Familienangelegenheit.«

»Nicht, wenn Enno hinter den Anschlägen auf dich steckt und Annika einen Hinweis darauf oder auf seine krummen Geschäfte gefunden hat.«

Livs Gedanken rasten. Annika würde zu ihrem Ehemann halten. Immer. Vielleicht wollte sie Enno entlasten. Aber warum in Ennos Büro?

Als sie losfuhren, sagte Bente: »Ich rufe die Kollegen an und informiere sie.«

»Nein, lass das. Bitte! Das betrifft erst einmal nur meine Familie. Annika und mich.« Sie sah ihn eindringlich an. »Sollte etwas seltsam sein, rufen wir sofort Verstärkung – versprochen!«

Die Landschaft lag im Dunkeln, die Autolichter fraßen sich

durch den Dunst. »Ich frage mich schon die ganze Zeit, ob es Zufall ist, dass Enno sein Büro in der Nähe des Grundstücks hat, das Lammers Estates kaufen sollte, bevor das Baugutachten und Ocke ihm einen Strich durch die Rechnung machten«, sagte Liv nach einer Weile.

»Vielleicht ist er erst durch das Büro auf diese Gelegenheit gekommen. Ist schließlich ein Sahnestück. Solche Flächen kommen nicht mehr oft auf den Markt, meint Momke.«

»Das hier ist auf jeden Fall nicht gerade repräsentativ. Finstere Ecke.«

Bente lenkte den Wagen an den Fahrbahnrand. Dunkel zeichnete sich das Wäldchen vor dem Watt ab. Wind zerrte an ihnen, wehte ihnen in die Hosenbeine, trug den Ruf eines Käuzchens heran.

Livs Anspannung wuchs. Noch einmal wählte sie die Nummer. Nichts. Auch keine weitere Nachricht von Annika. Kein Licht war zwischen den Bäumen zu sehen. Waren die alten Häuser inzwischen geräumt und warteten auf den Abriss? Und was war mit dem Haus, in dem sich Ennos Büro befand?

»Nichts zu sehen«, sagte Bente. »Lass uns zurückkehren.«

»Ich muss da jetzt nachschauen. Wenn Annika nicht im Büro ist, verschwinden wir wieder.« Liv nahm die Taschenlampe aus dem Handschuhfach und lief los. Schlaglichtartig flackerte die Landschaft vor ihr auf. Geraschel. Kleine Tiere flohen durchs Unterholz. Dann das alte Einzelhaus. Liv sah sofort, dass bei Ennos Büro etwas nicht stimmte. Sie rannte jetzt beinahe. Die Tür stand auf. Ein fahler Lichtschein fiel hinaus. Sollte sie sich bemerkbar machen?

Im gleichen Moment ein Schrei, wie von weit her. »Tu das nicht! Nein …«

Annika! Sie klang panisch.

Das Herz schlug Liv bis zum Hals. Sie hörte, dass ihr Kollege seine Waffe aus dem Holster holte. Liv tastete nach ihrer Pistole, erinnerte sich dann aber, dass sie sie im Revier eingeschlossen hatte. Sie hätte sie ohnehin nicht benutzt, hatte sich geschworen, nur im absoluten Notfall zu schießen. Gleichzeitig wusste sie nicht, was sie erwartete. Vielleicht wäre es besser gewesen, sie bei sich zu haben. Sie riss die Augen auf. Die Eingangstür war gesplittert, aufgebrochen. Weiter. Kein Licht in den Zimmern.

»Bitte … ich flehe dich an!« Wieder Annika.

Angespannt bis in die Haarspitzen schlich Liv voraus, der Stimme und dem Lichtschein nach.

»Warte! Wir sollten …«, wisperte Bente. Er hatte die P99 im Anschlag.

Liv ließ sich nicht aufhalten. Ihre Schwester war in Not! Außerdem fühlte sie sich durch die Anwesenheit ihres Kollegen sicher. Das Haus war klein. Zwei Büroräume, anonym eingerichtet. Ein wenig Licht fiel durch einen schmalen Spalt. Eine Tür, eingefasst von Metallleisten. Dahinter geweißte Wände. Stufen. Ein Handlauf.

Noch einmal hörte sie ihre Schwester: »Du darfst nicht …«

Die Verzweiflung in Annikas Stimme trieb Liv schneller voran. Bente sicherte die Tür. Steil ging die Treppe hinab, verschwand in der Finsternis. Es roch muffig. Livs Nackenhaare stellten sich bei der Vorstellung auf, hinabsteigen zu müssen, und doch ging sie weiter.

»Diese Tür … Das gefällt mir nicht! Liv, warte endlich, *for pokker!*«, fluchte Bente beinahe unhörbar leise.

Stufe um Stufe stieg sie hinunter. In diesem Augenblick hörte sie hinter sich ein schrappendes Geräusch. Einen Aufschrei. Dann ein dumpfes Hämmern. Sie fuhr herum.

Die Tür am Treppenaufgang war durch eine Stahltür verschlossen. Ärger durchschoss sie. Hätte sie doch auf Bente gehört und sich die Tür genauer angesehen! Es musste eine Fernsteuerung geben oder eine Automatik. Jetzt war die Tür zu, und sie war von Bente getrennt. Nur gedämpft konnte sie seine Rufe hören.

Das Licht ihrer Taschenlampe schnitt ins Schwarz, strich über die Wände. Rostrote Metallkanten ragten aus dem Beton. Was zur Hölle war das? Was hatte Annika hier zu suchen? Und wer machte ihrer Schwester eine derartige Angst? Konnte das Enno sein? Wenn ja, war ihr Schwager durchgedreht.

Sie hielt einen Augenblick inne. Vielleicht sollte sie doch umkehren, nach einem Öffnungsschalter suchen und auf die Verstärkung warten, die Bente ganz sicher schon gerufen hatte. Auf sich allein gestellt, schoss sie die Stufen hoch, strich über Türblatt und Zarge. Kein Griff, kein Schalter, um sie zu öffnen. Hatte Bente recht gehabt? War es eine Falle?

Jetzt ging auch noch sirrend das spärliche Licht aus. Mit ihrer Taschenlampe war sie nun das perfekte Ziel. Blut rauschte in ihren Ohren. Annika war verstummt. Wer auch immer die Tür geschlossen hatte, wusste, dass sie da war.

»Annika?« Ihr Ruf klang dumpf.

Wie groß war dieser Keller? Sie hörte etwas scharren, ein gedämpftes Stöhnen. Bilder schossen ihr durch den Kopf. Instinktiv hechtete sie die Treppe hinunter. Noch ehe sie den Steinboden erreichte, blitzte vor ihr etwas auf.

Ein Knall, dessen Druckwelle schmerzhaft in ihren Ohren nachhallte. Knirschen, ein harter Aufschlag.

Jemand hat geschossen!

Liv löschte die Stablampe, rollte sich ab, stieß gegen eine Mauer, presste sich dagegen, als könnte sie mit ihr verschmelzen und so unsichtbar werden.

Sie starrte in die Dunkelheit, versuchte, Schemen zu erkennen. Ihr Atem war viel zu laut. *Fehler!* Sie warf sich zur Seite.

Wieder ein Blitz. Beton spritzte. Auf einmal wünschte sie sich, zurückschießen zu können. Wusste gleichzeitig, wie gefährlich das in geschlossenen Räumen war. Wie konnte sie sicher sein, ihren Gegner zu treffen und nicht Annika? Von Querschlägern ganz zu schweigen. Aber war ihre Schwester überhaupt hier?

Sie versuchte, die Lage zu analysieren, was ihr schwerfiel. Gepresst atmete Liv aus, bedacht darauf, keinen Ton von sich zu geben. *Da, ein schemenhafter Umriss!*

Liv riss ruckartig die Arme hoch und ließ die Taschenlampe wieder aufflammen. Ehe sie etwas sehen konnte, wurde alles von einem weißen Gleißen überstrahlt, und ein ohrenbetäubender Knall raubte ihr die Orientierung.

Unwillkürlich schrie sie auf. Gleich darauf traf sie ein Schlag. Ihre Sinne schwanden.

* * *

Bente hatte verzweifelt gegen die Stahltür gehämmert und dann nach einer Möglichkeit gesucht, sie zu öffnen. Nichts. Dann hatte er die Kollegen informiert. Erleichtert vernahm er, dass bereits Verstärkung unterwegs war.

For Guds skyld, warum hatte Liv nicht auf ihn gehört? Er rannte um das Haus, suchte nach einem weiteren Zugang zum Keller oder einem Fenster, fand aber nichts. Wer war da unten bei Liv im Keller? War es wirklich Annika? Wer mochte Livs Schwester in der Gewalt haben? Etwa deren eigener Ehemann?

Während er auf die Verstärkung wartete, sah er sich die Tür noch einmal an. Stahl und Beton. Modern. Das war kein normaler Keller. Aber was sonst?

Er musste an die Bunker denken, die die Küste seiner Heimat pflasterten. Überreste von Hitlers Atlantikwall. Für die einen Schandflecken im Dünensand, für die anderen Mahnmal für die Bedrohung durch Nazideutschland. Auch auf Sylt hatte es viele Bunker gegeben. Könnte es hier, in Munkmarsch ebenfalls … Er rief Momke an.

»Wir sind gleich da. Hast du einen Zugang zum Keller gefunden? Hast du etwas von Liv gehört?« Sein Kollege war hörbar aufgewühlt. »Übrigens sprach uns eben ein Spaziergänger an, der mit seinem Hund unterwegs war. Er glaubt, Ace Marroni an der Munkmarscher Chaussee gesehen zu haben …«

Im selben Augenblick hörte Bente durch die Ritzen der Stahltür einen dumpfen Knall. Dann einen Schrei.

Livs Schrei.

* * *

Irgendwo hier musste das Haus sein, höchstwahrscheinlich hinter dem meterhohen, blickdichten Holzzaun, der zudem mit Stacheldraht bekrönt war. Die Angaben waren präzise gewesen, und Hennes hatte dem Journalisten versprochen, ihn im Gegenzug über die Ermittlungen auf dem Laufenden zu halten.

Das rote Blinken der Videokameras verriet, dass Zaun und Eingang überwacht wurden. Als Hennes näher trat, schalteten sich Flutlichtstrahler ein und blendeten ihn. Hundegebell setzte ein, das sich aber wiederholte, also von einem Band zu kommen schien.

»Bisschen paranoid, der Gute«, murmelte er. Keine Firmenbezeichnung und auch kein Name am hypermodernen Klingelschild. Dafür ein digitaler Türspion.

Hennes bemühte sich um einen harmlosen Gesichtsausdruck und klingelte. »Erdt, Kripo Flensburg. Ich hatte mich bereits per Mail und Telefon bei Ihnen gemeldet. Ich muss mit

Ihnen über Enno Lammers reden«, sagte er und hielt den Ausweis vor die Kamera.

Keine Reaktion, auch beim nächsten Klingeln nicht. Hennes ließ den Daumen auf dem Klingelknopf. »Hören Sie, ich könnte das hier den ganzen Abend machen. Ich will es aber nicht. Reden Sie mit mir über Enno Lammers. Andernfalls werde ich meinen Kollegen stecken müssen, was Sie alles in petto haben, waffentechnisch, meine ich.« Er bluffte: »Dann kommen wir mit einem Durchsuchungsbeschluss, Herr Mauß.«

»Ich lasse mich nicht erpressen«, klang es durch den Lautsprecher.

»Ich erpresse Sie nicht. Ich mache Ihnen nur die Konsequenzen Ihrer Blockade klar. Eine meiner Kolleginnen ist in Gefahr, eine sehr nette Kollegin. Ihre Informationen können uns weiterhelfen.«

Es blieb so lange still, dass Hennes vor Nervosität vibrierte.

»Können Sie sich ausweisen?«

Endlich! Noch einmal zeigte Hennes den Ausweis vor. Schließlich ein Schnarren. Dann schwang das Tor auf. An der Haustür wiederholte sich ein Teil der Prozedur. Erneut künstliches Gekläffe, noch mehr elektronischer Schnickschnack. Hennes konnte seine Ungeduld kaum im Zaum halten.

Ein Männchen in langer Funktionsunterwäsche und Fellboots öffnete. Es trug einen Mundschutz, der die Hälfte seines Gesichts verdeckte. Im Haus war es bullig warm. Mauß führte Hennes eilig durch einen Raum, in dem Maschinen in verschiedenen Größen und Ausführungen standen, mit denen man offenbar aus flüssigen oder festen Materialien Objekte herstellen konnte. Damit vertrieb sich der Mann anscheinend die Zeit, denn auch das nächste Zimmer war mit seltsamen Objekten zugestellt.

Schließlich führte Mauß Hennes in ein enges Büro. »Sind

Sie allein? Hat Sie jemand gesehen? Ist Ihnen jemand gefolgt?«, fragte er hektisch.

»Ja. Keine Ahnung. Nein.« Da sein Gegenüber zwinkerte, antwortete Hennes ausführlicher. »Ja, ich bin allein. Keine Ahnung, ob mich jemand gesehen hat. Nein, mir ist niemand gefolgt. Mir geht es um das Geschäftsvorhaben, das Sie mit Herrn Lammers beziehungsweise Herrn Raboisen hatten. Wie ist es dazu gekommen?«

Mauß spähte durch den Vorhang auf sein Grundstück. »Die 3D-Technik ist die Zukunftstechnologie schlechthin, auch wenn sie sich nur langsam verbreitet. In ein paar Jahren werden ganze Häuser und sogar menschliche Organe aus diesen Fertigungsgeräten kommen«, sprudelte er los wie jemand, der lange keine Gesellschaft gehabt hatte. »Gleichzeitig war ich frustriert, weil mein Bruder, der bei der Bundeswehr ist, es nur mit kaputtem Gerät zu tun hat. Wie kann es sein, dass es bei den Menschen, die für unser Land ihr Leben riskieren, an allen Ecken und Enden fehlt! Aus meiner Sicht ist die 3D-Technologie die Lösung für viele Probleme. Nicht zuletzt wird sie für ein Ende des klimaschädlichen Warenverkehrs sorgen. Wenn wir unsere Ersatzteile auf Knopfdruck selbst herstellen können, brauchen sie weder über die Weltmeere geschippert oder geflogen zu werden, noch verursachen Lkw Staus auf unseren Autobahnen.«

Hennes ging dazwischen, ehe der Monolog vollends aus dem Ruder laufen konnte. »Eine seltsame Kombination: sich einerseits um den Klimawandel zu sorgen und andererseits tödliche Waffen herzustellen.«

»Das finde ich nicht«, widersprach Mauß. »Mir geht es um Innovation. Um verbesserte Abläufe. Um klarere Strukturen. In dieser Hinsicht habe ich mich mit Herrn Lammers immer gut verstanden. Er ist ein Zahlenmensch.«

»Ich würde gedanklich gern noch einmal einen Schritt zurückgehen. Wie kam es dazu, dass Sie Ihren Job in der Rüstung aufgegeben haben?«

»›Wehrtechnik‹ oder ›Spezialindustrie‹ sagen wir heutzutage. Der Grund war …« Mauß zögerte kurz. »Ich habe angesichts der horrenden Produktionszahlen und der illegalen Exporte in Kriegsländer einen Abscheu vor meinen Kollegen entwickelt. Sie kennen sicher den Skandal um die verbotenen Waffenexporte von SIG Sauer, ehemals aus Eckernförde. Das ist ja bei anderen Firmen nicht anders. So etwas wollte ich nicht. Als Lammers mir dann anbot, meine Vision zusammen mit ihm zu verwirklichen, stimmte ich zu. Während er Geldgeber zusammenbrachte, setzte ich mich an die technische Umsetzung. Genau genommen ist diese Technik ja keine Geheimwissenschaft. Es hat durchaus schlagzeilenträchtige Ereignisse mit Waffen gegeben, die aus dem 3D-Rechner stammen.«

»Sie meinen die sogenannten Geisterwaffen?« Hennes hatte davon bereits mehrfach gehört. Auch der deutschen Polizei bereiteten Pistolen oder Sturmgewehre aus dem 3D-Drucker inzwischen Probleme, zumal diese weder eine Seriennummer hatten noch registriert waren, weshalb sie nicht zurückverfolgt werden konnten. Dabei waren die Herstellung von Schusswaffen und deren unerlaubter Besitz selbstverständlich verboten. »Meiner Meinung nach sollte der Staat den Handel mit entscheidenden Komponenten oder Chemikalien besser überwachen«, sagte er. »Überhaupt gehört das Waffenrecht verschärft.«

»Damit würden Sie einer Firma, die sich auf unser Geschäft spezialisiert, noch bessere Marktchancen eröffnen«, konstatierte Mauß.

Hennes reizte es, darauf ausführlicher einzugehen, aber mit einer Grundsatzdiskussion verschwendete er nur seine Zeit. »Enno Lammers war nicht der Einzige, der auf diese Idee kam.«

»Ich weiß nicht, wen Sie meinen.« Mauß zupfte seinen Mundschutz zurecht.

»Ich denke schon. Es geht um ein Tötungsdelikt, in dem wir ermitteln und das mit Enno Lammers in Verbindung gebracht werden könnte. Möglicherweise gehören Sie zu den Mitwissern. Je länger Sie schweigen, desto schlimmer machen Sie es.«

Mauß überlegte mit zusammengekniffenen Augenbrauen. »Sie sprechen von Karl von Raboisen. Ja, auch er wollte mich für ein Geschäftsvorhaben gewinnen. Für Raboisen sprach, dass er in seinen Kreisen bereits ein hohes Startkapital eingesammelt hatte. Gegen ihn, dass er wenig Ahnung von diesem Wirtschaftssegment hatte.«

»Enno Lammers schon.«

»Enno Lammers war für mehrere Firmen der Branche tätig und kann einem die Produktions- und Exportzahlen diverser Waffen herunterbeten wie andere die Fußballergebnisse.«

»Doch seine Geschäftspläne stocken.«

Widerwillig stimmte Egbert Mauß zu. »Offenbar gibt es Verzögerungen bei der Finanzierung. Enno meint, das Problem sei bald gelöst.«

Ärger kochte in Hennes hoch. »Dieses *Problem* war aus Ennos Sicht sein Schwiegervater, der zwischen ihm und dem familieneigenen Millionenvermögen stand. Ocke Lammers wurde vor einigen Monaten ermordet. Jetzt will Enno auch noch seine Schwägerin aus dem Weg schaffen, weil sie zu den Erben gehört und Einfluss auf den Besitz nehmen könnte«, brach es aus ihm heraus. »Bei dieser Schwägerin handelt es sich zufällig um meine Kollegin. Auf die bereits drei Attentate verübt wurden. Wollen Sie Enno Lammers wirklich immer noch schützen? Oder verraten Sie mir jetzt endlich, was Sie über Ennos Pläne wissen?«

Mauß blinzelte nervös. »Wie Enno die Finanzierungsprobleme lösen will, weiß ich nicht. Ehrlich. Aber ich weiß, dass er einen Bunker auf Sylt hat. Gemietet oder so. Dort verwahrt er seine Waffensammlung und auch einige der Waffen, die ich hergestellt habe, soweit ich weiß. Der Bunker hat einen Schießstand. Dort konnten sich potenzielle Geldgeber von der Qualität der Kunststoffwaffen überzeugen. Vielleicht hilft Ihnen das weiter.«

* * *

Der Jeep schüttelte sich und sprang an. Katharina wusste, dass es für eine Umweltschützerin nicht das richtige Auto war, hatte es aber nicht über sich bringen können, ihn zu ersetzen. War es nicht ohnehin nachhaltiger, Autos zu fahren, bis sie auseinanderfielen?

Sie spürte ein Kribbeln im Bauch. Sie würde etwas Ungeheures tun. Etwas Verrücktes, von dem kaum jemand wusste und das noch weniger für wahr halten würden. Auch sie hatte es nicht geglaubt, als ihr Vater ihr auf dem Sterbebett unter dem Siegel der Verschwiegenheit davon erzählt hatte. Es war eines der großen Geheimnisse der Insel, die so viele so gut zu kennen glaubten. Ein Fall für Verschwörungstheoretiker. Sie war keiner dieser Spinner, auch wenn sie sich in diesem Augenblick so fühlte. Doch das, was sie für Liv herausfinden sollte, verlangte nach besonderen Maßnahmen.

In einer Querstraße in Westerland parkte sie und steuerte auf ein unauffälliges Haus mit einer ebenso unauffälligen und doch hochmodernen Sicherheitsarchitektur zu. Würde man sie überhaupt einlassen? Auf wen würde sie treffen?

Nervös blickte Katharina in die Überwachungskamera, doch die Tür öffnete sich bereits. Sie wurde erwartet.

22

Munkmarsch, 22:35 Uhr

Als Liv zu sich kam, konnte sie sich kaum rühren. Ihre Hände waren auf den Rücken gefesselt. Um ihre Fußknöchel war Klebeband geschlungen. Das Band sah seltsam aus, schwarz und glänzend. Ihr Schädel dröhnte, eine Stelle fühlte sich feucht an und pulste. Kopfschmerz breitete sich aus. Jemand hatte sie also niedergeschlagen. Ein Strahler war auf sie gerichtet. Geknebelt war sie nicht. Dieser Jemand war sich also sicher, dass keiner ihre Schreie hören würde.

Panik wallte in ihr auf, machtvoll und unaufhaltsam. *Du musst ruhig bleiben. Denk an Sanna, an Elise. Denk an Sebastian.*

Sie vermied es, direkt ins Licht zu schauen, versuchte gleichzeitig zu erkennen, was vor sich ging. Bewegte unauffällig Hände und Beine gegen den Widerstand der Fessel. Die Geräusche, die die ganze Zeit da gewesen waren, wie ihr erst jetzt bewusst wurde, verklangen. Schnell schloss sie die Augen wieder, stellte sich ohnmächtig.

Beruhige dich, damit du nachdenken, damit du dich retten kannst. Atme ein, bis du den Atem unter deinen Schlüsselbeinen und im Bauch spürst. Atme langsam aus.

Es fiel ihr schwer, nicht um Hilfe zu schreien, so schwer. Das Rascheln setzte wieder ein. Sie öffnete die Augen einen Spalt breit. Ein Wesen in einem weißen Anzug, wie ihn Kriminaltechniker trugen, bewegte sich. Der Statur nach ein Mann.

Doch da war eine zweite Gestalt, die krumm dastand. Jetzt konnte sie auch einen Teil des Raums sehen. Rauer Beton, Lecknasen von Feuchtigkeit, weiße Salpeterstreifen, dazu Stahlregale. Der Weißanzug bewegte sich ein Stück, gab den Blick auf etwas auf dem Boden frei, das ihr erneut den Atem stocken ließ. Eine Waffe, zwei einfache Handys, ein Smartphone – Annikas Smartphone. Daneben ein Klappspaten. War sie damit niedergeschlagen worden? Scharf sog sie die Luft ein, verfluchte sich gleich dafür. Zu spät.

»Glaubst du, ich wüsste nicht längst, dass du dich bewusstlos stellst?« Der Mann hatte gesprochen, ohne sich umzuwenden.

Keine Zeit mehr, sich eine Gesprächsstrategie zu überlegen. Verlass dich auf dein Bauchgefühl, Liv. »Annika ist gar nicht hier, oder?«, fragte sie.

Ein leises Lachen, eisig. »Möchtest du die komplette Aufnahme hören?«

Er griff mit seinen behandschuhten Händen das Smartphone, scrollte über das Display, und nun konnte sie ihn erkennen. Es war Enno.

Die zweite Gestalt stand weiter regungslos da, anscheinend an ein Metallgestell gelehnt, blieb aber größtenteils von Schatten verdeckt. Die Kleidung kam Liv bekannt vor, doch die Stimme, die nun den Raum erfüllte, riss sie aus ihren Gedanken: »Tu das nicht, Vater! Nein, bestrafe Enno nicht. Bring es nicht an die Öffentlichkeit. Enno hat seine Lektion gelernt. Bitte, Vater, ich flehe dich an! Du darfst nicht riskieren, dass unsere Firma in Mitleidenschaft gezogen wird!«

Annikas unterwürfiger Tonfall jagte Liv eine Gänsehaut über den Rücken. Enno beendete die Aufnahme, als Ockes Stimme erklang, und Liv war froh darüber. »Warum hat Annika das Gespräch aufgezeichnet?«, fragte sie.

»Als Absicherung. In den letzten Jahren kriselte es zwischen dem Patriarchen und seiner Lieblingstochter. Annika hat einige falsche Entscheidungen getroffen, als Ocke den Schlaganfall hatte, das hat er ihr übel genommen. Ich dachte ja nach dem Schlaganfall ernsthaft, wir wären den Alten endlich los. Genau wie du, nehme ich an. Aber dann feierte Ocke sein Comeback. Von den Halbtoten auferstanden, statistisch gesehen in seinem Alter eine Unmöglichkeit. Die Aufnahmen waren eine Absicherung für den Fall, dass er Zusagen bestreiten würde. Ich habe ihr dazu geraten. Annika spricht alles mit mir ab, informiert mich über alles.«

»Hat sie dir auch gesagt, dass ich bei Katharina übernachten würde, damit du jemanden auf mich hetzen kannst?« Ein Schuss ins Blaue, der klären sollte, ob Enno den Steinewerfer beauftragt hatte.

»Manchmal muss man schneller handeln, als einem lieb ist. Wie auch immer: Was du beim Hereinkommen gehört hast, war gewissermaßen ein Abfallprodukt aus dem Gespräch mit Ocke. Aber ein nützliches, das ich nur zurechtschneiden musste, um dich zu ködern.«

Wie dumm sie gewesen war! Viel zu emotional, wie so oft.

Enno schnitt mit einem Messer ein Stück Band von einer Rolle. Sie sah jetzt, dass die Beine des zweiten Mannes ebenfalls gefesselt waren. Er hatte sich noch immer nicht gerührt, musste bewusstlos sein. Aber wie hielt er sich aufrecht? Fesselte Enno ihn etwa gerade an das Gestell? Sie musste Zeit gewinnen. »Ich wusste gar nicht, dass es hier Bunker gibt. Ein gut gehütetes Geheimnis, nehme ich an.«

Enno wickelte das schwarze Band um die Brust des Mannes. Dessen Kopf hing herunter. Trotzdem konnte Liv ihn nun erkennen. Ace Marroni! Was zur Hölle tat der Künstler hier?

»Dieser Bunker wurde erst 1944 als Teil des Friesenwalls

hochgezogen, genau wie der in der Haarnadelkurve zwischen Munkmarsch und Keitum«, sagte Enno beiläufig.

Liv zerrte unauffällig an ihren Hand- und Fußfesseln, konnte sie ein wenig lockern, noch aber war sie nicht frei. »Geschickt, wie du den Mord an Karl von Raboisen und Ocke einem anderen in die Schuhe geschoben hast. So locker, wie der Täter die Aussicht auf seine Strafe hinnimmt, wirst du ihn sicher fürstlich entlohnt haben. Vermutlich fürchtest du, dass ich auf die von dir veruntreuten Gelder stoße, wenn ich das Erbe annehme. Annika scheint ja nichts von deinen kriminellen Machenschaften zu wissen.«

»So weit wird es ja glücklicherweise nicht kommen. Jetzt wird mir niemand mehr Steine in den Weg legen. Weder Ocke noch du noch die Sylter Sieben.« Enno lachte; es klang irre.

»Wovon redest du?«, fragte Liv nach, doch ihr Schwager ignorierte sie.

Wieder riss Enno ein Stück Klebeband ab. Er begutachtete sein Werk. »Ein Jammer, dass du deine Dienstwaffe nicht dabeihast. Aber dann muss es eben so gehen.« Er hob die Waffe auf.

Liv starrte sie an. So ein Modell hatte sie noch nie gesehen. Wie eine Spielzeugwaffe sah sie aus, als wäre sie aus Kunststoff. Ace Marroni hing noch immer schlaff an dem Gestell. Als die Erkenntnis in Livs Bewusstsein sickerte, überschlug sich ihr Herzschlag, und alle Härchen an ihrem Körper stellten sich auf.

»Herr Marroni, wachen Sie auf!«, schrie sie. »Ace – aufwach–«

Ein harter Schlag ließ sie verstummen. Blitzschnell war Enno auf sie zugeschossen und hatte ihr die Faust in die Seite gehämmert. Liv krümmte sich vor Schmerz.

»Du willst doch nicht, dass ich dich kneble?«, zischte er.

»Das machst du ja doch nicht. Glaubst du, ich durchschaue

dich nicht? Du willst den Mord an mir fingieren, Marroni die Waffe in die Hand legen. Du verwendest Bondage-Tape statt Seil, Klebeband oder Kabelbindern, damit niemand auf den ersten Blick die Fesselspuren sieht, wenn du das Band abziehst. Ein Knebel hinterlässt immer viele Spuren und passt nicht ins Bild eines eskalierten Zusammentreffens.« Liv spuckte ihm ins Gesicht. Wie eine Flutwelle hatte der Zorn sie überschwemmt.

Angeekelt wischte sich Enno den Speichel ab. Schlug sie erneut.

Sie keuchte. »Und dann diese Spielzeugwaffe …«

»Was du ›Spielzeugwaffe‹ nennst, ist die Zukunft«, presste Enno mühsam beherrscht hervor. »Ein perfekter 3D-Druck, der dir gleich das Hirn wegbläst. Marroni hat einen der Prototypen bei mir gekauft, für eines seiner Kunstwerke. Ich dachte, das sei eine gute Werbung. Jetzt ist die Waffe noch nützlicher. Ich werde zu Ende führen, woran dieser Trottel gescheitert ist. Auf die Idee zu kommen, einen Stein von einer Brücke … oder auf dem Bahnhof …« Enno schüttelte fassungslos den Kopf.

Da hatte sie es, das Geständnis. Doch in wenigen Momenten würde es ihr nichts mehr nützen.

Enno trat hinter Ace, hob dessen Arm. Gleich würde die Pistole auf sie gerichtet sein. Liv schrie erneut, um Marroni aufzurütteln. Tatsächlich regte sich der Künstler, richtete den Kopf auf, blickte wirr. Als er instinktiv um sich schlug, knockte Enno ihn wieder aus.

»Zu viel Gewalt, um dein kleines Theaterspiel noch glaubhaft erscheinen zu lassen!«, rief Liv. Insgeheim war sie verzweifelt, weil Marroni wieder besinnungslos war, sich nicht würde wehren können. Zeit, sie brauchte Zeit, dann bekäme sie ihre Hände frei. Ihr Daumen war schon beinahe durch die Fessel, wenn das Band auch schmerzhaft in ihr Fleisch schnitt.

»Auch dafür gibt es eine Erklärung. Du hast dich gewehrt.

Ace musste dich gewaltsam bändigen und fing sich selbst eine ein«, fauchte Enno und legte Marroni die Waffe in die Hand. Dann hob er erneut den Arm des Künstlers.

Aus der Ferne war Klopfen zu hören, Hämmern, dann ein dumpfer Schlag. Ihre Kollegen bearbeiteten gerade die Stahltür, vermutete Liv. Blut rauschte in ihren Ohren, das Herz schlug ihr bis in den Hals. »Wie hast du Ace Marroni überhaupt hierhergelockt?«, fragte sie, ihre Stimme dünn vor Angst. »Und wie hast du ihn betäubt?«

Doch Enno ließ sich nicht mehr ablenken. Erneut ein gleißendes Aufblitzen, ein schrilles Knallen. Dann: Stille.

* * *

»Ohne das SEK werden wir die Stahltür nicht aufbekommen. Hoffentlich sind wir nicht zu spät!« Unruhig ging Momke auf und ab.

Bente kontrollierte sein Handy. »Die Sondereinsatzkräfte sind unterwegs. Wenn wir wenigstens wüssten, ob es einen zweiten Zugang gibt! Die Kollegen finden keinen Hinweis darauf, geschweige denn einen Bauplan.« Ärgerlich hämmerte er gegen die Wand. »Ich hätte Liv von dieser Dummheit abhalten müssen!«

»Ja, das hättest du.« Momke war todernst.

Bente drängte es, sich zu rechtfertigen, doch im selben Moment zeigte ein Tonsignal den Eingang einer Mail auf seinem Smartphone an. Unbekannter Absender, mit Anhang. Bente zögerte, sie zu öffnen, wollte nicht riskieren, sich ein Virus auf sein Handy zu holen. Doch dann las er den Betreff: *Plan Bunker Munkmarsch*.

Wer zur Hölle … Schon hatte er auf die Datei geklickt, wartete ungeduldig darauf, dass sie sich öffnete. Plötzlich war es ihm egal, woher diese Info kam. Konzentriert vergrößerte er den Plan.

* * *

Die Stille war grauenvollen Schreien gewichen. Blut spritzte. Erst begriff Liv nicht, was geschehen war, dann aber sah sie den aufgeplatztenrotfleckigen Kunststoff, den Enno hatte fallen lassen. Offenbar hatte die Waffe eine Fehlzündung gehabt. Ace Marroni schien dadurch die halbe Hand verloren zu haben. Der Schmerz hatte ihn aus seiner Bewusstlosigkeit gerissen, und er brüllte wie am Spieß.

Auch Enno hatten Splitter getroffen. Er hatte Blutschlieren auf seinem weißen Anzug, die verletzte Hand angewinkelt, das Gesicht verzerrt. Hektisch suchte er nach etwas.

Ein weiterer Adrenalinschub flutete Livs Körper; sie hatte sich kaum vorstellen können, dass so etwas möglich war. Noch einmal riss sie brutal an den Fesseln – mit einem Ruck kamen ihre Hände frei. Sie zerrte die Fußfessel ab und wollte sich auf Enno stürzen, doch dieser machte abrupt kehrt und verschwand in einem Gang, den Liv im Zwielicht hinter dem Strahler nicht gesehen hatte.

Eilig zog sie ihren Pulli aus und verband die Hand des Künstlers, der wimmernd zusammengesackt war. »Gleich kommt Hilfe! Es kann nicht mehr lange dauern, dann werden Sie versorgt!«, versprach sie. Sie wollte ihre Kollegen anrufen und ihnen mitteilen, was geschehen war, hatte aber kein Netz. Hektisch suchte sie nach ihrer Taschenlampe, fand sie neben zwei Plastikbechern, griff den Klappspaten, rannte Enno hinterher.

Der Gang führte in einen Raum, in dem ihre Schritte hohl klangen. Dunkelheit umfing sie, und Liv suchte mit dem schmalen Taschenlampenstrahl den Boden und die Wände ab. Den Spaten hielt sie verteidigungsbereit. Zielscheiben an den Wänden zeichneten sich im Taschenlampenlicht ab. War hier ein unterirdischer Schießstand? Ein Durchgang klaffte am Ende – ein schwarzes Loch. Fauliger Geruch schlug ihr entgegen, und Livs Magen krampfte, als sie den schmalen Gang betrat, der immer niedriger wurde, je weiter sie lief.

Sollte sie umkehren? War dies eine weitere tödliche Sackgasse?

Gestank. Unvermittelt ein Geräusch, ein Schlag.

Klammes Flattern streifte sie im Gesicht. Liv zuckte zurück, geriet ins Taumeln. Um sie herum aufgeregt wirbelnde Schwärze – Fledermäuse! Die Tiere flogen ihr voraus, nicht entgegen. Ging es dort irgendwo ins Freie? War Enno entkommen?

Sie hastete weiter. Das letzte Stück kroch Liv. Nur ein schmaler Durchgang noch. Plötzlich hörte sie, wie eine Waffe entsichert wurde. Sie erstarrte. War es das? War sie in Ennos nächste Falle gelaufen, leichtsinnig wie sie war?

Sterne blitzten am Firmament. Zu ihrer Erleichterung nahm ein SEK-Beamter sie in Empfang. Der Trupp hatte diesen Notausgang anscheinend gerade gesichert. Bente musste die Spezialkräfte trotz ihres Widerstands also sofort alarmiert haben, worüber sie jetzt froh war. Als sie im Freien war, sah sie einen Haufen Äste und eine efeubewachsene Metalltür, die diesen Gang offenbar jahrzehntelang verborgen hatten.

Die Kollegen vom SEK brachten sie zu wartenden Sanitätern. Die Platzwunde auf ihrem Schädel musste verarztet werden. Ihr Kopf dröhnte. Die Kriminaltechnik wartete darauf, dass das SEK den Bunker gesichert hatte. Ace Marroni wurde sofort notfallmedizinisch versorgt.

Livs Smartphone vibrierte in einer Tour. Ohne nachzudenken, hielt sie das Handy an ihr Ohr und spielte die erste Nachricht ab. Es war Katharina. Ihre Freundin klang erregt. »Herrje, nun geh doch ran! Es hilft nichts. Ich werde deinen Kollegen jetzt eine Information zukommen lassen. Anonym. Verrate nicht, dass ich es war. Ich habe für diese Bitte meine Gründe.«

Der Bunkerplan, der dem SEK verraten hatte, dass es einen Geheimgang zum Watt hin gab, stammte von Katharina? Aber woher hatte ihre Freundin ihn? Hatte das mit diesen mysteriösen Sylter Sieben zu tun, die Enno erwähnt hatte?

Weitere Sprachnachrichten von Bente und Hennes. Dann die letzte Aufnahme: »Schwesterchen, du sorgst dich ja richtiggehend um mich. Aber ich kann dich beruhigen, mir geht es gut. Ich habe mich bloß verquatscht und mein blödes Handy verlegt. Wir sehen uns die Tage. Ich freue mich schon. Und das meine ich ernst.« Annikas Ton war warm und unbefangen, so wie Liv ihn seit Jahren nicht mehr gehört hatte.

Für einen Augenblick erfüllte sie ein verschüttet geglaubtes Gefühl der geschwisterlichen Nähe. Dann ließ sie das Handy sinken. Ihre Arme und Schultern waren schwer vom Kummer und der Ahnung, wie Annika die Ereignisse der letzten Stunden bewerten würde.

Bente eilte auf sie zu. »Geht es dir gut? Bist du verletzt? Es war unverzeihlich, dich nicht aufzuhalten oder dir wenigstens hinterherzuspringen!«

Sie berührte seine Schulter. »Unsinn! Es ist meine eigene Schuld. Ich war dumm genug, nach Ennos Köder zu schnappen.« Warum sie so leichtsinnig gewesen war, würde sie mit Sicherheit noch rechtfertigen müssen. Sie fragte sich ja selbst, was sie zu dieser unüberlegten Handlung getrieben hatte. Wahrscheinlich stimmte schon, was ihre Chefin früher einmal gesagt hatte: Wenn es um ihre Familie ging, war sie zu emotional. Gerade, wenn es Annika anging. Vermutlich, weil sie so viele schöne Erinnerungen an ihre Kindheit und zu viele schreckliche an ihren Bruch mit ihrer Schwester hatte.

Sie sah auf, bemerkte, dass ihr Schwager abgeführt wurde. Sie hatten ihn also unschädlich gemacht. Gut!

Auf dem Weg zum Rettungswagen ignorierte Enno sie demonstrativ, doch Bente sprach ihn so laut an, dass Enno ihn nicht überhören konnte. »Das hätte perfekt gepasst, oder? Der Mörder versucht, die Ermittlerin mit brutaler Gewalt aufzuhalten, und sie töten sich gegenseitig im Kampf. Nur, dass Ace Marroni gar nicht der Mörder von Inken Fischhusen ist.«

Ennos Gesicht schien für einen Moment in seine Bestandteile zu zerfallen. Gleich darauf hatte er sich schon wieder gefangen.

Was sollte das heißen? Liv sah Bente neugierig an.

* * *

Ace Marroni hielt seinen verbundenen Arm wie eine Trophäe vor die Brust. Auch das Tape über der geplatzten Augenbraue verlieh ihm einen verwegenen, wenn nicht gar märtyrerhaften Anstrich. Das Blaulicht der Einsatzwagen färbte das Weiß seines Verbands, obgleich die Kameraleuchte auf ihn gerichtet war. Wieder einmal war Jo Faschler als erster Pressevertreter vor Ort gewesen.

»Natürlich werde ich ein traumatisches Ereignis wie dieses in meiner Kunst verarbeiten«, erklärte Marroni in die Kamera. »Ich habe bereits Kontakt zu den Eigentümern aufgenommen und hoffe, dass wir meine Kunst an diesem zeitgeschichtlich so bedeutsamen Ort zeigen können, ehe der Bunker abgerissen wird.«

23

Westerland, 28. Oktober, 8:45 Uhr

Ihre Kollegen hatten den Tatverdächtigen bereits ins Vernehmungszimmer gebracht. Wie ein Häufchen Elend saß er dort, das sah Liv durch das kleine Fenster.

»Er hat gestern keinen Widerstand geleistet. Fast schien es, als sei er erleichtert darüber, dass wir ihn abholen«, berichtete Hilke Hasselbrecht. Liv hatte ihr versichern müssen, dass sie sich trotz des Vorfalls im Bunker der Vernehmung gewachsen fühlte.

Auf keinen Fall wollte sie sich dieses Gespräch entgehen lassen. Nach den Untersuchungen und Befragungen am Bunker hatte sie kurz mit ihren Lieben und Hennes telefoniert und dann wie ein Stein geschlafen. Hennes würde später auch auf die Insel kommen, um die Ermittlungen im Fall Enno Lammers nun auch offiziell zu unterstützen. Sein Zwangsurlaub war beendet.

Nach dem Aufstehen hatte Liv sich gut gefühlt, wenn auch die Platzwunde vom Spatenschlag noch schmerzte. Sie war früh aufs Revier gekommen und hatte sich zuerst die Ergebnisse der Spurensicherung angeschaut, die gestern zu der Verhaftung geführt hatten. Ein dezentes Triumphgefühl regte sich in ihr. Ihre Kollegen und sie hatten sorgfältig gearbeitet, hatten nicht aufgegeben, hatten jede noch so kleine Spur verfolgt. Das war belohnt worden, und doch waren trotz der ungewöhnlich schnellen Analyse der Spuren noch viele Fragen offen, und auch ein gerichtsfestes Geständnis des Tatverdächtigen fehlte.

Sie blickte ihn durch die Scheibe an. Es wäre nicht das erste Mal, dass ein Täter urplötzlich mauerte. Sie besprach sich noch einmal mit ihren Kollegen, dann legten sie eine Strategie fest, und Bente und sie gingen ins Vernehmungszimmer. Wim Immsen versicherte ihnen sofort, dass er ihnen alles sagen würde, was sie wissen wollten, was seinem Anwalt sichtlich missfiel.

»Ich wollte Inken nicht töten«, platzte Wim Immsen heraus, sobald Liv ihm seine Rechte erklärt hatte, und begann zu weinen.

Sein Selbstmitleid stieß Liv ab. »Wie genau ist es denn zu der Tat gekommen?«

Schniefen, lautes Schnäuzen in ein gebügeltes Taschentuch. »Ich wollte Inken überraschen. Habe sie abgepasst. Ich hatte doch extra für sie einen Nano-Fischtank bestellt. Sie hatte mir erzählt, dass sie die normalen Aquarien zu groß findet. Der Fischtank war natürlich sehr teuer, aber ich wollte ihr eine Freude machen. Ich wartete deshalb vor dem Hostel in Tinnum auf sie, aber sie kam nicht. Und als sie kam …« In Gedanken war er wieder im Frühjahr, das war ihm anzusehen. »Vielleicht sollte ich erst einmal erzählen, was für ein Verhältnis wir überhaupt hatten. Sonst können Sie nicht verstehen, was in mir zerbrochen ist.«

»Das ist eine gute Idee. Wie haben Sie Inken kennengelernt?«, fragte Bente.

»An dem Tag, als letztes Jahr die Wasserpumpe in der Fastenklinik kaputtging, also im dortigen Aquarium. Das war am 9. September, das weiß ich noch genau. Ich reparierte die Pumpe, und Inken hat gerade die Türschließanlage heilgemacht. Eine so patente Frau! Weil sie sich für meine Arbeit interessierte, kamen wir ins Gespräch. Es war sehr intensiv. Als würden wir uns schon ewig kennen. Einige Tage später besuchte Inken mich in meiner Aquarienhandlung und fragte, ob ich auch ein kleines, pflegeleichtes Aquarium im Angebot hätte. Ich habe ihr verschiedene Modelle empfohlen, und wieder redeten wir lange. Ich glaube, ich habe ihr mein halbes Leben erzählt. Und sie schüttete mir ihr Herz aus. Wir hatten viele Gemeinsamkeiten, beide eine kranke Mutter, für die wir sorgten. Bei Inken war das besonders dramatisch, denn ihre Mutter war auf eine kostspielige Behandlung angewiesen. Deshalb arbeitete sie so viel.«

Nichts davon stimmte, wie Liv wusste. Inkens Mutter war tot. »Sie haben Inken finanziell unterstützt?«

Es schien ihm schwerzufallen, das zuzugeben, also formulierte Liv die Frage um. »Sie haben Inken finanziell unter die Arme gegriffen?«

»Die Versicherung weigerte sich, die Behandlungskosten der Mutter vollständig zu übernehmen«, sagte Immsen schließlich. »Inken zeigte mir Grundsatzurteile im Internet und betonte, dass die Versicherung nachgeben würde. Sie würde das Geld bald zurückzahlen können, sagte sie. Ich habe ihr vertraut, schließlich waren wir schon so etwas wie ein Paar. Inken kam oft nach Feierabend in den Laden. Ich bestellte uns etwas Schönes zu essen, und wir sahen uns Filme an.«

Geschickt von Inken, dachte Liv. So gab es keine Zeugen für ihre Beziehung. Keinen anderen Mann, der Verdacht schöpfen könnte, weil sie ihn ebenfalls ausnutzte.

»Wir haben Händchen gehalten. Ich durfte sie küssen, obwohl sie schlechte Erfahrungen mit Männern gemacht hatte. Ihr früherer Freund hat sie misshandelt.«

Liv sah ihn an. Auch diese Behauptung war geschickt gewesen, denn Immsen fühlte sich sichtlich geschmeichelt, dass Inken ihm überhaupt Vertrauen schenkte; er hätte sie nie bedrängt.

»Es war wie ein Wunder für mich, dass Inken Interesse an

mir zeigte. Sie sagte, forsche oder großmäulige Männer gebe es schon mehr als genug.« Immsens Augen brannten. Er war rot geworden. »Erst später erfuhr ich, dass Inken mich angelogen hat. Dass ihre Mutter schon tot war und es gar keinen gewalttätigen Freund gegeben hat. Dass sie mich nur hingehalten hat.« Für einen Augenblick blitzte die Wut in ihm auf, die ihn zu dem tödlichen Schlag getrieben haben musste.

»Mein Mandant ist also in gewisser Weise selbst Opfer dieser perfiden Lügnerin geworden«, warf der Anwalt ein. Liv ignorierte ihn. »Zurück zu dem Abend, als Sie auf Inken warteten. Wie war es, als Inken endlich auftauchte?«, nahm sie den Faden wieder auf.

»Ich sah gleich, dass etwas nicht in Ordnung war. Dass Inken angespannt war oder traurig. Sie sah aus, als hätte sie geweint«, fuhr Immsen fort. »Ich dachte, da komme ich mit meiner Überraschung gerade recht. Ich war so glücklich, als ich ihr das Aquarium präsentieren wollte. Doch sie … Inken war so kalt. Sie wolle niemanden sehen, mich schon gar nicht. Ich begriff diese Ablehnung nicht.«

Liv schon. Inken hatte zuvor mit Daniel Xanthen gestritten, war enttäuscht und erniedrigt worden, hatte den Entschluss gefasst, die Insel zu verlassen. Und dann kam Wim Immsen, den sie finanziell bereits ausgenommen hatte, und nervte sie mit seinen aus ihrer Sicht utopischen Erwartungen.

»Inken ging einfach weg. Ich bin ihr nach. Sagte, sie könne mit mir über alles reden. Wenn man sich liebe, könne man sich alles sagen. Da wandte sie sich um. Ein trauriges Lächeln im Gesicht. So schien es mir auf jeden Fall in meiner Naivität.« Er zupfte so heftig an der Nagelhaut seines Zeigefingers, dass der Finger blutete. Seine Stimme wurde hoch, er schien Inkens Tonfall zu imitieren. »Ihrer Mutter ging es schlecht, sie mache sich Sorgen. Heute Abend ginge es wirklich nicht, so leid es ihr tue. Sie würde für ein paar Tage zu ihrer Mutter fahren, um sie zu unterstützen. Dafür hatte ich natürlich Verständnis. Wie naiv ich war! Wie verliebt. Mama hatte recht: Eine Frau wie Inken würde sich nie für einen wie mich interessieren.«

»Sie fanden heraus, dass Frau Fischhusen sie anlog?«

»Am nächsten Tag versuchte ich, sie anzurufen, um ihr Mut zuzusprechen. Ich wollte ihr anbieten, mit zu ihrer Mutter zu fahren. Sie zu unterstützen. Doch ich erreichte sie nicht. Also rief ich ihren Chef an. Plögg sagte mir, dass Inken gekündigt habe und die Insel verlassen werde. Ich fragte, ob es Inkens Mutter schlechter gehe, und Plögg sagte, er wisse nichts von einer Mutter. Ich dachte, er lügt. Er musste lügen! Ich fuhr mit dem E-Bike zu dem Hostel, denn ich wollte ja auf Inkens Wunsch hin abnehmen, doch dort sagte man mir, Inken habe gerade ihre Sachen gepackt und sei ausgezogen. Ausgezogen!«, wiederholte Wim Immsen kopfschüttelnd, als könnte er es noch immer nicht glauben. »Ich bin zum Bahnhof, fand sie aber nicht. Bin ziellos umhergefahren, in der Hoffnung, ihr Auto zu sehen. Bin schließlich die Häuser abgefahren, die sie betreut hat. Konnte schon nicht mehr. Der Akku von dem Bike war auch fast leer. Und da sah ich ihren Wagen. Ich schloss mein Fahrrad in einiger Entfernung an, und als ich gerade zu der Villa gehen wollte, stürzte dieser Marroni durch das Tor und sprang in seinen Porsche. Ich war verwirrt – war Inken wirklich in der Villa? Und was hatte dieser Kerl dort zu suchen?«

Mit dem Zeigefinger zeichnete Immsen ein Muster auf den Tisch. »Die Tür stand offen, ich bin hinein. Ich fand Inken in einem Hinterzimmer, das gerade renoviert wurde. Überall lag Werkzeug. Sie tippte etwas in ihr Handy, neben ihren Füßen lag eine Plastiktüte. Als sie mich sah, war sie richtiggehend entsetzt. ›Wie bist du hier hereingekommen?‹«

»Warum willst du die Insel verlassen? Was ist mit mir, mit uns, mit unserer Liebe?« Wim Immsen sprach die Fragen aus, als stünde Inken noch einmal vor ihm. »Da lachte sie. Inken lachte! Aber es war kein liebevolles Lachen. Es war reiner Hohn. Warum ich je habe glauben können, dass sie mich liebe? Sie liebe nur einen. Leidenschaft überzog ihr Gesicht, wie ich sie vorher nie bei ihr gesehen hatte.«

Als er weitersprach, sah er Liv in die Augen. »›Ist es dieser Künstler?‹, wollte ich wissen. Ein verächtliches Lachen. Wie ich darauf käme? Sie liebe Daniel Xanthen. Der sei ein richtiger Mann. Kein Versager wie ich. Kein Schlappschwanz. Keiner, der nicht einmal merke, wenn man ihn verarscht. Kein Muttersöhnchen, das mit Fischen spricht. Es war so viel Abscheu in ihrer Stimme. Das tat so weh. Eigentlich wollte ich noch fragen, warum sie die Insel verlässt, wenn sie Xanthen doch so liebt, aber in mir setzte etwas aus. Ich packte irgendetwas, was in meiner Nähe lag, und schlug zu.«

Die Erinnerung schien alles Blut aus seinem Kopf zu saugen, ganz blass war er. Liv schenkte ihm ein Glas Wasser ein. Der Anwalt versuchte Immsen zum Abbruch der Vernehmung zu bewegen, doch dieser lehnte ab. »Womit haben Sie zugeschlagen?«, fragte Liv, obgleich sie das Ergebnis schon kannte.

»Mit einem dieser Werkzeuge. Länglich, ein Griff daran.«

Sie legten ihm Abbildungen verschiedener Werkzeuge vor, und er wies auf den Stahlglätter, an dem ihre Kollegen Inkens Blut und einen Teilabdruck seines Fingers gefunden hatten und der zum rechtsmedizinischen Gutachten passte.

»Was ist dann passiert?« Auch auf diese Frage kannte Liv die Antwort. Mit Grausen dachte sie an die Aufnahme auf Inken Fischhusens Handy. Die Kriminaltechniker hatten das Display austauschen und das Smartphone einschalten können. Offenbar war Inken gerade dabei gewesen, dem Besitzer des

Hauses eine Nachricht über den Fortgang der Arbeiten zu schreiben, als Immsen eingetreten war. Als das Gespräch eskalierte, aktivierte sie eine Aufnahme-App, wie sie es, den vorhandenen Dateien nach zu urteilen, regelmäßig in brenzligen Situationen gemacht haben musste. Es hatte auch eine Aufnahme gegeben, auf der Daniel Xanthen über seinen Kokainkonsum prahlte und die ihn leicht die Approbation kosten könnte, zumindest für einige Zeit. Was Ace Marroni anging, so hatte Inken dessen Fälschungen fotografisch dokumentiert.

Immsen stieß einen Stoßseufzer aus. »Inken stürzte durch den Schlag unglücklich auf eine Stufe. Sie blutete so stark! Auf einmal war ich wieder ganz klar. Ich sank neben sie, redete auf sie ein, wollte sie verarzten, doch sie rührte sich nicht mehr. Kein Puls, nichts. Da wusste ich, dass sie tot war.« Wieder weinte er.

»Was haben Sie getan, als Ihnen klar wurde, dass Sie Inken getötet hatten?«

»Ich wollte sie nicht töten, das müssen Sie mir glauben! Ich bin kein aggressiver Mensch!«

»Und doch ist Inken Fischhusen durch Ihre Hand gestorben.«

Immsen senkte den Blick, starrte auf seine Hände. »Erst dachte ich daran, mich zu stellen. Wie aber hätte ich das meiner Mama erklären sollen? Mama hätte mich verachtet. Alles, was ich mir so mühsam aufgebaut habe, hätte ich verloren. Nicht nur meine Liebe. Also musste ich den Leichnam loswerden und meine Spuren verwischen.« Er schwieg lange.

»Wie sind Sie dabei vorgegangen?«, fragte Bente schließlich.

»Ich habe verschiedene Möglichkeiten durchgespielt. Am sichersten erschien es mir, Inkens Körper zu zerstückeln und ins Meer zu werfen. Die Fische hätten etwas zu fressen gehabt, und vielleicht wären die Körperteile spurlos verschwunden.« Er seufzte schwer. »Ich habe also eine Malerplane untergelegt, die Säge genommen, die da lag, und angefangen ... Ich habe das Sägeblatt am Hals angesetzt, aber ...« Ein dunkler Laut entrang sich seiner Kehle. »Es war so schwer, und es hat ... so lange gedauert ... Als der Kopf endlich ... ab war, war ich schweißgebadet und völlig fertig. Und dann das viele Blut ... Ich konnte nicht mehr. Nicht mal das habe ich geschafft! Ich bin so ein Versager!« Er schniefte. »Also habe ich nur noch die Fingerkuppen entfernt. Dann habe ich den Leichnam und den Schädel in die Malerfolie gewickelt, habe geputzt und neu gestrichen, gestrichen, bis man von dem Blut nichts mehr sah.«

»Was war mit dem Handy?«

»Inken hatte ihr Smartphone in der Hand gehalten. Ich wusste aber nicht, was sie gerade gemacht hat, denn das Display ist gesplittert. Mir war klar, dass ich es loswerden muss. Das kennt man doch aus Filmen: dass das Handy den Täter verraten kann. Also drückte ich auf den Ausknopf, nahm die Karte heraus und schob beides in den Estrich. Ich glättete die Oberfläche wieder, goss noch eine Schicht darauf. Dort haben Sie es vermutlich gefunden.«

»Und das Werkzeug?«, fragte Bente.

»Habe ich geschrubbt und wieder weggelegt. Dann habe ich das Plastikbündel in den Kofferraum von Inkens Auto gewuchtet. Ich wollte ans Meer fahren, auf einen abgelegenen Parkplatz, aber dieser Geruch ... Ich musste auf dem Seitenstreifen anhalten, mich übergeben. Ohne lange zu überlegen, habe ich den Körper in das Wäldchen geschleppt und mit Ästen bedeckt.«

»Was war mit der Plastiktüte, die neben Frau Fischhusen gestanden hat?«, fragte Liv, die an Ace Marronis Aussage denken musste.

»Da war Geld drin, viel Geld. Ich habe es als Ausgleich für die Summen betrachtet, die Inken mir abgenommen hat. Es liegt noch in meinem Laden, im Tresen.«

Liv nickte. Sie hatten die fünftausend Euro, die Ace Marroni an diesem Tag Inken Fischhusen gebracht hatte, dort bereits gefunden.

»Ihre Reisetasche habe ich in den Müll geworfen.«

»Und die Folie?«

»Habe ich selbstverständlich abgespült und fachgerecht entsorgt.« Er klang beinahe entrüstet.

»Die Fingerkuppen?«

»In die Toilette.«

»Was war mit dem Auto?«

»Geputzt. Ich hatte genug Zeug da.«

»Eins mit Terpentin?«

Ein böses Lächeln. »Das hatte ich eigens besorgt. Als Hinweis auf diesen Künstler. Ich dachte, vielleicht hat irgendjemand diesen Marroni mit seinem Protz-Porsche gesehen. Und mich nicht.« Verachtung lag in seiner Stimme. »Erst wollte ich Inkens Auto irgendwo abstellen und anzünden. Aber das erschien mir dann doch zu auffällig. Von einem Bekannten wusste ich, dass sein Golfpartner krank ist und bis auf Weiteres nicht nach Sylt kommt. Dessen Parkplatz war perfekt geeignet. Eine Straße voller Appartementblöcke. Auffällig unauffällig, anonym, ein Auto unter vielen.«

»Das verstehe ich nicht. Ihre Mutter und Ihre Pflegerin haben uns doch versichert, Sie im fraglichen Zeitraum gesehen zu haben«, warf Liv gespielt naiv ein. »Haben sie für Sie gelogen?«

Ein selbstzufriedenes Lächeln huschte über Wim Immsens Gesicht. »Ich wusste doch, dass ich möglicherweise ein Alibi benötigen würde. Ich war ja mit dem Fahrrad zur Villa gefahren. Also bin ich unauffällig zurück in meine Einliegerwohnung, habe einen Jogginganzug angezogen und bin zu meiner Mama gegangen, um sie um Schmerztabletten zu bitten. Habe ihr erzählt, dass ich mich gleich nach der Arbeit wegen Rückenschmerzen ins Bett gelegt hätte; das kommt ab und zu vor. Samstags ist der Laden ja nur halbtags auf. Ich tat so, als legte ich mich wieder hin, schlich mich aber aus dem Haus und fuhr noch einmal zur Villa. Dort machte ich mich daran, die Leiche zu beseitigen und aufzuräumen. Dann wieder zurück nach Hause. Ich musste mich ja noch einmal sehen lassen, als die Pflegerin da war, falls man mir nicht glaubt. War ein ganz schönes Gehetze und nicht ohne Risiko.«

»Erzählen Sie uns von dem Schädel.«

Langes Schweigen. Dann sprudelte es unvermittelt aus Immsen heraus, als wollte er den Bericht nun endlich hinter sich bringen. »Ich weiß auch nicht, warum ich den behalten habe. Besonders hübsch sah Inken nicht mehr aus, als sie tot war. Ich wusste, ich musste den Schädel … behandeln, ehe er verwest. Manche meiner Kollegen skelettieren besondere Fische oder andere Kleintiere. In den einschlägigen Foren habe ich ein Rezept für eine Lauge gefunden, angesetzt mit Waschmittel. Das erschien mir am saubersten. Um mir fleischfressende Speckkäfer zu beschaffen, fehlte mir ja die Zeit. Und eine Bestellung hätte man vielleicht zu mir zurückverfolgen können. Ich konnte kaum hinschauen, als ich die Brühe ins Klo gegossen und die restlichen Sehnen vom Schädel gepult habe. Die Zähne mussten auch raus, sonst hätte man sie zu leicht identifizieren können.«

Diese Information hatten sie sorgfältig geheim gehalten. Immsen verfügt also eindeutig über Täterwissen, registrierte Liv zufrieden. »Darüber haben Sie nachgedacht?«

»Irgendwie schon. Das kennt man ja auch aus Krimis.

Trotzdem musste ich erbrechen, bis nur noch Galle kam, als ich den Schädel bearbeitete. Wenn ich gewusst hätte, wie schwer ... das alles ist, hätte ich mich vielleicht ...« Wim Immsen wog den Kopf, als wüsste er nicht, ob er ihn schütteln oder nicken sollte. »Ich habe den Schädel in eines meiner Aquarien gelegt. So hatte ich Inken immer um mich. Aber dann ... Es war, als ob sie mich aus den toten Augenhöhlen ...« Er schauderte. »Als ob Inken mich vorwurfsvoll anblicken würde. Also habe ich ihn Xanthen untergeschoben. Ich kannte ja den Türcode der Klinik. Habe einen Shodostein gegen den Schädel ausgetauscht. Hat keiner gemerkt. Aber für mich war es wahnsinnig aufreibend, nachts dort einzusteigen. Ich dachte, ich bekomme einen Herzinfarkt. Eine kriminelle Karriere, das ist nichts für mich. Ich weiß schon, warum ich mich mit Fischen umgebe. Die sind so friedlich.«

Wim Immsen sah Liv an, als sei ihm gerade etwas eingefallen. »Glauben Sie, ich darf auch im Gefängnis ein Aquarium haben?«

»Denkst du, der Ablauf stimmt?« Liv umfasste ihre Kaffeetasse und schaute zu Bente, der sich gerade eingeschenkt hatte. Die Vernehmung hatten sie vor einigen Minuten auf Immsens Bitte beendet. Er wollte sich nun doch, bevor er weiter aussagte, mit seinem Rechtsanwalt beraten.

»Du meinst, dass Immsen gelogen hat? Dass er die Villa bereits mit dem Plan betreten hat, Inken Fischhusen zu töten? Dann wäre es Vorsatz, was das Strafmaß erheblich erhöhen könnte«, sagte er.

»So wie die Leichenzerstückelung.«

»Die Zerstückelung erscheint uns zwar besonders abscheulich, ist aber per se nicht strafbar.« Bente trank einen Schluck. »Selbst unter Störung der Totenruhe nach § 168 StGB kommen diese Begriffe nicht vor. Allerdings hat die Erfahrung gezeigt, dass sich eine Zerstückelung der Leiche strafverschärfend auswirkt, das stimmt.«

»Immerhin.« Liv stellte ihren Becher in die Spülmaschine. Sie war froh, dass der Fall aufgeklärt war, wenn die Aufarbeitung sie auch noch geraume Zeit beschäftigen würde.

»Es ist schon tragisch«, meinte Bente, als er die Spülmaschine einschaltete. »Offensichtlich hat Inken Fischhusen den Bogen einfach überspannt. Wenn einer der Männer, die sie ausgenommen hat, sie vorher schon angezeigt hätte, wäre es vielleicht nie so weit gekommen.«

24

Westerland, 14:05 Uhr

Das Team des K1 war mit Hermann Gitzelstein zum Mittagessen in der Friedrichstraße verabredet. Auch Hennes war inzwischen eingetroffen und hatte fassungslos ihrem Bericht gelauscht. Immsens Geständnis war bereits abgehakt, viel interessanter waren die Vorgänge im Bunker und ihre Folgen.

Liv wartete gespannt auf Ennos Befragung. Annika hatte bisher nicht versucht, sie anzurufen. Ein schlechtes Zeichen, wie sie ahnte. Sie sah auf. Gerade diskutierten ihre Chefin und ihre Kollegen mit Gitzelstein die Vernehmungsstrategie. Hasselbrecht kannte den schrägen Fallanalytiker schon lange und schätzte dessen Expertise, obgleich er keinen offiziellen Posten mehr innehatte.

»Bei Enno Lammers werden Sie als *friendly* Pokerface am weitesten kommen«, sagte Gitzelstein und kämpfte damit, seine Spaghetti vongole auf die Gabel zu bekommen. »Sie haben es bei ihm mit einem rational handelnden Täter zu tun, deshalb ist es wichtig, Gelassenheit, Kompetenz und Professionalität auszustrahlen.«

»Ich mache mir mehr Sorgen, dass Lammers gar nicht mit uns reden will«, meinte Hilke Hasselbrecht, während sie kunstvoll einen Bratfisch filetierte.

»Doch, das wird er«, widersprach Gitzelstein. »Lammers will die Polizei auf eine falsche Spur führen und von sich ablenken. Das geht nicht mehr, ohne zu reden.«

»Eine klassische Festlegevernehmung also?«

»Exakt. Lassen Sie ihn lügen. Sparen Sie sich kritische Fragen für das Kreuzverhör auf, damit er nicht vorzeitig abbricht.« Er sog seine Nudeln ein. »Wenn er sich festgelegt hat, konfrontieren Sie ihn mit den Fakten. Erst wenn er mit dem Rücken zur Wand steht, wird er zumindest die objektiven Sachverhalte einräumen. Das ist dann reiner Eigennutz, um den Schaden zu begrenzen, also beispielsweise die Feststellung der besonderen Schwere der Schuld abzuwenden.«

Hennes und Liv gingen nach dem Mittagessen noch ein Stück am Strand entlang. Während Hennes nachher der Vernehmung beiwohnen würde, würde Liv helfen, die Akten zu packen, damit die Ermittlungen von Flensburg aus beendet werden konnten. Sie fröstelte, was der Müdigkeit oder auch dem Herbsteinbruch geschuldet sein konnte.

»Danke noch einmal, dass du dich so hinter die Nachforschungen geklemmt hast, obwohl du auch eine ruhige Kugel hättest schieben können«, sagte sie und zog die Wollmütze tiefer über die Ohren.

Hennes' Haare flatterten im Wind, nur unzureichend mit einem Stirnband gebändigt. »Die ruhige Kugel war noch nie meins. Deshalb graut mir ja auch so vor der Pensionierung.«

»Das verstehe ich. Aber das wird schon gut werden. Du hast bestimmt eine tolle Zeit mit Rachel.« Liv wollte aufmunternd klingen, merkte aber selbst, wie bedauernd ihr Tonfall war. »Ihr habt Ennos Büro durchsucht?«, wechselte sie das Thema.

»Ja, allen Anwälten zum Trotz, die deine Schwester aufgefahren hat. In den Geschäftspapieren ließ sich die Auseinandersetzung mit deinem Vater gut nachvollziehen, das habe ich auf den ersten Blick gesehen«, berichtete Hennes. »Ocke hat

Enno diverse Handlungsanweisungen und Nachrichten geschickt, musste auf allem die Hand haben. Das Verhältnis zu Enno war schon länger schwierig. Dessen Geschäftspläne lehnte dein Vater rundheraus ab. Das von ihm gegründete Unternehmen solle sich auf das Kerngeschäft – die Bauvorhaben und Immobilien – konzentrieren; wenn Enno dazu nichts beizutragen habe, könne er auch kein Geld erwarten, meinte Ocke.«

»Diese Haltung überrascht mich nicht. Ich habe Ockes Härte oft genug zu spüren bekommen.« Dass er sich gegen ein Geschäft mit der neuen Waffentechnik gesträubt hatte, musste selbst Liv ihrem Vater zugutehalten.

»Dann gab es diese Auseinandersetzung über das Grundstück in Munkmarsch, um das Lammers Estates auf Ennos Betreiben hin mit Karl von Raboisen konkurrierte und dessen Kauf Ocke schließlich durch das nicht zufriedenstellende Bodengutachten absagte. Es handelt sich um ebendie Fläche, auf der sich Ennos Bürohaus mit dem Bunker befindet. Übrigens eine in den einschlägigen Wehrmachtskarten nur rudimentär eingezeichnete Flakstellung mit Schießstand. Die Kollegen haben mit potenziellen Geschäftspartnern und Finanziers von Enno gesprochen, die er nach Sylt eingeladen und mit in den Bunker genommen hatte. Sie beschreiben ein gänzlich anderes Bild, als wir es vorgefunden haben. Offenbar hatte Enno in dem Bunker eine kleine Waffensammlung ausgelegt und nutzte den unterirdischen Schießstand zur Demonstration seiner 3D-Waffen.«

»Also Prototypen wie die, die ihm beziehungsweise Marroni in der Hand explodierte.«

»Genau. Als klar war, dass die Häuser abgerissen werden würden und auch er sein Bürohaus verlassen musste, muss er den Bunker geräumt haben. Die Waffen haben wir im Keller seiner Villa in Morsum gefunden. Ebenso einen Stimmenverzerrer. Für seinen Plan, dich aus dem Weg zu räumen, ist ihm dieser abgeschiedene Bunker dann wohl wieder gerade recht gekommen.«

»Das klingt vage. Ich nehme an, Enno schweigt nach wie vor?«

Hennes stieß entnervt die Luft aus. »Er betonte bei der Verhaftung, wie heilig ihm die Familie sei, wie viel er für seine Angehörigen geopfert habe, wie bereitwillig er seine Frau und seinen Sohn unterstütze und dass er sich gefreut habe, als du zurück in den Schoß der Familie gekommen seist.«

Liv schüttelte den Kopf. Von Freude hatte sie nie etwas gespürt – nicht, dass ihr je wichtig gewesen wäre, was Enno über sie dachte. Die Beziehung zu ihrer Schwester war aufreibend genug gewesen. Und die war nun ja wohl endgültig gescheitert. »Was habt ihr gegen Enno in der Hand?«, fragte sie.

»Es gibt eine Beziehung zu dem Tatverdächtigen im Fall Karl von Raboisen. In diesem Zusammenhang konnten Telekommunikations- und Computerdaten sichergestellt werden. Enno scheint diese Verbindung in die Unterwelt genutzt zu haben, um einen Killer anzuheuern. Allerdings hat er jemand Unverbrauchten gesucht, den er ins Umfeld der Adelsfamilie einschleusen konnte. Für die Bitcoin-Zahlungen – auch an Björn Pansen – hat Enno Coinjoin-Transaktionen angewendet, um die Empfänger zu verschleiern.«

»Co-*was?* Wow, du kennst dich ja aus.«

»Ja, ja, spotte nur. Von wegen altes Eisen!« Hennes grinste. »Enno hat allerdings, wie es sich für einen ordentlichen Menschen gehört, die diversen Zahlungen in seinem Smartphone notiert, verschlüsselt zwar, aber es war kein großes Problem für unsere Techniker, den Verschlüsselungscode seiner Notizen zu knacken.«

»Enno war schon immer ein Zahlenmensch. Auch Rüstungsunternehmen hat er anscheinend gern die Bücher geführt. Ein Buchhalter des Todes«, sagte Liv konsterniert.

»So sieht's aus. Wir haben auch eine Aussage des Waffentechnikers und 3D-Experten, mit dem Enno in der geplanten Firma zusammenarbeiten wollte. Egbert Mauß. Der war sich zwar mit Enno einig, was das Ziel angeht, also die Versorgung unserer Polizei und unserer Truppen mit fehlenden Waffenersatzteilen und Munition mithilfe der 3D-Drucktechnik. Er war jedoch dagegen, diese technischen Möglichkeiten frei auf den Markt zu bringen, wie Enno es vorhatte, das hat er mir berichtet.«

»Mehr als berechtigte Skrupel«, sagte Liv.

»Nicht für Enno. Mauß hat mir erzählt, Enno habe gesagt, die Technik sei ohnehin in der Welt, es sei nur eine Frage der Zeit, bis jemand einen Dreh finde, sie auch kommerziell nutzbar zu machen. Warum sollten sie nicht diejenigen sein, die als Pioniere dieses Geschäft vorantrieben?«

Liv schauderte bei der Vorstellung, dass jeder für ein paar Euro einen hochwertigen 3D-Drucker erstehen und seine eigenen Waffen herstellen könnte. Sicher, es gab es diese technischen Möglichkeiten bereits, aber die Gesetzeslage in Deutschland war klar; Waffenbesitz und -gebrauch waren streng geregelt, und das war auch gut so. Keiner wollte Zustände wie in Amerika, wo jeder eine Waffe hatte, man in jedem Baumarkt Waffen kaufen konnte. Es war bekannt, wohin das führte. Schlimm genug, dass Kriminelle im Darknet ein neues Vertriebssystem gefunden hatten, das aus polizeilicher Sicht nur schwer in den Griff zu bekommen war.

Regen setzte ein, bald waren es Bindfäden, die sich beinahe waagerecht über den Strand spannten. Sie machten kehrt, mussten gegen den Wind ankämpfen, bis ihre Wangen brannten und die Vorderseite ihrer Oberschenkel völlig durchnässt war.

»Also wird es nicht einfach sein, Enno nachzuweisen, dass er die Morde an Karl von Raboisen und Ocke in Auftrag gegeben hat. Wie sieht es mit den Angriffen auf mich aus? Da haben wir doch die Aussagen von Björn Pansen.«

»Das ist richtig«, rief Hennes gegen den Wind. »Ich bin überzeugt, dass Enno sich dafür vor Gericht verantworten muss und bestraft wird. Was die Vorgänge im Bunker angeht, liegen uns eine ganze Reihe von Aussagen und Beweisen vor, das weißt du ja.« Er rieb sich die Hände. »Das wird eine spannende Vernehmung.«

Vor ihrer Abreise rief Liv in einer ruhigen Minute die Videoaufzeichnung der Vernehmung auf. Wieder umging sie die Staatsanwaltschaft, holte keine Genehmigung ein. Aber sie musste einfach wissen, was Enno ausgesagt hatte.

Nachdem ihre Kollegen ihren Schwager als Beschuldigten wegen versuchten Mordes und Anstiftung zum Mord aus niedrigen Beweggründen belehrt hatten, war die Vernehmung verlaufen, wie Gitzelstein es vorhergesagt hatte. Bei der Beschuldigtenvernehmung zur Person hatte Enno weitschweifig über seine beruflichen Pläne und den Bunker schwadroniert. »Die Sylter Bunker, faszinierendes Thema«, hatte er begonnen. Die Kollegen hatten ihn reden lassen. Es war wichtig, dass man wusste, wie jemand über ein Thema redete, das ihm genehm war. Umso leichter konnte man Lügen erkennen. Und Enno setzte richtiggehend zu einem Vortrag an. »Wussten Sie, dass Sylt zweimal in der Geschichte zur Festung erklärt wurde? Das letzte Mal am 8. April 1945, in den letzten Kriegstagen. Bereits im Ersten Weltkrieg war die Sylter Westküste zur Verteidigungslinie geworden, um feindliche Anlandungen zu verhindern. Ausguckposten, Maschinengewehrstellungen, Schützengräben wurden in die Dünen gegraben. Das NS-Regime sorgte schließlich für einen wahren Bauboom, allein fünfzig Bunker wurden auf die Insel geklotzt. Viele wurden nach Kriegsende gesprengt, aber noch heute kommen welche bei Sturmfluten zum Vorschein oder durch Bauarbeiten. Manche Sylter Bunker werden noch heute genutzt, wie beim Sportzentrum in Tinnum oder in List als Materiallager. Der bekannteste Ex-Bunker, genau genommen eine frühere Flakstellung, ist die Kupferkanne.«

»Lenken Sie nicht ab«, machte Hennes seiner Rede ein Ende. »Wir haben Beweise dafür, dass Sie den Einbau der automatischen Stahltür veranlasst und einige weitere handwerkliche Maßnahmen in dem Bunker unter ihrem Büro vorgenommen haben.«

»Das ist auch nicht verboten«, verteidigte Enno sich. »Abgesehen davon verstehe ich Ihre Feindseligkeit nicht. Sie als Polizisten sind doch von der ständigen Mangelwirtschaft persönlich betroffen. Und nun stellen Sie sich vor, in der Polizeidirektion stünde ein leistungsfähiger 3D-Drucker und Sie könnten sich die fehlenden Ersatzteile oder Munition selbst nach Wunsch herstellen! Sobald ich grünes Licht für mein Unternehmen bekomme, könnte das Wirklichkeit werden. Für die Landesregierung wäre das ein gutes Geschäft: mit einer vergleichsweise geringen Investition wird das hohe Gut des menschlichen Lebens geschützt. Das ist eine logische Entscheidung. Rationalität ist wichtig – und effizient.«

Im Folgenden hatte Enno zu Protokoll gegeben, dass er im Bunker aufgeräumt habe – daher der Schutzanzug –, als sie, Liv, aufgetaucht sei und behauptet habe, er habe einen Mörder auf sie angesetzt. Plötzlich sei Ace Marroni hereingeplatzt und habe Liv bedroht. Der Künstler habe Liv anscheinend verfolgt.

Er habe von dem Bunker gewusst, weil sie dort einmal über ein Kunstwerk verhandelt hatten. Enno habe versucht dazwischenzugehen, sei aber verletzt worden und habe dann zu fliehen versucht, um Hilfe zu holen.

»Das Lebensrisiko im Allgemeinen wird in Micromort bemessen, das ist Ihnen sicher bekannt. Aber ein Ereignis wie diesen Angriff berücksichtigt natürlich keine Statistik«, setzte Enno bekümmert hinzu.

Liv sah weiter ebenso gespannt wie zornig zu.

Hilke Hasselbrecht hatte den Fokus des Gesprächs verschoben: »Herr Lammers, Sie erwähnten vorhin das hohe Gut des menschlichen Lebens. Wir haben nun hier die Aussage eines gewissen Björn Pansen, dass Sie ihn dafür bezahlt hätten, Ihre Schwägerin Liv Lammers zu töten.«

»Das ist eine infame Lüge. Ich kenne den Mann nicht!«

Die Ermittler legten Beweise vor: Telefonprotokolle, Analysen der Aufnahmen der Telefonate und eine Übersicht über die Geldzahlungen. Den Stimmenverzerrer. Sogar die SMS, die Enno Björn Pansen geschickt hatte, um ihn darüber zu informieren, dass Liv in wenigen Minuten unter der Giselabrücke hindurchfahren würde, hatten sie auf einem der Prepaidhandys gefunden. Enno mauerte jedoch weiterhin. Erst als es erneut um den Vorfall im Bunker ging, gelang es, ihn in die Enge zu treiben. Zu unlogisch war die Schilderung der Ereignisse aus seiner Sicht, zu schwerwiegend waren die Beweise, die gegen ihn sprachen.

»Liv war wie eine Furie«, rechtfertigte Enno sich. »Sie behauptete immer wieder, ich hätte auch Annika etwas angetan. Meine Schwägerin ist offenbar völlig durchgedreht. Das ist ja auch verständlich, wenn man bedenkt, was sie durchmachen musste, die Arme. Ich habe Ihnen ja bereits gesagt, dass das nicht der Fall ist. Meine Familie ist das Wichtigste für mich.

Marroni hatte große Wut auf meine Schwägerin, weil sie ihn einer Tat bezichtigte, die er gar nicht begangen hat, wie wir ja jetzt wissen. Der Künstler griff sie an, und ich kam Liv zu Hilfe.«

Liv lachte ungläubig. Wie dreist konnte man sein!

Auf der Aufnahme sprach Enno weiter. »Schließlich musste ich Marroni fesseln, um ihn zu bändigen. Plötzlich zog er die 3D-Waffe, die ich ihm für eine Skulptur verkauft hatte. Ich ahnte ja nicht, dass er sie für derart schändliche Zwecke missbrauchen würde.«

»Ich dachte, die Waffe wurde im 3D-Drucker hergestellt, um sie abzufeuern«, wandte Hennes ein. »Herr Mauß hat mir ausführlich den Vorgang und Ihre Geschäftspläne erklärt.«

Enno gab sich empört. »Diese Waffe doch nicht! Das war ein Vorführmodell. Sie wurde unsachgemäß benutzt, sonst wäre sie ja auch nicht explodiert. Unsere 3D-Waffen funktionieren!«

»Die Aussagen von Ace Marroni und Frau Lammers widersprechen Ihrer Schilderung.«

»Das ist doch verständlich. Die beiden wollen sich als unschuldig darstellen, obgleich sie es nicht sind. Ich bin hier das Opfer! Ihre Untersuchung beschädigt mein Renommee und meine Gesundheit! Dieser Stress kostet mich Jahre meines Lebens!«

»Und warum haben wir dann Spuren von K.-o.-Tropfen in dem Becher gefunden, aus dem Herr Marroni getrunken hat?«

»Das weiß ich doch nicht! Marroni muss die K.-o.-Tropfen mitgebracht und die Becher verwechselt haben.«

Hennes schüttelte entnervt den Kopf. »Um einen potenziellen Kunden zu betäuben? Das erscheint mir nicht schlüssig. Zumal wir Beweise vorliegen haben, dass Sie vor zwei Wochen im Ausland K.-o.-Tropfen erworben haben. Wir konnten eine entsprechende Rechnung auf einem der Prepaidhandys wiederherstellen. Also, Herr Lammers …«

Das Kaminfeuer in Katharinas Kapitänshaus flackerte, während über der in Brauntöne gehüllten Heidelandschaft die Sonne unterging. Sie waren nach einem langen Strandspaziergang ebenso entspannt wie hungrig. Es war ihr letzter Abend auf Sylt, und wieder schnippelte Liv Gemüse. Morgen ging es endlich zurück nach Flensburg, und sie freute sich schon darauf, Elise, Sanna und auch Sebastian wiederzusehen. Zumal die Sanierung des Flensburger Kapitänshauses so weit abgeschlossen war, dass sie wieder einziehen konnten.

»Trotz all der Beweise und Informationen, die meine Kollegen in mühevoller Kleinarbeit zusammengetragen haben, bekomme ich das Bild von Enno, das dabei entstanden ist, nicht mit dem zusammen, wie ich ihn als meinen Schwager erlebt habe«, sagte Liv nachdenklich.

Katharina schwenkte einen Rotwein in ihrem Glas, der so schwer war, dass die rosafarbenen Wellen träge schwappten. »Das ist vermutlich eine Entwicklung, die du mit dem Abstand, den du zu deiner Familie hast, gar nicht nachvollziehen kannst. Ich hatte immer den Eindruck, dass Enno in Annikas Schatten steht und dass auch Ocke ihn nicht besonders ernst genommen hat. Vielleicht hat Enno den Zwang verspürt, sich von diesen übermächtigen Gestalten loszumachen, etwas Eigenes zu leisten, und nicht nur ein Angestellter bei irgendwelchen Festlandsfirmen zu sein, die weder seinen Schwiegervater noch seine Frau sonderlich interessieren. Dazu ist ja anscheinend seine Faszination für Waffen gekommen.«

Liv steckte sich das letzte Stück Möhre in den Mund. »Das ist wahr. In seinem Besitz wurden noch mehr Waffen gefunden, als auf der roten Waffenbesitzkarte eingetragen waren.«

»Gab es nicht mal einen Waffensammler in Schleswig-Holstein, der sogar Panzer besessen hat?«, glaubte Katharina sich zu erinnern.

»Stimmt, der hat in mehreren Fällen gegen das Kriegswaffenkontrollgesetz und das Waffengesetz verstoßen. Der besaß nicht nur einen Panzer, sondern auch eine Flak, einen Torpedo, einen Mörser, Maschinen- und Sturmgewehre, halb- und vollautomatische Pistolen sowie tausend Schuss Munition. Nicht auszudenken, wenn die Waffen in falsche Hände gekommen wären.« Liv schüttelte den Gedanken ab. »Enno besitzt auch einen ganzen Haufen mehr oder weniger ungefährlicher Softair-Waffen.«

»Was besitzt er?« Katharina hatte offenbar noch nie davon gehört.

»Spielzeugwaffen für Jugendliche und Erwachsene. Diese Softair-Waffen werden für taktische Geländespiele wie *Capture the Flag* genutzt, aber auch für LARP, Cosplay oder Filmaufnahmen. Und dann gibt es natürlich Leute, die historische Kriegsereignisse nachspielen. Das dürften weltweit Millionen sein.«

»Verrückt! Die sollten doch froh sein, wenn wir Frieden haben.«

Liv hob die Schultern. »Ich habe nichts gegen Nerds, die sich als Elfen oder sonstige Fantasy-, Science-Fiction- oder Mangagestalten verkleiden, aber manche dieser Softair-Waffen sehen so echt aus, dass es schon zu Zwischenfällen mit der Polizei gekommen ist, weil sie als Bedrohung angesehen wurden. Dabei ist es verboten, diese Anscheinswaffen in der Öffentlichkeit zu führen. Wer es doch tut, begeht eine Ordnungswidrigkeit und wird mit einem Bußgeld bis zehntausend Euro bestraft.« Sie merkte selbst, dass sie in einen polizeilichen Tonfall gerutscht war, und wollte ihn abschütteln, aber eines lag ihr noch auf der Zunge. »Manche von diesen Spielern gehen ins Ausland, wo auch heftigere Sachen erlaubt sind. Die Blendgranate, mit der Enno mich im Bunker aus dem Gefecht gezogen hat, gehörte zu dieser Art ›Spielzeugwaffen‹. Höllisch laut und hell und angeblich ungefährlich – dabei hat es mit solchen Dingern schon schwerwiegende Unfälle gegeben, man kann blind oder taub werden.«

»Und Annika wusste nichts von Ennos Waffen?«

Liv ließ den Kopf hängen. »Ich weiß es nicht. Annika spricht nicht mehr mit mir, mal wieder. Sie war ja schon immer sehr eingespannt. Durch das Geschäft. Hat sich um Ocke, Jan und die Pferde gekümmert. Vielleicht hatte sie da gar nicht so viel Zeit für ihren Mann.«

»Haben deine Kollegen Enno überführt?«

Missmutig verneinte Liv. »Hasselbrecht und Hennes haben sich alle Mühe gegeben, haben ihn mit allen Widersprüchen und Beweisen konfrontiert, aber Enno ist immer wieder ausgewichen, so unlogisch seine Erklärungen auch waren. Es wird vermutlich Sache der Richter sein, die Beweise zu bewerten und auch ohne Geständnis zu einem Urteil zu kommen. Aber noch sind die Ermittlungen ja nicht abgeschlossen.« Sie musterte ihre Freundin. »Was hat es eigentlich mit diesen Sylter Sieben auf sich, die Enno erwähnt hat? Hast du den Begriff schon einmal gehört?«

Katharina wirkte überrumpelt, schwieg einen Moment lang. »Eine Sylter Legende. Sie besagt, dass es sieben reiche und mächtige Männer auf Sylt gibt, die die Geschicke der Insel im Geheimen steuern.« Sie deutete ein Lächeln an.

»Hat diese Verschwörungstheorie einen wahren Kern?«

Ihre Freundin schenkte sich Wein nach, nippte. »Na ja, du weißt doch selbst, dass es hier wie andernorts auch hilfreich ist, wenn man die richtigen Leute kennt. Wenn man jemanden einfach mal beim Golf, Polo oder auf dem Krebsfest anschnacken kann, lässt sich einiges leichter deichseln. Aber das ist letztlich in jedem Festlandskaff so.«

Liv musterte ihre Freundin, die ihr bei diesem Thema erstaunlich defensiv zu sein schien. »Hast du den Grundriss des Bunkers von diesen Sylter Sieben bekommen?«, sprach sie ihre Vermutung aus.

Katharina zögerte eine Sekunde zu lange. Dann stieß sie die Luft aus. »Ehe mein Vater starb, hat er mir eine Telefonnummer gegeben, an die ich mich wenden sollte, wenn ich unlösbar scheinende Probleme auf der Insel habe, für die sich sonst niemand zuständig fühlt.«

»Das hat er gesagt?«

»Oder so ähnlich waren seine Worte. Ich weiß es nicht mehr genau – er lag im Sterben, Liv.«

»Entschuldige.« Liv legte den Arm um ihre Freundin. »Ich hatte nur noch nie davon gehört.«

»Als du mich um Hilfe batest, und vor allem, als ich deine Nachricht wegen Annika hörte und überall noch einmal nachhakte, bekam ich die Datei. Anonym.«

Die Information hing einen Augenblick zwischen ihnen. Livs Gedanken purzelten durcheinander. Es war anzunehmen, dass auch Ocke die Sylter Sieben gekannt hatte, wenn es sie denn gab. Wenn er nicht sogar Mitglied gewesen war. Du spinnst ja, riss sich Liv aus ihren Gedanken. Wenn du bisher noch nie davon gehört hast, ist es bestimmt eine Legende.

»Was wird jetzt aus dem Bunker?«, fragte Katharina.

»Er wird gesprengt, wenn das Haus abgerissen wird«, sagte Liv mit einer gewissen Genugtuung.

»Was willst du wegen des Testaments unternehmen, wegen Ockes Erbe?«

»Ich weiß es noch nicht«, sagte Liv ehrlich.

»Und was ist mit Sebastian? Denkt ihr daran zusammenzuziehen? Wie hat es sich mit Noah entwickelt? Und was ist mit Larissa?« Die Fragen sprudelten nur so aus Katharina heraus. Wahrscheinlich hoffte sie, so das Thema wechseln zu können.

Liv wischte sich mit dem Handrücken über die Stirn. »Sei mir nicht böse, aber ich finde, wir haben schon viel zu lange über mich geredet. Erzähl mir lieber, was deine Pläne sind.«

25

Niebüll, 29. Oktober, 9:55 Uhr

Ausgerechnet am Sylter Bogen in Niebüll befand sich das Amtsgericht, das für Ockes Testament zuständig war. Liv hatte lange überlegt, ob sie der Testamentseröffnung überhaupt beiwohnen sollte. Üblich war inzwischen, dass das Nachlassgericht das Testament in Abwesenheit der Betroffenen verlas und diese später ein detailliertes Protokoll mit besonderer Erwähnung der Passagen, die sie angingen, erhielten.

Liv hatte sich Sebastians Bikerjacke geliehen und schlug angesichts des kalten Windes den Kragen hoch. Dazu trug sie schwarze Jeans und Schnürstiefel. Mein Aufzug ist vielleicht etwas zu lässig für den Anlass, dachte sie, als sie die vielen Menschen auf dem Parkplatz sah, die aus Respekt vor dem Gericht Anzug oder Kostüm gewählt hatten.

Respekt vor der Gerichtsbarkeit habe ich ja, nur nicht vor dem Erblasser, dachte Liv mit kindlichem Trotz. Elise und Sanna, aber auch Sebastian hatten ihr angeboten, sie zu begleiten. Liv wollte diesen Termin jedoch allein hinter sich bringen. Gleichzeitig hatte sie sich vorgenommen, der Testamentseröffnung nicht zu viel Bedeutung beizumessen; Ocke sollte nicht schon wieder über ihr Leben bestimmen. Nun allerdings war sie kurz versucht, einfach wieder in den Bulli zu steigen und wegzudüsen.

Sie entschied sich dagegen. *Nein, Ocke, was du auch schriftlich niedergelegt hast, ich laufe nicht weg.*

Das Amtsgericht Niebüll war ein hässlicher grauer Siebzigerjahre-Klotz und auch von innen nicht viel ansehnlicher. Die anderen warteten bereits im Gang. Annika war in ein elegantes schwarzes Kostüm gehüllt und trug Ohrringe. Es waren die Perlenohrringe ihrer Mutter, was Liv unerwartet einen Stich versetzte. Demonstrativ drehte Annika das Gesicht weg, als sie Liv bemerkte. Ein paarmal hatte Liv versucht, ihre Schwester zu erreichen, aber Annika hatte das Gespräch nie angenommen. Ihr Neffe Jan hingegen starrte Liv an. Seit ihrer letzten Begegnung waren die letzten kindlichen Relikte aus seinem Gesicht verschwunden. Sein gediegener Tweedanzug passte dazu, dass er an einer englischen Elite-Uni studierte.

»Dass du es wagst …«, begann Jan, doch Annika hielt ihn zurück. Trotzdem erschrak Liv über seinen hasserfüllten Blick. Sie musste an den Fall denken, der sie vor einigen Jahren zurück nach Sylt und in Kontakt mit ihrer Familie gebracht hatte. Damals war Jan unmittelbar betroffen gewesen, war ebenfalls Opfer geworden. Wie dünnhäutig, wie verletzlich er gewesen war!

Ihre intensiven Gespräche. Ihr gemeinsames Musizieren. Seine Freundschaft zu seiner Cousine Sanna. All das schien nun vergessen zu sein, was sie bedauerte. Liv konnte nachvollziehen, dass er sauer war, dass ihre Kollegen seinen Vater verhaftet hatten und dass sie selbst gegen Enno aussagte. Aber wie hatte er zu Ocke stehen können, trotz allem, was dieser ihm und auch Sanna angetan hatte? Liv begriff es nicht. Vermutlich war es das Vermögen, was Jan korrumpierte.

Wieder dachte Liv daran kehrtzumachen. *Was zur Hölle tue ich denn hier? Reichtum interessiert mich nicht. So bin ich nicht.* Gleichzeitig war diese Haltung natürlich hochmütig, das war ihr bewusst. Geld regierte die Welt, so war es wohl. Aber wie viel brauchte man wirklich, um glücklich zu sein? Wie viel war genug?

Stechende Blicke von Frau Mönck, der Hausmamsell, die Liv kannte, seit sie denken konnte. Auch sie hatte immer zu Ocke gehalten. Ockes ehemaliger Fahrer war der Einzige mit neutralem Gesichtsausdruck. Was hatte Ocke den beiden wohl vermacht? Hatte er sich seinen langjährigen Angestellten gegenüber großzügig gezeigt, oder speiste er sie mit einem Trinkgeld ab?

Liv überlegte, ob sie etwas sagen, ob sie besänftigende Worte finden sollte, doch da wurde die Tür geöffnet, und sie wurden hereingebeten.

Impulsiv berührte sie ihre Schwester am Arm. »Annika, was auch geschehen wird oder gleich geschieht: Ich bin froh, dass wir uns wieder angenähert haben«, begann sie mit bemüht ruhiger Stimme. »Ich möchte nicht in Feindschaft mit dir leben. Ich wollte auch nie deiner Familie schaden. Enno hat … Ich wollte nur mein Leben …«

Ihre Schwester riss sich los, die Unterlippe zornbebend. »Das hättest du dir überlegen sollen, ehe du meinen Mann ins Gefängnis gebracht hast!«

Sprachlos blieb Liv auf dem Gang zurück. Dann schob sie die Schulterblätter zusammen und folgte den anderen hinein.

Bebend vor Wut saß Liv auf der Rückbank des VW-Bus, vor ihr die Pappkisten, die allmählich wegen der Feuchtigkeit zu müffeln anfingen. Sie ärgerte sich so, dass sie brüllen musste, um sich abzureagieren. Glücklicherweise war niemand auf dem Parkplatz des Amtsgerichts zu sehen. Hatte er es wieder einmal geschafft! Ocke hatte ihnen allen einen vor den Latz geknallt. Hatte sie brüskiert und alles getan, um sie seinem Willen unterwerfen. Aber nicht mit ihr!

Als sie sich beruhigt hatte, rief sie Elise an. »Ocke vererbt mir die Hälfte von Lammers Estates, wenn ich gleichberechtigt mit Annika die Geschäftsführung übernehme«, platzte sie heraus.

Ihre Großmutter schwieg. Dann sagte sie: »Was für ein Schlag ins Gesicht für deine Schwester.«

»Du hättest Annika sehen sollen. Ich dachte, sie wird ohnmächtig. Jan ist beinahe durchgedreht. Der Richter musste die Verlesung des Testaments unterbrechen, damit sich die Gemüter beruhigen.«

»Und was für eine Frechheit, dich in das Geschäft zu zwingen, das du verurteilst und für das du ihn verachtet hast – die Ausbeutung Sylts. Ocke sitzt wahrscheinlich auf seiner Wolke –«

»Du meinst auf seinen glühenden Kohlen in der Hölle –«

»Was auch immer. Auf jeden Fall will er sehen, ob seine halsstarrige, stolze Tochter durch ein Millionenvermögen korrumpierbar ist. Gleichzeitig müsstest du den Beruf aufgeben, den er verurteilte.« Elise überlegte. »Also musst du das Erbe ausschlagen. Dann verlierst du allerdings auch deinen Pflichtteil, denke ich.« Sie lachte. »Aber was soll's – wir sind immer klargekommen und werden es auch weiterhin. Uns geht's doch sehr gut.«

Jemand klopfte an die Autoscheibe. Liv erkannte den Anwalt ihres Vaters, der ihr früher oft genug mit Klagen gedroht hatte. Sie vertröstete Elise auf später. Was wollte er von ihr?

Sie schob die Tür auf und stieg aus dem Bulli.

»Frau Lammers, so ein Zufall, dass ich Sie hier sehe.« Der Anwalt lächelte geschäftsmäßig. »Ich möchte Ihnen meinen persönlichen Dank aussprechen, dass Sie und Ihre Kollegen die Machenschaften Ihres Schwagers aufgedeckt haben. Das, was er tat, und das, was er plante, wäre unpassend für Sylt gewesen. Auf unserer Insel mag vieles seinen Platz haben. Vorrangig aber sollte sie ein Ort der Ruhe und des Friedens sein.«

Liv sah ihn prüfend an. »Haben Sie meiner Freundin den Bunkerplan zukommen lassen, um mir zu helfen?«

Ihr Gegenüber krauste die Stirn. »Einen Plan? Bedaure. Hinter der Sylter Schönheit verbirgt sich mehr, als man ahnt. Das muss Ihnen doch schon lange klar sein.« Nun hoben sich seine Mundwinkel wieder. »Wo wir gerade bei unserer schönen Insel sind: Wissen Sie schon, wie Sie sich entscheiden werden?«

Epilog

Flensburg, 3. November, 18:45 Uhr

Flachsend trugen Liv und Sanna die letzten Einkaufskörbe in das sanierte Kapitänshaus, während Zorro zwischen ihren Beinen herumwuselte. Sie waren so glücklich, wieder einziehen zu können, dass sie auch während des Einkaufs nur herumgealbert hatten. Als sie öffneten, roch es bereits köstlich nach Flammkuchen.

Liv stellte den Mascarpone für das Dessert in den Kühlschrank, der am Morgen erst geliefert worden war, und legte den Arm um Elise. »Und, ist alles zu deiner Zufriedenheit, Madame Chefkoch?«

Ihre Großmutter wischte sich die Hände an der Flensburg-Schürze ab und strahlte. »Alles ist perfekt. Fehlt nur noch der Cocktail.«

»Kommt sofort. Willst du den Rum probieren, den ich dir mitgebracht habe?«

»Auf jeden Fall. Aber nicht sofort.«

Liv küsste ihre Großmutter auf die Wange und begann dann, Limetten zu achteln, Rohrzucker auf den Teller zu streuen, die Gläser mit dem Rand hineinzustippen.

Sanna war dabei, Salat kleinzuschneiden, schielte aber gleichzeitig skeptisch zum Backofen. »Reicht das wirklich? Ich habe echt Hunger.«

»Wird schon. Hennes und Rachel bringen noch Fladenbrot und Antipasti mit. Außerdem ist dieses Blech gleich fertig, und danach kommt ein weiteres in den Ofen.« Liv gab Ginger Ale und Maracuja in die Gläser, Limettenviertel, etwas Rohrzucker und *crushed ice*. Sie stießen an. »Auf uns!«

In diesem Augenblick klingelte es. War das schon Sebastian? Aufgeregt lief Liv zur Tür. Sie hatten sich seit ihrer Rückkehr von Sylt nur einmal kurz gesehen. Liv war nach der Arbeit nach Kiel gefahren, hatte sich im Rechtsmedizinischen Institut die Rekonstruktion des Gesichts von Inken Fischhusen angesehen und bei ihm übernachtet. Es war ein beeindruckendes Modell, das auch gut in ein Museum gepasst hätte. Nur die angedeuteten Haare hatten sie irritiert. Gemeinsam hatten sie die verschiedenen Techniken gegenübergestellt und analysiert. Den digitalen Rekonstruktionen schien die Seele zu fehlen, doch Sebastians Modell und das Porträt der Phantombildzeichnerin des LKA waren sich sehr ähnlich und gleichermaßen ausdrucksstark. Für Liv war es ein berührender Moment gewesen, denn noch immer hatte sie das Gefühl, Inken Fischhusen nicht wirklich nahegekommen zu sein. Sie hätte sich gern mit ihr unterhalten, um herauszufinden, wie sie tickte und was sie zu ihren Erpressungsversuchen getrieben hatte.

»Habe ich was verpasst? Hat jemand Geburtstag?« Liv fiel Sebastian um den Hals, der in den Händen einige Päckchen, eine Papierrolle mit einem geringelten Band darum und einen Blumenstrauß trug.

Statt einer Antwort küsste er sie. »Am liebsten hätte ich euch noch mehr Geschenke mitgebracht. Die Rosen sind für dich. Und das auch.« Er reichte ihr den hübsch gebundenen Strauß, ein längliches Paket und die Papierrolle.

Liv stellte die Blumen ins Wasser und mixte Sebastian rasch einen Cocktail. Da in der Küche nichts Dringendes anstand, setzten sie sich auf die Kissen, die an Stelle des Sofas auf dem Boden lagen. Elisa nahm in dem Sessel Platz, der in Livs Schlafzimmer das Feuer überstanden hatte. Liv kuschelte sich an Sebastian.

»Ich mach schon mal auf! Das ist ja wie Weihnachten!«, rief Sanna. Mit einem Ruck hatte sie das Geschenkpapier abgefetzt. Vier knallgrüne Kunststoffrollen kamen zum Vorschein. »Neue Longboardrollen – super! Dann kann ich ja wieder losdüsen!«

Sebastian freute sich sichtlich, dass die Überraschung gelungen war. Elise hatte er eine neue Erstausgabe von Margarete Boies *Schwestern* beschafft, für Zorro gab es einen hübsch verpackten Knochen.

Liv löste sich von Sebastian, gerührt über sein Bemühen, ihren Verlust zu mildern und ihnen eine Freude zu machen. Was hatte er wohl für sie besorgt? Als sie das längliche Paket schüttelte, hatte sie eine Ahnung. Es waren neue Drumsticks, mit ihrem Namen darauf, wie sie sofort sah, als sie sie herausnahm. »Die werde ich gleich morgen einweihen!« Dann rollte sie das Papier auseinander. Die ungelenke Zeichnung eines Hundes kam zum Vorschein, in dem sie trotzdem Zorro erkannte. Darüber stand in bemühter Kinderschrift: *Für Lif. Fon Noah*.

»Das ist ja süß von Noah!« Sie küsste Sebastian, ehe sie von Rührung übermannt werden konnte. Vielleicht würde der Junge sich doch noch mit ihr anfreunden.

Wieder schlug die Klingel an. Vor der Tür standen Hennes und Rachel. Mit ihrem schicken Pailletten-Blouson und der Federboa brachte Hennes' Lebensgefährtin etwas Glamour ins Haus.

Hennes wedelte grinsend mit einem Papier. Liv dachte schon, es handele sich um ein wichtiges Beweisstück, aber dann tanzte er um sie herum. Mit dem fransigen Grauschopf und den eckigen Bewegungen wirkte er wie ein Derwisch, was sie zum

Lachen brachte. »Ich hätte nie gedacht, dass ich mich über einen behördlichen Bescheid einmal derart freuen würde!«, rief Hennes.

»Worum geht's?«

»Lies selbst!« Hennes rollte die Schultern und machte einige Tanzschritte in einem Rhythmus, den nur er hörte und der Liv dennoch ansteckte.

Eilig überflog sie das Schriftstück. »Yeah!«, rief sie. »Deine Dienstzeit wurde um ein weiteres Jahr verlängert! Ich wusste gar nicht, dass das geht!« Sie klatschte mit Hennes ab und tanzte lachend mit ihm. Auch Rachel und die anderen schlossen sich der Tanzeinlage an, bis jemand schnupperte und sie den Flammkuchen aus dem Backofen retten mussten.

Als sie nach dem gemeinsamen Essen auf der Kissenlandschaft lümmelten, stieß Liv Hennes in die Seite: »Ich hatte schon befürchtet, dass du dich insgeheim freust, wenn du nichts mehr mit der Polizeidirektion zu tun hast.«

»Das dachte ich auch jahrelang. Aber jetzt, wo es so weit ist, hat mir doch vorm Ruhestand gegraut. Mit Rachel werde ich einfach trotzdem reisen, wie wir es geplant haben. Urlaub habe ich ja genug.« Hennes drückte Rachels Hand.

»Zelten ist auch schön, wenn das Wetter mitspielt«, meinte Rachel diplomatisch.

Liv lächelte. »Nur die Leichtmatrosen im Museumshafen werden auf dich verzichten müssen.«

»Nicht unbedingt. Es gibt ja noch die Wochenenden. Vielleicht schaue ich mir was von Bente ab, in Sachen Work-Life-Balance und so.« Hennes schaute Liv versonnen an. »Dann bist du auch nicht mehr der einzige Jungspund, den ich unter meine Fittiche nehmen muss.«

»He!« Liv buffte ihn. »So ein Jungspund bin ich nun auch nicht mehr.«

»Aber aufpassen muss man auf dich schon.«

Sie lächelte. »Jetzt, wo Enno gefasst ist, nicht mehr. Außerdem hast du gut reden, mit deinem Disziplinarverfahren«, stichelte sie.

»Stimmt auch wieder. Ich bin froh, dass die Katze endlich aus dem Sack ist. So wie es aussieht, können die Kollegen ohnehin nicht nachweisen, dass das Geld, das ich mir damals geliehen habe, aus kriminellen Geschäften stammt. Und das illegale Glücksspiel ist lange her.« Hennes zwinkerte ihr zu. »Jetzt können wir richtig durchstarten. Die Verbrecher sollen sich warm anziehen.«

Anmerkungen und Dank

Ein Thema, das mich bei der Arbeit an *Zornige Flut* besonders fasziniert hat, ist die Gesichtsweichteilrekonstruktion, die eine unschätzbare Bedeutung nicht nur für die Identifikation unbekannter Toter hat. Ich danke Dr. med Constanze Niess, Fachärztin für Rechtsmedizin in Frankfurt am Main und eine der wenigen ihrer Zunft, die sich auf Gesichtsrekonstruktion spezialisiert hat. Dr. Niess hat selbst meine abwegige Idee, einen Schädel in einem Aquarium zu verstecken, ernst genommen und mir meine Fragen beantwortet. Allen, die sich weiter mit dem Thema beschäftigen möchten, empfehle ich ihr Buch *Die Gesichter der Toten*.

Eine weitere Seite der Gesichtsweichteilrekonstruktion hat mir Dipl.-Ing. (FH) Steffi Burrath nahegebracht, die als Sachverständige für visuelle Personenidentifizierung im Landeskriminalamt Sachsen-Anhalt tätig ist – herzlichen Dank für Ihre Erläuterungen! Mein Dank gilt ebenfalls Michael Klocke, dem Pressesprecher des LKA Sachsen-Anhalt, der den Kontakt vermittelte. Sehr froh bin ich, dass die Pressestelle der Polizeidirektion Flensburg – bei diesem Krimi insbesondere Sandra N. Otte – sich meinen Fragen widmet. Danke schön!

Meine Kollegin Angela Lautenschläger half mir bei einer Frage zu Ockes Testament weiter – vielen Dank! Ich danke meinem Kollegen Reinhard Kleindl für die Beantwortung einer Frage zum Thema GPS und Nachtsichtgeräte. Zu den

Menschen, die mir bei dieser Sylt-Krimi-Reihe von Anfang an mit Rat und Tat zur Seite gestanden haben, gehört Anja Hufnagel – tausend Dank für Dein offenes Ohr und Deine Hilfe!

Für alle sachlichen Informationen gilt: Fehler gehen allein auf meine Kappe. Ich danke meiner Lektorin Dr. Stefanie Heinen für ihr sprachliches Feingefühl und meiner Agentin Petra Hermanns für ihr Engagement. Ein weiterer Dank gilt meiner Familie, die immer gern mit mir auf Spurensuche nach Sylt reist. Und nicht zuletzt möchte ich Ihnen und euch, liebe Leserinnen und Leser, liebe Buchhändlerinnen und Buchhändler, liebe Bloggerinnen und Blogger, danken, dass Sie und ihr so begeistert meine Kommissarin Liv bei ihren Ermittlungen begleitet. Wer mehr über meine Recherchen lesen oder Fotos von den Schauplätzen sehen möchte, dem empfehle ich meine Homepage sabineweiss.com.

Aus Wasser ist alles, und ins Wasser kehrt alles zurück ...

Sabine Weiß
DÜSTERES WATT
Sylt-Krimi

400 Seiten
ISBN 978-3-404-18820-8

Bei List meldet ein anonymer Anrufer eine männliche Leiche. Der Tod des Mannes gibt Rätsel auf, denn obgleich das Opfer auf einer Düne liegt, ist es ertrunken. Zumindest die Identität ist rasch geklärt: Es handelt sich um Klaus von Raboisen, den steinreichen Spross einer Adelsfamilie, der eine Villa in List besitzt. Seine Ehefrau Charlotte ist Politikerin, weshalb die Ermittlungen sofort im Fokus der Öffentlichkeit stehen. Doch noch während Liv Lammers und ihre Kollegen von der Kripo Flensburg ermitteln, wird im Sylter Watt eine weitere Leiche angespült. Auch hier steht die Todesart im Widerspruch zum Fundort: Die Frau ist verdurstet. Makabrer Zufall oder Ergebnis eines perfiden Plans?

Lübbe

Mörderjagd an der Nordsee – Johns und Jacobsens erster Fall

Eva Almstädt
AKTE NORDSEE - AM DUNKLEN WASSER
Kriminalroman

416 Seiten
ISBN 978-3-404-18574-0

Fentje Jacobsen entspricht nicht dem klassischen Bild einer Rechtsanwältin. Sie betreibt ihre Kanzlei vom Bauernhof ihrer Großeltern in Nordfriesland aus. Dort rauben ihr die Demenz der Oma und eine Teenager-Nichte den letzten Nerv. Als Fentje beauftragt wird, einen Mann zu vertreten, der des Mordes an seiner Freundin verdächtigt wird, stößt sie auf einen ähnlichen Fall. Zeitgleich verschwinden zwei Schülerinnen aus dem Internat, in dem die Tote gearbeitet hat. Gibt es einen Zusammenhang? Bei ihren Nachforschungen lernt Fentje den Journalisten Niklas John kennen, der sich ebenfalls für den Mordfall interessiert. Trotz unterschiedlicher Ziele beginnen sie gemeinsam zu ermitteln ...

Lübbe